Indomada

The House of Night
Livro
4

5ª reimpressão - março/2014

P.C. Cast e Kristin Cast

Indomada

The House of Night
Livro
4

Tradução
Johann Heyss

São Paulo 2010

Untamed
Edição original St. Martin's Press.
Copyright © 2008 by P.C. Cast and Kristin Cast
Nenhuma parte deste livro poderá ser utilizada ou reproduzida
sem a permissão do proprietário, exceto pequenos trechos
em artigos ou resenhas. All rights reserved.
Copyright © 2010 by Novo Século Editora Ltda.

PRODUÇÃO EDITORIAL	Equipe Novo Século
EDITORAÇÃO ELETRÔNICA	Sergio Gzeschnik
CAPA	Genildo Santana - Lumiar Design
TRADUÇÃO	Johann Heyss
PREPARAÇÃO DE TEXTO	Bel Ribeiro
REVISÃO DE TEXTO	Alessandra Kormann
	Guilherme Summa

Dados Internacionais de Catalogação na Publicação (CIP)
(Câmara Brasileira do Livro, SP, Brasil)

Cast, P.C.
Indomada / P. C. Cast e Kristin Cast; tradução Johann Heyss. –
Osasco, SP: Novo Século Editora, 2010.

Título original: Untamed.

1. Ficção norte-americana I. Cast, Kristin. II. Título

09-13127   CDD-813

Índices para catálogo sistemático:

1. Ficção: Literatura norte-americana   813

2010
IMPRESSO NO BRASIL
PRINTED IN BRAZIL
DIREITOS CEDIDOS PARA ESTA EDIÇÃO À
NOVO SÉCULO EDITORA LTDA.
Rua Aurora Soares Barbosa, 405 – 2º andar
CEP 06023-010 – Osasco – SP
Fone (11) 3699-7107 – Fax (11) 3699-7323
www.novoseculo.com.br
atendimento@novoseculo.com.br

Este livro é dedicado aos atuais e futuros alunos da South Intermediate High School, de Broken Arrow, Oklahoma. Obrigada pelo entusiasmo, senso de humor e apoio à série Morada da Noite. Vocês são o máximo!

E também às senhoras do Tulsa Street Cats. Elas podem não ser freiras, mas certamente são candidatas a santas se depender dos gatos!

Agradecimentos

Gostaríamos de agradecer à nossa maravilhosa agente Meredith Bernstein, pois sem ela não haveria a Morada da Noite.

Um grande coração cheio de amor para nossa equipe de St. Martin's: Jennifer Weis, Anne Marie Tallberg, Matthew Shear, Carly Wilkins, Brittney Kleinfelter, Katy Hershberger, Talia Ross e Michael Storrings. Adoramos trabalhar com um grupo de pessoas tão maravilhosas.

Agradecemos aos fãs da Morada da Noite – vocês são muito importantes para nós!

Agradecemos ao Tulsa Street Cats pelo apoio, senso de humor e por tudo que fazem pelos gatos. Kristin e eu amamos essa instituição!

1

O *crá! crá! crá!* de uma gralha idiota não me deixou dormir a noite inteira. (Bem, para ser mais precisa, o dia inteiro – é que, sabe, sou uma vampira novata e existe toda aquela história de trocar o dia pela noite.) Enfim, não preguei o olho na noite/dia passado. Mas, no momento, essa droga de noite em claro é a coisa mais fácil de encarar, porque a vida é um inferno quando a gente está de mal com os amigos. Eu sei bem. Eu sou Zoey Redbird, atualmente a incontestável Rainha da República dos Amigos "P" da Vida.

Persephone, a enorme égua cor de canela que considerava minha enquanto morasse na Morada da Noite, virou a cabeça e esfregou o focinho no meu rosto. Beijei seu focinho macio e voltei a esfregar seu pescoço. Escovar Persephone era algo que sempre me ajudava a pensar e a me sentir melhor. E eu, com certeza, precisava das duas coisas.

– Tudo bem, consegui evitar o Grande Confronto por dois dias, mas não dá mais para continuar assim – eu disse à égua. – Sim, eu sei que eles estão no refeitório agora, jantando juntos, superamiguinhos e me deixando totalmente de fora.

Persephone resfolegou e voltou a mastigar feno.

– É, eu sei que eles também estão sendo uns babacas. Claro que eu realmente menti para eles, mas na verdade foi mais uma omissão. Tudo bem que os deixei de fora de alguns assuntos. Mas foi basicamente pensando no bem deles mesmos – suspirei. Bom, foi para o bem deles que eu não havia dito que Stevie Rae tinha virado morta-viva. Minha história com Loren Blake, Poeta *Vamp* Laureado e professor da Morada da Noite, bem, isso foi mais pensando em mim mesma. Mas mesmo assim. Persephone levantou a orelha para me ouvir. – Eles estão me julgando demais.

Persephone resfolegou de novo. Suspirei novamente. Droga. Eu não aguentava mais ficar evitando o pessoal.

Depois de dar mais uns tapinhas no lombo da doce égua, fui saindo lentamente da baia em direção à sala de equipamentos e guardei as escovas que havia usado nela por uma hora. Respirei fundo o cheiro de couro e de cavalo para que aquela mistura relaxante me acalmasse os nervos. Ao ver meu reflexo no vidro da janela da sala de equipamentos, automaticamente passei os dedos pelos meus cabelos negros, tentando deixá-los menos desgrenhados. Eu havia sido Marcada como vampira novata e me mudado para a Morada da Noite fazia pouco mais de dois meses, mas já dava para perceber que meus cabelos estavam mais grossos e mais compridos. E ganhar cabelos maravilhosos foi apenas uma das muitas mudanças que me aconteceram. Algumas dessas mudanças foram invisíveis – como o fato de eu ter afinidade com todos os cinco elementos. Já outras eram bem visíveis – como as peculiares tatuagens que me emolduravam o rosto com curvas intrincadas e exóticas, sendo que, diferentemente de qualquer vampiro novato ou adulto, o desenho em tom de safira se espalhava pelo pescoço e ombros abaixo, alcançando a espinha e, mais recentemente, a cintura, uma pequena novidade que só eu, minha gata Nala e nossa Deusa Nyx sabíamos. Como se eu tivesse mais alguém para mostrar.

– Bem, até dois dias atrás você tinha não apenas um, mas três namorados – eu disse, olhando para minha imagem no vidro com olhos pesados e um meio-sorriso cético. – Mas você deu um jeito nisso, não deu? Agora você não tem namorado nenhum, só que ninguém vai voltar a confiar em você de novo por pelo menos, sei lá, alguns zilhões de anos – tirando Aphrodite, que surtou geral e caiu fora dois dias atrás, achando que de repente tinha virado humana outra vez, e Stevie Rae, que foi atrás da surtada Aphrodite por se sentir culpada pela transformação de novata a humana quando tracei um círculo, o que a transformou de morta-viva sinistra em vampira esquisita de tatuagem vermelha. Mas ao menos ela voltara a ser a Stevie Rae de antes. – Seja como for – eu disse em voz alta –, você conseguiu ferrar com todo mundo que entrou em sua vida. Bom trabalho!

Meus lábios começaram a tremer e senti as lágrimas se formando nos olhos. Não. Ficar de olhos vermelhos não ia ajudar em nada. Tipo, na boa, se ajudasse em alguma coisa, meus amigos e eu já teríamos feito as pazes. O negócio era encará-los de frente e tentar dar um jeito na situação.

A noite de fim de dezembro estava fria e um pouquinho nebulosa. Ao longo da calçada, entre a área da estrebaria e da arena esportiva e o edifício principal da escola, os lampiões a gás cintilavam com pequenos halos de luz amarela, dando um toque de beleza antiga ao lugar. Na verdade, o *campus* inteiro da Morada da Noite era belíssimo e sempre me pareceu pertencer mais a uma lenda tipo Rei Arthur do que ao século XXI. *Eu adoro isto aqui*, procurei lembrar. *É meu lar. É o meu lugar. Vou fazer as pazes com meus amigos e então tudo vai dar certo.*

Eu estava mordendo o lábio, preocupada em descobrir exatamente como ia fazer as pazes com meus amigos, quando meu estresse mental foi interrompido por um barulho esquisito de asas batendo que tomou conta do ambiente ao meu redor. Algo naquele som me provocou um frio na espinha. Olhei para cima. Não havia nada acima de mim, a não ser o breu, o céu e os galhos secos dos enormes carvalhos que margeavam a calçada. Fiquei arrepiada e me senti a um passo da morte, e a noite antes suave e nebulosa ficou soturna e malévola.

Peraí! Soturna e malévola? Ora, que bobeira! O que ouvi provavelmente não era nada mais sinistro do que o vento soprando por entre as árvores. Nossa, eu estava ficando pirada.

Balançando a cabeça em autocensura, continuei caminhando, mas depois de dois passos a coisa aconteceu de novo. Ouvi o barulho esquisito de asas batendo acima de mim e senti na pele um sopro de ar forte e uns cinco graus mais frio. Automaticamente levantei a mão, imaginando morcegos, aranhas e todo tipo de coisas nojentas.

Meus dedos encontraram um vazio, mas um vazio glacial, e uma dor gelada me cortou a mão. Completamente surtada, dei um berro e apertei minha mão junto ao peito. Por um momento, fiquei sem saber o que fazer, e meu corpo se paralisou de medo. O bater de asas ficou mais alto, e o frio mais intenso, até que finalmente resolvi me mexer. Abaixei a cabeça e fiz a única coisa que podia. Corri até a porta mais próxima.

Depois de correr para dentro, bati a grossa porta de madeira e, arfando, fui espiar pela janelinha em forma de arco que havia no meio da porta. A noite se mexia e boiava debaixo dos meus olhos como se uma tinta preta tivesse sido jogada sobre uma página preta. Mas eu continuava sentindo aquele medo terrível e glacial. O que estava acontecendo? Quase sem perceber o que estava fazendo, sussurrei: – Fogo, eu o invoco. Preciso de seu calor.

O elemento respondeu imediatamente, aquecendo o ar ao meu redor como se eu estivesse perto de uma relaxante lareira. Ainda espiando pela janelinha, apertei as palmas das mãos contra a grossa madeira da porta. – Lá para fora – murmurei. – Mande seu calor lá para fora também – o elemento projetou seu calor através da porta e alcançou a noite do outro lado. Ouvi um chiado, que pareceu o som de calor emanando de gelo seco. A névoa se agitou, grossa e densa, me deixando tonta e um pouquinho enjoada, e o estranho breu começou a evaporar. Então, o calor dominou totalmente o frio e, tão de repente quanto começara, a noite ficou normal e tranquila de novo.

O que havia acabado de acontecer?

Minha mão dolorida desviou minha atenção da janela. Olhei para baixo. Havia manchas vermelhas nas costas da mão, como se algo com garras ou unhas tivesse me arranhado a pele. Esfreguei as marcas de aparência feroz, e minha pele doeu como se tivesse sido queimada a ferro.

Então me bateu uma sensação dura e esmagadora, e foi aí que meu sexto sentido me mostrou que a Deusa havia me avisado que eu não devia ficar lá sozinha. O frio que envenenara a noite – aquele não-sei-o-que fantasmagórico que me perseguiu e machucou minha mão – se transformou em mau presságio e, pela primeira vez em muito tempo, fiquei com medo de verdade, completamente apavorada. Não com medo por meus amigos. Nem por minha avó, nem pelo meu ex-namorado humano, nem mesmo pela minha mãe desnaturada. Estava com medo por mim mesma. Eu não estava simplesmente querendo a companhia de meus amigos; eu precisava deles.

Ainda esfregando a mão, forcei minhas pernas a se mexerem e não me restou a menor sombra de dúvida de que era melhor enfrentar a mágoa e a decepção dos meus amigos do que aquele troço escuro que me esperava em algum ponto escondido da noite.

Vacilei por um segundo e fiquei em frente à porta aberta da agitada "sala de jantar" (também conhecida como refeitório da escola), observando os outros garotos conversando à vontade e felizes uns com os outros. Quase me deixei abater pelo súbito desejo de ser apenas uma novata como outra qualquer e não ter nenhuma habilidade extraordinária nem as responsabilidades que vêm com essas habilidades. Por um segundo, quis tanto ser normal que tive dificuldade de respirar.

Então, senti em minha pele um vento suave que parecia aquecido por uma chama invisível. Senti o cheiro do oceano, apesar de não haver nem sombra de oceano perto de Tulsa, Oklahoma. Ouvi o canto dos pássaros e senti cheiro de grama recém-cortada. E meu espírito vibrou em silenciosa alegria ao reconhecer os poderosos dons concedidos pela Deusa, dons de afinidade com todos os cinco elementos: ar, fogo, água, terra e espírito.

Eu não era normal. Era diferente de todos os novatos e de todos os vampiros, e não era certo de minha parte desejar ser diferente. E parte da minha não normalidade me dizia que eu tinha que ir até lá e tentar fazer as pazes com meus amigos. Empinei as costas, olhei ao redor do recinto com olhos livres de autopiedade e encontrei sem dificuldade meu grupo especial sentado no lugar de sempre.

Respirei fundo e atravessei o refeitório rapidamente, acenando ou sorrindo brevemente para o pessoal que me dizia oi. Percebi que todos continuavam me cumprimentando com a mesma mistura de respeito e reverência de sempre, o que significava que meus amigos não andaram falando mal de mim para todo mundo. Também significava que Neferet ainda não havia declarado guerra contra mim. Ainda.

Peguei uma saladinha e um refrigerante de cola. Então, agarrando minha bandeja com tanta força que estava ficando com os dedos brancos, fui direto para nossa mesa e me sentei ao lado de Damien como antigamente.

Ninguém olhou para mim, mas a conversa espontânea morreu no mesmo instante, coisa que eu odiava demais. Tipo, o que pode ser mais horrível do que se aproximar de um grupo de supostos amigos e a conversa morrer de um jeito que não deixa dúvida de que eles estavam falando de você? Eca.

– Oi – eu disse, ao invés de sair correndo ou cair no choro como me deu vontade. Ninguém disse nada.

– Então, quais as novas? – perguntei a Damien, ciente de que meu amigo *gay* era naturalmente o ponto mais frágil da corrente do "dar--um-gelo-na-Zoey".

Infelizmente, foram as gêmeas quem me responderam, e não Damien, que era *gay* e, portanto, mais sensível e educado.

– Merda nenhuma, não é gêmea? – Shaunee disse.

– Isso aí, gêmea, merda nenhuma. Porque a gente não pode ficar sabendo de merda nenhuma – Erin acrescentou. – Gêmea, sabia que somos totalmente não confiáveis?

– Só fiquei sabendo recentemente, gêmea. E você? – Shaunee perguntou.

– Também só fiquei sabendo recentemente – Erin completou.

Tudo bem, as gêmeas não são gêmeas de verdade. Shaunee Cole é uma americana de origem jamaicana e pele cor de caramelo que havia sido criada na Costa Leste. Erin Bates é uma linda loura nascida em Tulsa. As duas se conheceram depois de Marcadas, quando se mudaram no mesmo dia para a Morada da Noite. Elas se identificaram no mesmo instante – como se genética e geografia jamais tivessem existido. Elas literalmente terminam as frases uma da outra. E, naquele momento, estavam me encarando com seus olhares gêmeos de desconfiança.

Deus, aquelas duas me cansavam.

E também me irritavam. Não, eu não compartilhei meus segredos com elas. Sim, eu menti para elas. Mas tive de fazer isso. Bem, no geral, tive de fazer. E aquela hipocrisia gêmea estava me dando nos nervos.

– Obrigada pelo adorável comentário. E agora vou tentar perguntar a alguém que não precisa responder em uma versão estéreo da insuportável Blair de *Gossip Girl* – virei a cabeça e olhei diretamente para Damien, apesar de ouvir as gêmeas bufando, prontas para dizer algo de que eu esperava elas se arrependessem um dia. – Bem, o que eu realmente queria saber quando perguntei quais eram as novas é se vocês repararam em algo assustador, fantasmagórico, algum troço esquisito e esvoaçante ultimamente. Repararam?

Damien é um cara alto e muito bonitinho, dono de excelente estrutura óssea e de olhos castanhos que costumavam ser calorosos e expressivos, mas que naquele momento estavam desconfiados e bem frios.

– Um fantasma esvoaçante? – ele perguntou. – Desculpe, mas não faço ideia do que você está falando.

Senti um aperto no coração ao ouvir o tom estranho que ele usou para falar comigo, mas procurei me concentrar no fato de ele pelo menos ter me respondido.

– Quando eu estava saindo da estrebaria, algo meio que me atacou. Não consegui ver nada, mas era um troço frio que me deixou a maior mancha na mão – levantei a mão para mostrar, e a mancha não estava mais lá.

Que ótimo.

Shaunee e Erin bufaram ao mesmo tempo. Damien só fez uma cara muito, muito triste. Eu estava abrindo a boca para explicar que havia uma mancha minutos antes quando Jack veio correndo.

– Ah, oi! Desculpe pelo atraso, mas quando estava vestindo a camisa descobri uma mancha paquidérmica na frente. Dá para acreditar nisso? – Jack disse, enquanto corria com sua bandeja de comida para se sentar ao lado de Damien.

– Uma mancha? Não é naquela camisa Armani linda, azul, de mangas compridas, que te dei de Natal, é? – Damien perguntou, abrindo espaço para o namorado se sentar.

– *Aimeudeus*, não! Jamais derramaria nada nela. Adoro aquela camisa e... – suas palavras morreram quando ele olhou para mim. Ele engoliu em seco. – Ah, ahn. Oi, Zoey.

– Oi, Jack – respondi, sorrindo para ele. Jack e Damien estão juntos. *Hello*. Eles são *gays*. Meus amigos e eu, como qualquer pessoa que não seja bitolada nem moralista, não temos nenhum problema com isso.

– Eu não esperava ver você – Jack balbuciou. – Achei que você ainda estivesse... ahn... bem... – ele não conseguiu formular a frase, parecia desconfortável e estava ficando vermelho.

– Você achou que eu ainda estava me escondendo no meu quarto? – completei para ele.

Ele fez que sim.

– Não – respondi com firmeza. – Cansei disso.

– Nossa que *meda* – Erin começou, mas, antes que Shaunee pudesse continuar com o deboche de sempre, uma risada primitivamente sensual veio da porta atrás de nós. Então nos viramos para olhar e ficamos de queixo caído.

Aphrodite entrou no recinto, rindo e piscando os olhos para Darius, um dos mais jovens e mais gostosos guerreiros dos Filhos de Erebus que protegiam a Morada da Noite, e jogou os cabelos para trás em um gesto gracioso. Aquela garota sempre tinha sido do tipo multitarefa, mas fiquei passada de ver a cara dela, normal, controlada e totalmente tranquila. Apenas dois dias atrás ela estava quase morta, e depois ficou totalmente surtada ao ver que desaparecera de sua testa o desenho de lua crescente cor de safira que todos os novatos tinham e que significava que haviam sido Marcados para começar a Transformação através da qual virariam vampiros ou morreriam.

O que significava que ela, de alguma maneira, havia se transformado em humana novamente.

2

Tudo bem, pensei que ela tivesse voltado a ser humana, mas mesmo de onde eu estava dava para ver que a Marca de Aphrodite tinha voltado. Seus olhos azuis frios percorreram o refeitório, dispensando um olhar de desprezo ao pessoal que estava olhando para ela, antes de se voltar para Darius e pousar a mão no peito do enorme guerreiro.

— Foi muita gentileza sua me acompanhar até a sala de jantar. Você tem razão. Eu não devia ter passado dois dias fora. Com toda essa loucura que está acontecendo por aqui, é melhor ficar no *campus*, onde estamos protegidos. E, como você disse que vai ficar de guarda na porta do nosso dormitório, este é com certeza o lugar mais seguro e atraente para se ficar – ela praticamente ronronou para ele. Nossa, ela era muito baixo nível. Se eu não estivesse tão surpresa em vê-la, teria feito os ruídos de vômito apropriados. Bem altos e óbvios.

— E eu tenho que voltar ao meu posto lá fora. Boa noite, minha *lady* – Darius disse. Ele fez uma mesura muito rápida para ela, o que o fez parecer um daqueles cavaleiros românticos de antigamente, mas sem o cavalo e a armadura reluzente. – É um prazer servi-la – ele sorriu para Aphrodite mais uma vez antes de dar meia-volta com agilidade e sair do refeitório.

— E aposto que eu teria o maior prazer em servi-lo – Aphrodite disse com sua voz mais cachorra, assim que ele já estava longe e não podia mais ouvir. Então, ela se virou para os demais no recinto, que a olhavam perplexos. Levantou uma das sobrancelhas perfeitamente delineadas e lançou a todos o olhar antipático que era sua marca registrada.

– O que foi? Parece até que vocês nunca me viram mais linda antes. Que inferno, só fiquei dois dias fora. Vocês podiam ter melhor memória de curto prazo, hein? Lembram de mim? Sou a lindíssima devassa que vocês todos amam odiar – ao ver que ninguém disse nada, ela revirou os olhos. – Ah, não importa – ela se voltou para o bufê e começou a encher o prato enquanto o barulho normal do refeitório explodia novamente, com o pessoal fazendo sons pouco educados e voltando a comer sem muito interesse.

Para quem não sabia de nada, tenho certeza de que Aphrodite parecia a mesma esnobe de sempre. Mas eu vi como estava nervosa e tensa na verdade. Que inferno, eu entendia exatamente como ela se sentia. Eu havia acabado de passar pelo mesmo corredor polonês. Na verdade, eu estava no meio dele, e com ela.

– Achei que ela tivesse virado humana de novo – Damien disse baixinho para todos nós. – Mas a Marca dela voltou.

– Os caminhos de Nyx são misteriosos – eu disse, tentando soar sábia como uma Grande Sacerdotisa em treinamento.

– Tô achando que os caminhos de Nyx são outra coisa que começa com M, gêmea – Erin disse. – Adivinha o quê?

– Maior zona? – Shaunee respondeu.

– Exatamente – Erin confirmou.

– São duas palavras – Damien retrucou.

– Ah, não banque o professor – Shaunee lhe disse. – Além do mais, o que importa é que Aphrodite é uma megera, e nós bem que estávamos torcendo para que Nyx desse um bom chute nela depois que aquela Marca desaparecesse.

– Mais do que torcendo, gêmea – Erin concordou.

Todo mundo ficou olhando para Aphrodite. Eu tentei forçar a salada garganta abaixo. Taí, esta era a situação: Aphrodite costumava ser a novata mais popular, poderosa e arrogante da Morada da Noite. Mas, depois que se indispôs com Neferet, a Grande Sacerdotisa, fora totalmente banida e reduzida a nada mais do que a novata mais arrogante da Morada da Noite.

É claro que ela e eu acabamos, meio que acidentalmente, nos tornando amigas ou, no mínimo, aliadas – o que era esquisito (e era a minha cara). Não que quiséssemos que a massa soubesse disso. Mesmo assim, fiquei preocupada quando ela desapareceu, apesar de Stevie Rae ter ido atrás dela. Tipo, fazia dois dias que eu não tinha notícias delas.

Naturalmente, meus outros amigos – Damien, Jack e as gêmeas – a detestavam. Por isso, quando Aphrodite caminhou direto para nossa mesa e se sentou ao meu lado, dizer que eles ficaram chocados e nada satisfeitos seria minimizar de modo quase surreal o que realmente estava acontecendo – igual àquele cavaleiro do filme *Indiana Jones* que disse "ele escolhe mal" quando o vilão bebeu da taça errada e seu corpo se desintegrou.

– É falta de educação ficar encarando as pessoas, mesmo que seja alguém de beleza estonteante, como é o caso de *moi* – Aphrodite disse, antes de começar a comer a salada.

– Que diabo você está fazendo, Aphrodite? – Erin perguntou.

Aphrodite engoliu em seco e piscou os olhos com falsa inocência para Erin: – Comendo, retardada – ela disse, docilmente.

– Isto aqui é zona livre de cachorras – Shaunee disse, finalmente recuperando a capacidade de falar.

– É, está escrito na placa – Erin disse, apontando para a placa inexistente atrás do banco em que estavam sentadas.

– Odeio ser repetitiva, mas neste caso vou abrir uma exceção. Então, vou dizer outra vez: die dorkamese[1] gêmeas.

– É isso – Erin disse, mal conseguindo manter a voz baixa. – A gêmea e eu vamos arrancar essa droga de Marca da sua cara.

---

1 Algo como "gêmeas idiotas" em falso alemão. (N. T.)

— É, quem sabe desta vez a gente apaga pra valer — Shaunee completou.

— Parem com isso — eu disse. Quando as gêmeas olharam para mim "p" da vida, senti um nó no estômago. Será que elas me odiavam tanto quanto parecia? Só de pensar nisso me doía o coração, mas empinei o queixo e olhei para elas. Se eu completasse a Transformação para vampira, um dia seria sua Grande Sacerdotisa, e isso significava que era melhor que elas me ouvissem. — Já passamos por isso antes. Aphrodite faz parte das Filhas das Trevas agora. Ela também faz parte do nosso círculo, pois tem afinidade com o elemento terra — hesitei, imaginando se ela ainda tinha a afinidade ou se a perdera ao passar de novata a humana, e depois, pelo jeito, à novata outra vez, mas a coisa era confusa demais, então não perdi tempo. — Vocês sabem que concordaram em aceitá-la e em não ficar com xingamentos nem agressões verbais.

As gêmeas não disseram nada, mas a voz de Damien, soando inesperadamente inexpressiva e fria, veio do outro lado.

— Nós concordamos com isso, mas não aceitamos ficar amigos dela.

— Eu não disse que queria ser sua amiga — Aphrodite respondeu.

— Digo o mesmo, cachorra! — as gêmeas disseram juntas.

— Não tô nem aí — Aphrodite disse, preparando-se para pegar sua bandeja e sair.

Quando abri a boca para dizer a Aphrodite que se sentasse e para mandar as gêmeas calarem a boca, um ruído bizarro veio ecoando pelo corredor e chegou às portas abertas do refeitório.

— Que diabo...? — comecei a dizer, sem formular a pergunta inteira, e um bando de, no mínimo, uma dúzia de gatos entrou correndo no refeitório, chiando e cuspindo como doidos.

Bem, na Morada da Noite os gatos estão por toda parte. Literalmente. Eles ficam seguindo o novato de sua escolha, dormem com a gente e, no caso de Nala, minha gata, reclamam um bocado também. Uma das primeiras coisas legais que aprendemos na aula de Sociologia *Vamp* é que faz muito tempo que os gatos são chegados aos vampiros. Ou seja, estávamos todos bem acostumados a ter gatos por toda parte. Mas eu jamais os vira se comportando de maneira tão insana.

O enorme gato cinza das gêmeas, chamado Beelzebub, pulou bem no meio delas. O paquidérmico gato, cujos pelos estavam tão arrepiados que haviam dobrado de tamanho, ficou olhando para a porta aberta da sala de jantar com os olhos cor de âmbar apertados de raiva.

– Beelzebub, *baby*, o que foi? – Erin tentou acalmá-lo.

Nala pulou no meu colo, pôs as patinhas brancas no meu ombro e deu um grunhido psicótico e assustador, também olhando para a porta e para o barulho caótico que ainda vinha do corredor.

– Ei – Jack disse. – Eu conheço esse som.

Então me ocorreu na mesma hora: – São latidos de cachorro – eu disse.

Então entrou no refeitório algo mais parecido com um enorme urso amarelo do que com um cachorro. Atrás do urso-cão vinha um garoto, seguido por vários professores com expressões peculiarmente exauridas, inclusive Dragon Lankford, nosso instrutor de esgrima, e Lenobia, nossa instrutora de equitação, bem como pelos guerreiros Filhos de Erebus.

– Te peguei! – o garoto gritou quando alcançou o cachorro e agarrou sua coleira, dando uma derrapada e parando, não muito longe de nós (reparei então que a coleira era de couro cor-de-rosa cercada de pregos de prata), para então encurtar a rédea com habilidade. No momento em que se viu encoleirado, o cachorro parou de latir, soltou o traseiro redondo no chão e ficou olhando, arfante, para o garoto. – Isso, ótimo. Agora você vai se comportar – eu o ouvi murmurar para o cão, que parecia sorrir abertamente.

Apesar de cessados os latidos, os gatos no refeitório não paravam *mesmo* de surtar. A chiadeira ao nosso redor estava tão forte que lembrava o barulho de ar escapando de uma câmara de ar furada.

– Viu, James! Era isso que eu estava tentando lhe explicar – Dragon Lankford disse enquanto olhava de cenho franzido para o cachorro. – Este animal não vai dar certo na Morada da Noite.

– É Stark, não James – o garoto disse. – E, como eu estava tentando lhe explicar, a cadela tem que ficar comigo. É assim que é. Se me quiser, ela tem que vir junto.

Achei que aquele garoto tinha qualquer coisa de incomum. Não que ele estivesse sendo abertamente mal-educado nem desrespeitoso com Dragon, mas também não estava falando com o respeito, e às vezes puro medo, com que a grande maioria dos novatos recém-Marcados falava com os vampiros. Reparei na frente de sua camiseta vintage com estampa do Pink Floyd, sem nenhum emblema indicando a turma, de modo que eu não fazia ideia de qual ano ele estava cursando e há quanto tempo era Marcado.

– Stark – Lenobia estava dizendo, obviamente tentando argumentar com o garoto –, simplesmente não é possível integrar um cão a este *campus*. Você está vendo como os gatos estão angustiados.

– Eles se acostumam. Também se acostumaram na Morada da Noite de Chicago. Ela não é de ficar correndo atrás deles, mas aquele gato cinza realmente a provocou; ele não parava de chiar e de arranhá-la.

– Hum-hum – Damien sussurrou.

Nem precisei olhar, deu para sentir as gêmeas bufando como baiacus.

– Minha Deusa, que barulheira é esta? – Neferet entrou no salão, linda, poderosa e totalmente no controle da situação.

Vi que os olhos do garoto se arregalaram quando ele se deparou com sua beleza. Era tããããão irritante ver que todo mundo ficava automaticamente de quatro só de olhar para nossa Grande Sacerdotisa, e minha adversária, Neferet.

– Neferet, perdoe-me a baderna – Dragon levou o pulso ao coração e fez uma respeitosa mesura para a Grande Sacerdotisa. – Este é meu mais recente novato. Ele acabou de chegar.

– Isso explica a presença do novato. Mas não a presença daquilo – Neferet apontou para o cão ofegante.

– Ela está comigo – o garoto disse. Quando Neferet lhe voltou seus olhos cor de musgo, o garoto reproduziu a saudação de Dragon. Quando terminou a mesura, fiquei totalmente perplexa ao vê-lo dirigir a Neferet um sorriso de canto de boca bem abusado. – Ela é o meu gato.

– É mesmo? – Neferet levantou uma das sobrancelhas castanho-avermelhadas. – O estranho é que ela mais parece um urso.

Ha! Então eu não estava mesmo exagerando na descrição.

– Bem, Sacerdotisa, ela é uma labradora, mas não é a primeira vez que a comparam com um urso. Suas patas são tão grandes quanto as patas de um urso. Dá só uma olhada.

Não acreditei quando o garoto deu as costas completamente para Neferet e disse à cadela: – Bate aqui, Duca – a cadela levantou a pata gigantesca obedientemente e bateu na mão de Stark. – Boa menina! – ele disse, afagando as orelhas moles do animal.

Tá, eu tive que reconhecer. O truque era bonitinho.

Ele se voltou novamente para Neferet.

– Mas, cadela ou ursa, ela e eu estamos juntos desde que fui Marcado quatro anos atrás, o que faz dela meu gato.

– Um labrador? – Neferet andou ao redor da cadela de modo teatral, observando-a. – Ela é grande demais.

– Bem, é, Duca sempre foi grandona, Sacerdotisa.

– Duca? É este o nome dela?

O garoto assentiu e sorriu e, apesar de ele ser um sexto-formando, fiquei novamente surpresa de ver a facilidade com que falava com um *vamp* adulto, especialmente em se tratando de uma poderosa Grande Sacerdotisa.

– É apelido de Duquesa.

Neferet olhou para a cadela e para o garoto e apertou os olhos: – Qual é o seu nome, garoto?

– Stark – ele disse.

Será que só eu vi Neferet trincando o maxilar?

– James Stark? – Neferet perguntou.

– Deixei de usar meu primeiro nome faz uns meses. É só Stark – ele disse.

Ela o ignorou e voltou-se para Dragon: – Ele é o novato da Morada da Noite de Chicago cuja transferência estávamos aguardando?

– Sim, Sacerdotisa – Dragon confirmou.

Quando Neferet olhou novamente para Stark, vi seus lábios se abrirem em um sorriso calculado.

– Já ouvi falar muito de você, Stark. Nós dois teremos uma longa conversa muito em breve – ainda observando o novato, Neferet se dirigiu a Dragon: – Providencie para que Stark tenha acesso vinte e quatro horas a todo e qualquer equipamento de arco e flecha que ele queira usar.

Notei uma leve contração no corpo de Stark. Sem dúvida Neferet também viu, pois seu sorriso se ampliou e ela disse: – É claro que já sabíamos de seu talento antes de você chegar, Stark. Você não deve parar de praticar só porque trocou de escola.

Pela primeira vez, Stark pareceu desconfortável. Na verdade, pareceu mais do que isso. Bastou ouvir falar em arco e flecha e sua expressão perdeu o ar gracioso e ganhou algo de sarcástico, malvado até.

– Quando eles me transferiram, eu lhes disse que havia parado de competir – Stark falou com uma voz controlada, e suas palavras mal chegaram à nossa mesa. – Mudar de escola não vai mudar a situação.

– Competir? Está falando daquelas competições banais de arco e flecha entre Moradas da Noite? – a risada de Neferet me deixou arrepiada. – Pouco me importa se você vai competir ou não. Lembre-se, eu sou porta-voz de Nyx aqui e estou dizendo que é importante você não desperdiçar o talento que a Deusa lhe deu. Nunca se sabe quando Nyx pode chamá-lo. E não. Neste caso não se trata de nenhum concurso idiota.

Senti o estômago revirar. Eu sabia que Neferet estava se referindo à sua guerra contra os humanos. Mas Stark, que não fazia a menor ideia disso, pareceu aliviado ao saber que não teria de competir de novo, e sua expressão voltou à mistura de indiferença e ousadia.

– Tudo bem. Não me importo de praticar, Sacerdotisa – ele disse.

– Neferet, o que deseja que façamos com o, ahn, cão? – Dragon perguntou.

Neferet parou por um breve instante; então se agachou graciosamente em frente à labradora amarela. As orelhas grandes do animal se empinaram para a frente. Ela levantou o focinho molhado e farejou com óbvia curiosidade quando Neferet lhe estendeu a mão. Do nosso lado, Beelzebub chiou ameaçadoramente. Nala rosnou no fundo da garganta. Neferet levantou o rosto e olhou para mim.

Tentei manter meu rosto inexpressivo, mas não sei se realmente consegui. Fazia dois dias que não via Neferet, desde que ela me seguira para fora do auditório após anunciar a guerra entre humanos e vampiros que queria começar em resposta à morte de Loren. Naturalmente, nós batemos boca. Ela era amante de Loren, e eu também. Mas isso era irrelevante. Loren não me amava. Neferet havia armado tudo entre mim e Loren, e eu sabia disso. Ela também sabia que eu sabia que Nyx não aprovava o que ela vinha fazendo.

Basicamente, ela magoara demais meus sentimentos e eu odiava Neferet quase tanto quanto a temia. Torci para que nada disso transparecesse em meu rosto quando nossa Grande Sacerdotisa se aproximou de nossa mesa. Com um gesto discreto de mão, ela fez Stark e sua cadela seguirem-na. O gato das gêmeas chiou alto de novo e saiu correndo. Eu acariciei Nala freneticamente, na esperança de que não perdesse a cabeça totalmente quando a cadela se aproximou. Neferet parou em frente à nossa mesa. Seus olhos passaram de mim para Aphrodite e pararam em Damien.

– Que bom que você está aqui, Damien. Gostaria que você mostrasse a Stark seu quarto e o ajudasse a se ambientar no *campus*.

– Será um prazer, Neferet – Damien disse logo, e seus olhos brilharam quando Neferet lhe deu um daqueles seus sorrisos de agradecimento de cem watts.

– Dragon o ajudará com os detalhes – ela disse. Então, seus olhos verdes se voltaram para mim. Eu me preparei. – E Zoey, este é Stark. Stark, esta é Zoey Redbird, a líder de nossas Filhas das Trevas.

Eu e ele nos cumprimentamos com um movimento de cabeça.

– Zoey, como você é nossa Grande Sacerdotisa em treinamento, deixarei o problema da cadela de Stark para você resolver. Confio que uma das muitas habilidades que Nyx lhe concedeu vá ajudá-la a acomodar Duquesa em nossa escola – seus olhos frios estavam fixos nos meus, e diziam algo bem diferente do que aquela voz adocicada e gentil dava a entender. Eles diziam "lembre-se de que quem manda aqui sou eu, e você não passa de uma garota".

Quebrei o contato visual com ela e dei um sorriso tenso para Stark.

– Será um prazer ajudar sua cadela a se ambientar.

– Excelente – Neferet arrulhou. – Ah, Zoey, Damien, Shaunee e Erin – ela sorriu para meus amigos e meus amigos sorriram para ela como completos idiotas. Ela ignorou Aphrodite e Jack por completo. – Convoquei uma reunião extraordinária do Conselho para esta noite, às dez e meia – e olhou para seu relógio de platina cravejado de diamantes. – São quase dez horas agora, então vocês precisam acabar de comer, pois também quero que seus Monitores estejam lá.

– Estaremos! – eles gorjearam como passarinhos ridículos.

– Ah, Neferet, isso me lembra algo – eu disse, levantando a voz para que todos na sala ouvissem. – Aphrodite irá conosco. Como ela ganhou de Nyx a afinidade com a terra, todos nós concordamos que ela também seja Monitora Sênior – prendi a respiração, esperando que meus amigos não me contradissessem.

Felizmente, a não ser pelo grunhido que Nala soltou para Duquesa, ninguém disse nada.

– Como Aphrodite pode ser Monitora? Ela não é mais membro das Filhas das Trevas – a voz de Neferet ficara fria.

Irradiei inocência.

– Eu me esqueci de lhe contar? Sinto muito, Neferet! Deve ter sido por causa de todas as coisas terríveis que aconteceram recentemente. Aphrodite voltou para as Filhas das Trevas. Ela jurou a mim e a Nyx que respeitará nosso novo código de conduta e eu a aceitei de volta. Quer dizer, achei que você gostaria disso, de vê-la voltando para nossa Deusa.

– É verdade – Aphrodite soou peculiarmente subjugada. – Eu aceitei as novas regras. Quero consertar meus erros do passado.

Eu sabia que Neferet pareceria má e cruel se rejeitasse Aphrodite publicamente depois de ela deixar claro que estava disposta a mudar. E, para Neferet, aparências eram tudo.

A Grande Sacerdotisa sorriu para todos no recinto, sem olhar para Aphrodite nem para mim.

– Quanta generosidade de nossa Zoey aceitar Aphrodite de volta no seio das Filhas das Trevas, especialmente se considerarmos que ela será responsabilizada pela conduta de Aphrodite. Mas nossa Zoey não foge das grandes responsabilidades – Neferet olhou para mim e o ódio em seu olhar fez o ar parar na minha garganta. – Cuidado para não acabar asfixiada com tanta pressão, Zoey querida – então, como se tivesse ligado um botão, seu rosto se encheu de doçura e luz outra vez e ela sorriu para o garoto recém-chegado. – Bem-vindo à Morada da Noite, Stark.

3

– Bem, ahn, você está com fome? – perguntei a Stark após Neferet e os demais *vamps* saírem do refeitório.

– É, acho que tô – ele respondeu.

– Se você for rápido, pode comer com a gente e depois Damien pode lhe mostrar seu quarto antes de chegarmos à reunião do Conselho – eu disse.

– Acho sua cadela bonitinha – Jack disse, dando a volta em Damien para ver Duquesa melhor. – Quer dizer, ela é grande, mas é bonitinha mesmo assim. Ela não morde, morde?

– Só se você a morder primeiro – Stark disse.

– Ah, eca – Jack falou. – Eu ia ficar com pelo de cachorro na boca, que nojo.

– Stark, este é o Jack. Ele é namorado de Damien – resolvi fazer as apresentações e cortar pela raiz qualquer possível "Ah, não! Ele é bicha!" ou algo do tipo.

– Oi – Jack disse com um sorriso muito doce.

– Oi – Stark respondeu. Não foi um "oi" dos mais calorosos, mas ele não parecia ser homofóbico.

– E estas são Erin e Shaunee – apontei para cada uma delas. – Também conhecidas como gêmeas, o que passa a fazer sentido cinco minutos depois de conhecê-las.

– Oi, tudo bem? – Shaunee o cumprimentou, olhando para ele de um jeito bem óbvio.

– Digo o mesmo – Erin disse, lançando um olhar idêntico para ele.

– Esta é Aphrodite – eu a apresentei.

O sorriso ligeiramente sarcástico estava de volta.

– Quer dizer que você é a Deusa do Amor. Ouvi falar muito de você.

Aphrodite estava olhando para Stark com uma intensidade estranha, sem parecer exatamente que estava dando mole, mas, quando ele falou, automaticamente deu uma espetacular jogada de cabelo e disse:
– Oi. Eu gosto de ser reconhecida.

Ele abriu mais o sorriso e deu uma risadinha, ficando ainda mais sarcástico.

– Seria difícil não reconhecê-la, o nome é bem óbvio.

O olhar intenso de Aphrodite se dissipou instantaneamente e foi substituído por sua muito mais conhecida expressão pública de desdém e esnobismo. Mas, antes que ela pudesse começar a criticar o garoto, Damien falou: – Stark, vou lhe mostrar onde estão as bandejas e tudo o mais – ele se levantou e parou em frente a Duquesa, parecendo um tanto confuso.

– Não se preocupe – Stark disse. – Ela vai ficar de boa. Contanto que nenhum gato faça besteira.

Ele olhou para Nala, que era o único gato que sobrara por perto de Duquesa. Ela não recomeçara a grunhir, mas estava encarapitada no meu colo, olhando sem piscar para a cadela, e dava para sentir a tensão em seu corpo.

– Nala será boazinha – eu disse, torcendo para que ela fosse mesmo. Na verdade, eu tinha zero controle sobre minha gata. Que inferno, quem realmente tinha algum controle sobre algum gato?

– Então, tudo bem – ele assentiu rapidamente com a cabeça e disse para a cadela: – Duquesa, quieta! – realmente, quando ele seguiu Damien até a fila principal, Duquesa ficou quieta.

– Sabe, cães são bem mais barulhentos que gatos – Jack disse, observando Duquesa como se ela fosse um experimento científico.

– É que eles ficam arfando demais – Erin disse.

– E são mais flatulentos do que os gatos, gêmea – Shaunee afirmou.

– Minha mãe tem uns poodles gigantescos, e são criaturas bem gasosas.

– Bem, isso tudo não foi nada divertido – Aphrodite disse. – Tô fora.

– Não quer ficar mais um pouco para dar mole para o novato? – Shaunee perguntou com uma voz supersimpática.

– É, parece que ele gostou tanto de você – Erin emendou docemente.

– Vou deixá-lo para vocês duas. Nada mais certo, já que ele gosta tanto de cachorro. Zoey, passe no meu quarto depois que terminar aí com a horda de *nerds*. Quero falar com você antes da reunião do Conselho – então, jogou o cabelo, lançou um olhar de desprezo para as gêmeas e saiu do refeitório.

– Ela não é tão má pessoa quanto finge ser – eu disse às gêmeas. Todos me olharam atônitos e eu dei de ombros.

– Bem, nós dizemos "por favor, dá um tempo" para esse jeito escroto dela – Erin disse.

– Aphrodite nos faz entender por que certas mulheres afogam seus bebês – Shaunee falou.

– Tentem dar uma chance a Aphrodite – pedi. – Comigo ela já não tem mais a mesma atitude nojenta de antes. Vocês vão ver. Ela pode ser legal às vezes.

As gêmeas não disseram nada por uns instantes, depois se entreolharam, balançaram a cabeça e reviraram os olhos ao mesmo tempo. Eu soltei outro suspiro.

– Vamos falar de uma coisa mais importante – Erin sugeriu.

– Sim, o novo gostosinho na área – Shaunee concordou.

– Você viu que bundinha? – Erin perguntou.

– Eu bem que queria que ele afrouxasse mais aquele jeans para eu poder ver o cofrinho – Shaunee disse.

– Gêmea, calça frouxa é ruim demais. É tão anos 90, aquele clichê de gangue de rua. Os gostosos deviam simplesmente dizer não à calça frouxa – Erin afirmou.

– Mesmo assim, eu queria ver a bundinha dele, gêmea – Shaunee disse. Então ela olhou para mim e sorriu. Foi uma versão contida de seu sorriso simpático de antigamente, mas pelo menos não tinha mais o sarcasmo com que ela vinha me tratando nos últimos dias. – E aí, o que você acha? Ele chega a ser gostoso tipo Christian Bale, ou é um gostosinho mais modesto, tipo Tobey Maguire?

Minha vontade foi cair em lágrimas e berrar *Yes! Vocês estão voltando a falar comigo!* Mas agi com bom senso e passei a analisar o garoto com as gêmeas.

Tá, elas tinham razão. Stark era bonitinho. Tinha estatura mediana, diferente do meu ex-namorado humano, Heath, que era zagueiro em um time de futebol americano, e também não era um super-homem de beleza e altura fora do comum como meu ex-namorado, Erik, que acabara de se Transformar em vampiro. Mas também não era baixinho. Na verdade, ele tinha mais ou menos a altura de Damien. Era magro, mas percebi os músculos debaixo da camiseta velha, e seus braços eram bem suculentos. Ele tinha cabelos bagunçados de um jeito lindinho, típico de garotos, e naquele tom de areia, entre castanho e louro. Seu rosto também não era nada mal; ele tinha um queixo forte, nariz reto, grandes olhos castanhos e belos lábios. Então, dissecado em partes separadas, Stark tinha um visual legal. Ao observá-lo, percebi que o que o tornava gostoso eram sua intensidade e autoconfiança. Seus gestos tinham um jeito intencional, com um toque de sarcasmo. Era como se ele ao mesmo tempo fizesse parte do mundo e não estivesse nem aí para ele.

E, sim, era estranho eu perceber isso tudo tão rápido.

– Acho que ele é bem bonitinho – eu disse.

– *Aimeudeus*! Acabo de me lembrar quem ele é! – Jack arfou.

– Não diga – Shaunee disse.

– Ele é James Stark! – Jack afirmou.

– Não brinca – Erin reclamou, revirando os olhos. – Jack, disso nós já sabemos.

– Não, não, não. Você não entendeu. Ele é o James Stark, o melhor arqueiro do mundo! Não se lembra de ler sobre ele na Internet? Ele botou pra quebrar nos Jogos de Verão do ano passado. Galera, ele competiu com *vamps* adultos, com Filhos de Erebus, e derrotou todos. Ele é um astro... – Jack terminou com um suspiro sonhador.

– Putz! Dá na minha cara e me chama de monga, gêmea. Jack tem razão! – Erin disse.

– Sabia que tanta gostosura não era do tipo comum – Shaunee falou.

– Uau – suspirei.

– Gêmea, vou tentar gostar da cadela dele – Erin disse.

– Claro que vamos, gêmea – Shaunee respondeu.

Naturalmente, nós quatro estávamos olhando para Stark como retardados quando ele e Damien voltaram.

– Que foi? – ele disse, com a boca cheia de sanduíche. Ele olhou para nós, e depois para Duquesa. – Ela fez alguma coisa enquanto eu estava longe? Ela é chegada a lamber dedos dos pés.

– Eca, mas que... – Erin começou, mas calou a boca quando Shaunee a chutou por debaixo da mesa.

– Não, Duquesa foi uma perfeita *lady* enquanto você não estava – Shaunee disse, dando um sorriso muito, muito simpático para Stark.

– Ótimo – Stark respondeu. Ao ver que continuávamos a olhar fixo para ele, Stark se mexeu na cadeira, pouco à vontade. Como se tivessem ensaiado, Duquesa se mexeu também, encostando-se à perna dele e olhando para o dono carinhosamente. Vi que ele relaxou enquanto automaticamente baixou a mão para lhe esfregar as orelhas.

– Eu me lembro de ouvir falar que você derrotou todos aqueles *vamps* no arco e flecha! – Jack não se conteve e acabou dizendo; e então fechou a boca e corou.

Stark não levantou os olhos do prato. Apenas deu de ombros:
– É, sou bom no arco e flecha.

– Você é aquele novato? – Damien perguntou, só agora se dando conta. – Você não é bom no arco e flecha! Você é espetacular no arco e flecha!

Stark levantou os olhos.

– Que seja. É só algo em que sou bom desde que fui Marcado – seus olhos passaram de Damien para mim. – Falando em novatos famosos, estou vendo que os rumores sobre suas Marcas adicionais eram verdade.

– Sim – como eu odiava esses primeiros encontros. Ficava muito sem graça quando conhecia alguém e só me viam como a super-novata, e não a Zoey de verdade.

Foi quando entendi. O que eu estava sentindo devia ser bem parecido com o que Stark estava sentindo.

Perguntei a primeira coisa que me veio à cabeça para mudar de assunto.

– Você gosta de cavalos?

– Cavalos? – lá estava o sorriso sarcástico outra vez.

– É, bem, você tem cara de quem gosta de animais – eu disse com a maior cara de pau, apontando para sua cadela com o queixo.

– É, acho que eu gosto de cavalos. Gosto de quase todos os animais. Menos de gatos.

– Menos de gatos! – Jack quase gritou.

Stark deu de ombros novamente.

– Nunca gostei muito deles. São muito geniosos para o meu gosto.

As gêmeas deram um riso curto e debochado.

– Os gatos são criaturas independentes – Damien começou. Senti o tom professoral em sua voz e percebi que minha missão de mudar o rumo do papo havia sido bem-sucedida. – Todos sabemos, é claro, que eles foram reverenciados em muitas culturas antigas do mundo, mas você sabia que eles também...

– Ahn, pessoal, desculpe interromper – eu disse, levantando-me e tomando cuidado para não deixar Nala cair nas costas de Duquesa. – Mas preciso ver o que Aphrodite quer antes da reunião do Conselho. Vejo vocês lá, tá?

– Tá.

– É.

– Tá, né!

Já era uma espécie de despedida.

Dei um sorriso simpático para Stark.

– Prazer em conhecê-lo. Se precisar de alguma coisa para Duquesa, é só me dizer. Tem uma Southern Ag[2] não muito longe daqui. Eles têm mais produtos para gatos, mas aposto que também têm para cães.

– Eu aviso se precisar – ele respondeu.

Então, enquanto Damien voltava à pregação sobre as maravilhas dos gatos, Stark piscou para mim discretamente e balançou a cabeça, dando a entender que gostara da minha nada sutil mudança de assunto. Pisquei para ele, e estava a meio caminho da porta que dava para fora quando me dei conta de que estava sorrindo feito boba ao invés de pensar no fato de que, da última vez que estive lá fora, algo parecia querer me atacar.

Eu estava em frente à enorme porta de carvalho como se fosse uma aluna de educação especial quando um grupo de guerreiros Filhos de Erebus desceram a escadaria que dava para a sala de jantar dos funcionários no segundo andar.

– Sacerdotisa – vários deles disseram ao me verem, e o grupo inteiro parou para me fazer respeitosas mesuras com rápidos acenos e punhos cerrados sobre os peitos musculosos. Correspondi nervosamente aos cumprimentos.

– Sacerdotisa, permita-me abrir a porta para você – disse um dos guerreiros mais velhos.

– Ah, ahn, obrigada – eu disse, e então tive uma súbita inspiração e acrescentei: – Eu estava pensando se um de vocês não poderia me acompanhar até o dormitório e quem sabe me dar uma lista dos nomes dos guerreiros que serão designados para guardar o dormitório

---

2 Loja especializada em rações e produtos de jardinagem.

das meninas. Achei que os caras iam se sentir mais à vontade se nós soubéssemos seus nomes.

– É muita consideração da sua parte, minha *lady* – disse o guerreiro mais velho, que ainda estava segurando a porta para mim. – Será um prazer lhe dar uma lista com os nomes.

Sorri e lhe agradeci. Ao longo do caminho para o dormitório das meninas, ele conversou de modo cortês sobre os guerreiros designados a fazer a guarda para nós enquanto eu balançava a cabeça, assentindo e fazendo os ruídos apropriados e procurando dar rápidas olhadas no tranquilo céu noturno.

Nada de ar gelado nem de barulho de asas batendo, mas eu continuava com a perturbadora sensação de estar sendo observada.

4

Eu mal havia tocado na maçaneta da minha porta quando ela se abriu e Aphrodite agarrou meu pulso.

– Dá para sentar seu rabinho aqui? Merda, você é mais lenta do que uma gorda de muletas, Zoey – ela me empurrou para dentro do quarto e bateu a porta firmemente.

– Eu não sou lenta, e você tem um monte de coisas para explicar – eu disse. – Como entrou aqui? Cadê Stevie Rae? Quando sua Marca voltou? O quê...? – minha saraivada de perguntas foi interrompida por uma batida alta e insistente na janela do quarto.

– Primeiro de tudo, você é uma debiloide. Isto aqui é a Morada da Noite, não é nenhuma escola pública de Tulsa. Ninguém tranca a porta aqui, então vim direto para o seu quarto. Segundo, Stevie Rae está logo ali – Aphrodite correu até a janela. Fiquei só olhando, enquanto ela abria as grossas cortinas e levantava as pesadas janelas de vidro. Aphrodite olhou para mim, irritada. – *Hello*! Uma ajudazinha cairia bem.

Totalmente confusa, fui até a janela. Foi preciso nós duas juntas para abri-la. Fiquei olhando para o andar superior do antigo edifício de pedras que parecia mais um castelo do que um dormitório. A noite de dezembro ainda estava fria e sombria, e agora estava ameaçando chover. Avistei o muro sul em meio à escuridão e às árvores. Estremeci, mas novatos raramente sentiam frio, de modo que não era o clima que me fazia tremer. Foi por ver o muro sul, um lugar de poder e caos. Ao meu lado, Aphrodite suspirou e se debruçou para espiar pela janela.

– Pare de enrolar e entre aqui. Vão pegar você e, pior ainda, esta umidade vai acabar com o meu cabelo.

Ao ver a cabeça de Stevie Rae, quase fiz xixi nas calças.

– Oi, Z.! – ela disse, toda animada. – Se liga só na minha nova e supermaravilhosa agilidade ao escalar.

– *Aimeudeus*! Entra logo aqui – Aphrodite pôs os braços para fora da janela, agarrou uma das mãos de Stevie Rae e a puxou. Como se tivesse virado um balão de gás, Stevie Rae pulou para dentro do quarto.

Aphrodite fechou rapidamente a janela e as cortinas. Fechei a boca, caída de perplexidade, mas continuei a olhar enquanto Stevie Rae se levantava, esfregando sua calça jeans Roper e nela enfiando de novo a barra da camisa de manga comprida.

– Stevie Rae – eu disse, enfim. – Você rastejou parede acima?

– Foi! – ela sorriu para mim, balançando a cabeça cheia de cachos louros curtos de um jeito que a fez parecer uma animadora de torcida. – Legal, não é? Parece que eu sou parte das pedras do edifício, e fico totalmente sem peso, e, bem, aqui estou – ela estendeu as mãos.

– Que nem o Drácula – eu disse, e senti que havia pensado alto quando Stevie Rae fechou a cara e perguntou: – O que é que nem o Drácula?

Soltei o corpo pesadamente ao pé da cama.

– Tipo o livro *Drácula*, aquele, antigo, do Bram Stoker – expliquei. – Jonathan Harker diz que vê Drácula rastejando pela lateral do castelo.

– Ah, é, eu sei fazer isso. Quando você disse "que nem Drácula", achei que você estava dizendo que eu parecia o Drácula, com aquele jeito sinistro e pálido, com cabelo ruim e aquelas unhas enormes e nojentas. Não foi isso que você quis dizer, não é?

– Não, na verdade seu visual está ótimo – eu estava sendo totalmente sincera. Stevie Rae estava ótima, especialmente em comparação com seu visual (e o seu jeito e o seu cheiro) do mês passado. Agora ela parecia Stevie Rae outra vez, antes de o corpo da minha melhor amiga rejeitar a Transformação e ela morrer quase exatamente um mês atrás, para depois, sabe-se lá como, voltar do mundo dos mortos. Mas voltara diferente; algo havia se quebrado nela. Sua humanidade se perdera quase por completo, e não foi só com ela que aconteceu isso. Havia um monte de garotos mortos-vivos nojentos à espreita nos antigos túneis debaixo da estação de trem abandonada no centro de Tulsa. Stevie Rae quase se tornara um deles: ficou má, detestável e perigosa. A afinidade com o elemento terra que lhe fora concedida pela Deusa foi a única coisa que a ajudou a manter um pouco de sua personalidade, mas não o suficiente. Ela estava sumindo. Mas, com a ajuda de Aphrodite (que também ganhou a afinidade com o elemento terra), tracei um círculo e pedi a Nyx para curar Stevie Rae.

E a Deusa a curou, mas, durante o processo de cura, pareceu que Aphrodite tinha que morrer para salvar a condição humana de Stevie Rae. Felizmente não foi assim. Ao invés de morrer, a Marca de Aphrodite desaparecera, enquanto a de Stevie Rae ganhou cor e se expandiu miraculosamente, mostrando que ela havia completado sua Transformação em vampira. Para completar a confusão, as tatuagens de Stevie Rae não tinham a tradicional cor de safira, como as Marcas de todos os *vamps* adultos. A de Stevie Rae era vermelho-vivo, cor de sangue fresco.

– Ahn, *hello*. Terra chamando Zoey. Alguém aí? – a voz espertinha de Aphrodite interrompeu minha tagarelice mental. – É melhor ver o que há com sua melhor amiga. Ela está ficando zoada.

Pisquei os olhos. Apesar de estar olhando o tempo todo para Stevie Rae, eu não a estava vendo. Ela estava parada no meio do quarto – no que costumava ser nosso quarto até um mês antes, quando sua morte mudou tudo completamente para sempre –, olhando ao redor com olhos marejados.

– Ah, meu bem, desculpe – corri e dei um abraço em Stevie Rae. – Deve ser duro para você voltar aqui – senti que ela estava estranha e tensa em meus braços e me afastei um pouco para olhar para ela.

A expressão no seu rosto fez meu sangue congelar. A chorosa perplexidade dera lugar à raiva. Por um instante, imaginei por que sua raiva me pareceu familiar, pois Stevie Rae raramente se aborrecia. E então percebi o que estava acontecendo. Stevie Rae estava como *antes* de eu traçar o círculo e ela retomar sua humanidade. Dei um passo para trás.

– Stevie Rae? O que é?

– Cadê minhas coisas? – sua voz, bem como o rosto, eram pura cólera.

– Meu bem – eu disse gentilmente –, os *vamps* pegam as coisas do novato quando ele, ahn, morre.

Stevie Rae me fitou apertando os olhos.

– Eu não morri.

Aphrodite veio para o meu lado: – Ei, não desconte na gente. Os *vamps* acham que você morreu, lembra?

– Mas não se preocupe – eu disse rapidamente. – Eu os fiz me devolverem algumas das suas coisas. E sei onde está o resto. Posso pegar tudo se você quiser.

Assim, a animosidade se desfez e voltei a ver o rosto conhecido de minha melhor amiga.

– Até minha luminária em forma de bota de caubói?

– Até ela – eu disse, sorrindo. Que inferno, eu também ficaria surtada se alguém levasse as minhas coisas.

Aphrodite disse: – Pensei que a morte mudasse a falta de noção de estilo da pessoa. Mas não. A porra do seu mau gosto é imortal.

– Aphrodite – Stevie Rae disse com firmeza –, você realmente devia ser mais legalzinha.

– Pois eu não tô nem aí para você e sua visão Mary Poppins caipira da vida – Aphrodite respondeu.

– Mary Poppins era inglesa. Não podia ser caipira – Stevie Rae disse, presunçosamente.

Stevie Rae estava tão normal, tão como antigamente, que dei um gritinho de felicidade e a abracei de novo.

– Tô feliz pra caraca de te ver de novo! Agora você está bem mesmo, não está?

– Tô meio diferente, mas tô bem – Stevie Rae disse, me abraçando também.

Senti uma onda de alívio impressionante que me fez anular a parte do *meio diferente*. Acho que estava tão feliz em vê-la de volta ao normal que tive de guardar aquela informação dentro de mim por enquanto, e assim não precisaria pensar em algum problema que Stevie Rae ainda pudesse ter. Além do mais, lembrei-me de outra coisa.

– Peraí – eu disse de repente. – Como vocês entraram no *campus* e os guerreiros não surtaram?

– Zoey, você realmente precisa começar a prestar atenção no que acontece ao seu redor – Aphrodite disse. – Entrei pelo portão da frente. O alarme está desligado, o que acho que deve fazer sentido. Tipo, recebi a mesma ligação de notificação da escola avisando do fim das férias de inverno, e acho que todo mundo que estava fora do *campus* também recebeu. Neferet teve que suspender o encantamento, senão ia pirar com tantos alarmes por causa dos alunos voltando, para não falar dos zilhões de deliciosos Filhos de Erebus que estão invadindo isto aqui como presentes saborosos para nós.

– Você quer dizer que Neferet ia pirar mais ainda se os alarmes ficassem disparando?

– Sim, Neferet com certeza é doida varrida – Aphrodite disse, concordando completamente com Stevie Rae, para variar um pouco. – Enfim, o alarme não está acionado, nem mesmo para humanos.

– Ahn? Nem mesmo para humanos? Como sabe disso? – perguntei. Aphrodite suspirou e, com um movimento estranhamente lento, enxugou a testa com as costas da mão, e o contorno da lua crescente ficou borrado e parcialmente apagado.

Eu arfei, assustada.

– Ah, meu Deus, Aphrodite! Você é... – as palavras saíam da minha boca, mas eu me recusava a dizer.

— Humana — Aphrodite completou, com uma voz fria e indiferente.

— Como? Quer dizer, tem certeza?

— Tenho certeza. Muita certeza — ela respondeu.

— Ahn, Aphrodite, apesar de você ser humana, com certeza não é uma humana normal — Stevie Rae disse.

— Como assim? — perguntei.

Aphrodite deu de ombros.

— Tô me lixando.

Stevie Rae suspirou.

— Que bom que você virou humana, e não boneco de madeira, porque, com tanta mentira, seu nariz já teria crescido um quilômetro.

Aphrodite balançou a cabeça, revoltada.

— Lá vem você com sua filosofia de filmes da Sessão da Tarde. Não sei por que não morri e não fui pro inferno de uma vez. Pelo menos lá eu não seria bombardeada com filmes da Disney.

— Dá pra dizer o que está acontecendo? — pedi.

— É melhor falar logo para ela. Ela está quase falando palavrão — Aphrodite disse, venenosamente.

— Você é tão insuportável. Eu devia ter devorado você quando estava morta — Stevie Rae disse.

— Você devia ter devorado a caipira da sua mãe quando estava morta — Aphrodite disse, estufando o peito, pronta para partir para a briga. — Não admira que Zoey precise mudar de melhor amiga. Você é uma certinha "pé no saco"!

— Zoey não precisa trocar de melhor amiga! — Stevie Rae gritou, virando-se para dar um passo em direção a Aphrodite. Por um instante, pensei ter visto seus olhos azuis começarem a brilhar avermelhados, como na época em que ela era morta-viva e descontrolada.

Sentindo a cabeça a ponto de explodir, entrei no meio delas:

— Aphrodite, pare de implicar com Stevie Rae!

— Então é melhor você ficar de olho na sua amiga — Aphrodite caminhou até o espelho que havia sobre a pia, pegou um lenço de papel e começou a limpar o que restava do crescente borrado em sua testa. Percebi que, apesar do seu tom indiferente, suas mãos estavam trêmulas.

Virei para Stevie Rae, cujos olhos tinham voltado ao tom azul de sempre.

– Desculpe, Z. – ela disse, sorrindo como uma criança culpada. – Acho que fiquei nervosa depois de passar dois dias com Aphrodite.

Aphrodite resfolegou, e então olhei para ela.

– Não comece de novo – eu a repreendi.

– Tá, que seja – nossos olhos se encontraram no espelho, e eu quase tive certeza de ver medo no olhar de Aphrodite. Então, ela voltou a consertar o próprio rosto.

Sentindo-me totalmente confusa, tentei definir em que ponto a conversa tinha tomado aquele rumo estranho.

– Então, por que você está dizendo que Aphrodite não é normal? E não estou falando de seu jeito anormal de ser – acrescentei logo.

– Moleza – Stevie Rae disse. – Aphrodite ainda tem visões, e ter visões não é coisa de humanos normais – ela olhou para Aphrodite como quem diz "pronto". – Vamos. Conte a Zoey.

Aphrodite virou-se do espelho e se sentou em um banquinho que eu deixava ali perto. Ela ignorou Stevie Rae e disse: – É, eu ainda tenho minhas visões. É de lascar. A única coisa que eu não gostava em ser novata é a única coisa que mantive agora que sou uma humana idiota de novo.

Olhei mais de perto para Aphrodite, enxergando através da fachada de gostosona que ela gostava de projetar. Ela estava pálida e com olheiras debaixo da maquiagem.

Sim, ela parecia mesmo uma garota que havia acabado de comer o pão que o diabo amassou, e isso podia ser devido a mais uma de suas visões. Não era à toa que ela estava com a macaca; fui muita lesada em não perceber antes.

– O que tinha na visão? – perguntei a ela.

Aphrodite me olhou nos olhos e cheguei até a pensar que fosse cair aquele muro de aço de arrogância que ela gostava de manter ao seu redor como proteção. Uma sombra terrível e espantosa atravessou seu belo rosto, e sua mão tremeu ao puxar uma mecha loura para atrás da orelha.

– Eu vi vampiros massacrando humanos e humanos matando vampiros em defesa própria. Vi um mundo repleto de violência, ódio e escuridão. E, na escuridão, vi criaturas tão horrorosas que nem sei dizer o que eram. Eu... Eu nem consegui continuar olhando para elas. Eu vi o fim de tudo – a voz de Aphrodite estava tão assombrada quanto seu rosto.

– Conte o resto – Stevie Rae pressionou, ao ver que Aphrodite parara de falar, e fiquei surpresa com a súbita gentileza em sua voz. – Conte a ela por que tudo isso acontecia.

Quando Aphrodite falou, senti suas palavras como se fossem cacos de vidro sendo enfiados em meu coração.

– Eu vi isso tudo acontecendo porque você estava morta, Zoey. Sua morte causava tudo isso.

5

– Ah, que inferno – eu disse, e então meus joelhos ameaçaram fraquejar e tive que me sentar na minha cama. Meus ouvidos começaram a apitar e foi difícil respirar.

– Você sabe que isso não quer dizer que vá acontecer com certeza – Stevie Rae disse, me dando um tapinha no ombro. – Tipo, Aphrodite viu sua avó morrer, e Heath e eu também. Bem, no meu caso seria morrer pela segunda vez. E nada disso aconteceu. Então, podemos evitar – ela olhou para Aphrodite. – Certo?

Aphrodite pareceu inquieta.

– Ah, que inferno – eu disse pela segunda vez. Então me forcei a falar, apesar de estar com a garganta quase travada de tanto medo. – Tem algo de diferente na visão que você teve sobre mim, não é?

– Talvez seja por eu ser humana – ela disse lentamente. – É a única visão que eu tive desde que voltei a ser humana, então é normal que pareça diferente das visões que tinha quando era novata.

– Mas? – insisti.

Ela deu de ombros e finalmente me olhou nos olhos.

– Mas pareceu diferente.

– Como assim?

– Bem, pareceu mais confuso, envolvia mais emoção, tudo mais misturado. E literalmente não entendi parte do que vi. Tipo, não reconheci as coisas horríveis que fervilhavam na escuridão.

— Fervilhavam? – estremeci. – Isso não soa nada bem.

— E não era bom mesmo. Eu vi sombras dentro de sombras na escuridão. Era como se fantasmas estivessem voltando à vida, mas o resultado era terrível demais para eu conseguir olhar.

— Você quer dizer nem humano nem vampiro?

— É isso aí.

Automaticamente, esfreguei minha mão, e um arrepio de medo me atravessou o corpo.

— Ah, inferno.

— Que foi? – Stevie Rae perguntou.

— Esta noite algo meio que me atacou quando eu estava voltando da estrebaria para o refeitório. Era uma espécie de sombra fria que vinha da escuridão.

— Coisa boa não pode ser – Stevie Rae retrucou.

— Você estava sozinha? – Aphrodite perguntou com uma voz dura como pedra.

— Sim – respondi.

— Taí, esse é o problema – Aphrodite disse.

— Por quê? Que mais você viu?

— Bem, você morria de várias maneiras, e eu nunca vi isso antes na vida.

— Ma-mais de uma maneira? – a coisa estava piorando cada vez mais.

— Talvez seja melhor esperar um pouco e ver se Aphrodite tem outra visão que esclareça melhor as coisas antes de conversarmos sobre o assunto – Stevie Rae disse, sentando-se ao meu lado na cama.

Não tirei os olhos dos de Aphrodite, e vi um reflexo do que já sabia.

— Quando ignoro as visões, elas se concretizam. Sempre – Aphrodite disse, de um jeito decisivo.

— Acho que parte de sua visão já deve estar se concretizando – retruquei. Meus lábios ficaram gelados e duros, e senti uma dor no estômago.

– Você não vai morrer! – Stevie Rae falou, com uma voz chorosa, parecendo arrasada... e lá estava de volta minha melhor amiga.

Dei o braço a Stevie Rae.

– Vamos, Aphrodite. Conte.

– Foi uma visão forte, cheia de imagens poderosas, mas totalmente confusas. Talvez por que eu estava sentindo e vendo tudo do seu ponto de vista – Aphrodite fez uma pausa, engolindo em seco. – Eu a vi morrer de duas maneiras. Uma, afogada. A água estava fria e escura. Ah, e fedorenta.

– Fedorenta? Como um daqueles lagos nojentos de Oklahoma? – perguntei, curiosa, apesar do horror de falar sobre minha própria morte.

Aphrodite balançou a cabeça.

– Não, tenho quase cem por cento de certeza que não era em Oklahoma. Tinha água demais para ser lá. É difícil explicar como posso ter tanta certeza, mas parecia grande e fundo demais para ser algo tipo um lago – Aphrodite parou para pensar. Então, arregalou os olhos. – Eu me lembro de outra coisa sobre a visão. Havia alguma coisa perto da água que parecia um palácio de verdade em uma ilha só dele, o que é sinal de bom gosto e fortuna herdada, provavelmente coisa de europeus, e não de algum novo-rico querendo exibir cultura sem ter berço.

– Você é insuportavelmente esnobe, Aphrodite – Stevie Rae disse.

– Obrigada – Aphrodite respondeu.

– Tá, então você me viu me afogando perto de um palácio de verdade em uma ilha de verdade, talvez na Europa. Você viu mais alguma coisa que pudesse ser de alguma ajuda? – perguntei.

– Bem, tirando o fato de você se sentir isolada... Tipo sozinha mesmo em ambas as visões, vi o rosto de um cara. Ele estava com você pouco antes de você morrer. Era alguém que eu nunca tinha visto antes. Pelo menos não antes de hoje.

– O quê? Quem?

– Eu vi o Stark.

– Ele me matou? – senti vontade de vomitar.

– Quem é Stark? – Stevie Rae perguntou, segurando minha mão.

– O garoto que acabou de ser transferido da Morada da Noite de Chicago – respondi. – Ele me matou? – repeti a pergunta a Aphrodite.

– Acho que não. Não olhei direito para ele, e estava escuro. Mas parecia que você se sentia segura ao lado dele, pelo menos até a última vez que você o viu – ela levantou a sobrancelha para mim. – Parece que você vai superar todo aquele problema de Erik/Heath/Loren.

– Sinto muito por tudo isso. Aphrodite me contou o que aconteceu – Stevie Rae disse.

Abri a boca para agradecer a Stevie Rae, e então me dei conta de que ela e Aphrodite não sabiam até que ponto ia o problema de Erik/Heath/Loren. Elas estiveram afastadas da escola e a mídia humana não disse nada sobre a morte de Loren Blake. Respirei fundo. Preferia ouvir mais sobre minhas mortes a tocar nesse assunto.

– Loren morreu – disse de uma vez.

– O quê?

– Como?

Olhei para Aphrodite.

– Faz dois dias. Foi igual à morte da professora Nolan. Deixaram Loren decapitado e crucificado em frente ao portão da escola com um bilhete citando algum versículo terrível da Bíblia, dizendo que ele era abominável, cravado em seu coração – falei muito rápido, querendo tirar logo o gosto daquelas palavras terríveis da minha boca.

– Ah, essa não! – Aphrodite ficou pálida como se estivesse nauseada e desabou sobre a antiga cama de Stevie Rae.

– Zoey, que horror – Stevie Rae disse. Senti o tom choroso da sua voz enquanto ela punha o braço no meu ombro. – Vocês eram que nem Romeu e Julieta.

– Não! – como as palavras escaparam mais rápido do que eu previa, voltei-me para Stevie Rae e sorri. – Não – repeti com uma voz mais razoável. – Ele nunca me amou. Loren me usou.

– Para te levar para a cama? Ah, Z., que droga – Stevie Rae disse.

– Infelizmente não foi isso, apesar de eu ter feito a besteira de ir para a cama com ele. Loren estava me usando por causa de Neferet. Foi ela quem mandou ele me procurar. Eles eram amantes – fiz uma careta ao me lembrar da cena de cortar o coração que presenciei entre Loren e Neferet. – Eles estavam rindo de mim. Dei meu coração e meu corpo a Loren, além de dar um pedaço da minha alma através da Carimbagem. E ele rindo de mim.

– Peraí. Volta um pouco. Você disse que Neferet mandou Loren procurá-la? – Aphrodite perguntou. – Por que ela faria isso se eles eram amantes?

– Neferet queria que eu ficasse sozinha – meu coração congelou quando as peças do quebra-cabeça começaram a se encaixar.

– Ahn? Isso não faz sentido. Por que Loren iria se fingir de seu namorado para fazer você ficar sozinha? – Stevie Rae perguntou.

– Simples – Aphrodite disse. – Zoey teve que ver Loren às escondidas, porque ele era professor e tal. Meu palpite é que ela não contou a nenhum membro da horda de *nerds* que estava sendo uma menina muito malcomportada com o professor Blake. Também acho que Neferet teve tudo a ver com Erik descobrir que Zoey estava dando para alguém que não era ele.

– Ahn, estou bem aqui. Não precisa falar de mim como se eu não estivesse no recinto.

Aphrodite resfolegou.

– Se meus palpites estiverem certos, eu diria que seu bom-senso não está presente no recinto.

– Seus palpites estão certos – admiti, relutante. – Neferet deu um jeito de Erik me flagrar com Loren.

– Droga! Não foi à toa que ele ficou tão revoltado – Aphrodite disse.

– O quê? Quando? – Stevie Rae perguntou.

Suspirei.

– Erik me pegou com Loren. Ele surtou. Então, descobri que Loren estava na verdade com Neferet e não dava a mínima para mim, apesar de termos nos Carimbado.

— Vocês se Carimbaram! Merda! — Aphrodite exclamou.

— Então, eu surtei — ignorei Aphrodite. A coisa em si já era péssima demais. Eu com certeza não queria entrar em detalhes. — Eu estava chorando quando Aphrodite, as gêmeas, Damien, Jack e...

— Ah, merda, e Erik. Foi quando encontramos você chorando debaixo da árvore — Aphrodite interrompeu.

Suspirei de novo, percebendo que não dava para ignorá-la.

— É. E Erik contou tudo sobre Loren e eu para todo mundo.

— De um jeito bem cruel — Aphrodite disse.

— Caraca — Stevie Rae exclamou. — Deve ter sido bem horrível mesmo para Aphrodite dizer que ele foi cruel.

— Pois é. Cruel o bastante para os amigos dela considerarem que ficar com Loren foi como um tapa na cara de todos eles. Depois que Erik acabou de soltar a bomba que Zoey era uma "cachorra", foi a vez de explodir a bomba de que Zoey também andava escondendo de todos que Stevie Rae não havia morrido, e o resultado foi um bando de *nerds* furiosos que não confiam mais em Zoey.

— Ou seja, Zoey ficou sozinha, exatamente como Neferet planejara — completei, incomodada com a facilidade com que comecei a falar de mim mesma na terceira pessoa.

— Esta foi a segunda morte que vi para você — Aphrodite disse. — Você completamente sozinha. Sem sombra de garotos bonitos nem de sua horda de *nerds*. Seu isolamento é a imagem principal da segunda visão.

— E o que causa minha morte nessa visão?

— Bem, é aí que a coisa fica confusa de novo. Eu vejo Neferet a ameaçando, mas a visão fica toda bagunçada quando você é atacada. Sei que vai soar bizarro, mas na última hora vi uma coisa preta flutuando ao seu redor.

— Como um fantasma ou algo assim? — engoli em seco.

— Não. Não era nem isso. Se o cabelo de Neferet fosse preto, eu diria que era o cabelo dela cercando-a como se estivesse sendo soprado pelo vento, como se ela estivesse atrás de você. Você estava sozinha e muito, muito apavorada. Você tentava pedir ajuda, mas ninguém lhe respondia, e você ficou tão apavorada que parou de se mexer e de reagir. Ela, ou sei lá o quê era aquilo, dava a volta e, não sei como, cortava sua garganta com um troço escuro em forma de gancho. O negócio era muito afiado e cortava sua cabeça fora – Aphrodite estremeceu e acrescentou: – Caso você esteja se perguntando, saía muito sangue. Bastante.

– Que podreira, Aphrodite! Você precisava entrar em detalhes? – Stevie Rae perguntou, colocando seu braço em meu ombro.

– Não, tudo bem – eu disse, rapidamente. – Aphrodite tem que me dar todos os detalhes possíveis, como da vez em que ela teve as visões com a sua morte, a da minha avó e a de Heath. É o único jeito de conseguirmos mudar as coisas. Então, que mais você viu relacionado à minha segunda morte? – perguntei a Aphrodite.

– Só que você gritava socorro, mas nada acontecia. Todo mundo te ignorava – Aphrodite respondeu.

– Hoje fiquei com medo quando aquele treco saído de não sei que buraco da noite tentou me pegar. Fiquei com tanto medo que até parei, sem saber o que fazer – eu disse, estremecendo só de lembrar.

– Será que Neferet tem alguma relação com o que te aconteceu hoje? – Stevie Rae perguntou.

Dei de ombros.

– Sei lá. Eu não vi nada, só uma treva sinistra.

– Treva sinistra foi o que eu vi também. Por mais que deteste dizer isso, você tem que dar um jeito de fazer as pazes com a horda de *nerds*, porque ficar sem amigos não é bom – Aphrodite disse.

– Falar é fácil – respondi.

– Não sei por quê – Stevie Rae retrucou. – Basta dizer a verdade a eles sobre Neferet ter mandado Loren ficar com você, e explicar que não podia contar que eu tinha virado morta-viva porque Neferet seria capaz de... – as palavras de Stevie Rae foram sumindo à medida que ela se deu conta do que estava dizendo.

– Isso aí, perfeito. Conte a eles que Neferet é do mal e que é ela quem está por trás dessa história de garotos mortos-vivos, e na primeira vez que algum dos *nerds* chegar perto do campo sensorial de Neferet e ela captar seus pensamentos, a merda vai toda parar no ventilador. O que significa que a vaca maldita da Grande Sacerdotisa não só vai saber do que a gente sabe, como provavelmente vai pegar bem pesado com seus amiguinhos – Aphrodite fez uma pausa e bateu com a ponta do dedo no queixo. – Hum, pensando bem, até que a ideia não é de todo ruim...

– Ei! – Stevie Rae chamou. – Damien, as gêmeas e Jack já sabem de algo que vai colocá-los em maus lençóis com Neferet. Eles sabem de mim.

– Ah, que inferno – eu disse.

– Que merda – Aphrodite retrucou. – Eu me esqueci totalmente do detalhe que "Stevie Rae não morreu". Por que será que Neferet ainda não leu os pensamentos de seus amiguinhos e surtou?

– Ela está muito ocupada declarando guerra – respondi. Ao ver Aphrodite e Stevie Rae me olhando com cara de quem não havia entendido nada, percebi que a notícia de Loren não era a única que elas não sabiam. – Quando Neferet ficou sabendo do assassinato de Loren, declarou guerra contra os humanos. Não abertamente, é claro. Ela quer uma guerra pesada, tipo terrorismo. Deus, ela é muito podre. Não sei como as pessoas não percebem.

– Bater geral nos humanos? Hum... Interessante. Acho que esse monte de Filhos de Erebus será nossa arma de destruição em massa – Aphrodite disse. – Hummmm, até que é um raio de esperança numa situação tão zoada.

– Como você pode ser tão indiferente a tudo isso? – Stevie Rae perguntou, furiosa, levantando-se da cama.

– Primeiro de tudo, não gosto muito dos humanos – Aphrodite levantou a mão para impedir Stevie Rae de começar o sermão. – Tá, eu sei. Eu sou humana agora. Quanto a isso, só posso dizer eca. Segundo,

Zoey está viva e eu, bem, não estou muito preocupada com essa guerrinha assustadora.

– De que diabo você está falando, Aphrodite? – perguntei.

Ela revirou os olhos.

– Dá para acompanhar meu raciocínio? *Hello*! Faz total sentido agora. Minha visão mostrava uma guerra entre humanos e *vamps* e uns troços monstruosos. Na verdade, você deve ter sido atacada por eles, que podem perfeitamente ser servos de Neferet sobre os quais não sabemos nada – ela fez uma pausa, parecendo temporariamente confusa, e então deu de ombros e prosseguiu. – Bem, não interessa. Tomara que a gente não precise descobrir o que são, porque a guerra só aconteceu depois de matarem você. Trágica e grotescamente, devo dizer. Enfim, acho que mantendo você viva, impedimos a guerra de acontecer.

Stevie Rae respirou longa e profundamente.

– Tem razão, Aphrodite – ela se voltou para mim. – Temos que mantê-la viva, Zoey. Não só porque gostamos mais de você do que de um pãozinho quente, mas porque você tem que salvar o mundo.

– Ah, que ótimo. Eu devo salvar o mundo? – não pude deixar de pensar "e eu costumava me estressar com Geometria".

Ah, que inferno.

6

– É, você tem que salvar o mundo Z., mas vamos ficar do seu lado – Stevie Rae disse, voltando para o meu lado na cama.

– Não, toupeira. Eu vou estar do lado dela. Você tem que cair fora daqui até que a gente resolva como vamos falar de você e dos seus amigos fedorentos para o resto da horda de *nerds* – Aphrodite a repreendeu.

Stevie Rae fez cara feia para Aphrodite.

– Ahn? Amigos? – perguntei.

– Eles já sofreram muito, Aphrodite. E vou fazê-la entender que tomar banho e se enfeitar não são tão importantes quando a pessoa está morta. Ou morta-viva – Stevie Rae disse. – Além do mais, você sabe que eles agora estão melhores e que estão até usando as coisas que você comprou para eles.

– Peraí. De que amigos vocês estão... – e então minhas palavras morreram à medida que entendi de quem estavam falando. – Stevie Rae, não me diga que você continua se encontrando com aqueles garotos nojentos dos túneis.

– Você não entende, Zoey.

– Tradução: sim, Zoey, ainda estou me encontrando com os renegados nojentos dos túneis – Aphrodite disse, imitando o sotaque de Oklahoma de Stevie Rae.

– Pare com isso – eu disse a Aphrodite automaticamente antes de me voltar para Stevie Rae. – Não, eu não entendo. Então, me faça entender.

Stevie Rae respirou fundo.

– Bem, acho que isto aqui – ela apontou para suas tatuagens escarlates – significa que preciso ficar perto dos outros garotos com tatuagens vermelhas para que eu possa ajudá-los a passar pela Transformação também.

– Os outros garotos mortos-vivos também têm tatuagens vermelhas como as suas?

Ela deu de ombros e pareceu desconfortável.

– Bem, mais ou menos. Sou a única com a tatuagem completa, por isso acho que passei pela Transformação. Mas os contornos de lua crescente azul em suas testas agora ficaram vermelhos. Eles ainda são novatos. Eles só são, bem, um tipo diferente de novato.

Uau! Fiquei lá sentada, sem saber o que dizer, tentando assimilar as consequências do que Stevie Rae estava dizendo. Era completamente impressionante pensar que agora havia outro tipo de novatos, o que, é claro, significava que agora havia um novo tipo de vampiro adulto, e por um momento me animei. E se isso também quisesse dizer que todo mundo, que todos os Marcados, também passariam por algum tipo de Transformação, então os novatos não teriam que morrer! Pelo menos não permanentemente. Eles iam se transformar em novatos vermelhos. Seja lá o que isso fosse.

Então, me lembrei de como aqueles garotos tinham sido maus. Eles mataram adolescentes. De um jeito horrível. Tentaram matar Heath. Ele foi salvo graças a mim. Que inferno, eles teriam me matado se eu não tivesse usado minha afinidade com os cinco elementos para salvar nossa pele.

Também me lembrei do lampejo vermelho que vira antes nos olhos de Stevie Rae e a maldade que parecera tão deslocada em seu rosto, mas ao vê-la agindo normalmente não foi difícil me convencer de que eu estava imaginando coisas, ou pelo menos exagerando.

Mesmo assim, tirei essas ideias da cabeça e disse: – Mas, Stevie Rae, aqueles garotos eram do mal.

Aphrodite resfolegou.

– Eles ainda são do mal, e continuam morando em buracos nojentos. E, sim, eles continuam uns grossos.

– Eles não estão fora de controle como antes, mas também não se pode dizer que sejam normais – Stevie Rae justificou.

– Eles são uns rejeitados asquerosos, é isso o que eles são – Aphrodite disse. – Parecem uns órfãos ruivos.

– É, alguns deles têm problemas, e não são exatamente as pessoas mais populares do mundo, mas e daí?

– Só estou dizendo que seria mais fácil descobrir o que fazer com você se só tivéssemos de pensar em você.

– Nem sempre dá para escolher o jeito mais fácil. Não interessa o que teremos de fazer, ou o que eu vou ter de fazer. Mas não vou deixar Neferet usar aqueles garotos – Stevie Rae disse com firmeza.

E aquilo provocou um clique na minha mente. Estremeci de horror ao sentir que minha intuição estava certa.

– Ah, meu Deus! Foi por isso que Neferet fez o que fez para os garotos virarem mortos-vivos. Ela quer usá-los na guerra que declarou contra os humanos.

– Mas, Z., não morreu mais ninguém, e a professora Nolan e Loren foram assassinados faz poucos dias, de modo que Neferet acabou de declarar a guerra de guerrilha – Stevie Rae disse.

Eu não disse nada. Não consegui. O que estava pensando era terrível demais para falar em voz alta. Eu estava com medo de que as sílabas das palavras se transformassem em pequenos torpedos e, se eu juntasse as sílabas, elas se unissem para nos destruir a todos.

– O que é isso? – Aphrodite estava me observando com atenção exagerada.

– Nada – troquei as palavras em minha mente para que ficassem mais suportáveis. – É só que tudo isso me faz pensar que Neferet já vem torcendo há muito tempo para que surgisse uma razão para combater os humanos. Eu não ficaria nada surpresa se ela criasse garotos mortos-vivos para formar seu exército pessoal. Eu a vi com Elliott pouco depois de ele ter supostamente morrido. Foi revoltante ver o controle que ela exercia sobre ele – estremeci, lembrando-me com total clareza de como Neferet dava ordens a Elliott, e de como ele se curvara diante dela, se coçando todo e pedindo sangue, e de quando ela fez um corte e ele chupou seu sangue daquele jeito nojento e sensual. Foi péssimo presenciar aquilo.

– É por isso que tenho que voltar para eles – Stevie Rae disse. – Eles precisam que eu tome conta deles e os ajude a se Transformar também. Quando Neferet descobrir a diferença nas Marcas deles, ainda vai tentar controlá-los e fazer com que se comportem de maneira, digamos, não muito legal. Acho que eles podem melhorar, como eu melhorei.

– E os que nunca foram legais? Você se lembra do tal de Elliott de quem a Zoey acabou de falar? Ele era um mané quando vivo e continua mané morto-vivo. E vai continuar mané se conseguir completar a Transformação em sei lá o quê vermelho – Aphrodite soltou um suspiro exagerado quando Stevie Rae lançou um olhar feio para ela. – O que estou querendo enfatizar é que eles não eram normais desde o início. Talvez não dê para aproveitar nada que venha deles.

– Aphrodite, não existe isso de ficar escolhendo quem deve e quem não deve ser salvo. Eu podia ser totalmente normal antes de morrer, mas agora não sou mais exatamente normal – Stevie Rae disse. – E eu era digna de ser salva.

– Nyx – eu disse, e ambas se viraram para mim com interrogações no rosto. – Nyx escolhe quem vale a pena salvar. Não sou eu, nem Stevie Rae, nem você, Aphrodite.

– Acho que me esqueci de Nyx – Aphrodite disse, virando o rosto para esconder a dor em seus olhos. – A Deusa não deve mesmo estar muito preocupada com uma garota humana.

– Não é verdade – eu disse. – A mão de Nyx ainda está em você, Aphrodite. A Deusa está agindo pra valer aqui. Se ela não se importasse com você, teria lhe tirado suas visões ao tirar sua Marca – ao falar, tive aquela sensação que me vinha quando tinha certeza absoluta do que estava dizendo. Aphrodite era um "pé no saco", mas, por alguma razão ela era importante para nossa Deusa.

Aphrodite olhou nos meus olhos.

– Você acha ou você sabe?

– Eu sei – continuei olhando firme nos olhos dela.

– Jura? – ela perguntou.

– Juro.

– Bem, isso é tudo muito legal e tal, Aphrodite – Stevie Rae interrompeu –, mas você devia se lembrar que também não é exatamente normal.

– Mas sou atraente, tomo banho e não vivo enfiada em túneis asquerosos rosnando e mostrando os dentes para as visitas.

– O que leva a outro ponto. Por que vocês foram para os túneis? – perguntei a Aphrodite.

Ela revirou os olhos.

– Porque a senhorita K 95.5 FM[3] aqui resolveu me seguir.

– Bem, você surtou quando sua Marca desapareceu e, ao contrário de algumas pessoas, não sou uma megera com "M" maiúsculo. Além do mais, deve ter sido em parte culpa minha você perder sua Marca, por isso achei que devia ver se você estava bem – disse Stevie Rae.

– Você me mordeu, toupeira – Aphrodite reclamou. – É claro que foi culpa sua.

– Já pedi desculpas por isso.

– Ahn, pessoal, podemos nos concentrar no assunto?

– Tá bem. Eu fui para aqueles túneis idiotas porque a idiota da sua melhor amiga ia torrar se a luz do sol nos alcançasse.

– Mas como você conseguiu ficar sumida por dois dias?

Aphrodite pareceu desconfortável.

– Levei dois dias para decidir se voltava ou não. Além disso, tive que ajudar Stevie Rae a comprar umas coisas para levar para os malu-

---

3 Estação de música *country* de Tulsa.

cos lá de baixo. Nem eu fui capaz de ir embora e deixá-los todos – ela fez uma pausa e estremeceu delicadamente para fazer efeito –, todos nojentos daquele jeito.

– Nós ainda não estamos muito acostumados a receber visitas – Stevie Rae disse.

– Você se refere às pessoas que gostaria de devorar, certo? – Aphrodite perguntou.

– Stevie Rae, você não pode deixar que eles fiquem comendo gente. Nem moradores de rua – acrescentei.

– Eu sei. Essa é outra razão para eu ter de voltar.

– Você vai ter de levar um serviço de limpeza e uma equipe de decoradores – Aphrodite murmurou. – Eu poderia lhe oferecer a ajuda dos empregados dos meus pais, mas sei lá se seus colegas não vão querer comê-los. Como diz minha mãe, é realmente difícil encontrar bons empregados ilegais.

– Não vou deixar os garotos continuarem a comer gente e vou ajeitar os túneis – Stevie Rae disse, na defensiva.

Lembrei-me de como eram sinistros aqueles túneis imundos.

– Stevie Rae, não dá para arrumar outro lugar para você e seus, ahn, novatos vermelhos ficarem?

– Não! – ela disse rapidamente, e então sorriu para mim em sinal de desculpas. – Sabe, acontece que ficar lá parece o melhor para mim e para eles. Precisamos ficar debaixo da terra – ela olhou para Aphrodite, que estava torcendo o nariz e fazendo cara de nojo.

– Sim, eu sei que não é normal, mas eu te disse que não sou normal!

– Ahn, Stevie Rae – a interrompi. – Concordo com você que não tem nada de errado em não ser normal. Tipo, olha para mim – passei a mão nas minhas muitas tatuagens, que não tinham nada de normal. – Sou a Rainha dos Anormais, mas talvez você possa explicar o que entende por não ser normal.

– Essa vai ser boa – Aphrodite disse.

– Tá, bem, eu ainda não sei tudo sobre mim mesma. Passei pela Transformação faz poucos dias, mas tenho algumas habilidades que acho que adultos *vamps* normais não têm.

– Tipo... – pressionei ao ver que ela ficou mordendo o lábio sem dizer mais nada.

– Tipo o lance de "me tornar parte das pedras" e escalar a parede do dormitório. Mas devo ser capaz de fazer isso por causa da minha afinidade com a terra.

Balancei a cabeça, pensando.

– Faz sentido. Eu descobri que posso invocar os elementos e mais ou menos desaparecer e virar névoa e vento e sei lá o quê.

Stevie Rae se iluminou.

– Ah, é! Eu me lembro de uma vez em que você ficou praticamente invisível.

– É. Então, pode ser que ter essa sua habilidade não seja tão anormal assim. Talvez todos os *vamps* com afinidades por um elemento possam fazer algo assim.

– Merda, ninguém merece! Vocês duas ficam com as habilidades maneiras. Eu fico com as visões "pé no saco" – Aphrodite reclamou.

– Talvez por você ser um "pé no saco" – Stevie Rae respondeu.

– Que mais? – perguntei antes que elas começassem a bater boca de novo.

– Eu queimo se pegar sol.

– Ainda? Tem certeza mesmo? – eu já sabia que o sol era um problema para ela desde quando era morta-viva.

– Ela tem certeza – Aphrodite disse. – Lembra-se, é por isso que tivemos que entrar naqueles túneis medonhos na primeira vez. O sol estava saindo. Nós estávamos no centro da cidade. Stevie Rae surtou.

– Eu sabia que algo ruim aconteceria se eu ficasse na superfície – Stevie Rae disse. – Então, não surtei de verdade, só estava muito preocupada.

– É, bem, você e eu teremos que discordar quanto ao seu humor oscilante. Pois eu digo que você surtou totalmente quando um raio de sol alcançou seu braço. Olha só, Z. – Aphrodite apontou para o braço direito de Stevie Rae.

Stevie Rae mostrou o braço a contragosto e levantou a manga da blusa. Tinha uma mancha vermelha na pele que ia do alto do antebraço até o cotovelo, como se ela tivesse se queimado feio ao sol.

– Não é tão ruim assim. Um pouco de protetor solar, óculos escuros e boné, e tudo bem – eu disse.

– Ahn, não – Aphrodite falou de novo. – Você tinha que ver antes de ela beber sangue. O braço dela estava bem feio e parecia um couro de animal. Beber o sangue fez o que era uma queimadura feia de terceiro grau virar uma desagradável queimadura de sol, mas sabe-se lá como ia ficar se seu corpo inteiro tivesse sido queimado.

– Stevie Rae, querida, quero deixar claro que não estou criticando, mas você não comeu nenhum mendigo nem nada assim depois que se queimou, não é?

Stevie Rae balançou a cabeça com tanta força que seus cachos sacudiram loucamente.

– Nada disso. No caminho para os túneis, dei uma pequena desviada e peguei um pouco de sangue emprestado no banco de sangue da Cruz Vermelha no centro da cidade.

– Pegar emprestado significa "devolver depois que terminar" – Aphrodite disse. – E, a não ser que você seja a primeira vampira a sofrer de bulimia, acho que não vai devolver o sangue – ela dirigiu um olhar presunçoso para Stevie Rae. – Ou seja, na verdade, você roubou. O que nos leva à nova habilidade de sua melhor amiga. Essa eu testemunhei. Mais de uma vez, na verdade. E, sim, foi perturbador. Ela é sinistra na hora de controlar as mentes dos humanos. Por favor, repare que eu disse sinistra.

– Acabou? – Stevie Rae perguntou.

– Provavelmente não, mas pode continuar – Aphrodite respondeu. Stevie Rae fez cara feia e continuou a me explicar: – Aphrodite tem razão. É como se eu pudesse entrar na mente das pessoas e fazer coisas.

– Coisas? – perguntei.

Stevie Rae deu de ombros.

– Coisas como fazer as pessoas se aproximarem de mim, ou se esquecerem que me viram. Não sei direito o que mais. Eu podia fazer essas coisas mais ou menos antes da Transformação, mas nada como o que consigo fazer agora, e não me sinto muito bem com esse negócio de controle mental. Parece, sei lá, uma coisa ruim.

Aphrodite resfolegou.

– Tá, que mais? Você ainda precisa ser convidada para entrar em uma casa? – e então respondi a mim mesma. – Peraí, isso deve ter mudado, porque eu não te convidei e você está aqui. Não que eu não fosse te convidar. Com certeza, teria convidado – acrescentei logo.

– Isso eu não sei. Fui direto para a Cruz Vermelha.

– Quer dizer que você entrou direto depois de manipular a mente daquela funcionária do laboratório, que acabou abrindo a porta para você – Aphrodite completou.

Stevie Rae corou.

– Eu não a machuquei nem nada, e ela vai se esquecer de tudo.

– Mas ela não a convidou para entrar? – perguntei.

– Não, mas o edifício da Cruz Vermelha é um lugar público, e a sensação foi diferente. Ah, e acho que você não precisaria me convidar para entrar aqui, Z. Eu morava aqui, esqueceu?

Sorri para ela.

– Eu me lembro.

– Se vocês duas derem as mãos e começarem a cantar *Lean on Me* vou ter que pedir licença para me retirar, senão vou começar a vomitar – Aphrodite resmungou.

– Dá para você usar um pouco do seu controle mental e fazer ela calar a boca de uma vez por todas? – perguntei.

– Não. Eu já tentei. Tem algo no cérebro dela que me impede de entrar.

– É minha inteligência superior – Aphrodite respondeu.

— É mais a sua superior capacidade de ser irritante – eu disse. – Vamos, Stevie Rae.

— Deixa eu ver, que mais... – ela pensou por uns instantes e disse: – Estou bem mais forte do que antes.

— *Vamps* adultos normais são fortes – respondi, e foi quando me lembrei de que ela teve de parar para beber sangue. – Então, você ainda precisa beber sangue.

— É, mas se não beber, não fico maluca como antes. Não gosto de ficar sem, mas, se ficar, não viro nenhuma monstra assassina.

— Mas ela não tem certeza disso – Aphrodite emendou.

— Odeio quando ela tem razão, mas ela tem – Stevie Rae disse. – Eu não sei muita coisa sobre o tipo de vampira em que me Transformei, e isso é bem assustador.

— Não se preocupe. Temos tempo de sobra para resolver isso.

Stevie Rae sorriu e deu de ombros. – Bem, vocês vão ter de descobrir sozinhas, porque eu tenho mesmo que ir embora – para minha grande surpresa, ela foi em direção à janela.

— Espera. Temos muitas coisas para conversar ainda. E, com o grande anúncio do fim das férias de inverno, haverá novatos e *vamps* por toda parte outra vez, sem falar dos Filhos de Erebus e em toda essa história de guerra contra os humanos. Assim fica difícil sair do *campus*, de modo que não sei quando vou poder te ver – eu estava começando a perder o fôlego na tentativa de enumerar os assuntos.

— Não se preocupe, Z. Ainda tenho aquele telefone que você me deu. Liga e eu venho aqui a qualquer momento.

— Quer dizer, a qualquer momento que não seja de dia – Aphrodite lembrou, me ajudando a abrir a janela para Stevie Rae.

— É, foi isso o que eu quis dizer – Stevie Rae olhou para Aphrodite. – Você sabe que pode vir comigo se não quiser ficar aqui fingindo.

Pisquei, surpresa, para minha melhor amiga. Ela não suportava Aphrodite, mas lá estava ela, oferecendo para Aphrodite um lugar para ficar e com um tom de voz amigável, exatamente como a Stevie Rae que eu conhecia e amava, e me senti péssima por ter me passado pela cabeça que ela pudesse agir como morta-viva inumana outra vez.

— Sério, pode vir comigo — Stevie Rae repetiu e, ao ver que Aphrodite não disse nada, ela acrescentou o que me pareceu muito estranho. — Eu sei o que é fingir. Nos túneis você não tem que fingir.

Achei que Aphrodite fosse olhar para ela com desprezo e dizer qualquer gracinha sobre os novatos vermelhos e a falta de higiene, mas o que ela disse na verdade me surpreendeu mais do que a oferta de Stevie Rae.

— Tenho que ficar aqui e fingir que ainda sou novata. Não vou deixar Zoey sozinha, e acho que o *gayzinho* e as gêmeas cafonas não estão muito amiguinhos dela agora. Mas obrigada, Stevie Rae.

Sorri para Aphrodite.

— Viu, você pode ser legal quando quer.

— Não estou sendo legal. Estou sendo prática. Um mundo cheio de guerra não tem graça nenhuma. Sabe, essa coisa toda de ficar suando e correndo e lutando e se matando. Não é uma situação nada propícia para manter os cabelos arrumados e as unhas feitas.

— Aphrodite — eu disse, cansada —, ser legal não é ruim.

— Diz a Rainha dos Anormais — ela satirizou.

— Ou seja, sua rainha, bonitinha — Stevie Rae disse. Então, ela me deu um abraço forte. — Tchau, Z. Até breve. Prometo.

Correspondi ao abraço, adorando ver que ela voltara a ter o corpo e o cheiro de antes.

— Tá, mas eu queria que você não tivesse que ir.

— Vai dar tudo certo. Você vai ver — então, ela saiu pela janela. Fiquei olhando enquanto ela rastejava pela parede do dormitório. Foi sinistro, ela parecia um besouro, seu corpo ondulou e praticamente desapareceu. Na verdade, se eu não soubesse que ela estava lá, jamais a teria visto.

— É igual a um daqueles lagartos que mudam de cor para se fundir ao ambiente — Aphrodite disse.

— Camaleões — eu disse. — É esse o nome deles.

— Tem certeza? Acho que lagartixa tem mais a ver com Stevie Rae.

Eu fiz cara feia para ela.

– Tenho certeza. Pare de ficar bancando a espertinha e me ajude a fechar a janela.

Com a janela e as cortinas fechadas de novo, dei um suspiro e balancei a cabeça. Mais para mim mesma do que para ela, eu disse: – E agora, o que vamos fazer?

Aphrodite começou a alisar a bolsinha chique que usava mais para enfeitar o ombro.

– Não sei quanto a você, mas vou usar este delineador ridículo para desenhar de novo minha Marca. Dá para acreditar que achei esta cor no Target?[4] – ela estremeceu. – Tipo, qual cafona usaria isto? Enfim, vamos resolver esse problema, depois vou para essa reunião ridícula que Neferet convocou.

– O que eu quis dizer foi o que vamos fazer quanto a esse negócio de vida e morte que está acontecendo?

– Não sei, porra! Não quero isso – ela apontou para sua Marca falsa. – Não quero nada disso. Só quero ser o que era antes de você aparecer aqui e esse inferno todo começar. Quero ser popular e poderosa e ficar com o cara mais gostoso da escola. Agora não sou mais nada disso e sou uma humana que tem visões assustadoras e não sei o que vou fazer quanto a nada disso.

Eu não disse nada por um instante, pensando no fato de ter sido por minha causa que Aphrodite perdera a popularidade, o poder e o namorado. Quando finalmente falei, me surpreendi ao dizer exatamente o que estava na minha mente.

– Você deve me odiar.

Ela me encarou longamente.

E odiava – ela disse, lentamente. – Mas agora odeio basicamente a mim mesma.

– Não se odeie – pedi.

---
4   Grande cadeia de lojas varejistas dos Estados Unidos.

– E por que diabo eu não deveria odiar a mim mesma? Todo mundo me odeia – suas palavras soaram incisivas e cruéis, mas seus olhos estavam cheios de lágrimas.

– Você se lembra daquela coisa detestável que me disse não faz muito tempo, quando achou que eu fosse perfeita?

Ela deu um sorrisinho.

– Você vai ter que me lembrar. Disse um monte de coisas detestáveis para você.

– Bem, dessa vez especificamente você falou que o poder muda as pessoas e as faz meter os pés pelas mãos.

– Ah, é. Agora estou me lembrando. Eu disse que o poder muda as pessoas, mas estava falando das pessoas ao seu redor.

– Bem, você tinha razão quanto a eles e quanto a mim, e agora eu entendo isso. Também entendo várias das besteiras que você fez – sorri e acrescentei: – Nem todas as besteiras que você fez, mas muitas delas. Porque agora fiz minha cota de besteiras, e acho que ainda não estourei essa cota, por mais deprimente que seja.

– Deprimente, mas verdade – ela disse. – Ah, aliás, já que estamos falando sobre como o poder muda as pessoas, você precisa se lembrar disso quando estiver lidando com Stevie Rae.

– O que quer dizer?

– Exatamente o que eu disse. Ela mudou.

– Explique melhor – pedi, sentindo o estômago revirar.

– Não finja que não sentiu nada esquisito nela – Aphrodite disse.

– Ela sofreu muito – justifiquei.

– Pois é exatamente o que estou dizendo. Ela sofreu muito, e mudou.

– Você nunca gostou de Stevie Rae, por isso não espero que de repente comece a se dar bem com ela, mas não vou ouvir você falando mal dela, principalmente depois que ela acabou de lhe oferecer um lugar para você não ter que ficar aqui fingindo ser o que não é – eu estava me esforçando para ficar bem "p" da vida, e não sabia se era porque

69

Aphrodite estava dizendo algo detestável e errado, ou se porque o que ela estava dizendo era uma verdade que eu não queria encarar.

– Você já parou para pensar que talvez Stevie Rae quisesse que eu fosse com ela por não querer que eu passe muito tempo ao seu lado?

– Isso é besteira. Por que ela se importaria? Ela é minha melhor amiga, não é meu namorado.

– Porque ela sabe que estou ligada na cena que ela está armando, e que vou dizer a verdade sobre ela. A verdade é que ela não é o que era. Eu não sei exatamente o que ela é agora, e acho que ela também não sabe, mas com certeza não é mais exatamente a Stevie Rae boazinha de antes.

– Eu sei que ela não é mais exatamente como antes! – rebati. – Como poderia ser? Ela morreu, Aphrodite! Nos meus braços. Lembra-se? E sou amiga dela o bastante para não lhe dar as costas só porque ela realmente mudou após passar por uma séria mudança de vida.

Aphrodite ficou parada, olhando para mim longamente. Tão longamente que meu estômago começou a doer de novo. Finalmente, ela levantou um dos ombros.

– Então, tá. Acredite no que quiser acreditar. Espero que esteja certa.

– Eu estou certa e não quero mais falar nisso – decidi, sentindo-me estranhamente abalada.

– Então, tá – ela repetiu. – Parei de falar nisso.

– Ótimo. Então termine de desenhar sua Marca e vamos à reunião.

– Juntas?

– É.

– Você não liga de as pessoas saberem que a gente não se odeia? – ela perguntou.

– Bem, eu penso assim: as pessoas, especialmente meus amigos, vão pensar um monte de coisas nada legais sobre a possibilidade de eu e você termos, de repente, virado amigas.

Aphrodite arregalou os olhos.

– E assim suas cabecinhas pouco privilegiadas não vão parar para pensar em Stevie Rae.

– Meus amigos não têm cabecinhas pouco privilegiadas.

– Não interessa.

– Mas, sim, Damien e as gêmeas estarão ocupados em pensar besteiras sobre nós, e suas mentes estarão ocupadas, caso Neferet esteja ouvindo – confessei.

– Parece o começo de um plano – ela disse.

– Infelizmente, é tudo o que tenho para um plano.

– Bem, ao menos você sabe que não sabe que diabo vai fazer.

– Muito legal da sua parte ver o lado positivo das coisas.

– Estou sempre disposta a ajudar – Aphrodite gracejou.

Quando ela acabou de retocar a falsa Marca, fomos até a porta. Antes de abrir, olhei para ela.

– Ah, e eu também não te odeio – eu falei. – Na verdade, estou começando a gostar de você.

Aphrodite caprichou no olhar de desprezo e respondeu: – Não disse que você não sabe o que está fazendo?

Eu estava rindo quando abri a porta e dei de cara com Damien, Jack e as gêmeas.

7

– Queremos falar com você, Z. – Damien me chamou.

– E ficamos contentes de ver que ela está saindo – Shaunee disse, dando um olhar feio para Aphrodite.

– É, e cuidado para a porta não bater no seu rabinho magro quando você sair – Erin completou.

Percebi a dor que atravessou o rosto de Aphrodite.

– Tudo bem. Tô saindo – ela disse.

– Aphrodite, você não vai a parte alguma – tive de esperar as gêmeas pararem de fazer ruídos de incredulidade para continuar a falar. – Nyx está trabalhando fortemente na vida de Aphrodite. Vocês confiam no julgamento de Nyx? – perguntei, olhando bem para cada um de meus amigos.

– Sim, é claro que confiamos – Damien respondeu por todos.

– Então vocês vão ter que aceitar Aphrodite como um de nós – afirmei.

Houve uma longa pausa durante a qual as gêmeas, Jack e Damien trocaram olhares, e então Damien finalmente disse: – Creio que temos de admitir que Aphrodite é realmente especial para Nyx, mas a verdade é que nenhum de nós confia nela.

– Eu confio nela – falei. Tá, talvez eu não confiasse nela cem por cento, mas Nyx estava agindo nela.

– O que é irônico, porque nós estamos tendo problemas com você no quesito confiança – Shaunee disse.

– Vocês não dizem coisa com coisa, horda de *nerds* – Aphrodite interveio. – Primeiro vocês são todos "Ah, sim! Confiamos em Nyx!", e depois vêm dizer que têm problema em confiar em Zoey. Zoey é "a" novata. Nunca ninguém, seja *vamp* ou novato, chegou a receber tantos dons de Nyx quanto ela. Se liguem, tá? – Aphrodite revirou os olhos.

– Aphrodite pode ter razão – Damien disse após o silêncio de perplexidade que se instalou.

– Não sacaneia! – Aphrodite soou sarcástica. – Aqui vai outra bomba para a horda de *nerds*: na minha última visão, Zoey era assassinada e o mundo entrava no mais completo caos por causa disso. E sabe de quem era a culpa da morte de sua suposta amiga? – ela fez uma pausa, arqueando as sobrancelhas para Damien e as gêmeas antes de responder à própria pergunta. – Vocês todos. Zoey morria porque vocês davam as costas a ela.

– Ela teve uma visão da sua morte? – Damien me perguntou. Seu rosto de repente ficou muito pálido.

– É. Na verdade, foram duas. Mas as visões eram bem confusas. Ela viu tudo do meu ponto de vista, o que foi meio desagradável. Enfim, só tenho que ficar longe da água e... – minhas palavras sumiram antes de eu dizer Neferet. Felizmente, Aphrodite me interrompeu.

– Ela tem que ficar longe da água e não pode ficar isolada – ela me socorreu. – O que significa que vocês têm que fazer as pazes. Mas esperem eu não estar olhando, porque tenho certeza de que vou ficar enjoada.

– Você pisou na bola com a gente, Z. – Shaunee disse, quase tão pálida quanto Damien.

– Mas não queremos que você morra – Erin terminou, parecendo igualmente arrasada.

– Eu ia morrer se você morresse – Jack disse, fungando, e então pegou a mão de Damien.

– Bem, então vocês vão ter de superar tudo e voltar a ser o mesmo bando de toupeirinhas amigas – Aphrodite falou.

– Desde quando você se importa se Zoey está viva ou morta? – Damien perguntou.

– Desde que trabalho para Nyx ao invés de para mim mesma. E Nyx se importa com Zoey; portanto, eu me importo com Zoey. E que bom que eu me importo. Vocês se diziam melhores amigos dela, mas bastou um segredinho e uns mal-entendidos idiotas para tirarem o corpo fora – Aphrodite olhou para mim e resfolegou. – Que inferno, Zoey, com amigos assim, ainda bem que não somos inimigas.

Damien tirou os olhos de Aphrodite e se voltou para mim, balançando a cabeça e parecendo mais magoado do que bravo.

– O que realmente me confunde nessa história toda é que me parece perfeitamente claro que você está contando a ela as coisas que não conta para nós.

– Ah, por favor, *gayzinho*. Não vá ter um ataque histérico e quebrar a unha só porque estou tomando seu lugar de toupeira ao lado de Zoey. É muito simples a razão pela qual ela me conta coisas. Os *vamps* não podem ler a minha mente.

Damien piscou os olhos, surpreso. Então, arregalando os olhos ao entender, olhou para mim. – Eles também não podem ler sua mente, não é?

– Não podem, não – respondi.

– Ah, merda! – Shaunee exclamou. – Quer dizer que você contar as coisas para a gente seria o mesmo que contar para todo mundo?

– Não pode ser tão fácil para os *vamps* ler as mentes dos novatos, Z. – Erin disse. – Se fosse assim, teria um monte de garotos encrencados o tempo todo.

– Peraí, eles fazem vista grossa para coisas do tipo novatos saindo escondidos do *campus* ou fazendo pegação – Damien disse lentamente, como se estivesse somando dois mais dois enquanto falava. – Os *vamps* não ligam de verdade para uma regrinha ou outra que seja quebrada, contanto que sejam coisas típicas de adolescentes, de modo que não "ouvem os pensamentos" ou seja lá como preferirem chamar essa coisa de invadir a mente alheia o tempo todo.

– Mas se eles acharem que algo mais sério está acontecendo e desconfiarem que um determinado grupo de novatos possa saber de alguma coisa... – completei.

– Eles concentram seus pensamentos naquele grupo de novatos – Damien concluiu por mim. – Você realmente não pode nos contar certas coisas.

– Droga! – Shaunee disse.

– Ruim demais – Erin completou.

– Demoraram a entender – Aphrodite falou.

Damien a ignorou.

– Isso tem algo a ver com Stevie Rae, não tem?

Eu fiz que sim com a cabeça.

– Aliás, falando nela – Shaunee disse.

– O que aconteceu com ela? – Erin perguntou.

– Não aconteceu merda nenhuma com ela – Aphrodite respondeu. – Ela me encontrou. Eu parei de surtar quando minha Marca voltou, e então voltei para cá.

– E ela foi aonde? – Damien perguntou.

– E eu tenho cara de babá? Como diabos vou saber aonde foi a caipira da sua amiga? Ela só disse que tinha que ir embora porque tinha problemas para resolver. Como se fosse grande novidade ela ter problemas.

– Você vai começar a ter problemas com a minha mão na sua cara se começar a falar merda de Stevie Rae – Shaunee ameaçou.

– Eu seguro a bundinha magra dela para você, gêmea – Erin a ajudou.

– Vocês duas usam o mesmo cérebro? – Aphrodite perguntou.

– *Aimeudeus*! Chega! – berrei. – Eu posso morrer. Duas vezes. Um troço fantasmagórico gelado mexeu comigo hoje e agora estou me borrando de medo por causa disso. Não sei direito que porra está acontecendo com Stevie Rae, e Neferet convocou uma reunião do Conselho provavelmente para falar dos planos de guerra; uma guerra totalmente errada. E vocês não param com essas briguinhas! Vocês estão me dando dor de cabeça e me deixando puta da vida.

– É melhor vocês escutarem. Ela falou palavrão de verdade, e um quase palavrão num discurso tão breve. Ela está falando sério – Aphrodite alertou.

As gêmeas tiveram que prender o riso. Nossa. Por que tanto oba-oba? Só porque eu não gosto de falar palavrão?

– Tá bem. Vamos tentar ficar bem – Damien disse.

– Por Zoey – Jack completou, dando um sorriso doce para mim.

– Por Zoey – as gêmeas disseram juntas.

Senti um aperto no coração ao olhar para meus amigos. Eles estavam do meu lado. Acontecesse o que acontecesse, eles iam continuar me apoiando.

– Obrigada, galera – agradeci, segurando as lágrimas.

– Abraço grupal! – Jack surgiu.

– Ah, essa não – Aphrodite respondeu.

– Taí uma coisa com a qual concordamos com Aphrodite – Erin disse.

– É, temos de ir – Shaunee completou.

– Ah, Damien, nós também temos que ir. Você disse a Stark que íamos ajudá-lo a se instalar antes da reunião – Jack lembrou.

– Ah, é verdade – Damien respondeu. – Tchau, Z. Até daqui a pouco – ele e Jack saíram do meu quarto logo depois das gêmeas. Desceram o corredor dando tchau e logo começaram a falar sobre como Stark era gostoso, me deixando com Aphrodite.

– Então meus amigos não são tão ruins, hein? – eu disse.

Aphrodite voltou os olhos azuis frios para mim.

– Seus amigos são toupeiras – ela respondeu.

Sorri e dei uma trombada de ombro nela.

– Então você também é uma toupeira.

– Esse é o meu medo – ela exclamou. – Falando no inferno da minha vida, vamos ao meu quarto. Você precisa me ajudar com uma coisa antes de irmos à reunião do Conselho.

Dei de ombros.

– Por mim, tudo bem – na verdade, estava me sentindo muito bem. Meus amigos haviam voltado a falar comigo e parecia que todo mundo estava caminhando para se dar bem uns com os outros. – Ei – eu disse enquanto descíamos o corredor em direção ao quarto de Aphrodite. – Você reparou que as gêmeas disseram uma coisa legal antes de sair?

– As gêmeas são simbióticas, e torço para que alguém as leve muito em breve para serem submetidas a testes científicos.

– Esse seu jeito não ajuda em nada – eu disse.

– Podemos nos concentrar no que realmente importa?

– Tipo?

– Eu, é claro, e a ajuda que preciso de você – Aphrodite abriu a porta do quarto e entramos no que eu gostava de achar que era o palácio dela. Tipo, que coisa, parecia que o quarto tinha sido decorado de acordo com o Guia de Decoração da *Gossip Girl*, se é que existia algo do tipo. Mas, lamentavelmente, devia haver. (Não que eu não adore a *Gossip Girl*!)

– Aphrodite, alguém já lhe disse que talvez você tenha um distúrbio de personalidade?

– Vários médicos caríssimos. Nem ligo – Aphrodite atravessou o quarto e abriu a porta do armário pintado à mão (provavelmente, uma antiguidade que custava os olhos da cara) que ficava em frente a uma cama com cobertura talhada à mão (com certeza, uma antiguidade que custava os olhos da cara). Enquanto procurava com afinco, ela disse: – Ah, aliás, você tem que dar um jeito de o Conselho permitir que você e, tragicamente, eu, e, por mais que odeie dizer isso, sua horda de *nerds*, possamos sair do *campus*.

– Ahn?

Aphrodite suspirou e virou-se para me encarar.

– Dá para acompanhar meu raciocínio, por favor? Precisamos de trânsito livre para dar um jeito de resolver a porra do problema da Stevie Rae e seus amigos nojentos.

– Eu já disse que não vou deixar você ficar falando mal de Stevie Rae. Não tem nada de errado com ela.

– Há controvérsias. Mas, como no momento você se recusa a discutir esse assunto com lucidez, estou falando dos malucos com quem ela vive. E se você estiver certa e Neferet quiser usá-los contra os humanos? Não que eu goste muito dos humanos, mas com certeza não gosto de guerra. Por isso, acho que você precisa ficar ligada nessa possibilidade.

– Eu? Por que eu? E por que eu tenho que dar um jeito de conseguir permissão para sairmos e entrarmos da escola?

– Porque você é a novata poderosa. Sou apenas sua ajudante mais gata. Ah, e a horda de *nerds* é formada pelos seus servos toupeiras.

– Que ótimo – respondi.

– Ei, não se estresse. Você vai dar um jeito. Você sempre dá.

Pisquei os olhos, surpresa.

– Sua confiança em mim é chocante – e eu não estava brincando. Tipo, parecia mesmo que ela confiava que eu ia dar um jeito em tudo.

– Não devia ser – ela voltou a procurar algo no armário entulhado. – Sei melhor do que ninguém como você foi agraciada por Nyx. Que você é poderosa, blá-blá-blá e sei lá o quê. Então, você vai dar um jeito. Finalmente! Deus, queria que eles deixassem a gente ter empregados aqui. Nunca consigo achar nada quando sou obrigada a arrumar minhas coisas – Aphrodite pegou uma vela verde, que estava em um copinho lindo de vidro verde, e um isqueiro elegante.

– Você precisa da minha ajuda para descobrir alguma coisa relacionada a uma vela?

– Não, crânio. Às vezes eu realmente questiono as escolhas de Nyx – ela me deu o isqueiro de ouro. – Quero que você me ajude a ver se perdi minha afinidade com a terra.

8

Olhei para a vela verde e para Aphrodite. Ela estava pálida e seus lábios, tensos e apertados, sem cor.

– Você não tentou invocar a terra desde que perdeu a Marca? – perguntei gentilmente.

Ela balançou a cabeça e continuou com uma expressão de dor.

– Tá, bem, você tem razão. Eu posso te ajudar a descobrir isso. Acho que vou ter de traçar um círculo.

– Foi o que pensei – Aphrodite deu um suspiro fundo e estremecido. – Vamos resolver isso logo – ela foi até a parede em frente à cama. Ficou lá parada, segurando a vela – Aqui é o norte.

– Tudo bem – cheia de decisão, fiquei de frente para Aphrodite. Virando para o leste, fechei os olhos e me concentrei. – Ele nos enche os pulmões e nos dá vida. Eu invoco o ar para meu círculo – mesmo sem a vela amarela representando o elemento, e também sem Damien e sua afinidade com o ar, senti a resposta instantânea do elemento na forma de uma brisa suave me roçando o corpo.

Abri os olhos e virei à direita, no sentido horário, seguindo a direção sul do círculo, onde parei.

– Ele nos aquece e nos dá segurança. Eu invoco o fogo ao meu círculo – sorri quando o ar ao meu redor se aqueceu com o segundo elemento.

Seguindo à direita, parei no oeste.

— Ela nos banha e nos mata a sede. Eu invoco a água ao meu círculo — senti imediatamente o frescor de ondas invisíveis nas pernas. Sorrindo, parei em frente a Aphrodite.

— Pronta? — perguntei a ela.

Ela assentiu, fechou os olhos e levantou a vela verde que representava seu elemento.

— Ela nos sustenta e nos cerca. Eu invoco a terra ao meu círculo — acendi o isqueiro e levei a pequena chama para o pavio da vela.

— Ai, merda! — Aphrodite choramingou. Ela soltou a vela como se tivesse levado uma picada. A vela se espatifou aos seus pés no chão de madeira. Quando ela levantou os olhos do copinho verde em cacos e da vela quebrada, vi que estavam banhados em lágrimas. — Eu perdi — sua voz não passava de um sussurro e as lágrimas jorravam pelo seu rosto. — Nyx tomou meu dom. Eu sabia que ela ia fazer isso. Eu não era boa o bastante para ela me dar o dom de uma afinidade com algo tão incrível quanto o elemento terra.

— Não acredito que tenha sido isso o que aconteceu — eu disse.

— Mas você viu. Eu não sou mais o elemento terra. Nyx não vai mais me deixar representar o elemento — ela estava chorando.

— Não quis dizer que você ainda tenha afinidade com a terra. O que quis dizer é que não acho que Nyx tirou seu dom por você não merecer.

— Mas eu não mereço — Aphrodite estava arrasada.

— Simplesmente não acredito nisso. Olha, vou te mostrar uma coisa — recuei uns dois passos. Dessa vez, sem a vela de Aphrodite, eu disse: — Ela nos sustenta e nos cerca. Eu invoco a terra ao meu círculo — fui instantaneamente cercada pelos aromas e sons de uma nascente. Tentando ignorar o fato de que o que eu estava fazendo levava Aphrodite a chorar ainda mais, caminhei até o centro do meu círculo invisível e invoquei o último dos cinco elementos. — Ele é o que somos antes de nascermos, e é o que voltaremos a ser um dia. Eu invoco o espírito ao meu círculo — minha alma cantou dentro de mim quando fui preenchida pelo elemento final.

Agarrando-me firme ao poder que sempre me vinha quando eu invocava os elementos, levantei os braços sobre a cabeça. Empinei a cabeça e não vi o teto acima, mas sim imaginei a escuridão aveludada do céu noturno que a tudo abrangia. E rezei – não do jeito que minha mãe e seu marido, o padrastotário, rezam, cheios de falsa humildade e améns pomposos e sei lá o quê mais. Não deixava de ser eu mesma quando rezava. Eu conversava com a minha Deusa do mesmo jeito que falaria com minha avó ou minha melhor amiga.

Quero crer que Nyx aprecia minha honestidade.

– Nyx, deste local de poder que a senhora me concedeu, eu peço que ouça minha prece. Aphrodite já perdeu demais, e não acho que isso seja porque a senhora não liga mais para ela. Acho que tem mais alguma coisa acontecendo, e gostaria muito que a senhora mostrasse a ela que está do seu lado, aconteça o que acontecer.

Nada aconteceu. Respirei fundo e me concentrei de novo. Eu já tinha ouvido a voz de Nyx antes. Tipo, às vezes ela falava comigo. Às vezes eu sentia coisas. *Pode ser de um jeito ou de outro*, acrescentei em pensamento à minha pequena prece. Então, tentei me concentrar ainda mais. Fechei os olhos e fiz tanta força para ouvir alguma coisa que apertei os olhos e prendi a respiração. Na verdade, eu estava fazendo tanta força para ouvir que quase não escutei Aphrodite arfando de susto.

Abri os olhos e meu queixo caiu logo em seguida.

Entre mim e Aphrodite, havia uma imagem brilhante e prateada de uma linda mulher. Depois, quando Aphrodite e eu tentamos descrever uma para a outra a aparência exata dela, nos demos conta de que não nos lembrávamos de nenhum detalhe, exceto que ambas achamos que parecia um espírito de repente tornado visível – o que realmente não era uma grande descrição.

– Nyx! – exclamei.

A Deusa sorriu para mim, e achei que meu coração fosse pular do peito de tanta felicidade.

— Saudações, minha *u-we-tsi-a-ge-hu-tsa* — ela disse, usando a palavra Cherokee para "filha", que minha avó usava muito. — Você agiu certo ao me chamar. Você devia seguir sua intuição com mais frequência, Zoey. Ela nunca vai guiá-la no sentido errado.

Então, ela se voltou para Aphrodite, que, soluçando, se ajoelhou diante da Deusa.

— Não chore, minha criança preciosa — Nyx levou sua mão etérea ao rosto de Aphrodite e, como um sonho tornado real, lhe fez um carinho.

— Perdão, Nyx! — ela chorou. — Fiz tantas besteiras, errei tanto. Sinto muito por tudo isso. Lamento mesmo. Não tiro sua razão em tirar minha Marca e minha afinidade com a terra. Sei que não mereço nada disso.

— Filha, você não me entendeu. Eu não tirei sua Marca. Foi a força da sua humanidade que a apagou, e também foi a força da sua humanidade que salvou Stevie Rae. Queira você ou não, você sempre será mais humana do que qualquer outra coisa, o que representa parte da razão pela qual eu a amo tanto. Mas não pense que você é só humana agora, minha filha. Você é mais do que isso, mas exatamente o que isso quer dizer, você terá de descobrir, e terá de escolher por si mesma — a Deusa pegou a mão de Aphrodite e a fez ficar de pé. — Quero que você entenda que a afinidade com a terra nunca foi sua, filha. Você apenas a guardou para Stevie Rae. Sabe, a terra não poderia realmente viver dentro dela antes de sua humanidade ser restaurada. Foi a você que eu confiei a guarda desse precioso dom, bem como a escolhi para ser o instrumento pelo qual Stevie Rae retomaria sua humanidade.

— Então, não foi um castigo? — Aphrodite perguntou.

— Não, filha. Eu não preciso castigá-la, você já se castiga o suficiente por si mesma — Nyx disse gentilmente.

— E a senhora não me odeia? — Aphrodite sussurrou.

Nyx deu um sorriso triste e radiante.

— Como eu já disse, eu amo você, Aphrodite. Sempre amarei.

Desta vez eu sabia que as lágrimas que escorriam pelo rosto de Aphrodite eram lágrimas de felicidade.

– Vocês duas têm um longo caminho pela frente. Em boa parte desse caminho, estarão juntas. Dependendo uma da outra. Escutem seus instintos. Confiem na voz interior dentro de cada uma – a Deusa se voltou para mim. – *U-we-tsi-a-ge-hu-tsa*, um grande perigo a aguarda.

– Eu sei. Você não pode querer essa guerra.

– E não quero, filha. Mas não é a esse perigo que estou me referindo.

– Mas, se a senhora não quer a guerra, por que simplesmente não acaba com ela? Neferet tem que ouvi-la! Ela tem que lhe obedecer! – eu disse, sem saber por que estava de repente me sentindo tão desvairada, especialmente com a Deusa me olhando com tanta serenidade.

Ao invés de me responder, Nyx fez uma pergunta.

– Você sabe qual é o maior dom que já concedi aos meus filhos?

Pensei bem, mas minha mente parecia um emaranhado de pensamentos desconexos e fragmentos de uma verdade.

A voz de Aphrodite soou forte e clara.

– Livre-arbítrio.

Nyx sorriu.

– Exatamente, filha. E, quando concedo um dom, jamais o tomo. O dom se torna a própria pessoa e, se eu me intrometesse e exigisse obediência, principalmente se retirasse afinidades, destruiria a pessoa.

– Mas talvez Neferet a escutasse se a senhora falasse com ela como está falando com a gente agora. Ela é sua Grande Sacerdotisa – eu disse. – Ela devia ouvi-la.

– É uma lástima, mas Neferet optou por não me dar mais ouvidos. É contra esse perigo que quero lhes advertir. A mente de Neferet está sendo guiada por outra voz, uma voz que lhe vem murmurando faz muito tempo. Eu tinha esperança de que o amor dela por mim sobrepujasse a outra voz, mas isso não aconteceu. Zoey, Aphrodite é sábia em relação a muitas coisas. Quando ela disse que o poder muda as pessoas, tinha razão. O poder sempre causa mudanças em quem o tem e naqueles que lhe são próximos, mas as pessoas que pensam que o poder corrompe sempre estão pensando de modo simplista demais.

Enquanto ela falava, notei que ondas de clarão começaram a tremular sobre o corpo de Nyx, como uma névoa beijada pela lua subindo de um campo, e sua imagem estava ficando cada vez mais difícil de ver.

– Espere! Não vá ainda – pedi. – Tenho tantas perguntas.

– A vida vai lhe mostrar as escolhas que você precisa fazer para conseguir as respostas – ela respondeu.

– Mas a senhora disse que Neferet está escutando outra voz. Isso quer dizer que ela não é mais sua Grande Sacerdotisa?

– Neferet abandonou o meu caminho e optou pelo caos – a imagem da Deusa oscilou. – Mas, lembre-se, o que eu lhe dei, jamais tomarei. Por isso, não subestime o poder de Neferet. O ódio que ela está tentando despertar é uma força poderosa.

– Isso me dá medo, Nyx. Eu... eu estou sempre fazendo besteira – gaguejei. – Principalmente nos últimos tempos.

A Deusa sorriu de novo.

– Sua imperfeição faz parte do seu poder. Busque força na terra e respostas nas histórias do povo de sua avó.

– Seria bem mais seguro se a senhora me dissesse o que eu preciso saber e o que devo fazer – eu disse.

– Assim como todos os meus filhos, você precisa descobrir o próprio caminho e, através dessa descoberta, decidirá o que todo filho da terra precisa decidir, ou seja: se vai escolher o caos ou o amor.

– Às vezes o caos e o amor parecem a mesma coisa – Aphrodite disse. Eu entendi que ela estava tentando demonstrar respeito, mas sua voz mostrava que estava irritada.

Nyx não pareceu se importar com o que ela falou. A Deusa simplesmente assentiu e disse: – Realmente, mas quando você olhar mais no fundo verá que, apesar de o caos e o amor serem ambos poderosos e sedutores, também são tão diferentes quanto o luar e a luz do sol. Lembre-se... Não estou nunca longe de seus corações, minhas preciosas filhas...

Após um clarão prateado final, a Deusa desapareceu.

9

– Que droga. O caos e o amor são a mesma coisa sem ser. Neferet ainda tem seus poderes, mas não dá mais ouvido a Nyx. Ah, e ela está tentando despertar algo perigoso. O que isso quer dizer? Seria um despertar abstrato, tipo "despertar" a raiva em forma da guerra contra os humanos, ou será que ela está literalmente tentando acordar algo horrível que poderia devorar todo mundo? Algo como aquele troço sinistro que roçou em mim horas antes, e sobre o qual nem tive a oportunidade de perguntar nada a ela. Droga dupla! – balbuciei, enquanto Aphrodite e eu saíamos correndo do dormitório das meninas. Infelizmente, pelo jeito íamos chegar atrasadas à reunião do Conselho.

– Não olhe para mim. Já tenho mistérios demais para resolver. Eu sou humana, mas sem ser? O que isso quer dizer? E como minha humanidade pode ser tão grande se eu nem gosto dos humanos? – Aphrodite suspirou e mexeu no cabelo. – Merda, meu cabelo está péssimo – ela olhou para mim. – Dá para ver que eu chorei?

– Pela zilhonésima vez, não. Sua aparência está boa.

– Merda. Eu sabia. Tô horrorosa.

– Aphrodite! Acabei de dizer que sua aparência está boa.

– É, mas boa aparência serve para a maioria das pessoas. Só que para mim é o mesmo que horrorosa.

– Então a nossa Deusa, a imortal Nyx, acaba de se manifestar e falar com a gente, e você só consegue pensar na sua aparência? – balancei a cabeça. Quanta futilidade, até mesmo em se tratando de Aphrodite.

– É, foi o máximo mesmo. Nyx é o máximo. Eu nunca disse o contrário. Então, o que é que está pegando exatamente?

– O que está pegando é que depois de receber a visita da Deusa você devia, sei lá, talvez se importar com algo mais importante do que seu cabelo, que já é perfeito – eu disse, completamente sem paciência. Era com essa garota que eu ia combater um ser maligno capaz de aniquilar o mundo? Nossa, os caminhos de Nyx realmente eram absoluta e totalmente misteriosos. Para dizer o mínimo.

– Nyx sabe exatamente como eu sou, e ela me ama assim mesmo. É assim que eu sou – ela fez um movimento ondulando a mão para cima e para baixo em frente ao próprio corpo. – Quer dizer que você acha mesmo que meu cabelo é perfeito?

– Tão perfeito quanto sua futilidade e sua postura "pé no saco" – eu disse.

– Ah, que ótimo. Bem, já me sinto melhor.

Fiz cara feia para ela, mas não disse mais nada enquanto subimos correndo a escada que dava na Sala de Reuniões, que ficava em frente à biblioteca. Nunca tinha entrado naquela sala antes, mas já tinha espiado do lado de fora várias vezes. Quando estava vazia, a porta raramente ficava fechada e, nos zilhões de vezes que fui e voltei da biblioteca, não resisti a espiar e fiquei de queixo caído com a linda mesa redonda que era o ponto principal da sala. Sério, eu até perguntei a Damien se aquela mesa redonda poderia ter sido *a* Mesa Redonda da época do Rei Arthur e Camelot. Ele disse que achava que não, mas não tinha certeza.

Hoje a Sala de Reuniões não estava vazia. Estava cheia de *vamps*, Filhos de Erebus e, naturalmente, os poucos novatos que faziam parte do Conselho. Felizmente, entramos no momento em que Darius estava fechando a porta e se posicionando, todo alto e musculoso, ao lado dela. Aphrodite deu um sorriso largo e provocante para ele, e eu tive que me conter para não soltar um suspiro ao ver os olhos dele brilharem. Ela tentou parar para falar com ele, mas a puxei pelo braço e praticamente a empurrei em direção às duas cadeiras vazias ao lado de Damien.

– Obrigada por guardar nossos lugares – sussurrei para ele.

– Sem problema – ele sussurrou também, dando aquele sorriso que já me era familiar. Aquilo me animou e me ajudou a aliviar parte do meu nervosismo.

Dei uma olhada ao redor da mesa. Aphrodite e eu nos sentamos à direita de Damien. Ao lado de Aphrodite estava Lenobia, nossa professora de equitação. Ela estava conversando com Dragon e Anastasia Lankford, que estavam ao lado dela. À esquerda de Damien estavam as gêmeas. Elas balançaram a cabeça com a sincronia de sempre e tentaram parecer indiferentes, mas percebi que estavam se sentindo tão deslocadas quanto eu. Eu sabia que o Conselho fora feito para os membros mais poderosos da escola, mas, além dos professores (muitos dos quais me pareciam familiares, mas que nunca vira lecionando e na verdade não fazia a menor ideia de quem eram), havia uma grande ostentação de poder por parte dos Filhos de Erebus, inclusive um sujeito pesado que se sentara perto da porta. Ele era a maior pessoa, seja humano ou *vamp*, que eu já tinha visto. Eu estava tentando não encará-lo e pensei em perguntar a Damien, o rei das regras, se os guerreiros realmente deviam ter permissão para comparecer a uma reunião do Conselho quando Aphrodite chegou mais perto e sussurrou: – Este é Ate, o Líder dos Filhos de Erebus. Darius me disse que ele vinha hoje. O que tem de grande tem de gostoso, não é?

Antes que pudesse responder que, para mim, ele era mais um grandão entre montes de grandões, a porta nos fundos da sala se abriu e Neferet entrou.

Percebi que havia algo errado antes mesmo de ver a mulher que entrou na sala depois dela. O rosto público de Neferet era sempre de uma implacável perfeição – ela era a própria calma, tranquilidade e autocontrole em pessoa. Mas esta Neferet estava abalada. Suas belas feições pareciam um tanto travadas, como se estivesse se esforçando muito para manter o autocontrole e esse esforço já estivesse no limite. Ela deu uns dois ou três passos à frente e foi para o lado para que pudéssemos ver a vampira que entrou atrás dela.

Foi imediata e gritante a perplexidade que tomou conta dos *vamps* ao vê-la. Os Filhos de Erebus foram os primeiros a se pôr aos pés dela, mas o Conselho fez o mesmo logo em seguida. Então, eu, Damien, as gêmeas e Aphrodite automaticamente copiamos o gesto respeitoso dos *vamps* e levamos o punho fechado ao coração e abaixamos a cabeça.

Tudo bem, admito que olhei para a nova *vamp* dos pés à cabeça. Ela era alta e magra. Sua pele era cor de madeira boa e bem polida e, como o mogno, era lisa e impecável, maculada apenas pela intrincada tatuagem cor de safira de sua Marca, que tinha o incrível formato da silhueta curvilínea da Deusa que todos os professores *vamps* traziam bordada no bolso do paletó. As figuras femininas eram espelhos mútuos com seus corpos que lhe desciam pela lateral do rosto. Ela levantou a parte interna dos braços, as mãos para cima, como se fossem abarcar a lua crescente no meio da testa. Seu cabelo era inacreditavelmente comprido. Batia bem abaixo da cintura, era como uma pesada cortina de seda preta. Ela tinha olhos negros, grandes e amendoados, nariz comprido e reto, lábios fartos e um porte de rainha com aquele queixo empinado e aquele olhar firme com o qual vasculhou a sala. Foi só quando aquele olhar se deteve brevemente sobre mim que senti sua força e me dei conta de que ela tinha algo que nunca vira antes em *vamp* nenhum: ela era velha. Não que fosse toda enrugada como uma velha humana. Aquela vampira parecia ter seus quarenta e poucos anos, o que era o mesmo que anciã para o padrão *vamp*. Mas não era por causa de rugas nem de pele amarrotada que ela parecia velha. Era um senso de idade e dignidade que lhe caía como uma joia caríssima que lhe adornava o corpo.

– *Merry meet* – ela tinha um sotaque que não identifiquei. Lembrava pouco algo do Oriente Médio, mas não era bem isso. Um tanto britânico, sem ser. Basicamente, o sotaque dava vida e profundidade à sua voz, que preencheu a sala inteira.

Todos respondemos automaticamente: *"Merry meet"*.

Então, ela sorriu, e a súbita semelhança entre ela e Nyx, que sorrira para mim momentos antes, me amoleceu os joelhos de um jeito perturbador, de modo que fiquei aliviada quando ela fez menção para que nos sentássemos.

– Ela me faz lembrar Nyx – Aphrodite sussurrou para mim.

Aliviada de ver que eu não estava imaginando coisas, assenti com a cabeça. Não havia tempo para mais nada porque Neferet recuperou a calma para poder falar.

– Eu fiquei, como posso ver que vocês também ficaram, surpresa e honrada pela rara e inesperada visita de Shekinah à nossa Morada da Noite.

Ouvi Damien respirar fundo e desenhei no ar para ele um grande ponto de interrogação. Como de costume no caso do Sr. Estudioso, ele tinha papel e lápis número dois de ponta bem feita à mão para poder, como era natural, fazer as anotações adequadas. Ele rapidamente escreveu umas palavras e discretamente inclinou o papel para eu poder ler: SHEKINAH = SUPREMA SACERDOTISA DE *TODOS* OS *VAMPS*.

Aimeudeus. Não era à toa que Neferet parecia surtada.

Shekinah continuou a sorrir serenamente e fez menção para que Neferet se sentasse. Neferet abaixou a cabeça em um gesto que com certeza devia parecer respeitoso, mas para mim o movimento pareceu duro, de um respeito forçado. Ela se sentou, ainda contida com aquela estranha rigidez. Shekinah continuou de pé e começou a falar: – Se esta fosse uma visita normal, é claro que eu teria anunciado minha vinda, permitindo assim que vocês se preparassem. Mas esta está longe de ser uma visita normal, o que vem a calhar, pois esta também está longe de ser uma reunião normal do Conselho. É bastante incomum admitir também os Filhos de Erebus, mas entendo que sua presença aqui é necessária em tempos tumultuados e perigosos como agora. Mas, mais incomum ainda, é a presença de novatos.

– Eles estão aqui porque...

Shekinah levantou a mão, instantaneamente cortando a explicação de Neferet.

Não sei o que me deixou mais surtada, se foi a poderosa e divina presença de Shekinah ou o fato de ela fazer Neferet calar a boca com tamanha facilidade.

Shekinah voltou os olhos escuros para as gêmeas, Damien, Aphrodite e, finalmente, eles pararam em mim.

– Você é Zoey Redbird – ela disse.

Limpei a garganta e tentei não ficar nervosa com o olhar dela.

– Sim, senhora.

– Então, esses quatro com você devem ser os novatos que foram agraciados com afinidades com o ar, fogo, água e terra.

– Sim, senhora, são eles – respondi.

Ela assentiu.

– Agora entendo por que vocês estão aqui – Shekinah balançou a cabeça e lançou um olhar penetrante para Neferet. – Você quer usar o poder deles.

Meus músculos se retesaram pelo corpo todo, e o mesmo aconteceu com Neferet, mas por razões distintas. Será que Shekinah sabia o que eu havia apenas começado a suspeitar, ou seja, que Neferet estava abusando de seu poder e instigando uma guerra entre humanos e vampiros?

Neferet falou de modo incisivo, abrindo mão de toda a falsa cordialidade.

– Quero usar todas as vantagens que a Deusa nos deu para manter a segurança de nosso povo – os demais vampiros do Conselho se mexeram desconfortavelmente nas cadeiras com a evidente falta de respeito de Neferet.

– Ah, e é exatamente por isso que estou aqui – completamente imperturbável pela atitude de Neferet, Shekinah voltou-se para os membros do Conselho. – Veio bastante a calhar eu estar fazendo uma visita pessoal e não divulgada à Morada da Noite de Chicago quando fiquei sabendo das tragédias que aconteceram aqui. Se eu estivesse em casa, em Veneza, as notícias teriam chegado a mim tarde demais para eu poder agir, e essas mortes não poderiam ter sido prevenidas.

– Prevenidas, Sacerdotisa? – Lenobia falou. Olhei para ela e vi que a cavaleira parecia bem mais à vontade do que Neferet. Seu tom de voz era calmo, apesar de inegavelmente respeitável.

– Lenobia, minha querida. É maravilhoso revê-la – Shekinah disse, amigavelmente.

– É sempre um prazer revê-la, Sacerdotisa – Lenobia baixou a cabeça e seus cabelos de um raro louro-prateado penderam como um delicado véu. – Mas, acho que falo em nome de todo o Conselho ao dizer que estamos confusos. Patricia Nolan e Loren Blake morreram. Se a senhora pretendia evitar suas mortes, é tarde demais.

– É tarde, mesmo – Shekinah respondeu. – E suas mortes me pesam no coração, mas ainda dá tempo de prevenir outras mortes – ela fez uma pausa e disse lenta e distintamente: – Não haverá guerra entre humanos e vampiros.

Neferet se levantou de um pulo, quase virando a cadeira.

– Não vai haver guerra? Então vamos deixar os assassinos impunes depois dos crimes hediondos que cometeram contra nós?

Foi mais possível sentir do que ver a tensão que tomou conta dos Filhos de Erebus, que espelharam o choque de Neferet.

– Você ligou para a polícia, Neferet? – a pergunta de Shekinah veio em tom suave, de bate-papo, mas senti seu poder me roçando a pele e mexendo com alguma coisa dentro de mim.

– Chamar a polícia dos humanos e pedir para eles pegarem os assassinos humanos para serem levados a um tribunal humano? Não, eu não fiz isso.

– E você tem tanta certeza que não vai conseguir justiça com esses humanos, que está disposta a começar uma guerra.

Neferet apertou os olhos e olhou para Shekinah com raiva, mas não respondeu nada. Durante aquele silêncio pesado, lembrei-me do detetive Marx, o guarda que me ajudou quando Heath foi capturado por aqueles sinistros garotos mortos-vivos. Ele foi incrível. Sabia que eu tinha inventado a história que Heath tinha sido levado por moradores de rua, os mesmos que teriam matado os outros dois garotos humanos, e mesmo assim confiou em mim quando eu disse que o perigo havia acabado, e limpou a minha barra. O detetive Marx me disse que sua irmã gêmea passara pela Transformação e que mesmo assim continuaram próximos, de modo que ele com certeza não odiava os *vamps*. Ele era detetive sênior de homicídios – eu sabia que faria tudo que pudesse para descobrir quem estava matando vampiros. E não era possível que ele fosse o único policial sincero e honesto de Tulsa.

– Zoey Redbird, o que você sabe sobre isso?

A pergunta de Shekinah foi um choque. Como se ela tivesse puxado alguma corda esquisita de dentro de mim que me fez falar, eu disse de uma vez: – Eu conheço um policial humano honesto.

Shekinah deu outra vez aquele seu sorriso parecido com o de Nyx, e meus nervos surtados se acalmaram um pouquinho.

– Acho que todos nós conhecemos, ou pelo menos eu pensei que todos nós conhecíamos, até ficar sabendo dessa declaração de guerra, sem ao menos dar aos humanos a chance de policiar seu próprio povo.

– A senhora não percebe que é simplesmente impossível? – os olhos verde-musgo de Neferet faiscaram. – Policiar o próprio povo, até parece!

– Foi o que eles fizeram muitas vezes ao longo de décadas. Você sabe disso, Neferet.

As palavras calmas de Shekinah contrastavam dramaticamente com a paixão e a raiva de Neferet.

– Eles a mataram e depois mataram Loren – a voz de Neferet foi quase um chiado.

Shekinah gentilmente tocou o braço de Neferet.

– Você era próxima demais deles. Não está pensando racionalmente.

Neferet repeliu o que Shekinah dissera.

– Eu sou a única que está pensando racionalmente! – ela rebateu. – Os humanos já passaram da hora de pagar por seus atos maléficos.

– Neferet, passou muito pouco tempo desde que aconteceram esses assassinatos e você sequer deu aos humanos a oportunidade de tentar punir os seus. Ao invés disso, instantaneamente determinou que são todos desonestos. Mas nem todos os humanos são desonestos, a despeito de sua história pessoal.

Quando Shekinah disse isso, lembrei-me de quando Neferet me disse que sua Marca fora sua salvação, pois seu pai abusara dela por anos a fio. Ela fora Marcada há quase cem anos. Loren fora assassinado dois dias atrás. A professora Nolan fora assassinada um dia antes dele. Era óbvio para mim que suas mortes não eram os únicos crimes hediondos aos quais Neferet se referia. Parecia que Shekinah chegara à mesma conclusão.

– Grande Sacerdotisa Neferet, concluo que é equivocado seu julgamento no que se refere a essas mortes. Seu amor por nossos falecidos irmão e irmã e seu desejo de pagar na mesma moeda lhe tiraram a razão. Sua declaração de guerra contra os humanos foi rejeitada pelo Conselho de Nyx.

– E pronto? – Neferet, que antes exalava uma raiva arrebatada, agora estava com cara de poucos amigos e expressão de aço. Eu estava megafeliz por Shekinah ser o alvo daquela raiva, pois Neferet era simplesmente apavorante.

– Se você estivesse pensando com clareza, entenderia que o Conselho de Nyx jamais toma decisões precipitadas. O Conselho avalia a situação cuidadosamente, apesar de nós não termos sido informados de sua declaração de guerra, como seria o correto – ela disse, enfaticamente. – Você sabe, minha irmã, que uma coisa dessa magnitude deveria ser primeiramente submetida ao Conselho de Nyx.

– Não havia tempo – Neferet rebateu.

– Sempre há tempo para a sabedoria! – os olhos de Shekinah cintilaram, e quase me encolhi na cadeira. Eu achava Neferet apavorante? Shekinah a fazia parecer uma menina malcriada. Então, ela fechou os olhos brevemente e respirou fundo, acalmando-se antes de continuar a falar com um tom suave e compreensivo. – Nem o Conselho de Nyx nem eu discutimos o fato de que os assassinatos de dois dos nossos é censurável, mas guerra está fora de questão. Temos vivido em paz com os humanos há mais de dois séculos. Não vamos romper essa paz por causa das ações obscenas de um grupo reduzido de fanáticos religiosos.

– Se ignorarmos o que está acontecendo aqui em Tulsa, voltaremos à Caça às Bruxas. Não se esqueça de que as atrocidades de Salem começaram com o que a senhora chama de grupo reduzido de fanáticos religiosos.

– Eu me lembro bem. Nasci menos de um século após esses dias de trevas. Somos mais poderosos agora do que éramos no século dezessete. E o mundo mudou, Neferet. A superstição foi substituída pela ciência. Os humanos são mais razoáveis agora.

– O que será preciso para a senhora e o onipotente Conselho de Nyx entenderem que não temos opção a não ser revidar?

– Isso iria reverter o pensamento do mundo, e rogo a Nyx que isso jamais aconteça – Shekinah disse solenemente.

Os olhos de Neferet percorreram a sala até encontrar o Líder dos Filhos de Erebus.

– Vocês, os Filhos, vão ficar aí sentados enquanto os humanos nos abatem um por um? – ela perguntou com a voz gelada, em tom de desafio.

– Eu vivo para proteger, e nenhum Filho de Erebus permitiria que fizessem mal a algum de seus protegidos. Nós protegeremos a senhora e a esta escola. Mas, Neferet, não desafiaremos a decisão do Conselho – Ate disse solenemente, em uma voz grave e profunda.

– Sacerdotisa, o que você deu a entender, que Ate deveria obedecer aos seus desejos e contrariar o Conselho, é injusto de sua parte – o tom de Shekinah já não era mais compreensivo. Seu olhar estava fixo em Neferet, e seus olhos apertados.

Neferet não disse nada por um longo momento, e então seu corpo estremeceu. Ela soltou os ombros e pareceu envelhecer diante dos meus olhos.

– Perdoe-me – ela disse baixinho. – Shekinah, a senhora tem razão. Eu estou me deixando levar pela emoção. Eu amava Patricia e Loren. Não estou pensando com clareza. Eu tenho que... eu preciso... por favor, com licença – ela finalmente se rendeu, e então, parecendo totalmente atormentada, saiu às pressas da Sala do Conselho.

10

Ninguém disse nada pelo que pareceu um tempo enorme, mas provavelmente foram apenas alguns segundos de tensão. Ver Neferet perder a linha daquele jeito foi bizarro e, apesar de eu saber que ela havia dado as costas a Nyx e que estava envolvida com coisas realmente terríveis, fiquei abalada de ver alguém tão poderosa cair de modo tão retumbante.

Será que ela tinha pirado? Seria isso? Será que a "escuridão" sobre a qual Nyx me advertira seria a escuridão no interior da mente louca de Neferet?

– Sua Grande Sacerdotisa passou por terríveis provações nos últimos dias – Shekinah estava dizendo. – Não estou justificando seu lapso de julgamento, mas entendo. O tempo, bem como as ações da polícia local, vão curar suas feridas – seus olhos se voltaram para o enorme guerreiro. – Ate, quero que conduza os detetives ao longo da investigação. Sei que boa parte das provas foram destruídas, mas talvez a ciência moderna ainda possa descobrir algo – Ate assentiu solenemente, e ela voltou seu olhar sombrio para mim. – Zoey, qual é o nome desse detetive humano honesto que você conhece?

– Kevin Marx – respondi.

– Entraremos em contato com ele – Ate disse.

Shekinah sorriu com aprovação. E continuou: – Quanto ao que faremos nós... – ela fez uma pausa, e seu sorriso angelical se abriu.

– Sim, eu digo nós porque decidi ficar aqui, pelo menos até sua Neferet voltar a si.

Dei uma olhada rápida ao redor da mesa, tentando avaliar a reação dos professores ao inesperado anúncio de Shekinah. Vi expressões que iam do choque e leve surpresa ao mais evidente prazer. Acho que meu rosto devia ser um dos que transmitiam o maior prazer. Tipo, que loucura Neferet poderia fazer com a líder de todas as Sacerdotisas *vamps* aqui?

– Acho que é importante, e o Conselho de Nyx concorda comigo, que devemos continuar com a rotina da escola dentro da maior normalidade possível. O que significa que retomamos as aulas amanhã.

Vários professores pareceram desconfortáveis, mas foi Lenobia quem falou de novo.

– Sacerdotisa, estamos todos dispostos a recomeçar as aulas, mas estão faltando dois importantes instrutores.

– De fato, e essa é outra razão pela qual pretendo permanecer aqui, ao menos por um tempinho. Vou assumir as aulas de poesia de Loren Blake.

Nem precisei olhar para as gêmeas, que odiavam poesia, para saber que elas estavam fazendo cara feia. Eu estava na verdade tentando não rir quando as palavras seguintes de Shekinah me atravessaram.

– E tive a sorte de alcançar Erik Night no aeroporto. Eu sei que não é comum que um vampiro que acabou de passar pela Transformação já comece a lecionar, mas será temporário, e estamos realmente trabalhando sob circunstâncias extenuantes. Ademais, os novatos conhecem Erik. Ele fará uma boa transição para os alunos superarem a perda da professora Nolan.

Aimeudeus, Erik estava de volta e eu ia ser aluna dele. Eu não sabia se queria comemorar ou vomitar, então fiquei em silêncio e com enjoo no estômago.

– Quanto à barreira que Neferet ergueu ao redor da escola com um encantamento, será desativada. Apesar de eu concordar com as razões imediatas que a levaram a erguê-la, já que havia poucos Filhos de Erebus presentes e tinha acabado de acontecer um assassinato, essas ações emergenciais não são mais apropriadas. Isolar a escola seria o mesmo que declarar um cerco, e é exatamente isso que queremos evitar. E, naturalmente, estamos bem protegidos pelos Filhos de Erebus – ela olhou para Ate e balançou a cabeça, e ele retornou o gesto com uma mesura. – No geral, gostaria que suas vidas seguissem dentro da maior normalidade possível. Aqueles dentre vocês que tiverem laços com a comunidade humana, continuem a manter esse contato. Lembrem-se da lição que nossos ancestrais aprenderam com seu precioso sangue: medo e intolerância nascem do isolamento e da ignorância.

Tá, não sei que diabo me deu, mas de repente percebi que tinha uma ideia e, como se o meu braço fosse dotado de vontade própria, levantei-o como uma toupeira, como se estivéssemos no meio de uma aula e nós (quer dizer, eu e minha boca, menos o meu cérebro) tivéssemos acabado de chegar a uma resposta brilhante.

– Zoey, você tem algo a acrescentar? – Shekinah perguntou.

Ah, que inferno, não! É o que eu deveria ter dito. Mas da minha boca escapou: – Sacerdotisa, eu estava imaginando se o momento seria bom para implementar uma ideia que tive para as Filhas das Trevas se envolverem com algum serviço de caridade local.

– Prossiga. Estou intrigada, jovem.

Engoli em seco.

– Bem, pensei que as Filhas das Trevas poderiam entrar em contato com as pessoas que cuidam do Street Cats. É, ahn, um serviço de caridade que dá abrigo a gatos de rua e arruma casas para eles. Eu, bem, achei que seria uma boa maneira de me misturar com a comunidade humana – e terminei, meio sem graça.

Shekinah deu um sorriso luminoso.

– Um serviço de caridade para os gatos... nada mais perfeito! Sim, Zoey, acho sua ideia excelente. Amanhã você será dispensada das primeiras aulas para que possa começar a contatar as pessoas que trabalham no Street Cats.

– Sacerdotisa, eu preciso insistir para que a novata não ande pela comunidade sozinha – Ate disse rapidamente. – Não enquanto não soubermos exatamente quem é responsável pelos crimes contra o nosso povo.

– Mas os humanos não vão saber que somos novatas – Aphrodite disse.

Os olhos de todos se voltaram para ela, e percebi que ela empinou as costas e o queixo.

– E você, quem é? – Shekinah perguntou.

– Meu nome é Aphrodite, Sacerdotisa – ela respondeu.

Observei Shekinah atentamente, aguardando a reação que diria se ela ouvira os rumores que Neferet havia espalhado sobre Aphrodite – que Nyx lhe dera as costas e tinha tomado seus podres etc. etc., mas a expressão de curiosidade da Sacerdotisa não se alterou. Ela simplesmente disse: – Qual é a sua afinidade, Aphrodite?

Gelei. Droga! Ela não tinha mais afinidade nenhuma!

– A terra é o elemento que Nyx me deu – Aphrodite respondeu. – Mas o maior dom que a Deusa me deu é a habilidade de prever perigos através de visões.

Shekinah assentiu.

– Isso mesmo, já ouvi falar de suas visões, Aphrodite. Vamos lá, então. O que tem a dizer?

Senti um alívio profundo. Aphrodite se esquivara da pergunta sobre a afinidade e, graças ao tempo verbal que usara, não mentira.

– Eu estava pensando agora mesmo que os humanos não sabem quando saímos da escola, pois cobrimos nossas Marcas. As únicas pessoas que realmente saberiam que um bando de novatas estaria fazendo trabalho voluntário para ajudar o Street Cats seria o pessoal de lá, e quais são as chances de alguém do Street Cats estar envolvido nas mortes? – ela fez uma pausa e deu de ombros. – De modo que estaremos em segurança.

– Ela tem razão nesse ponto, Ate – Shekinah disse.

– Ainda acho que os novatos devem ser guardados por um guerreiro – Ate respondeu teimosamente.

– Isso chamaria a atenção para nós – Aphrodite ressaltou.

– Não se o guerreiro cobrir sua Marca também – Darius disse. Desta vez, todo mundo se virou para olhar para Darius, que ainda estava parado à porta como se fosse uma montanha atraente de músculos.

– E qual é o seu nome, guerreiro?

– Darius, Sacerdotisa – ele levou o punho fechado ao coração e fez uma mesura.

– Então, Darius, está dizendo que se dispõe a cobrir sua Marca? – Shekinah perguntou. Fiquei tão surpresa quanto ela pareceu estar. Os novatos tinham de cobrir as Marcas ao sair da escola, era uma regra da Morada da Noite. E fazia sentido. Sinceramente, os adolescentes podiam agir de maneira bem imbecil às vezes (especialmente adolescentes homens), e não seria nada bom para um bando de novatos ociosos (na maioria garotos) virar alvo de garotos humanos (ou, pior ainda, de tiras ou pais superprotetores). Mas, quando um novato passa pela Transformação e sua Marca fica completa e se expande, ele não vai querer, de forma alguma, cobri-la. Era questão de orgulho, de solidariedade e de ser adulto. Mas lá estava Darius, muito jovem e com pouco tempo de Marca, oferecendo-se para fazer algo que a maioria dos *vamps*, especialmente os *vamps* do sexo masculino, se negaria veementemente.

Darius fechou o punho sobre o coração de novo e saudou Shekinah.

– Sacerdotisa, eu posso cobrir minha Marca para acompanhar a novata e cuidar de sua segurança. Eu sou um Filho de Erebus e a proteção de meu povo é mais importante para mim do que um orgulho fora de hora.

Shekinah se voltou para Ate com um sorriso quase imperceptível nos lábios.

– O que me diz do pedido do guerreiro?

O *vamp* respondeu sem hesitar: – Eu digo que às vezes aprendemos muito com os mais jovens.

– Então está feito. Zoey, você vai se apresentar ao pessoal do Street Cats amanhã, mas quero que você escolha algum novato ou novata para ir com você. No momento, é melhor trabalhar em dupla. Darius, você lhes fará companhia com sua Marca disfarçada.

Todos lhe fizemos pequenas mesuras.

– E agora, se não têm mais nenhuma pergunta – ela fez uma pausa, e seus olhos se voltaram de Lenobia para Aphrodite, Darius e, finalmente, para mim – nem comentários, darei por encerrada esta reunião do Conselho. Vou promover um Ritual de Limpeza nos próximos dias. Senti o medo e o pesar impregnados nestas paredes ao chegar, e só a bênção de Nyx pode tirar este peso – vários dos membros do Conselho assentiram. – Zoey, antes de sair amanhã, gostaria que viesse me dizer quem vai acompanhá-la.

– Pode deixar – confirmei.

– Que todos abençoados sejam – ela disse, formalmente.

– Abençoados sejam – nós respondemos.

Shekinah sorriu de novo. Com um leve movimento de mão, ela chamou Lenobia e Ate e os três saíram da sala.

– Uau – Damien disse, parecendo totalmente inebriado e fascinado. – Shekinah! Isso foi totalmente inesperado, e ela estava mais esplendorosa do que eu imaginava. Tipo, eu queria dizer alguma coisa, mas fiquei completamente assarapantado.

Nós estávamos parados no corredor e Damien sussurrava entusiasmado enquanto os membros do Conselho e os guerreiros saíam da sala.

– Damien, desta vez não vamos zoar essa sua obsessão pentelha com palavras difíceis – Shaunee disse.

– É, porque para descrever Shekinah, só com palavras grandiosas e difíceis mesmo – Erin completou.

– Tchau – Aphrodite me disse após revirar os olhos para as gêmeas. – Vou procurar Darius para ver se dou uma assarapantada.

– Ahn? – perguntei.

– Esse não é o uso correto da palavra – Damien protestou.

– É, você estava pensando em outra palavra – Erin disse.

– Na verdade, você se confundiu; você vai procurar Darius para ver se vai dar – Shaunee falou.

– Mongas do Cérebro Compartilhado e Garoto-Dicionário, não tô nem aí para vocês – ela começou a seguir pelo corredor em direção a Darius. – Ah, e vou dizer uma coisa para vocês: não fiquem mordidinhos de ciúme quando Zoey disser que sou eu quem vai sair com ela amanhã – Aphrodite disse, olhando para mim de um jeito que deixou claro que havia uma razão bem específica para ela ter de ir comigo. Então, ela jogou o cabelo e saiu.

– Detesto ela – Erin afirmou.

– Digo o mesmo, gêmea – Shaunee retrucou.

Eu suspirei. Minha avó diria que eu estava dando um passo à frente e dois para trás nessa história de fazer meus amigos gostarem de Aphrodite. Eu diria que esse pessoal estava me dando uma baita dor de cabeça.

– Ela é um porre, mas meu palpite é que você vai chamá-la para acompanhá-la amanhã – Damien disse.

– É, seu palpite está certo – respondi com relutância. Eu realmente não queria aborrecer meus amigos de novo, mas, mesmo sem saber por que Aphrodite queria ir comigo, fazia total sentido. Talvez ela tivesse um plano para tirar Darius da jogada e encontrar Stevie Rae.

– Você podia ter nos contado antes essa história do poder psíquico – Damien disse quando começamos a sair do edifício principal e seguir em direção aos dormitórios.

– É, você deve ter razão, mas achei que, quanto menos eu falasse sobre o assunto, menor seria a possibilidade de vocês pensarem nele e nas razões pelas quais eu não estava mais contando nada para vocês – justifiquei.

– Agora faz sentido – Shaunee disse.

– É, agora nós entendemos – Erin emendou.

– Que bom que você não estava simplesmente escondendo as coisas da gente – Jack disse.

– Mas você podia ter contado sobre o babado de Loren – Erin opinou.

– Na verdade, quando passar seu luto e tudo mais, nós vamos querer saber dos detalhes de Loren – Shaunee falou.

Levantei as sobrancelhas ao me deparar com os olhares de curiosidade das duas.

– Podem esquecer – respondi.

Elas fecharam a cara.

– Respeitem a privacidade da garota – Damien ordenou. – A história com Loren foi muito traumática para ela, ainda mais com a Carimbagem e a perda da virgindade, além de Erik!

Damien interrompeu seu minissermão ao dizer *Erik* de um jeito estranho, como se tivesse engasgado. Abri a boca para perguntar qual era o problema, quando vi que ele estava de olhos arregalados e vidrados no ponto acima do meu ombro, e então ouvi atrás de mim o som inconfundível de uma porta lateral batendo. Sentindo um verdadeiro nó no estômago, dei meia-volta, bem como as gêmeas e Jack, e vi Erik adentrando a ala da escola pela qual acabáramos de passar e que, naturalmente, era onde ficava a sala das aulas de teatro.

– Oi, Damien, Jack – ele sorriu calorosamente para Jack, seu ex-companheiro de quarto, e vi que o garoto ficou quase tonto de prazer ao responder com um "oi" efusivo.

É claro que meu estômago começou a dar voltas dentro de mim, me fazendo lembrar de uma das razões pelas quais eu gostava tanto de Erik. Ele era popular e totalmente lindo de morrer, mas também era um cara bom de verdade.

– Shaunee, Erin – Erik continuou, acenando para elas com a cabeça. As gêmeas sorriram, olhando para ele com pestanas inquietas, e disseram oi em uníssono. Enfim, ele olhou para mim.

– Oi, Zoey – sua voz perdeu o tom tranquilo e simpático que havia usado com os outros. Mas não foi grosseiro. Na verdade, soou educado e calmo. Pensei que já era uma melhora, mas então me lembrei de como ele era bom ator.

– Oi – não consegui dizer mais nada. Eu não sou boa atriz e fiquei com medo de que minha voz soasse trêmula como estava meu coração.

– Acabamos de ser informados de que você vai nos dar aula de teatro – Damien disse.

– Pois é, fico meio sem graça, mas Shekinah pediu e não dá para negar para ela – ele respondeu.

– Acho que a professora Nolan ficaria feliz por você fazer isso – eu disse sem pensar.

Erik olhou para mim. Seus olhos azuis estavam absolutamente desprovidos de expressão, o que me deu uma sensação de algo totalmente errado. Aqueles mesmos olhos que já tinham me transmitido felicidade, paixão, calor e até um começo de amor. Depois, me transmitiram mágoa e raiva. E agora não me transmitiam nada. Como era possível?

– Você ganhou alguma nova afinidade? – seu tom não foi totalmente agressivo, mas ele falou de um jeito curto e frio. – Agora você fala com os mortos?

Senti meu rosto esquentar.

– Nã-não – gaguejei. – Eu só... bem, eu pensei que a professora Nolan iria gostar do fato de você assumir seus alunos.

Ele abriu a boca e vi algo maldoso em seus olhos, mas ao invés de falar ele olhou para o outro lado, onde só havia um breu. Sua mandíbula trincou e ele passou a mão nos cabelos grossos e negros num gesto que reconheci; ele sempre fazia isso quando se sentia confuso.

– Tomara que ela goste mesmo. Ela sempre foi minha professora favorita – ele finalmente disse sem olhar para mim.

– Erik, vamos voltar a dividir o quarto? – Jack perguntou, meio sem jeito com o silêncio cada vez mais desconfortável que havia se formado.

Erik soltou o ar dos pulmões longamente e então deu um sorriso simpático para Jack.

– Não, sinto muito. Eles me colocaram no edifício dos professores.

– Ah, claro. Eu me esqueço de que você já passou pela Transformação – Jack disse com uma risadinha nervosa.

– É, às vezes até eu me esqueço – Erik respondeu. – Na verdade, preciso ir para lá; tenho que abrir minhas caixas e preparar umas aulas. Depois nos vemos, pessoal – ele fez uma pausa e então olhou para mim. – Tchau, Zoey.

Tchau. Meus lábios se mexeram, mas não saiu nenhum som.

– Tchau, Erik! – todos disseram, e ele deu meia-volta e seguiu com passos rápidos em direção às dependências dos professores.

11

Meus amigos ficaram tagarelando sobre nada em particular enquanto caminhávamos de volta para os dormitórios. Todo mundo ignorou de propósito o fato de termos acabado de encontrar meu ex--namorado e de ter sido uma cena realmente esquisita e pesada. Pelo menos para mim, foi.

Odiava me sentir assim. Eu tinha feito Erik terminar comigo, mas sentia falta dele. Muita falta. E ainda gostava dele. Gostava muito. Claro que agora ele estava sendo escroto, mas me pegou na cama com outro homem – bem, com outro vampiro, na verdade. Como se fizesse diferença. Enfim, a questão é que causei essa confusão toda e era incrivelmente frustrante não poder consertar meu erro, pois eu ainda gostava de Erik.

– O que você acha dele, Z.?

– Dele? – Erik? Que inferno, eu o achava incrível e frustrante e... e então percebi que Damien não estava me perguntando sobre Erik quando ele franziu a testa e me olhou como quem diz "se liga". – Ahn? – perguntei, inteligentíssima.

Damien suspirou.

– O garoto novo. Stark. O que você achou dele?

Dei de ombros.

– Ele pareceu legal.

– Legal e gostoso – Shaunee disse.

– Do jeitinho que a gente gosta – Erin completou.

– Você passou mais tempo com ele do que nós. O que achou dele? – perguntei a Damien, ignorando as gêmeas.

– Ele é legal. Mas parece distante. Acho que o fato de não poder dividir o quarto com ninguém por causa da Duquesa aumenta a distância. Cara, aquela cachorra é grande mesmo – Damien disse.

– Ele é novo, pessoal. Todos nós sabemos como é isso. Talvez o jeito de ele lidar com a situação seja esse, ser distante – retruquei.

– É estranho que um cara com tanto talento não queira usá-lo – Damien parecia confuso.

– Deve ter algo mais nessa história que a gente não sabe – eu disse, pensando no jeito tranquilo e seguro de Stark ao enfrentar os *vamps* por causa da cachorra e em como essa indiferença se transformou quando Neferet o fez pensar que queria que ele usasse seus talentos para competir. Ele ficou esquisito, talvez até com medo. – Às vezes, ser dotado de poderes incomuns dá medo – falei mais comigo mesma do que com Damien, mas ele sorriu para mim e esbarrou o ombro no meu.

– Acho que você entende de poderes incomuns – ele respondeu.

– Acho que sim – sorri para ele, tentando me animar e espantar o baixo-astral daquele encontro com Erik.

O celular de Shaunee fez um *blip*, anunciando a chegada de mensagem de texto, e ela abriu seu iPhone.

– Ôôôô, gêmea! É o gostooooso do Cole Clifton. Ele e T. J. querem saber se estamos a fim de assistir à maratona dos filmes *Bourne* no dormitório dos garotos – Shaunee estava animada.

– Gêmea, eu nasci para assistir a maratonas dos filmes *Bourne* – Erin respondeu.

Então as duas deram risinhos e fizeram barulhinhos eróticos, e todos nós reviramos os olhos.

– Ah, vocês também estão convidados – Shaunee disse para mim, Damien e Jack.

– Maravilha – Jack falou. – Eu nunca vi o último da série. Como era mesmo o nome?

– *O Ultimato Bourne* – Damien respondeu sem pestanejar.

– Isso mesmo – Jack pegou a mão dele. – Você sabe tudo sobre cinema! Conhece todos os filmes.

Damien corou.

– Bem, nem todos. Em geral, gosto dos clássicos. Da época em que os filmes tinham astros de verdade no elenco, como Gary Cooper, Jimmy Stewart e James Dean. Hoje em dia tem muitos atores que são... – ele parou de falar de repente.

– O que foi? – Jack perguntou.

– James Stark – ele respondeu.

– O que tem ele? – perguntei.

– James Stark é o nome do personagem de James Dean em Juventude Transviada. Sabia que aquele nome me soava familiar, mas pensei que fosse por ele ser tão famoso.

– Gêmea, você já viu esse filme? – Erin perguntou a Shaunee.

– Não, gêmea. Não vi, não.

– Ahn – resmunguei. Eu tinha visto o filme (com Damien, é claro) e me perguntei se Stark já tinha esse nome antes de ser Marcado. Ou se, como muitos garotos, adotou um novo nome ao começar vida nova como novato. Se fosse o caso, seria uma indicação bem interessante sobre sua personalidade.

– E então, você vem, Z.? – a voz de Damien penetrou em meu blá-blá-blá interno. Levantei os olhos e me deparei com quatro pares de olhos me encarando, questionadores.

– Aonde?

– Nossa mãe, Terra chamando Zoey! Você vem com a gente ao dormitório dos garotos para assistir à maratona *Bourne*? – Erin perguntou.

Respondi automaticamente.

– Ah, tá. Não – sentia-me feliz por meus amigos não estarem mais de mal comigo, mas realmente não estava no clima para sair. Na verdade, sentia-me meio machucada e fora de mim. Em questão de poucos dias tinha sido Carimbada e perdera minha virgindade com um homem-*vamp* que não me amava, e depois ele fora horrivelmente assassinado. Eu magoara meus namorados. Os dois. A guerra havia quase começado e fora abortada. Mais ou menos. Minha melhor amiga não era mais morta-viva, mas não era normal, nem como novata nem como vampira, e os garotos com quem ela estava vivendo eram menos ainda. Mas eu não podia contar sobre os novatos vermelhos à maioria dos meus amigos (na verdade, para ninguém, exceto Aphrodite), pois era melhor que Neferet não soubesse que sabíamos. E agora Erik, um dos meus ex-namorados magoados, ia ser meu professor de teatro. Como se ele estar de volta à Morada da Noite não fosse um drama teatral por si só. – Não – repeti com mais firmeza. – Acho que vou dar uma olhada em Persephone – tá, eu sei que eu havia estado no estábulo faz pouco tempo, mas com certeza não seria nada mal mais uma dose de sua presença calorosa e tranquila.

– Tem certeza? – Damien perguntou. – Nós realmente gostaríamos que você viesse conosco.

Meus outros amigos assentiram e sorriram, desatando o último nó de medo que me congelava o estômago desde que haviam brigado comigo.

– Obrigada, pessoal. Mas realmente não estou no pique de sair esta noite – respondi.

– Tá – Erin concordou.

– Tranquilo – Shaunee confirmou.

– Até mais – Jack disse.

Pensei que Damien fosse me dar seu típico abraço de despedida, mas ele disse a Jack: – Vocês vão indo na frente, que eu os encontro depois. Vou caminhar com Z. até a estrebaria.

– Boa ideia – Jack disse. – Vou preparar pipoca para você.

Damien sorriu.

– Guarda um lugar para mim também?

Jack sorriu e deu um beijinho ligeiro nele.

– Sempre.

Então, as gêmeas e Jack seguiram para um lado, e Damien e eu seguimos na direção oposta. Tomara que isso não fosse um mau presságio sobre para onde nossas vidas estavam se direcionando.

– Você realmente não precisa me acompanhar até a estrebaria – eu disse. – Não é tão longe assim.

– Você não disse hoje que uma coisa a atacou e machucou sua mão quando estava caminhando da estrebaria para o refeitório?

Levantei as sobrancelhas.

– Achei que você não tinha acreditado em mim.

– Bem, digamos apenas que fui convencido pelas visões de Aphrodite. Por isso, quando terminar, se quiser pode ligar para o meu celular. Jack e eu vamos fingir que somos bofes e vamos acompanhar você na volta.

– Ah, peraí. Vocês não são afetados nem bichinhas.

– Bom, eu não sou, mas Jack é.

Nós rimos. Estava pensando em discutir com ele o assunto "Zoey precisa de guarda-costas" quando uma gralha começou a grasnar. Na verdade, agora que estava bem acordada e ouvindo bem, o grasnado mais pareceu um resmungo, mas era irritante mesmo assim.

Não, talvez *irritante* não fosse o termo certo para o som. Sinistro. *Sinistro* era exatamente o termo certo para o som.

– Você ouviu isso, não ouviu? – perguntei.

– O corvo? Ouvi.

– Corvo? Achei que fosse uma gralha.

– Não, acho que não. Se não me falha a memória, gralhas grasnam, mas o canto de um corvo parece mais o barulho de sapos resmungando – Damien fez uma pausa e o pássaro gralhou mais umas vezes. A ave parecia estar perto, e sua voz feia fez os pelos do meu braço se arrepiarem. – Sim, é um corvo, com certeza.

– Não tô gostando. E por que esse barulho todo? Estamos no inverno, não pode ser acasalamento, não é? Além do mais, é noite. Ele não devia estar dormindo? – espreitei na escuridão enquanto falava, mas não vi nenhum pássaro barulhento idiota, o que não era tão estranho. Tipo, eles são pretos, e era noite. Mas aquele corvo pareceu encher o céu ao meu redor, e havia alguma coisa naquele chamado abrasivo que fez meu corpo tremer.

– Eu realmente não sei muito sobre os hábitos do bicho – Damien fez uma pausa e me olhou cuidadosamente. – Por que isso está lhe incomodando tanto?

– Ouvi asas batendo antes, quando aquele sei lá o quê veio pra cima de mim. E a sensação foi sinistra. Você não achou?

– Não.

Suspirei e pensei que ele ia dizer que talvez eu precisasse desestressar e não me deixar levar pela imaginação, mas ele me surpreendeu ao dizer: – Mas você é mais intuitiva do que eu. Então, se você diz que tem alguma coisa errada com esse pássaro, acredito em você.

– Acredita? – estávamos na escada do estábulo, então parei e me virei para ele. Seu sorriso estava repleto de sua já conhecida cordialidade.

– É claro que acredito. Acredito em você, Zoey.

– Ainda? – perguntei.

– Ainda – ele disse com firmeza. – E estou bancando seu guarda-costas.

Então, do nada, o corvo parou de resmungar, e o clima sinistro que eu estava sentindo pareceu sumir também. Tive de limpar a garganta e piscar os olhos com força antes de conseguir dizer: – Obrigada, Damien.

Então, ouvi o miado da velha mal-humorada Nala – Miauff – e vi minha gatinha gorducha e alaranjada sair da escuridão trotando e indo se enroscar nas pernas de Damien.

– Oi menina – ele disse, coçando debaixo do queixo dela. – Parece que ela veio assumir a função de guarda-costas de Zoey.

– Opa, tô vendo que você arrumou uma assistente – respondi.

– Se você precisar de mim quando quiser voltar, é só me ligar. Eu realmente não me importo – ele confirmou, me apertando forte.

– Obrigada – agradeci novamente.

– Sem problema, Z. – ele sorriu para mim mais uma vez e então, cantarolando *Seasons of Love*, do musical *Rent*, foi andando pela calçada até desaparecer.

Eu ainda estava sorrindo quando abri a porta lateral que levava ao corredor que separava o centro esportivo da estrebaria. Já dava para sentir vindo da direita a mistura doce de cheiro de feno e de cavalo e, com o alívio de saber que meus amigos realmente não estavam mais bravos comigo, quase me senti começando a relaxar. Estresse! Nossa mãe! Eu realmente estava precisando fazer ioga ou sei lá o quê (provavelmente mais sei lá o quê do que ioga). Se eu continuasse com essa tensão toda, acabaria desenvolvendo uma úlcera. Ou, pior ainda, rugas.

Eu estava virando à minha direita e tocando com a mão a porta do estábulo quando ouvi um barulho esquisito, *flapt*, seguido de uma batida abafada, *tump*. Os ruídos vinham da esquerda. Olhei para o lado e vi que a porta do centro esportivo estava aberta. Os barulhos estranhos se repetiram, atiçando minha curiosidade e, como era típico em mim, ao invés de demonstrar bom-senso e entrar no estábulo, como era minha intenção, entrei no centro esportivo.

Tá, o centro esportivo é basicamente um campo de futebol coberto que não é campo de *futebol*, mas só o campo com uma pista ao redor. No interior, garotos jogam futebol e praticam corrida. (Eu realmente não sou fã de nenhum dos dois, mas sei, na teoria, como funciona o lugar.) O centro é coberto, para que os novatos não tenham problemas com o sol, e iluminado ao longo dos muros por lampiões de gás, cuja luz não incomoda. Nesta noite, a maioria deles estava apagada, de modo que foi o som do próximo *flapt*, e não minha visão, que me atraiu a atenção para o outro lado do centro esportivo.

Stark estava de costas para mim, segurando um arco e mirando o centro de um daqueles alvos redondos com vários círculos consecutivos de cores diferentes marcando diferentes áreas. O centro vermelho do alvo que ele mirava tinha sido atingido por uma flecha estranhamente gorda. Apertei os olhos, mas não consegui enxergar direito por causa da pouca luz e porque o alvo estava realmente bem longe de Stark, o que significava bem, *bem* longe de onde eu estava.

Nala soltou um grunhidozinho gutural e reparei que aquele volume louro ao lado de Stark era Duquesa, toda esparramada e aparentemente adormecida a seus pés.

– Grande cão de guarda que ela é – sussurrei para Nala.

Stark esfregou a testa com as costas da mão como se estivesse enxugando o suor do rosto e remexeu os ombros, soltando-os. Mesmo de longe, ele parecia confiante e seguro. Parecia bem mais intenso do que os demais caras da Morada da Noite. Que inferno, ele era mais intenso do que os adolescentes humanos em geral, e foi impossível não ficar intrigada. Eu estava lá, pensando qual cara seria tão gostoso quanto ele, quando ele pegou outra flecha da aljava a seus pés, virou de lado, levantou o arco e, com um movimento tão rápido que embaçou minha vista, soltou o ar e *flapt!,* soltou outra flecha, que foi direto para o meio do alvo distante, como se fosse uma bala. *Tump!*

Arfei baixinho de surpresa e entendi por que a flecha no meio do alvo parecia estranha de tão grande. Não era só uma. Era um monte de flechas superpostas. Cada uma que ele atirou havia atingido o mesmo ponto no alvo. Totalmente chocada, meus olhos se voltaram para Stark, que ainda estava na postura de arqueiro. Então, me dei conta do tipo de gostosura que melhor o definia: o tipo *Bad Boy Gostoso*.

Ah, oh. Até parece que eu precisava me interessar por um *bad boy*. Que inferno, eu estava legal de garotos. Totalmente. Quando comecei a dar meia-volta de fininho, sua voz me deteve.

– Eu sei que você está aí – Stark disse sem olhar para mim. Duquesa se levantou como se tivesse ouvido uma deixa, bocejou, caminhou para perto de mim balançando o rabo e fazendo um *woof* tipicamente canino. Nala se eriçou toda, mas não chiou nem rosnou, chegando até a deixar a labradora cheirá-la um pouquinho, mas espirrando logo em seguida na cara de Duquesa.

– Oi – eu disse para ambos enquanto esfregava as orelhas de Duquesa.

Stark se voltou para mim. Ele estava com aquele seu quase sorriso metidinho. Eu estava começando a entender que aquela expressão devia ser normal para ele. Notei que parecia mais pálido do que estava no jantar. Era duro ser novato no pedaço; a pessoa fica desgastada. Mesmo no caso de um *bad boy* gostoso.

– Eu estava indo para a estrebaria e ouvi algo aqui. Não quis lhe interromper.

Ele deu de ombros e começou a dizer alguma coisa, mas teve de parar e limpar a garganta como alguém que não falasse há muito tempo. Ele deu uma tossidinha e finalmente disse: – Sem problema. Na verdade, estou contente por você estar aqui. Assim não preciso ir atrás de você.

– Ah, você precisa de alguma coisa para Duquesa?

– Não, ela está bem. Trouxe um monte de coisas dela. Na verdade, queria conversar com você.

Não. Eu não estava nem um pouco louca de curiosidade nem lisonjeada por ele querer falar comigo. Com toda calma e total indiferença, eu disse: – E o que você quer?

Ao invés de responder, ele me fez uma pergunta.

– Essas suas Marcas especiais significam que você realmente tem afinidade com todos os cinco elementos?

– É – respondi, tentando não ranger os dentes. Eu realmente odiava que os recém-chegados me fizessem perguntas sobre minhas Marcas. A tendência era, das duas, uma: ou me reverenciavam como uma heroína, ou me tratavam como se eu fosse uma bomba prestes a explodir a qualquer instante. Seja como for, era muito desconfortável e nada lisonjeiro nem intrigante.

– Tinha uma Sacerdotisa na Morada da Noite de Chicago que tinha afinidade com o fogo. Ela podia tacar fogo nas coisas. Você sabe usar os cinco elementos assim?

– Eu não sei fazer a água ferver nem nada bizarro assim – evitei responder diretamente.

Ele franziu a testa e balançou a cabeça, esfregando a mão na testa outra vez. Tentei não reparar que ele estava suando de um jeito meio *sexy*.

– Não estou perguntando se você sabe distorcer os elementos. Eu só preciso saber se você é poderosa o bastante para controlá-los.

O que ele disse me fez parar de prestar atenção na carinha bonita dele.

– Bom, olha só. Eu sei que você é novo, mas isso realmente não é da sua conta.

– Ou seja, você é bem poderosa mesmo.

Olhei para ele com uma expressão zangada.

– Mais uma vez, não é da sua conta. Se você precisar de mim para algo que seja da sua conta, como me pedir coisas para sua cachorra, pode me procurar. Senão, tô fora.

– Espera – ele deu um passo em minha direção. – Pode parecer que estou sendo petulante, mas tenho uma boa razão para lhe perguntar isso.

Ele havia perdido seu semissorriso sarcástico e não estava me olhando daquele jeito curioso, tipo "vamos ver se a Zoey é esquisita mesmo". Parecia mais um garoto bonitinho que precisava seriamente saber de alguma coisa.

– Tá bom. Sim. Sou bastante poderosa.

– E pode realmente controlar os elementos? Tipo, se algo ruim acontecer, você pode proteger a si mesma e às pessoas queridas?

– Tá, é isso – respondi. – Você está me ameaçando e aos meus amigos?

– Ah, merda, não! – ele disse rapidamente, levantando uma das mãos com a palma aberta, como quem se rende. É claro, foi difícil não reparar que ele ainda estava segurando o arco com o qual esteve atirando flechas bem no alvo. Ele viu meus olhos se voltarem para o arco e lentamente se abaixou para colocá-lo aos seus pés. – Não estou ameaçando ninguém. Só não sei me explicar direito. O negócio é o seguinte: quero que você saiba do meu dom.

Ele disse a palavra dom de um jeito tão desconfortável que levantei as sobrancelhas e repeti: – Dom?

– É assim que chamam, ou pelo menos é como as outras pessoas chamam. É por causa do meu dom que sou tão bom nisso – ele apontou com o queixo para o arco a seus pés.

Eu não disse nada, mas levantei as sobrancelhas e esperei (com impaciência) que ele continuasse.

– Meu dom é que eu não erro o alvo – ele disse finalmente.

– Não erra o alvo? E daí? O que isso tem a ver comigo ou com a minha afinidade com os elementos?

Ele balançou a cabeça de novo.

– Você não entende. Eu sempre vou acertar o alvo, mas isso não quer dizer que meu alvo seja sempre o que estou apontando.

– Você não está dizendo coisa com coisa, Stark.

– Eu sei, eu sei. Eu disse que não sou bom nisso – ele passou a mão nos cabelos, que ficou meio cheio, como um rabo de pato. – A melhor maneira de lhe dizer isso é dar um exemplo. Já ouviu falar do vampiro William Chidsey?

Balancei a cabeça.

– Não, mas isso não devia te surpreender. Faz poucos meses que fui Marcada. Não sou exatamente muito informada sobre política *vamp*.

– Will não tinha nada a ver com política. O negócio dele era arco e flecha. Ele foi, por quase duzentos anos, campeão incontestável do arco e flecha entre todos os vampiros.

– Ou seja, do mundo inteiro, porque os *vamps* são os melhores arqueiros que existem – eu disse.

– É – ele assentiu. – Enfim, Will foi o "bambambã" por quase dois séculos. Pelo menos até seis meses atrás.

Pensei por um instante.

– Seis meses atrás era verão. Foi quando eles fizeram a versão *vamp* das Olimpíadas, certo?

– É, eles chamam de Jogos de Verão.

– Tá, então esse Will era bom no arco e flecha. Você também, ao que parece. Você o conhece bem?

– Conhecia. Ele morreu. Mas, sim. Eu o conhecia muito bem – Stark fez uma pausa e então acrescentou: – Ele era meu mentor e meu melhor amigo.

– Ah, sinto muito – eu disse, sem jeito.

– Eu também. Fui eu quem o matou.

12

– Você disse que o matou? – eu estava certa de ter ouvido errado.
– É, foi o que eu disse. Eu fiz isso por causa do meu dom – a voz de Stark soou fria, como se não estivesse dizendo nada demais, mas seus olhos diziam outra coisa. A dor que havia neles era tão óbvia que tive que desviar o olhar. Duquesa foi para o lado de seu mestre e se sentou ao lado dele, como se aquela dor também lhe fosse óbvia, encostando-se e olhando-o com adoração, choramingando baixinho. Automaticamente, Stark se abaixou e fez carinho na cabeça macia do animal enquanto falava. – Aconteceu durante os Jogos de Verão. Foi logo antes das finais. Will e eu estávamos bem na liderança, era certo que as medalhas de ouro e prata viriam para nós – ele não olhou para mim enquanto falava. Ao invés disso, ficou olhando para o arco e acariciando a cabeça de Duquesa. Por mais estranho que parecesse, Nala foi para pertinho dele e começou a se esfregar na sua perna (a perna na qual Duquesa não estava recostada) e a ronronar como um cortador de grama. Stark continuou a falar. – Nós estávamos nos aquecendo em um lugar próprio para treinar. Eram áreas longas e finas separadas por divisórias de linho branco. Will estava à minha direita. Eu me lembro de puxar o arco e me concentrar como nunca na vida. Eu realmente queria vencer – ele fez outra pausa e balançou a cabeça. Sua boca se contorceu, como se ironizasse a si mesmo. – Isso era o mais importante para mim. A medalha de ouro. Então puxei o arco e pensei: "Custe

o que custar, quero acertar a marca e derrotar Will". Atirei a flecha, mirando o alvo com meus olhos, mas, na minha cabeça, me imaginei atingindo Will – Stark soltou a cabeça e deu um suspiro fundo como um vento de tempestade. – A flecha voou direto para o alvo em minha mente. Ela atingiu o coração de Will e o matou instantaneamente.

Senti minha cabeça balançar para a frente e para trás.

– Mas como isso pôde acontecer? Ele estava perto do alvo?

– Não, nada perto. Ele estava uns dez passos à minha direita. Estávamos separados apenas pela divisória de linho. Eu estava de frente quando apontei e atirei, mas não fez diferença. A flecha atravessou o peito dele – ele fez uma expressão de dor que mostrou como a memória do episódio ainda o abalava. – Foi tão rápido, tudo ficou meio embaçado. Então, vi o sangue dele manchando o linho branco que nos separava, e ele morreu.

– Mas, Stark, talvez não tenha sido você. Talvez tenha sido algum tipo de acaso mágico infeliz.

– Foi o que pensei no começo, ou pelo menos foi o que esperei. Então, resolvi testar meu dom.

Senti um nó no estômago.

– Você matou mais alguém?

– Não! Testei em coisas sem vida. Tipo um trem de carga que costumava passar pela escola todo dia mais ou menos na mesma hora. Sabe, um desses trens tipo antigos, com motor preto grande e um vagão vermelho de passageiros. Ainda tem muitos deles passando por Chicago. Imprimi uma foto do vagão de passageiros e coloquei em um alvo no terreno da escola. Pensei em atingir o vagão de passageiros e atirei.

– E? – perguntei, ao ver que ele não dizia nada.

– A flecha desapareceu. Mas só temporariamente. Eu a encontrei no dia seguinte quando estava esperando, perto da pista. Estava enfiada no verdadeiro vagão de passageiros.

– Caraca! – eu disse.

– Daí você vê – ele veio para perto de mim e parou bem perto. Seus olhos capturaram os meus com aquela sua intensidade típica. – É por isso que eu tinha que te contar sobre mim, e é por isso que precisava saber se você tem capacidade de proteger os seus.

Meu estômago, que já tinha dado um nó, começou a dar voltas.

– O que você vai fazer?

– Nada! – ele gritou, fazendo Duquesa choramingar de novo e Nala parar de se esfregar e ronronar para olhar para ele. Ele limpou a garganta e fez um óbvio esforço para se recompor. – Eu não quero fazer nada. Mas também não quis matar Will, e matei.

– Você não conhecia seus poderes na época, mas agora conhece.

– Eu suspeitava – ele disse baixinho.

– Ah – foi tudo que consegui dizer.

– É – ele disse, apertando os lábios com força antes de continuar. – Eu sabia que havia alguma coisa de estranho com meu dom. Eu devia ter ouvido meus instintos. Devia ter tomado mais cuidado. Mas não fiz nada disso, e Will está morto. Então, quero que você saiba a verdade sobre mim antes que eu faça besteira de novo.

– Peraí! Se entendi o que você está dizendo, só você pode saber para onde está realmente apontando, pois tudo acontece dentro da sua cabeça.

Ele deu um riso sarcástico.

– Você acha, né? Mas não é assim que funciona. Uma vez achei que fosse perfeitamente seguro praticar um pouco de tiro e fui para o parque perto da nossa Morada da Noite. Não tinha ninguém por perto para me distrair; eu fiz questão disso. Encontrei um grande carvalho velho e coloquei um alvo na frente do que concluí que fosse o meio da árvore.

Ele estava olhando para mim como se esperasse uma resposta, então fiz que sim com a cabeça.

– Você quer dizer tipo o meio do tronco?

– Exatamente! Foi para onde pensei que estava mirando, mais ou menos o meio da árvore. Mas você sabe como às vezes chamam o meio de uma árvore?

— Não, eu realmente não entendo muito de árvores — respondi de um jeito idiota.

— Eu também não entendia. E procurei saber depois. Os antigos vampiros, que tinham afinidade com a terra, chamavam o meio da árvore de coração. Eles acreditavam que às vezes os animais, ou mesmo as pessoas, podiam representar o coração de uma árvore específica. Então eu atirei, pensando em atingir o meio, ou o coração, da árvore — ele não disse mais nada, apenas ficou olhando para o arco a seus pés.

— Quem você matou? — perguntei baixinho. Sem realmente pensar, levantei a mão e a coloquei no ombro dele. Nem sei direito por que o toquei. Talvez fosse porque ele parecia precisar do toque de outra pessoa. E talvez fosse porque, apesar de admitir o perigo que representava, ele de alguma forma me atraía.

Ele cobriu minha mão com a dele e jogou os ombros para a frente.

— Uma coruja — ele respondeu, quebrando o clima. — Uma flecha atravessou o peito dela. Ela estava empoleirada em um galho interno do carvalho. Ela caiu no chão berrando.

— A coruja era o coração da árvore — sussurrei, tentando conter a insana vontade que me deu de tomá-lo nos braços e confortá-lo.

— É, e eu a matei — ele levantou os olhos para fitar os meus. Pensei nunca ter visto antes um olhar tão assombrado pelo arrependimento. Como os dois animais aos seus pés o consolavam e, pelo menos Nala, agiam de maneira mais intuitiva do que de costume, me ocorreu que Stark podia muito bem ter outros dons além de simplesmente acertar onde mirava, mas pensei bem e não disse nada. Ele nem estava precisando de mais dons para se preocupar, não é? Stark continuou falando. — Viu? Sou perigoso mesmo quando não tenho intenção de ser.

— Acho que entendo — respondi cuidadosamente, ainda tentando acalmá-lo com meu toque. — Talvez seja melhor você pendurar seu arco e flecha, ao menos até realmente saber dominar seu dom.

– É o que eu devia fazer. Eu sei. Mas, se eu não praticar, se parar de atirar e tentar esquecer tudo isso, vai ser como arrancar uma parte de mim. Eu sinto como se algo dentro de mim morresse – ele soltou a mão da minha e recuou, interrompendo o contato físico. – Você devia saber disso também, eu sou na verdade um covarde, pois não aguento esta dor.

– Não querer sentir dor não faz de você um covarde – eu disse rapidamente, seguindo a vozinha que sussurrou em minha mente. – Só faz de você um humano.

– Novatos não são humanos – ele respondeu.

– Na verdade, não estou muito certa disso. Eu acho que a melhor parte de todo mundo é a parte humana, sejam novatos ou vampiros.

– Você é sempre tão otimista?

Eu ri.

– Ah, que inferno, não!

Seu sorriso estava menos sarcástico e mais real desta vez.

– Você não me faz lembrar a Debbie Downer[5], mas eu te conheço faz pouco tempo.

Sorri para ele.

– Eu não sou exatamente tão pessimista assim, ou ao menos não costumava ser – meu sorriso se desfez. – Acho que dá para dizer que ultimamente não ando muito animada.

– O que aconteceu recentemente?

Rapidamente balancei a cabeça: – Mais coisas do que posso contar em detalhes agora.

Ele me fitou nos olhos, e fiquei surpresa ao ver compreensão em seu olhar. Então, Stark me surpreendeu ainda mais ao se aproximar de mim outra vez e afastar uma mecha de cabelo do meu rosto.

– Sou bom ouvinte se você quiser falar. Às vezes é bom ouvir a opinião de alguém de fora.

---

5 Personagem popular do humorístico *Saturday Night Live* que sempre traz más notícias e influencia negativamente o humor das pessoas à sua volta. (N.R.)

– Você não preferia não ser uma pessoa de fora? – perguntei, tentando não me deixar abalar pela proximidade do seu corpo e por perceber como parecia fácil para ele ficar perto de mim e chegar direto ao meu coração.

Ele deu de ombros e seu sorriso ficou sarcástico de novo.

– É mais fácil assim. É uma das razões pelas quais não me aborreci por terem me transferido da minha Morada da Noite.

– Eu queria lhe perguntar sobre isso – fiz uma pausa. Fingindo precisar de espaço para andar de um lado para o outro, me afastei dele enquanto minha mente oscilava entre a atração que sentia por ele e a necessidade de responder às perguntas de um jeito que não o fizesse pensar em coisas que não devia pensar, principalmente perto de Neferet. – Você se importa se eu lhe perguntar algo sobre o fato de você vir para cá?

– Pode me perguntar qualquer coisa, Zoey.

Olhei para seus olhos castanhos e enxerguei mais do que as simples palavras que ele estava dizendo.

– Tudo bem... Eles o transferiram por causa do que aconteceu com Will?

– Acho que sim. Não tenho certeza. Todos os *vamps* da minha antiga escola disseram que a Grande Sacerdotisa daqui requisitou minha transferência para cá. Às vezes acontece, quando o novato tem algum dom especial que outras escolas querem ou precisam – ele deu uma risada sem graça. – Eu sei que a nossa Morada da Noite vem tentando roubar aquele ator de sucesso que vocês têm aqui, como é o nome dele? Erik Night?

– É, o nome dele é Erik Night. Ele não é mais novato. Já passou pela Transformação – eu realmente não queria pensar em Erik enquanto me sentia tão atraída por Stark.

– Ah, hum. Enfim, sua Morada não o liberou, e ele não queria ir. Minha Morada não fez questão de me fazer ficar. E eu não tinha nenhuma razão para ficar. Então, quando soube que me queriam em

Tulsa, avisei que não iria competir de novo, de jeito nenhum. Mas, pelo jeito, não fez diferença, porque me quiseram mesmo assim, e aqui estou eu – o sarcasmo em sua expressão desapareceu e por um instante ele pareceu apenas doce e meio inseguro. – Estou começando a ficar realmente feliz por Tulsa me querer tanto.

– É – sorri, totalmente abalada pela conexão que estava sentindo com ele. – Também estou começando a ficar realmente feliz por Tulsa te querer – então minha mente captou tudo que ele dissera, e me veio uma terrível premonição. Tive de limpar a garganta antes de fazer a próxima pergunta. – Todos os *vamps* sabem como Will morreu?

Seus olhos faiscaram de dor outra vez, e fiquei triste por ter de perguntar.

– Provavelmente. Todos os *vamps* da minha antiga escola sabiam, e você sabe como eles são; é difícil guardar segredo entre eles.

– É, eu sei como eles são – disse baixinho.

– Ei, foi impressão minha ou rolou um clima estranho entre você e Neferet?

Pisquei os olhos, surpresa.

– Ahn, como assim?

– Senti uma tensão entre vocês duas. Tem alguma coisa que eu precise saber sobre ela?

– Ela é poderosa – respondi cuidadosamente.

– É, tô ligado. Toda Grande Sacerdotisa é poderosa.

Fiz uma pausa.

– Digamos que ela não é exatamente o que aparenta, e que você deve tomar cuidado com ela. E vamos parar por aqui até segunda ordem. Ah! Ela é extremamente intuitiva, praticamente médium.

– Bom saber. Vou tomar cuidado.

Decidi voltar rapidamente ao que ia fazer antes de encontrar esse garoto que, por um lado, parecia intenso e autoconfiante, mas, por outro, estava visivelmente vulnerável, e me fascinava total e completamente, me dando vontade de esquecer que eu havia cortado sexo da minha vida. Sexo?! Eu quis dizer *garotos*. Eu havia cortado os garotos da minha vida. E o sexo. Com eles. Ah, minha nossa.

– Melhor eu ir nessa. Tenho uma égua me esperando para ser escovada – disse sem pensar.

– Melhor não deixar um animal esperando. Eles podem ser bem mandões – ele sorriu, olhando para Duquesa, e esfregou suas orelhas. Quando comecei a me virar para ir embora, ele segurou meu pulso e deixou a mão deslizar até seus dedos se entrelaçarem nos meus. – Ei – ele disse baixinho. – Obrigado por não ficar bolada com o que eu disse.

Sorri para ele.

– Infelizmente, depois da semana que tive, seu dom esquisito fica quase normal.

– Infelizmente, é bom ouvir isso – e então ele levantou minha mão e a beijou. Assim. Como beijava as mãos das garotas todo dia. Eu não sabia o que dizer. Qual era o protocolo quando um cara beija sua mão? A gente agradece? Eu bem que queria beijá-lo também, e estava pensando em como não devia estar pensando essas coisas enquanto olhava fixo para dentro de seus olhos castanhos, quando ele disse: – Você vai contar para todo mundo sobre mim?

– Você quer que eu conte?

– Não, a não ser que você tenha que contar.

– Então não vou contar, a não ser que tenha – prometi.

– Obrigado, Zoey – ele agradeceu, apertou minha mão, sorriu e me soltou.

Fiquei lá parada por um instante, observando-o pegar seu arco e caminhar até onde estava a aljava com as flechas. Sem me olhar de novo, ele pegou uma flecha da aljava, mirou e atirou, e a flecha foi diretamente para o centro do alvo de novo. Sério, ele estava total e completamente misterioso e *sexy*, e eu estava caindo fora *pra valer*. Dei meia-volta e, dizendo a mim mesma que precisava dar um jeito nos meus hormônios, estava quase saindo pela porta quando o ouvi tossir pela primeira vez. Parei, imóvel, na esperança de que, se eu parasse por um instante, ele limparia a garganta como antes e então o próximo som que eu ouviria seria o de outra flecha atingindo o alvo.

Stark tossiu de novo. Dessa vez, ouvi o som molhado no fundo de sua garganta. E então o cheiro me atingiu – o belo e terrível cheiro de sangue fresco. Rangi os dentes de raiva do meu desejo nojento.

Eu não queria me virar. Queria sair correndo do edifício, chamar alguém para ajudá-lo e não voltar mais, nunca mais. Não queria testemunhar o que eu sabia que ia acontecer em seguida.

– Zoey! – meu nome saiu da sua boca repleto de líquido e de medo. Eu me forcei a dar meia-volta.

Stark já estava caído de joelhos. Percebi que estava vomitando sangue fresco na areia dourada e lisa do chão do centro esportivo. Duquesa começou a chorar de um modo terrível e, apesar de estar se engasgando em sangue, Stark levantou uma das mãos para fazer carinho na enorme cadela. Ele sussurrava com ela entre uma tosse e outra, dizendo que tudo ia ficar bem.

Corri para perto dele.

Ele caiu quando cheguei ao seu lado, e tudo que pude fazer foi puxá-lo para o meu colo. Arranquei a blusa de moletom dele, rasgando-a pelo meio, de modo que ele ficou deitado só de camiseta e calça jeans. Usei o moletom para limpar o sangue que jorrava de seus olhos, nariz e boca.

– Não! Não quero que isto aconteça agora – ele fez uma pausa, tossindo mais sangue do que eu conseguia enxugar. – Acabei de encontrar você, não quero partir tão cedo.

– Estou aqui. Você não está sozinho – tentei soar calma e tranquila, mas estava destruída por dentro. *Por favor, não o levem embora! Por favor, salvem-no!*, minha mente gritava.

– Ótimo – ele engasgou e tossiu de novo, fazendo jorrar um rio de sangue do nariz e da boca. – Que bom que é você. Se tiver de acontecer, fico feliz por você estar aqui comigo.

– Sssh – eu disse. – Vou pedir ajuda – fechei os olhos e fiz a primeira coisa que me veio à mente. Chamei Damien. Pensei no ar e no vento e nas doces brisas do verão, e de repente senti um vento quente e vacilante no rosto. – Traga Damien para cá com os outros para ajudar! – ordenei ao vento. Ele deu uma volta ao meu redor, como um tornado, e partiu.

– Zoey! – Stark chamou meu nome e tossiu de novo e de novo.

– Não fale. Guarde suas forças – pedi, segurando-o forte com um braço e alisando gentilmente seus cabelos molhados para trás do rosto ensopado com a outra mão.

– Você está chorando – ele disse. – Não chore.

– Eu... eu não consigo evitar – respondi.

– Eu devia ter beijado mais do que sua mão... mas agora não dá mais tempo – ele sussurrou entre uma respiração arfante e molhada e outra. – Agora é tarde demais.

Olhei nos seus olhos e me esqueci completamente do resto do mundo. Naquele momento, eu só sabia que estava segurando Stark em meus braços e que ia perdê-lo em breve, muito breve.

– Não é tarde demais – eu disse. Agachei-me e apertei meus lábios contra os dele. Os braços de Stark me envolveram, ainda com força para me abraçar. Minhas lágrimas se misturaram ao sangue dele e o beijo foi absolutamente maravilhoso e terrível, e acabou cedo demais.

Ele tirou os lábios dos meus, virou a cabeça e tossiu seu sangue vital no chão.

– Shhh – sibilei, com lágrimas escorrendo pelo rosto. Eu o abracei e murmurei: – Estou aqui. Estou com você.

Duquesa gemeu de tristeza e se deitou perto de seu mestre, olhando para seu rosto banhado em sangue com medo evidente.

– Zoey, ouça antes que eu vá embora.

– Tá, tá. Não se preocupe. Estou te ouvindo.

– Quero que você me prometa duas coisas – ele disse, sem forças. Depois tossiu e teve de se afastar de mim de novo. Segurei seus ombros e, quando ele se deitou em meus braços, estava tremendo e tão branco que estava quase transparente.

– Sim, o que você quiser – eu disse.

Ele tocou meu rosto com a mão ensanguentada.

– Prometa que nunca vai se esquecer de mim.

– Eu prometo – eu disse, virando meu rosto para se encaixar em sua mão. Ele tentou enxugar minhas lágrimas com o dedo trêmulo, o que me fez chorar ainda mais. – Não conseguiria me esquecer de você.

– E prometa que vai tomar conta de Duquesa.

– De um cão? Mas eu...

– Prometa! – sua voz de repente se encheu de força. – Não deixe que a mandem ficar com estranhos. Pelo menos ela lhe conhece e sabe que eu gosto de você.

– Tá bem! Sim, eu prometo. Não se preocupe – respondi.

Stark se dobrou sobre si mesmo após minha última promessa.

– Obrigado. Eu só queria que nós pudéssemos... – sua voz sumiu e ele fechou os olhos. Virou a cabeça no meu colo e abraçou minha cintura. Lágrimas vermelhas lavavam seu rosto silenciosamente, e ele ficou totalmente parado. A única parte dele que ainda se mexia era o peito, que oscilava quando tentava respirar com o sangue que lhe enchia os pulmões.

Então me lembrei, e senti que havia uma esperança. Mesmo se eu estivesse errada, Stark tinha de saber.

– Stark, me escute – ele não deu sinal de estar me ouvindo e eu sacudi seus ombros. – Stark!

Suas pálpebras se entreabriram.

– Está me ouvindo?

Stark assentiu com a cabeça de modo quase imperceptível. Seus lábios ensanguentados se levantaram em uma versão fantasmagórica de seu sorriso sarcástico e metido.

– Me beija de novo, Zoey – ele sussurrou.

– Você tem que me ouvir – abaixei a cabeça para falar em seu ouvido. – Isto pode não ser o fim para você. Nesta Morada da Noite, os novatos morrem e renascem para outro tipo de Transformação.

Ele abriu mais os olhos.

– Eu... não vou morrer?

– Não para valer. Os novatos mortos têm voltado. Minha melhor amiga voltou.

– Toma conta de Duquesa para mim. Se eu puder, vou voltar para ela e para você... – suas palavras saíram junto com um rio de sangue pela boca, nariz, olhos e orelhas.

Ele não conseguiu mais falar, e tudo que pude fazer foi segurá-lo em meus braços enquanto sua vida se esvaía. Quando ele estava dando seu último suspiro, Damien chegou ao centro esportivo, seguido por Dragon Lankford, Aphrodite e as gêmeas.

13

Aphrodite me alcançou primeiro. Ela me ajudou a ficar de pé enquanto o corpo morto de Stark escorregava pesadamente do meu colo.

– Tem sangue na sua boca – ela sussurrou, tirando um lenço de papel da bolsa e me dando.

Limpei os lábios e depois os olhos, e em seguida Damien correu para mim.

– Venha conosco. Vamos levá-la de volta ao dormitório para você trocar de roupa – ele passou para o meu lado, me segurando com firmeza pelo cotovelo com uma das mãos. Aphrodite estava do meu outro lado e também me segurou com força. As gêmeas estavam com os braços nas cinturas uma da outra, fazendo força para não chorar.

Alguns dos Filhos de Erebus haviam chegado com uma maca escura e um cobertor. Aphrodite e Damien estavam tentando me tirar de lá, mas resisti. Fiquei olhando, chorando em silêncio enquanto os guerreiros gentilmente pegavam o corpo ensopado de sangue de Stark e o colocavam na maca, para, depois, cobri-lo, inclusive o rosto, com um cobertor.

Foi quando Duquesa levantou o focinho para o céu e começou a uivar. O som foi horrível. Ela encheu aquela noite sanguinolenta de tristeza, solidão e perda. As gêmeas imediatamente caíram em lágrimas. Eu ouvi Aphrodite dizer: – Ah, Deusa, que coisa horrível.

Damien sussurrou: – Pobrezinha... – e também começou a chorar baixinho. Nala se agachou perto da cachorra e ficou olhando com olhos grandes e tristes, como se não soubesse bem o que fazer.

Eu também não sabia o que fazer. Sentia-me estranhamente entorpecida e, apesar de não conseguir parar de chorar, estava me preparando para me soltar dos meus amigos e me aproximar de Duquesa, para tentar extrair o possível do impossível, quando Jack entrou correndo no centro esportivo. Ele parou derrapando os pés. Estava boquiaberto, chocado. Levou uma das mãos ao pescoço e com a outra apertou a boca, tentando em vão controlar o próprio horror. Ele olhou para o corpo coberto na maca, para a areia ensanguentada, para a cachorra triste. Fungando, Damien apertou meu braço e então me soltou para ir para perto do namorado, quando Jack, ignorando tudo e todos, correu até Duquesa e caiu de joelhos na frente dela.

– Ah, minha linda! Estou de coração partido por sua causa! – ele disse ao animal.

Duquesa baixou o focinho e deu um olhar longo e firme para Jack. Eu não sabia que cães choravam, mas juro que vi Duquesa chorar. As lágrimas formavam trilhas escuras e molhadas que rolavam dos cantos dos seus olhos, escorrendo pela cara e pelo focinho.

Jack estava chorando também, mas sua voz soou doce e firme quando ele falou para Duquesa: – Se vier comigo, não vou deixar você ficar sozinha.

A enorme labradora loura se aproximou lentamente, parecendo ter envelhecido décadas nos últimos minutos, e apoiou a cabeça no ombro de Jack.

Através das minhas lágrimas, observei Dragon Lankford tocar as costas de Jack gentilmente.

– Leve-a para o seu quarto. Vou chamar o veterinário e pedir algo para ajudá-la a dormir. Fique junto dela; ela está sofrendo como um gato quando perde seu vampiro. Ela é uma menina leal – Dragon continuou, triste. – Essa perda vai ser muito dura para ela.

– Eu... eu vou ficar com ela – Jack disse, enxugando o rosto com uma das mãos e acariciando Duquesa com a outra. Então, Jack abraçou o pescoço da cachorra enquanto os guerreiros levavam o corpo de Stark do centro esportivo.

Neferet só apareceu quando eles estavam saindo. Ela estava corada e sem fôlego.

– Ah, não! Quem é?

– É o novato que acabou de chegar, James Stark – Dragon disse.

Neferet foi até a maca e levantou o cobertor. Todo mundo estava olhando para Stark, mas eu não conseguia olhar para seu rosto morto, então não tirei os olhos de Neferet. Fui a única pessoa que viu o clarão de triunfo e indisfarçável alegria que se irradiou de seu rosto. Então, ela respirou fundo e voltou a ser a Grande Sacerdotisa preocupada e entristecida pela perda de um novato.

Pensei que fosse vomitar.

– Leve-o para o necrotério. Vou cuidar de tudo – Neferet disse. Sem olhar para mim, rebateu: – Zoey, cuide da cachorra – e fez um gesto para os guerreiros continuarem, saindo com eles do centro esportivo.

Por um segundo não consegui falar. Sua falta de sentimentos e a morte de Stark acabaram comigo. Acho que havia uma pequena parte de mim que esperava que ela ainda fosse aquela mulher que acreditei que fosse quando a conheci – especialmente em um momento como este, no qual algo mais do que horrendo havia acabado de acontecer –, que ela fosse a mãe que me amaria pelo que eu era.

Fiquei olhando enquanto eles carregavam o corpo de Stark para fora e enxuguei meus olhos com as costas da mão. Havia gente que precisava de mim. Gente a quem prometi coisas. Estava na hora de encarar o fato de que Neferet era má; hora de parar de ser tão fraca.

Voltei-me para Damien.

– Fique perto de Jack esta noite. Ele precisa de sua ajuda mais do que eu.

– Você está bem? – ele perguntou.

– Eu cuido dela – Aphrodite disse.

– Nós também – as gêmeas disseram juntas.

Damien concordou, me abraçou com força e foi ficar com Jack. Ele se agachou perto do namorado e do cachorro e, com hesitação no início, depois com mais segurança e ternura, começou a acariciar Duquesa.

– Você está bem ensanguentada, sabia? – Aphrodite perguntou, tirando minha atenção da cena de cortar o coração que foi Damien e Jack tentando consolar a cachorra de Stark.

Olhei para mim mesma. Parei de sentir o cheiro de sangue após beijar Stark. Eu havia tirado o cheiro da minha mente para que a doçura do aroma não me enlouquecesse, e fiquei surpresa de ver que minhas roupas estavam escuras e pegajosas, ensopadas com o sangue dele.

– Preciso tirar estas roupas – eu disse, soando mais abalada do que gostaria. – Eu preciso de um banho.

– Vamos. Eu deixo você visitar o meu *spa* – Aphrodite falou.

– *Spa*? – perguntei estupidamente, sem conseguir entender que diabo ela estava dizendo. Stark havia acabado de morrer em meus braços, e ela queria que eu fosse a um *spa*?

– Você não sabia que fiz uma reforma no meu banheiro?

– Talvez Z. queira tomar banho em seu próprio quarto – Shaunee disse.

– É, talvez ela queira usar as coisas dela – Erin completou.

– É, bem, talvez ela não queira se lembrar de que na última vez em que foi tomar banho cheia de sangue, sozinha, em seu quarto, foi depois que sua melhor amiga morreu nos braços dela – Aphrodite disse, e acrescentou presunçosamente: – Além do mais, tenho absoluta certeza de que ela não tem um box de mármore com chuveiro Vichy em seu quarto, pois o meu é o único do *campus*.

– Chuveiro Vichy? – perguntei, me sentindo como se estivesse dentro de um pesadelo.

Shaunee suspirou.

– É como ter um pequeno pedaço do paraíso.

Erin deu um olhar de aprovação para Aphrodite.

— Você tem um no seu banheiro?

— Essa é uma das vantagens de ser podre de rica e muito, muito mimada — Aphrodite respondeu.

— Ahn, Z. — Erin disse lentamente, olhando para mim. — Talvez fosse bom você ir ao *spa* dela. Um chuveiro Vichy é excelente para aliviar o estresse.

Shaunee secou os olhos e fungou a última das lágrimas.

— E todas nós sabemos que você tem muito estresse acumulado esta noite.

— Tá, tudo bem. Eu vou tomar banho no quarto de Aphrodite — abri a porta de madeira e passei por Aphrodite e pelas gêmeas. Senti o beijo de Stark nos meus lábios no caminho para o dormitório, enquanto o surreal resmungo dos corvos enchia a noite.

O chuveiro Vichy consistia na verdade em quatro chuveiros gordos (dois no teto e dois nas laterais do box de mármore de Aphrodite) que soltavam zilhões de litros de água quente pelo meu corpo inteiro ao mesmo tempo. Fiquei parada e deixei que a água escorresse pelo meu corpo e lavasse de mim o sangue de Stark. Observei a água descendo vermelha, depois cor-de-rosa, até ficar limpa, e algo na ausência do sangue dele me fez cair no choro outra vez.

Parecia ridículo, pois eu tinha acabado de conhecer o garoto, mas senti a falta de Stark como se fosse um furo no meu coração. Como podia ser? Como eu podia sentir tanta falta dele se nem havia conhecido o garoto direito? Ou talvez eu o conhecesse — talvez fosse uma daquelas coisas que acontecem com as pessoas em um nível que extrapola o tempo e as regras sociais. Talvez o que aconteceu entre mim e Stark naqueles poucos minutos no centro esportivo tivesse sido o suficiente para que nossas almas se reconhecessem.

Almas gêmeas? Seria possível? Quando minha cabeça começou a doer de tanto chorar e minhas lágrimas finalmente secaram, saí do box, exausta. Aphrodite deixou um robe de banho enorme pendurado na porta, e eu o vesti antes de sair do enfeitado banheiro. As gêmeas já tinham ido embora, o que não me surpreendeu.

– Tome, beba isto – Aphrodite me deu uma taça de vinho tinto.

– Obrigada, mas não sou fã de álcool – agradeci, balançando a cabeça.

– Bebe logo. Não é só vinho.

– Ah... – peguei e provei cautelosamente, parecendo que estava segurando algo prestes a explodir. E explodiu – dentro do meu corpo. – Tem sangue nisto! – não havia acusação no meu jeito de falar. Ela sabia que eu já sabia o que ela queria dizer com "não é só vinho".

– Vai ajudar você a se sentir melhor – Aphrodite disse. – E isto aqui também – ela apontou para a ponta da mesa ao lado do sofá-cama onde havia uma embalagem de isopor aberta com um cheeseburger grande e gorduroso do Goldie's, uma porção enorme de batatas fritas e uma garrafa de refrigerante de cola cheio de açúcar e cafeína.

Engoli o resto do vinho "batizado" com sangue e, surpresa de perceber como estava esfomeada, comecei a devorar o hambúrguer.

– Como sabia que eu amo Goldie's?

– Todo mundo ama os hambúrgueres do Goldie's. Eles são terríveis para você, então imaginei que estivesse precisando de um.

– Obrigada – agradeci com a boca cheia.

Aphrodite fez cara feia para mim, delicadamente pegou uma batata frita do meu prato e se jogou em sua cama. Ela me deixou comer um pouquinho e então, com uma voz peculiarmente hesitante, perguntou: – Quer dizer que você o beijou antes de ele morrer?

Não consegui olhar para ela, e de repente o hambúrguer ficou com gosto de cartolina.

– É, eu o beijei.

– Você está bem?

– Não – respondi baixinho. – Alguma coisa aconteceu entre nós e... – minha voz foi sumindo, e não consegui encontrar as palavras.

– O que você vai fazer em relação a ele?

Olhei para ela.

– Ele morreu. Não tem nada... – parei. Como podia ter me esquecido? É claro que o fato de Stark estar morto não representava necessariamente o fim das coisas, não nesta Morada da Noite nos últimos tempos. E então me lembrei do resto. – Eu disse a ele... eu disse.

– Disse o quê?

– Que talvez não fosse o fim para ele. Antes de ele partir, eu lhe disse que ultimamente os novatos morriam e voltavam para passar por um tipo diferente de Transformação.

– O que significa que, se ele voltar mesmo, uma das primeiras coisas em que vai pensar será em você e no fato de você ter dito que a morte talvez não fosse o fim para ele. Tomara que Neferet não esteja por perto para ler os pensamentos dele.

Senti algo se revirar no meu estômago, em parte por esperança, em parte por medo.

– Bem, o que você teria feito? Teria deixado o garoto morrer em seus braços sem dizer nada?

Ela suspirou.

– Não sei. Provavelmente não. Você gosta dele, não gosta?

– Gosto sim. Não sei. Tipo, claro que ele é, ahn, quer dizer, era um cara gostoso. Mas ele me disse umas coisas antes de morrer e meio que rolou uma ligação entre a gente – tentei me lembrar precisamente de tudo que Stark havia me dito, mas estava tudo misturado com nosso beijo e com a cena dele sangrando até a morte em meus braços. Estremeci e tomei um bom gole de refrigerante.

– E o que você vai fazer em relação a ele? – ela insistiu.

– Aphrodite, não sei! O que você quer, que eu vá até o necrotério e peça aos Filhos de Erebus para entrar e ficar ao lado de Stark até ele de repente voltar à vida? – ao dizer isso, percebi que era exatamente o que queria poder fazer.

– Não é uma ideia das melhores – ela disse.

– A gente não sabe o que acontece, com que velocidade e nem se vai acontecer mesmo – fiz uma pausa, pensando. – Peraí, você disse que viu Stark em uma das visões sobre a minha morte, não foi?

– Foi.

– E o que havia no rosto dele? Uma lua crescente azul, uma crescente vermelha ou tatuagens vermelhas completas?

Ela hesitou.

– Não sei.

– Como não sabe? Você disse que o reconheceu de sua visão.

– Disse. Eu me lembro dos olhos dele e daquela boca gostosa.

– Não fale dele assim – rebati.

Ela na verdade parecia culpada.

– Desculpe, não foi por mal. Você ficou ligada mesmo nele, não é?

– É. Fiquei. Então, tente se lembrar de como ele estava na sua visão.

Ela mordeu o lábio.

– Não me lembro de nada direito. Só o vi de relance.

Meu coração estava batendo forte e minha cabeça estava tonta por causa da súbita onda de esperança que tomou conta de mim.

– Mas isso quer dizer que ele não morreu de verdade. Ou, pelo menos, não completamente. Ele estava na sua visão do futuro, então tem que voltar no futuro. Ele vai voltar!

– Não necessariamente – ela disse gentilmente. – Zoey, o futuro é flexível, está sempre mudando. Tipo, eu vi você morrer duas vezes. Uma vez sozinha, pois seus amigos estavam lhe dando gelo. Bem, agora você já tem seus Três Mosqueteiros debiloides de novo – ela fez uma pausa e continuou. – Desculpe. Eu sei que você já passou por todo tipo de merda esta noite. Não quis soar tão maldita. Mas o negócio é o seguinte. Como os *nerds*... quer dizer, como seus amigos não estão mais te dando gelo, a história de Zoey morrendo na visão que tive já deve estar anulada. Viu, o futuro mudou. Quando tive a visão de Stark no futuro, ele ia estar vivo. Mas agora tudo pode ter mudado.

– Mas não necessariamente?

— Não necessariamente — ela concordou com cautela. — Mas não se anime. Sou apenas a Garota das Visões, não sou *expert* em coisas tipo novatos que voltam à vida.

— Então, precisamos de um *expert* nesta história de morto e morto-vivo — tentei não soar esperançosa demais, mas percebi pelo olhar estranho que Aphrodite me lançou que não estava conseguindo esconder muita coisa.

— É, bem... Odeio dizer isso, mas você tem razão. Você precisa falar com Stevie Rae.

— Vou voltar para o meu quarto, ligar para ela e combinar de a gente se encontrar no Street Cats amanhã. Você acha que consegue manter Darius ocupado enquanto converso com ela?

— Ah, por favor. Vou fazer mais do que mantê-lo ocupado. Ele vai ficar totalmente ocupado — Aphrodite ronronou as palavras.

— Eca. Então tá. Só não quero ver nem ouvir isso — embarcando em uma onda de otimismo, peguei meu refrigerante de cola.

— Quanto a isso, tudo bem. Ficarei feliz de manter sigilo.

— Eca, é o que eu digo outra vez — fui em direção à porta. — Ei, como você conseguiu se livrar das gêmeas esta noite? Será que amanhã vou ter que consertar algum estrago?

— Simples. Eu disse a elas que, se ficassem, nós faríamos a pedicure umas das outras e eu seria a primeira da fila.

— Ah, entendi por que elas deram no pé.

De repente, Aphrodite ficou séria.

— Zoey, tô falando sério. Não fique cheia de esperanças em relação a Stark. Você sabe que, mesmo se ele voltar, não vai ser mais o mesmo. Stevie Rae diz que os novatos vermelhos estão melhor agora, e estão, mas não são normais, nem ela é.

— Eu sei disso tudo, Aphrodite, mas ainda digo que Stevie Rae está bem.

— E eu ainda digo que vamos ter que discordar quanto a isso. Eu só quero que você tenha cuidado. Stark não...

– Não fale! – levantei a mão para interrompê-la. – Me deixa ter um pouquinho de esperança. Eu quero acreditar que ele ainda tem uma chance.

Aphrodite assentiu lentamente.

– Eu sei que é isso o que você quer, e é isso que me preocupa.

– Estou cansada demais para conversar sobre isso – respondi.

– Tá, eu entendo. Apenas pense no que eu disse – comecei a abrir a porta e ela acrescentou: – Você quer ficar aqui esta noite, para não ficar sozinha?

– Não, mas obrigada. Nem estou realmente sozinha em um dormitório cheio de novatas – coloquei a mão na maçaneta e olhei para Aphrodite. – Obrigada por cuidar de mim. Tô me sentindo melhor. Bem melhor.

Ela fez um gesto com a mão, como quem diz "deixa pra lá", e pareceu sem graça. Então ela disse, mais ao seu estilo: – Não foi nada. Só não se esqueça de que me deve essa quando virar rainha.

Stevie Rae não atendeu ao telefone. Caiu direto na secretária eletrônica. Não deixei recado. O que eu podia dizer? "Oi, Stevie Rae. É Zoey. Olha, esta noite um novato sangrou até a morte nos meus braços e quero saber o que vai acontecer agora. Ele vai voltar como monstro morto-vivo sugador de sangue ou vai só ficar meio estranho como você disse que seus novatos são, ou ele vai ficar morto mesmo? Eu queria saber porque, apesar de ter acabado de conhecer o garoto, gostava mesmo dele. Bom, então me liga!" Ahn, não. Assim não ia dar certo.

Eu me joguei na cama e comecei a sentir falta de Nala, quando sua portinhola de passagem abriu e minha gatinha resmungona fez *miauff*, atravessou o quarto, pulou na minha cama e se aninhou no meu peito, apertando a cara no meu pescoço e ronronando feito doida.

– Estou muito, muito feliz em ver você – acariciei as orelhas dela e beijei o pontinho branco no seu nariz. – Como Duquesa está? – ela piscou para mim, espirrou e então apertou a cabeça em mim e ronronou mais um pouco. Entendi que isso queria dizer que o cachorro estava sendo bem cuidado por Jack e Damien.

Sentindo-me melhor agora que Nala estava exercendo sobre mim seu poder ronronante, tentei mergulhar no livro que estava lendo, *Ink Exchange*, da minha escritora de livros sobre vampiros favorita do momento, Melissa Marr, mas nem as fadas sedutoras de suas histórias conseguiram segurar minha atenção.

No que eu estava pensando? Em Stark, é claro. Toquei meus lábios, ainda sentindo seu beijo. O que estava acontecendo comigo? Por que eu estava deixando Stark me afetar tanto? Tá, tudo bem. Ele morreu em meus braços e foi horrível, horrível mesmo. Mas havia algo mais acontecendo entre nós dois, ou pelo menos pensei que houvesse. Fechei os olhos e suspirei. Eu não precisava gostar de outro cara. Não havia superado o que eu tivera com Erik ou Heath.

Tudo bem, na verdade não havia superado o que tivera com Loren.

Não, eu não amava Loren. O que eu não havia superado era a dor que ele me causara. Meu coração ainda estava doendo e não estava pronto ainda para ser ocupado por outro cara.

Lembrei-me de Stark pegando minha mão e entrelaçando os dedos nos meus, e da sensação de seus lábios na minha pele.

– Droga. Acho que se esqueceram de avisar ao meu coração que eu não estava pronta para outro cara – sussurrei.

E se Stark voltasse?

Pior: e se não voltasse?

Eu estava cansada de perder as pessoas. Uma lágrima escapou debaixo da minha pálpebra fechada e eu a enxuguei. Enrosquei-me de lado e apertei Nala junto ao meu rosto. Eu estava cansada. Foi um dia terrível. Amanhã não seria tão ruim assim. Amanhã eu ia falar com Stevie Rae e ela ia me ajudar a resolver o que fazer com Stark.

Mas não consegui dormir. Minha cabeça ficou dando voltas, concentrando-se nos erros que eu havia cometido e nas pessoas que havia magoado. Será que Stark morreu como castigo por eu ter magoado tanto Erik e Heath?

Não! Disse minha mente racional. *Isso é ridículo! Nyx não faz essas coisas.* Mas minha consciência culpada sussurrou coisas sinistras. *Você não pode magoar as pessoas como fez com Erik e Heath e sair ilesa.*

Pare com isso! Disse a mim mesma. *Além do mais, hoje Erik não pareceu tão arrasado assim. Na verdade, ele pareceu um canalha, e não um cara de coração partido.*

Não, isso também não estava certo. Erik e eu estávamos nos apaixonando quando fiz a besteira com Loren. O que podia esperar que Erik fizesse? Que ele ficasse chorando pelos cantos e me implorando para voltar? Não, diabo. Eu o magoara e ele na verdade não estava sendo canalha, estava tentando proteger seu coração de mim.

Eu não precisava ver Heath para saber que também havia partido seu coração. Eu o conhecia o suficiente para saber exatamente a extensão da mágoa que causei. Ele tinha sido parte da minha vida desde que ficamos um a fim do outro na escola de ensino fundamental. Ele estava sempre lá – desde a época de namorico de criança até a fase de namoro oficial no final do fundamental, e a fase de sair juntos à noite no ensino médio e, mais recentemente, a fase de Carimbagem e de querer sugar o sangue dele e sei lá o quê. O "sei lá o quê" é um jeito simpático de dizer que Carimbar e beber o sangue de um humano estimula os sentidos eróticos do novato e do cérebro humano, razão pela qual eu andava pensando em fazer mais coisas com Heath do que sugar seu sangue. Sim, eu sei que parece baixaria, mas pelo menos estou sendo honesta comigo mesma.

Então, Heath e eu ficamos Carimbados, mas acabei indo para a cama com Loren e sendo Carimbada durante o ato (ainda era esquisito pensar que eu não era mais virgem – esquisito no sentido de perturbador e assustador), o que rompeu minha Carimbagem com Heath. De um modo doloroso e medonho, se o que Loren havia me dito fosse verdade. E eu não havia falado com Heath desde então.

E Stark se achou covarde por querer evitar sofrimentos? Comparado a mim, eu diria que não. Perguntei-me se a ligação com Stark teria durado se ele soubesse tudo do meu passado. Tipo, ele se expôs muito no começo, mas eu não disse droga nenhuma sobre minha vida.

E havia muita porcaria para contar. Para não falar dos mal-entendidos ainda não esclarecidos.

Eu estava evitando Heath porque sabia que o magoara. E, como estava sendo honesta comigo mesma, tinha de reconhecer que outra parte da razão pela qual estava evitando Heath era medo da reação dele.

Heath era uma espécie de porto seguro. Eu podia confiar no fato de que ele era louco por mim. Podia confiar no fato de ele ter sido meu namorado (muitas vezes independente da minha vontade) desde a terceira série do fundamental. Podia confiar no fato de poder contar sempre com ele.

De repente, me dei conta de que precisava de Heath. Estava me sentindo ferida, arrasada e confusa e precisava saber que não havia perdido todos eles... que um deles realmente me amava, mesmo eu não merecendo.

Meu celular estava carregando no criado-mudo. Eu o abri e rapidamente digitei uma mensagem antes que mudasse de ideia.

Como vc tá?

Ia começar com simplicidade, só uma mensagenzinha. Quando ele respondesse, se respondesse, eu avançaria mais.

Enrosquei-me de novo com Nala e tentei dormir.

Depois do que me pareceu uma eternidade, conferi as horas. Eram quase oito e meia da manhã. Tá, então Heath estava dormindo. Ainda eram as suas férias de inverno e, como ele não tinha que se levantar para ir para a escola, ia dormir até o meio-dia. Literalmente. *Então ele está dormindo*, repeti teimosamente para mim mesma.

Isso não teria feito diferença antes, minha mente ralhou comigo. *Se as coisas tivessem continuado como antes, ele teria me respondido no mesmo segundo e me implorado para encontrá-lo em algum lugar. Heath jamais teria continuado dormindo depois de receber uma mensagem minha.*

Talvez eu devesse ligar para ele.

Para ouvi-lo dizer que não queria me ver nunca mais? Mordi o lábio e me senti enjoada. Não. Não, eu não podia fazer isso. Não depois do que havia acontecido esta noite. Eu não aguentaria ouvir se ele fosse cruel comigo. Ler já seria terrível.

Isso se ele respondesse.

Fiquei fazendo carinho em Nala e me concentrando em sua máquina de ronronar para que ela preenchesse o silêncio do meu celular.

Amanhã, eu disse a mim mesma, enquanto começava a cair em um sono agitado. *Se eu não recebesse resposta de Heath amanhã, então ia ligar.*

Pouco antes de cair no sono de vez, juro que ouvi o barulho de um corvo sinistro do lado de fora da janela.

14

Nem precisei programar o despertador para as cinco da tarde (que para mim era equivalente à manhã – não se esqueça de que, para um novato, dia é noite e vice-versa; as aulas na nossa escola começam às oito da noite e terminam às três da manhã). Fique lá deitada, bem acordada, acariciando Nala e tentando não pensar em Stark, nem em Heath, nem em Erik, quando meu despertador disparou.

Ainda grogue de sono, fui esbarrando nos móveis do quarto pegar uma calça jeans e um suéter preto. Olhei para o meu reflexo no espelho. Estava uma eca. Eu precisava dormir um pouco mais – já estava com olheiras duplas.

Nala se arrepiou toda e chiou, olhando para a porta quando bateram.

– Zoey! Dá pra andar logo, caramba?

Abri a porta e me deparei com uma irritada Aphrodite, usando uma saia preta de lã muito curta (e muito gracinha), um pulôver roxo e botas pretas daquelas tipo matadora. Ela estava batendo o pé, impaciente.

– Que é? – perguntei.

– Eu sei que já lhe disse isso antes, mas você é mais lenta do que uma gorda de muletas.

– Aphrodite, você é maldita. Acho que eu também já lhe disse isso – respondi, piscando os olhos para tentar espantar o sono e pensar direito. – E não sou lenta, estou pronta – finalmente acrescentei.

– Não está, não. Você nem cobriu sua Marca ainda.

– Ah, meu Deus. Esqueci... – meus olhos automaticamente se voltaram para a testa dela, que não tinha nem sombra da Marca de novata.

– É, uma das poucas vantagens de fingir que sou novata é que não tenho que me preocupar em cobrir minha Marca quando saio do *campus* – Aphrodite usou um tom petulante, mas vi a mágoa nos seus olhos.

– Ei, lembre-se do que Nyx disse. Você ainda é especial para ela. Aphrodite revirou os olhos.

– É, especial. Então, tá. Dá para se apressar? Darius está esperando e você ainda precisa avisar Shekinah que vou com você.

– E eu preciso de minha tigela de cereal – gritei, enquanto passava uma boa quantidade de creme para esconder as intrincadas tatuagens da minha Marca.

– Não dá tempo – Aphrodite respondeu enquanto descíamos a escada às pressas. – Temos que chegar ao Street Cats antes de aqueles humanos idiotas fecharem a sede e voltarem para suas casinhas ridículas de classe média.

– Você é uma humana idiota – sussurrei.

– Eu sou uma humana especial – ela me corrigiu e, com uma voz igualmente grave, continuou: – Quando Stevie Rae vai nos encontrar? Ela não vai se importar se nós nos atrasarmos um pouquinho, certo?

– Ah, droga! – sussurrei. – Eu não consegui falar com ela ontem.

– Isso não me surpreende. O celular quase não pega naqueles túneis. Vou arrumar uma desculpa para Darius por você estar atrasada. Ligue para ela de novo. Tomara que desta vez você consiga falar.

– Eu sei, eu sei – respondi.

– Ei, Z.! – Shaunee chamou quando eu e Aphrodite passamos pela cozinha.

– Como está se sentindo hoje? Melhor? – Erin perguntou.

– Estou... obrigada, pessoal – agradeci, sorrindo para eles. As gêmeas estavam mais do que alegres. Era preciso mais do que um esbarrão com a morte para elas ficarem boladas por muito tempo.

– Excelente. Separamos sua caixa de Count Chocula, está aqui – Erin disse.

– Ei, gêmeas *nerds*, estão a fim de fazer meu pé hoje à noite? Tenho um joanete no meu pé direito que dá para ocupar uma horda de *nerds* pela noite inteira – Aphrodite levantou a bota *stiletto* e fingiu que ia baixar o zíper.

– Nós também separamos seu café da manhã, Aphrodite – Erin disse.

– É, nós preparamos uma maravilhosa tigela de cereal de piranhas – Shaunee completou.

– Vocês duas são tão sem graça. Zoey, vou falar com Darius e nos encontramos no estacionamento. Ande logo – ela jogou o cabelo e saiu.

– Nós odiamos essa garota – Erin e Shaunee disseram juntas.

– Eu sei – suspirei. – Mas ela foi muito legal comigo ontem.

– Ela deve ter um sério distúrbio de personalidade – Erin disse.

– É, eu acho que ela é uma dessas com dupla personalidade – Shaunee emendou. – Ei, talvez ela seja internada em breve!

– Excelente ideia, gêmea. Adoro sua tendência a ver o lado positivo das coisas – Erin disse.

– Ei, Z. Coma um pouco de cereal – Shaunee pediu.

Eu suspirei, devido à tentação de comer meu cereal favorito.

– Não tenho tempo para comer. Tenho que ir ao Street Cats e resolver nosso trabalho voluntário por lá.

– Você devia convencê-los a fazer um Mercado das Pulgas bacana para arrecadar fundos – Erin sugeriu.

– É. Nós precisamos nos desfazer de muitas roupas para abrir espaço no guarda-roupa e estarmos prontas para a mudança de estação – Shaunee completou.

– Na verdade, não é má ideia. Além disso, eles podiam fazer o brechó do Street Cats na parte interna para o sol não nos incomodar – respondi.

– Gêmea, vamos selecionar sapatos – Shaunee disse.

– É para já, gêmea – Erin respondeu. – Ouvi falar que os tons metálicos são tudo na próxima estação.

Saí do dormitório e deixei as gêmeas tagarelando sobre os sapatos novos que pretendiam comprar.

O guerreiro Filho de Erebus que estava de guarda na porta de fora não era Darius, mas era igualmente grande e com a mesma cara de mau e me cumprimentou breve e respeitosamente. Eu o cumprimentei também e segui às pressas pela calçada em direção ao prédio principal da escola, acenando e dizendo oi para os novatos que iam e vinham. Abri meu celular e digitei o número do telefone descartável que havia dado para Stevie Rae poucos dias antes. Felizmente, desta vez ela atendeu após o primeiro toque.

– Oi, Zoey!

– Ah, graças a Deus – não disse o nome dela, mas mantive a voz baixa. – Tentei te ligar antes, mas ninguém atendeu.

– Foi mal, Z. Aqui nestes túneis o celular pega muito mal.

Suspirei. Alguma coisa teríamos de fazer para resolver isto, mas no momento eu não tinha tempo de pensar o que seria.

– Bem, esquece isso. Você pode me encontrar no Street Cats daqui a pouquinho? É importante.

– Street Cats? Onde fica?

– Na Rua 16 com a Sheridan, naquele prédio bonitinho de tijolos. Atrás do Charlie's Chicken. Você pode?

– Acho que sim. Vou ter que pegar o ônibus, então pode levar um tempinho para chegar. Espere, você não pode vir me pegar? – abri a boca para explicar por que não podia dar carona para ela e por que era tão importante eu falar com ela ainda naquele dia, quando ouvi um grito seguido por uma risada totalmente pavorosa.

– Hummm, Zoey. Tenho que desligar – Stevie Rae disse.

– Stevie Rae, o que está havendo?

– Nada – ela falou rápido demais.

– Stevie Rae... – comecei, mas ela me cortou.

– Eles não estão comendo ninguém. Sério. Mas tenho que dar um jeito para esse entregador de pizza esquecer essa entrega. Te vejo no Street Cats. Tchau!

E ela desligou. Fechei o celular (e senti vontade de fechar os olhos e me enrolar em posição fetal e voltar a dormir).

Mas, ao invés disso, atravessei a enorme porta de madeira, tipo porta de castelo, da entrada principal da Morada da Noite. Não temos um gabinete do diretor, mas uma área coordenada por uma vampira jovem e atraente, a senhorita Taylor. Ela, na verdade, não é uma secretária, mas uma seguidora de Nyx. Damien havia me explicado que parte do seu treinamento de Sacerdotisa era oferecer algum tipo de serviço à Morada da Noite, por isso ela ficava atendendo telefonemas, fazendo cópias e realizando pequenas missões para os professores quando não estava preparando o santuário para rituais e sei lá o quê.

– E aí, Zoey – ela disse com um sorriso dócil.

– Oi, senhorita Taylor. Eu tenho de avisar Shekinah sobre quem vai comigo ao Street Cats, mas não sei onde ela está.

– Ah, ela transformou a Sala de Reuniões em escritório quando não está dando aula. E, como a primeira aula ainda não começou, ela ainda está lá.

– Obrigada – agradeci e virei à esquerda no corredor, cheia de pressa, e subi a escada circular que levava à biblioteca e à Sala do Conselho, do outro lado do corredor que havia em frente. Não sabia direito se devia entrar logo ou não, e ia levantar a mão para bater na porta quando Shekinah disse lá de dentro: – Pode entrar, Zoey.

Nossa, os *vamps* davam medo com esse negócio de adivinhar quem vai ligar e quem vai tocar a campainha. Empinei os ombros e entrei.

Shekinah estava usando um vestido preto que parecia de veludo e tinha no peito a insígnia de Nyx bordada em prata, a silhueta de uma mulher com os braços levantados e abarcando uma lua com as mãos.

Ela sorriu para mim. Fiquei novamente impressionada com a beleza, a maturidade e a sabedoria que ela transmitia.

– *Merry meet*, Zoey – ela me cumprimentou.

– *Merry meet* – respondi automaticamente.

– Como está? Fiquei sabendo que um dos jovens novatos morreu ontem à noite, e que você presenciou sua passagem.

Engoli em seco.

– Sim, eu estava com Stark quando ele morreu. E estou bem, dentro do possível.

– Você ainda está disposta a visitar a sede do Street Cats? Você sabe que esse primeiro contato pode ser difícil.

– Eu sei, mas ainda quero ir mesmo assim. É melhor me manter ocupada.

– Muito bem. Você conhece melhor a si mesma.

– Eu gostaria de levar Aphrodite comigo, se a senhora não se importa.

– Ela é a novata que tem afinidade com a terra, não é?

Assenti com a cabeça, com um gesto breve e tenso, e disse: – Terra é a afinidade que Nyx deu a ela – ok, bem, tecnicamente não era mentira.

– A terra é uma influência tranquilizadora. Normalmente as pessoas que têm afinidade com esse elemento são confiáveis e têm os pés no chão. Você fez uma excelente escolha de companhia, jovem Sacerdotisa.

Tentei não parecer tão culpada. Aphrodite, confiável e pé no chão? Como diriam as gêmeas, dá um tempo.

– Bem, ela e Darius estão esperando por mim, então é melhor eu ir logo.

– Só um momento – Shekinah olhou para um papel em sua mão e o deu para mim.

– Aqui está sua nova programação de aulas. Com minha aprovação, Neferet a transferiu do primeiro período de Sociologia Vampírica para o nível de sexta-formanda – ela olhou enfaticamente para o lugar da minha peculiar Marca, já preenchida, apesar de não restar dúvida que eu ainda era novata. E é claro que nenhum *vamp* nem novato jamais tivera uma Marca com uma tatuagem tão expandida quanto a minha, que descia pelo pescoço, ombros, costas e cintura. Shekinah não podia ver essas tatuagens, mas seu olhar deixava claro que estava bem ciente de que elas existiam. – Seu desenvolvimento é raro demais para você continuar em um nível tão simples de Sociologia. Sua Grande Sacerdotisa e eu concordamos que você precisa saber detalhes sobre a vida de um vampiro que os alunos da sua série não precisam saber.

– Sim, senhora – foi tudo que conseguir dizer.

– A troca de turma afetou sua agenda. Providenciei para que você esteja dispensada hoje até depois do almoço. Mas não deixe de voltar na hora das aulas.

– Certo, pode deixar. Ah, a senhora podia pedir para dispensarem Aphrodite também?

– Já fiz isso – ela respondeu, e eu engoli em seco.

– Bem, valeu. Quer dizer, muito obrigada – como de costume, o superconhecimento dos *vamps* me deixou extremamente nervosa. – Hummm, eu estava pensando em sugerir ao pessoal do Street Cats que as Filhas das Trevas patrocinassem um brechó para arrecadar fundos para eles. O que a senhora acha?

– Acho uma ideia maravilhosa. Tenho certeza de que as Filhas e Filhos das Trevas terão coisas interessantes para vender.

Pensei nas montanhas de sapatos de grife das gêmeas, na coleção figuras de ação de *Guerra nas Estrelas* de Erik (quem sabe ele ia perder o interesse agora que era um *vamp* adulto) e na obsessão de Damien por gargantilhas trançadas de cânhamo, e tive de concordar com ela.

– É, interessante é o termo certo.

– Eu lhe concedo autonomia para decidir a quantia que quer levantar com seu trabalho voluntário. Concordo com você que é bom aumentar a interação com a população local. Segregação gera ignorância, e ignorância gera medo. Já comecei a colaborar com a polícia local na investigação dos assassinatos e concordo com eles quando dizem que isso parece ser coisa de um grupo muito restrito de humanos perturbados. Tenho minhas dúvidas se devo permitir a interação com humanos no momento, mas creio que o lado bom de sua ideia seja maior do que os riscos.

— Também acho.

— E você estará bem protegida na companhia de Darius.

— É, ele parece uma montanha — eu disse sem pensar, e corei ao me dar conta do comentário retardado que me escapara.

Mas Shekinah sorriu.

— Realmente, ele parece uma montanha.

— Bem, depois eu lhe digo como foi com o pessoal do Street Cats.

— Por favor, converse comigo amanhã. E por falar em amanhã, resolvi convocar um Ritual de Ano Novo especial, no qual vamos nos concentrar em limpar a energia negativa da escola. Depois das mortes de dois professores e desse pobre novato, será preciso uma limpeza poderosa e completa. Já fiquei sabendo que você é muito boa em rituais de limpeza, pois cresceu sabendo de suas origens indígenas.

— Sim! – não consegui disfarçar a surpresa em minha voz. – Minha avó ainda segue as tradições dos *Cherokee*.

— Ótimo. Então conto com você e seu grupo de amigos agraciados por dons para realizar o ritual de limpeza. Amanhã é noite de Ano Novo, então vamos programar o ritual para começar à meia-noite. Vamos começar o novo ano com uma limpeza total na escola perto do muro leste.

— O muro leste? Mas foi lá que... — não terminei de falar e já estava me sentindo enjoada.

— Sim, foi onde deixaram o corpo da professora Nolan. Também é um local de grande poder, e, portanto, será o ponto principal de nossa limpeza.

— Não foi isso que Neferet fez ao realizar seu ritual lá? – Neferet fizera uma espécie de funeral para a professora Nolan onde encontraram seu corpo. E também fez uma magia de segurança ao redor da escola para saber quem entrava e saía da Morada da Noite.

– Limpeza e proteção são duas coisas bem diferentes, Zoey. Neferet estava se concentrando na proteção daquela vez, o que foi uma reação admiravelmente responsável em face de tamanha tragédia. Assim, pudemos ter tempo de pensar claramente, e agora está na hora de olharmos para o futuro. Por isso, precisamos limpar o passado. Entende?

– Acho que sim – respondi.

– Estou ansiosa para ver seu círculo mágico – ela disse.

– Eu também – menti.

– Seja sábia e cautelosa hoje, Zoey.

– Farei meu melhor – respondi. Eu a saudei respeitosamente e fiz uma pequena mesura antes de sair.

Então, eu teria que conduzir um ritual de limpeza para a escola inteira amanhã – sem meu elemento terra –, apesar de todo mundo acreditar que Aphrodite ainda tinha afinidade com a terra. Bem, todo mundo também acreditava que Aphrodite ainda era novata. Ah, nossa. Eu estava megaenrascada. De novo.

15

Tentando não surtar totalmente por causa do ritual de limpeza, conferi minha nova programação enquanto corria em direção ao estacionamento. Bem, Shekinah estava certa, me passar para um nível mais adiantado de Sociologia *Vamp* ferrou com a minha agenda, embaralhou minhas primeiras quatro aulas, e a aula de teatro, que era a segunda, passou a ser a quinta, logo antes da última, que continuou na mesma hora, Introdução à Equitação.

– Ótimo – murmurei para mim mesma. – Então, além de um ritual totalmente ferrado, eu ainda tinha aula com Erik – eu estava tentando impedir que meu estômago vazio virasse pelo avesso quando avistei Aphrodite e Darius parados ao lado de um Lexus preto maravilhoso. Tá, na verdade avistei Darius e seu corpo ultramusculoso. Aphrodite estava atrás da sua sombra, revirando os olhos para ele.

– Desculpe por demorar tanto – falei ao entrar no banco de trás. Aphrodite, que sentou graciosamente no banco do carona, disse: – Ei, tudo bem. Não se estresse com isso.

Revirei os olhos. Agora não tinha problema eu estar atrasada? Nossa, ela era tão transparente.

– Ahn, Aphrodite – eu disse docemente quando Darius manobrou para sair da área da escola. – Não se esqueça de marcar a meia-noite de amanhã no seu calendário.

– O quê? – ela virou o pescoço para olhar para mim de um jeito que deixava claro que queria que eu desaparecesse dentro do estofamento de couro para ela ficar sozinha com Darius.

– Amanhã... meia-noite... você... eu... Damien... as gêmeas... traçar um grande círculo e fazer ritual de limpeza na frente da escola toda.

Seus olhos azuis ficaram bem redondos e começaram a se arregalar.

– Isso vai ser... – ela começou, soando nervosa, a ponto de ficar histérica.

– Legal! – inseri a palavra antes de ela poder dizer uma coisa tipo desastre total.

– Mal posso esperar por esse ritual – Darius disse, sorrindo calorosamente para Aphrodite. – O poder do seu círculo é único.

Vi que Aphrodite se recompôs para corresponder ao sorriso de Darius, e ela soou *fácil* como sempre (e ligeiramente cachorra) ao dizer: – Bem, único é com certeza uma boa definição.

– Nunca conheci novatas tão poderosas – Darius disse.

– Meu bem, você não faz ideia do meu poder – ela disse com voz arfante, meio que se jogando sobre ele e rindo baixinho.

É, pensei, enquanto mordia a parte interna da bochecha de preocupação, vendo Aphrodite dar mole para Darius de um jeito descarado e nojento, ele e todo mundo – menos Aphrodite e Stevie Rae – não faziam a menor ideia do que realmente acontecia com a gente. Que inferno, não que nós três soubéssemos exatamente o que estava acontecendo, menos ainda o que faríamos quando tivéssemos que traçar um círculo com um dos cinco elementos a menos. Lembrei-me do que havia acontecido quando eu e Aphrodite tentamos invocar a terra em seu quarto. Eu sabia que seria mais do que óbvio para todo mundo que estivesse assistindo que ela não tinha mais afinidade com a terra. E como explicaríamos isso?

Damien e as gêmeas provavelmente ficariam "p" da vida comigo de novo por esconder isso também. Que maravilha. O que eu precisava era de uma boa distração durante o traçado do círculo para ninguém reparar no detalhe da falta de afinidade. Não, nada disso. O que eu realmente precisava era de férias. Ou de um Advil extraforte.

Tateei dentro da minha bolsa, procurando pelo Advil, e não encontrei nada. É claro, remédios não funcionam muito bem em novatos, de modo que não ia adiantar muita coisa para minha dor de cabeça. Também não parecia que ia conseguir me distrair. Pelo jeito, o que ia conseguir era bem típico de mim – mais confusão, estresse e provavelmente uma boa dose de diarreia das bravas.

Eu nunca tinha ido à nova sede do Street Cats, mas Darius não teve nenhuma dificuldade em achá-la. Era um edifício de tijolos quadrado e aconchegante, com grandes vitrines cheias de produtos para gatos. Fiz uma nota mental para comprar umas coisinhas para Nala. Minha gata já era reclamona demais sem achar que eu a traía (tradução: eu ia ficar com o cheiro de zilhões de outros gatos), e ficaria ainda pior se eu não lhe levasse um presente.

Darius abriu a porta para Aphrodite e para mim, e entramos na parte vivamente iluminada em que ficava a loja do edifício. Sim, estávamos de óculos escuros, mas as luzes mesmo assim incomodavam nossos olhos. Dei uma olhada para a recém-humanizada Aphrodite. Bem, as luzes incomodavam pelo menos um par de olhos.

– Bem-vindos ao Street Cats. É a primeira visita?

Desviei os olhos de Aphrodite para olhar para a... freira?!

Pisquei os olhos, surpresa, e senti vontade de esfregá-los. A freira sorriu para mim de sua cadeira detrás do balcão com seus profundos olhos castanhos brilhantes e cheios de vida em um rosto obviamente velho, mas surpreendentemente liso e emoldurado por um chapéu de freira branco e preto.

– Minha jovem? – ela disse, estimulando-me a falar com seu sorriso inalterado.

– Ah, ahn, é. Quer dizer, sim. Esta é nossa primeira visita ao Street Cats – respondi sem muita eloquência. Minha cabeça dava voltas. O que uma freira estava fazendo aqui? Então, vi passar outra figura de preto com o canto do olho e percebi que havia mais freiras no corredor atrás da loja de suvenires. Freiras? Quer dizer que havia um monte delas aqui? Elas não iam surtar geral quando soubessem que vampiros novatos queriam fazer trabalho voluntário para o Street Cats?

– Bem, excelente. Sempre gostamos de receber novos visitantes. Em que nós do Street Cats podemos lhes ser úteis?

– Eu não sabia que as irmãs beneditinas estavam envolvidas com o Street Cats – Aphrodite me surpreendeu quando falou.

– Bem, pois é. Estamos tocando o Street Cats faz dois anos. Os gatos são criaturas muito espirituais, não acham?

Aphrodite resfolegou.

– Espirituais? Eles foram dizimados por serem próximos das bruxas e terem parte com o demônio. Muita gente acha que, quando um gato preto cruza o caminho, é azar na certa. É isso que a senhora quer dizer com espiritual?

Tive vontade de dar um soco nela por causa daquele jeito desrespeitoso de falar, mas a freira não se abalou.

– Você não acha que isso é porque os gatos sempre foram muito próximos das mulheres? Principalmente das mulheres consideradas sábias pelo público em geral? Então, naturalmente, em uma sociedade predominantemente machista, certo tipo de pessoa os enxergava como seres sinistros.

Senti que Aphrodite se surpreendeu.

– Sim, é o que eu penso. E fico surpresa de ver que a senhora também pensa assim – ela disse com sinceridade.

Percebi que Darius parou de fingir que estava olhando os produtos e começou a ouvir a conversa com evidente interesse.

– Minha jovem, não é porque uso chapéu de freira que não sou capaz de pensar por mim mesma. E posso lhe garantir que já tive mais problemas com machismo do que você – seu sorriso suavizou suas palavras.

– Touca de freira! É assim que chamam – ouvi minha boca estúpida dizer, e senti o rosto queimar e ficar vermelho.

– Sim, é exatamente assim que se chama.

– Sinto muito. Eu... eu nunca conheci uma freira antes – justifiquei, e corei ainda mais.

– Não é de se surpreender. Realmente não somos muitas. Eu sou a irmã Mary Angela, diretora de nosso pequeno convento e também do Street Cats – ela sorriu para Aphrodite. – Você reconheceu nossa ordem por ser católica, filha?

Aphrodite deu uma risadinha.

– Eu de católica não tenho nada. Mas sou filha de Charles LaFont.

A irmã Mary Angela assentiu, entendendo.

– Ah, nosso prefeito. Então é claro que você conhece o trabalho de caridade de nossa ordem – então, ela levantou as sobrancelhas ao se dar conta de que Aphrodite era a filha única do prefeito de Tulsa. – Você é uma vampira novata.

Ela não pareceu a ponto de surtar nem nada, mas concluí que era a oportunidade de dizer à freira que Satanás estava presente. Respirei fundo e dei a mão para ela apertar, dizendo de uma vez: – Sim, Aphrodite é uma novata, e eu sou Zoey Redbird, vampira novata e líder das Filhas das Trevas.

Então, esperei pela explosão, que não veio. A irmã Mary Angela hesitou um pouquinho. Então, apertou minha mão de modo firme e caloroso.

– Saudações, Zoey Redbird – ela desviou o olhar cuidadosamente de mim para Aphrodite e depois para Darius, para quem levantou uma das sobrancelhas grisalhas e disse: – Você parece bem maduro para um novato.

Ele assentiu, balançando a cabeça, e fez uma pequena mesura respeitosa.

— A senhora é muito observadora, Sacerdotisa. Eu sou um vampiro adulto, um Filho de Erebus.

Ah, que ótimo. Ele a chamou de Sacerdotisa. Esperei novamente pelo surto, que não aconteceu.

— Ah, entendo. Você está acompanhando as novatas — ela voltou sua atenção para mim. — O que significa que as duas jovens devem ser importantes para merecer essa atenção.

— Bem, como eu disse, sou líder das Filhas das Trevas e...

— Nós somos importantes — Aphrodite me interrompeu de novo. — Mas essa não é a única razão pela qual Darius está com a gente. Dois vampiros foram assassinados nos últimos dias e nossa Grande Sacerdotisa não nos deixa sair do *campus* sem proteção.

Olhei para Aphrodite como quem diz *que "p" é essa?* Aquela diarreia verbal não era típica dela.

— Dois vampiros foram assassinados? Só ouvi falar de uma morte.

— Nosso poeta laureado foi assassinado há três dias — não consegui dizer o nome dele.

A irmã Mary Angela pareceu aborrecida.

— Que notícia horrorosa. Vou rezar por ele.

— A senhora vai rezar para um vampiro? — a pergunta pareceu escapar da minha boca sem me avisar, e senti as bochechas esquentando.

— É claro que sim, e minhas irmãs também.

— Sinto muito. Eu não tive intenção de ser grosseira, mas a senhora não acha que todos os vampiros vão para o inferno por adorar uma Deusa? — perguntei.

— Filha, o que eu acho é que sua Nyx é apenas outra encarnação de nossa Mãe Abençoada, Maria. E também creio no que está escrito em Matheus 7:1, "Não julgueis para não serdes julgados".

— Que pena que o Povo de Fé não pense assim — eu disse.

— Alguns pensam, filha. Tente não generalizar. Lembre-se de que não julgueis vale para os dois lados. Bem, o que o Street Cats pode fazer pela Morada da Noite?

Minha cabeça ainda estava assimilando o fato de essa freira ser tão tranquila em relação aos vampiros, mas procurei segurar meus pensamentos e me concentrar o suficiente para falar.

– Na condição de líder das Filhas das Trevas, pensei que seria boa ideia nos envolvermos com algum serviço de caridade local.

A irmã Mary Angela voltou a sorrir calorosamente.

– E, naturalmente, pensaram em ajudar os gatos.

Sorri também.

– Sim! A verdade é que fui Marcada não faz muito tempo, e acho estranho sermos tão isolados da cidade, apesar de nossa escola ficar bem no meio de Tulsa. Não acho certo – ela era muito boa de papo, e me peguei me abrindo com ela. – Foi por isso que eu... – vi pelo canto do olho a cara feia que Aphrodite fez e acrescentei logo – nós, foi por isso que nós viemos aqui. Achamos que seria legal ajudar vocês a cuidar dos gatos de rua e também levantar dinheiro para o Street Cats. Pensamos em fazer um brechó e doar o dinheiro a vocês.

– Estamos sempre precisando de dinheiro e de voluntários experientes. Você tem gato, Zoey?

Dei um amplo sorriso.

– Na verdade, Nala é que me tem, e ela lhe diria isso se estivesse aqui.

– Você realmente tem uma gata, então – ela disse. – E você, guerreiro?

– Nefertiti, a gata malhada mais linda do mundo, me escolheu para si há pouco menos de seis anos – Darius respondeu.

– E você?

Aphrodite pareceu nervosa, e de repente me dei conta de que nunca vira gato nenhum com ela.

– Não. Eu não tenho – Aphrodite disse. Nós três olhamos para ela, que deu de ombros, sem graça. – Não sei por que, mas nenhum gato me escolheu.

– Você não gosta deles? – a freira perguntou.

– Eu os acho legais, acho mesmo. Mas acho que eles não gostam de mim – Aphrodite admitiu.

– Huh – eu disse, tentando controlar o riso, e ela olhou feio para mim.

– Tudo bem – a irmã Mary Angela disse tranquilamente. – Ainda assim, queremos seu serviço voluntário.

Nossa, a freira não estava brincando quando falou de nos colocar para trabalhar. Eu lhe disse que tínhamos umas duas horas antes de ter de voltar para a escola, e ela pegou pesado. Aphrodite automaticamente ficou ao lado de Darius, e é claro que ela estava gostando de sua parte no nosso trato, ou seja, deixar o guerreiro ocupado para eu me encontrar com Stevie Rae (que ainda não havia aparecido). A irmã Mary Angela os mandou para o salão dos gatos para limpar caixas de areia e escovar os gatos com as outras freiras, irmã Bianca e irmã Fátima, que nos foram apresentadas pela irmã Mary Angela de modo bem prático, como se fosse totalmente normal novatas e vampiros (com as Marcas cobertas) prestarem serviço comunitário lado a lado. Não sou lenta para aprender as coisas, portanto, desta vez parei de ficar esperando que alguma freira surtasse, e me ocorreu que aquelas religiosas eram de um tipo bem diferente do meu horroroso padrastotário e os aduladores do seu Povo de Fé. (Sim, meu vocabulário melhorou por causa de Damien.)

Infelizmente, irmã Mary Angela me mandou fazer contagem de estoque. Ao que parecia, as freiras haviam acabado de receber um carregamento de brinquedos para gatos – um carregamento dos grandes, mais de duzentas peças emplumadas ou em forma de camundongos –, e ela me mandou registrar cada uma delas no computador. Ah, e também me ensinou rapidamente a usar seu "moderno" (para as freiras) sistema de caixa registradora, e me olhou de um jeito severo para dizer: – Ficaremos abertos esta noite e você fica tomando conta da loja – e foi para dentro do escritório, que ficava ao lado da butique e do outro lado do lugar onde os gatos ficavam esperando para serem adotados.

Tá, não é que ela tenha me deixado sozinha tomando conta da loja. Eu a via através da grande vitrine que ocupava quase toda a parede ao lado da sala, de modo que ela também podia me ver. Sim, ela estava superocupada dando telefonemas e fazendo outras coisas importantes, mas senti seus olhos sobre mim com frequência.

Ainda assim, eu tinha de reconhecer que achei legal demais a irmã Mary Angela – uma mulher que supostamente era casada com Deus – nos aceitar. Isso me fez pensar se eu realmente não tinha sido incorreta, para usar o mesmo termo que a freira usou, ao pintar todos os religiosos (exceto os seguidores de Nyx) da mesma forma. Normalmente, não gosto de admitir que estou errada, principalmente depois de ter de admitir tanta coisa nos últimos tempos, mas aquelas mulheres de hábito realmente me fizeram pensar melhor.

Então, eu estava ponderando bem mais sobre questões religiosas do que de costume, e literalmente com coisas de gatos até o pescoço, quando a porta se abriu alegremente e Stevie Rae entrou.

Sorrimos uma para a outra. Não tenho palavras para dizer como era bom ver que minha melhor amiga não estava morta. Nem morta-viva. Ela parecia a *minha* Stevie Rae de novo, com seus cabelos louros curtinhos, suas covinhas e sua calça jeans Roper e sua camisa abotoada (lamentavelmente) dentro das calças. Sim, eu adoro essa garota. Não, ela não tem o menor senso de moda. E *não*, eu não ia deixar Aphrodite pegar pesado e questionar minha amiga.

– Z.! *Aimeudeus*, que saudade de você! Soube da última? – ela tagarelou com seu adorável sotaque de Oklahoma.

– Última?

– É, sobre a...

Mas foi interrompida por uma batida incisiva na janela do escritório da irmã Mary Angela. A freira levantou as sobrancelhas grisalhas em interrogação.

Apontei para Stevie Rae e disse *amiga minha*. A freira traçou uma lua crescente no meio da testa com o dedo e apontou para Stevie Rae (que estava olhando para a irmã Mary Angela com a boca aberta de um jeito nada elegante). Eu assenti vigorosamente. A freira assentiu também brevemente, sorriu e, acenou para Stevie Rae e depois voltou aos telefonemas.

– Zoey! – Stevie Rae sussurrou. – Ela é freira.

– Sim – respondi com uma voz bem normal. – Eu sei. A irmã Mary Angela é a diretora daqui. Tem mais duas freiras lá atrás, no salão dos gatos, com Aphrodite e o Filho de Erebus, que ela está entretendo e para quem está dando mole de um jeito nojento.

– Blergh! Aphrodite é tão vulgar. Mas, diz aí, freiras? – Stevie Rae parecia confusa. – E elas sabem que somos novatas e tudo mais?

Achei que ela estava se referindo a si mesma com aquele *tudo mais*, então fiz que sim com a cabeça. (Bem, eu certamente não ia tentar explicar às freiras quem eram os *vamps* vermelhos.)

– Sabem. Elas não têm problema com a gente, pois acham que Nyx é apenas outra forma da Virgem Maria. Além disso, parece que as freiras não estão nessa de ficar julgando as pessoas.

– Bem, eu gosto da parte de não julgar as pessoas, mas Nyx e a Virgem Maria? *Aimeudeus*, faz tempo que não ouço algo tão bizarro.

– Então deve ser bizarro mesmo, porque imagino que morrer e renascer morta-viva deve ser bem bizarro – eu disse.

Stevie Rae assentiu solenemente e falou: – Tão bizarro que, como diria meu pai, é de virar a cachola.

Balancei a cabeça, sorri e abri os braços para ela. – Stevie Rae, sua maluca, que saudade de você!

16

Nosso abraço forte foi interrompido pela irritante cachoeira de risadinhas de Aphrodite que vinha do salão dos gatos. Stevie Rae e eu reviramos os olhos ao mesmo tempo.

– O que você disse que ela estava fazendo lá, e com quem?

Suspirei.

– Nós só podemos sair do *campus* acompanhadas de algum dos Filhos de Erebus, então viemos com esse guerreiro chamado Darius...

– Ele deve ser gostoso para Aphrodite ficar nessa agarração com ele.

– É, ele com certeza é gostoso. Enfim, Darius disse que ia nos acompanhar. E Aphrodite, que ia mantê-lo ocupado para podermos conversar.

– Deve estar sendo difícil para ela – Stevie Rae disse sarcasticamente.

– Peraí... todo mundo sabe que ela é meio rodada – eu falei.

– Meio?

– Tô tentando ser legal – falei.

– Ah, tá. Sei. Eu também. Então ela está distraindo o guerreiro gostosão para podermos conversar.

– É e...

Mais duas batidas no vidro chamaram minha atenção e a de Stevie Rae, e vimos a irmã Mary Angela, que disse: – Menos papo e mais trabalho! – alto o bastante para ouvirmos através do vidro.

Stevie Rae e eu assentimos prontamente, como se estivéssemos com medo dela. (Ahn, mas *quem* não tem medo de freiras?)

– Você pega aquela caixa e separa esses ratinhos cinzentos com bolinhas cor-de-rosa recheados com catnip[6] e me passa. Eu vou registrando cada um deles com este treco aqui – eu disse, segurando o aparelho estranho em forma de revólver que a freira havia me ensinado a manejar. – Vamos conversar enquanto eu conto os brinquedos de gato.

– Tudo bem – Stevie Rae começou a remexer a grande caixa marrom da UPS.

– Então, qual é a última? – perguntei, clicando nos ratinhos que ela ia me dando como se estivesse jogando em um daqueles antigos fliperamas.

– Ah, é! Você não vai acreditar! Kenny Chesney vai fazer um concerto na nova BOK Arena!

Olhei para ela. E continuei olhando. E olhei mais um pouco. Sem dizer nada.

– Que é? Cê sabe que sou doidinha pelo Kenny Chesney.

– Stevie Rae – finalmente consegui falar –, com toda essa droga que está rolando, não sei como você tem tempo de nutrir sua obsessão por esse caipirão toupeira.

– Retire o que disse, Z. Ele não é toupeira mesmo.

– Tá. Eu retiro. Mas você é uma toupeira.

– Tá – ela respondeu. – Mas quando eu der um jeito de conseguir acesso à Internet debaixo daqueles túneis para comprar os ingressos on-line, não me peça para comprar um para você.

Balancei a cabeça.

– Computadores? Debaixo dos túneis?

– Freiras? No Street Cats? – ela rebateu.

Respirei fundo.

---

6   Erva de propriedades relaxantes para os gatos, fácil de encontrar em lojas de animais de estimação. (N.T.)

– Tá, um a zero. Tá rolando uma parada bem estranha no momento. Vamos recomeçar. Como você está? Senti sua falta.

A cara feia que Stevie Rae estava fazendo foi instantaneamente substituída por seu sorriso de covinhas.

– Tá tudo bem. E você? Ah, também senti uma saudade danada de você.

– Tenho andado confusa e estressada – contei-lhe. – Me dá um desses brinquedos de penas roxas. Acho que já acabamos com os cinzentos e rosados.

– Bem, tem muitos de plumas roxas, então acho que por enquanto é isso – ela começou a me passar os brinquedos compridos e estranhos. (Nem pensar em levar um desses para Nala – ela provavelmente ia inflar como um baiacu só de ver.) – E então, que tipo de confusão e estresse? É o de sempre ou estresse novo?

– Novo e maior, é claro – olhei nos olhos de Stevie Rae e, falando bem baixinho, disse: – Ontem à noite um novato chamado Stark morreu nos meus braços – fiz uma pausa e Stevie Rae se encolheu, como se minhas palavras lhe causassem dor. Mas tive de continuar. – Você tem alguma ideia se ele vai voltar?

Stevie Rae não disse nada por um tempo, e eu a deixei organizar as ideias enquanto me passava os brinquedos. Finalmente, ela me olhou nos olhos de novo.

– Bem que eu queria lhe dizer que ele vai voltar, que ele vai ficar bem. Mas simplesmente não sei.

– Quanto tempo leva para saber?

Ela balançou a cabeça, parecendo realmente frustrada.

– Não sei! Não me lembro. Na época eu não tinha noção dos dias.

– Do que você se lembra? – perguntei gentilmente.

– Eu me lembro de acordar com fome, uma fome horrível, Zoey. Foi terrível. Eu tinha que beber sangue. Ela estava lá, e me deu – Stevie Rae fez uma careta ao lembrar. – Dela. Eu bebi do sangue dela assim que acordei.

– Neferet? – sussurrei.

Stevie Rae assentiu.

– Onde você estava?

– Naquele necrotério terrível. Sabe, fica na lateral da escola, saindo pelo muro sul onde tem os pinheiros. Tem um crematório lá.

Estremeci. Eu sabia da história da cremação. Todos os garotos sabiam. Supunha-se que o corpo de Stevie Rae tivesse ido para lá.

– E o que aconteceu depois? Tipo, depois de você morrer?

– Ela me levou aos túneis, onde estavam os outros garotos. Ela nos visitava sempre. Às vezes até trazia moradores de rua para a gente comer – Stevie Rae olhou para o outro lado, mas cheguei a perceber a dor e a culpa em seus olhos. Ela era um doce de pessoa, uma menina tão boa, e se lembrar de quando perdera a humanidade devia estar sendo terrível. – Para mim é difícil pensar nisso, Zoey. E falar então é mais difícil ainda.

– Eu sei, sinto muito, mas é importante. Preciso saber o que vai acontecer se Stark voltar.

Stevie Rae olhou bem nos meus olhos e de repente sua voz soou como a voz de uma estranha.

– Eu não sei o que vai acontecer. Às vezes eu não sei nem o que vai acontecer comigo.

– Mas agora você está diferente. Você passou pela Transformação.

Sua expressão mudou e vi raiva nos seus olhos.

– É, eu passei pela Transformação, mas a coisa não é tão simples como o que acontece com os vampiros normais. Eu ainda tenho que escolher ser humana, e às vezes essa escolha não é tão tipo preto e branco como você imagina – ela me olhou incisivamente. – Você disse que o nome do garoto que morreu é Stark? Eu não me lembro de ninguém com esse nome.

– Ele era novo. Havia acabado de ser transferido da Morada da Noite de Chicago.

– Como ele era antes de morrer?

– Stark era um cara legal – respondi automaticamente, e então fiz uma pausa, percebendo que não sabia de verdade que tipo de cara ele era, e pela primeira vez me perguntei se talvez a atração que eu havia sentido não tinha comprometido minha percepção sobre ele. Ele reconhecera que matara seu mentor... Como poderia superar algo assim com tamanha facilidade?

– Zoey? O que foi?

– Eu estava começando a gostar dele. Gostar mesmo, mas não o conheci muito bem – desabei, subitamente relutando em contar a Stevie Rae tudo sobre Stark. Sua expressão se suavizou e ela voltou a parecer minha melhor amiga.

– Se você gosta dele, vai ter que ir ao necrotério e tirá-lo de lá. Deixe-o em algum lugar por uns dias e veja se ele volta. Se voltar, vai estar com fome e provavelmente meio louco quando acordar. Você vai ter de alimentá-lo, Zoey.

Passei a mão trêmula na testa, afastando o cabelo do rosto.

– Tá... tá... eu me viro. Vou ter que me virar.

– Se ele acordar mesmo, traga-o para mim. Ele pode ficar com a gente – Stevie Rae disse.

– Tá – repeti, sentindo-me totalmente sobrecarregada. – Tem tanta coisa acontecendo na Morada da Noite agora. É diferente de antes.

– Diferente como? Conte e talvez eu possa lhe ajudar.

– Bem, em primeiro lugar, Shekinah apareceu na Morada da Noite.

– Esse nome não me é estranho. Acho que ela é alguma chefona ou coisa assim.

– Ela é uma superchefona, tipo líder de todas as Grandes Sacerdotisas. E ela basicamente passou a maior lição de moral em Neferet bem na frente do Conselho.

– Caraca, essa eu queria ter visto.

– É, foi da hora, mas também foi megassinistro. Tipo, se Shekinah tem poder suficiente para colocar Neferet em seu lugar, pô, é de dar medo.

Stevie Rae assentiu.

– E o que Shekinah disse?

– Você sabe que Neferet tinha fechado a escola, apesar de ter encerrado as férias de inverno e feito todo mundo voltar.

– É – Stevie Rae assentiu de novo.

– Shekinah reabriu a escola – estiquei a cabeça em direção a Stevie Rae e baixei ainda mais minha voz já sussurrante antes de continuar. – E cancelou a guerra.

– Aaaaah! Tenho certeza de que Neferet ficou "p" da vida – Stevie Rae sussurrou.

– Só. Shekinah parece legal, pelo menos até onde sei. Você entende o que quero dizer quando falo que ela dá medo de tão poderosa?

– É, mas também parece que você pode ter do seu lado alguém maior que Neferet. Ela parou a guerra, o que é uma coisa boa.

– É uma coisa boa, mas Shekinah também quer fazer um super--ritual de limpeza na escola. Eu vou conduzir o ritual. Eu e meu grupo de novatos megacapazes. Você sabe: as gêmeas, água e fogo; Damien é o Senhor Ar; e, para completar, Aphrodite como terra, é claro.

– Ahã – Stevie Rae retrucou. – Ahn, Z., Aphrodite ainda tem afinidade com a terra?

– Nadinha – respondi.

– Ela consegue disfarçar?

– Nadinha.

– Ela tentou?

– Tentou. A vela verde saiu voando da sua mão. Ela não só não tem mais afinidade, como parece que rola uma rejeição.

– Isso é um problema – Stevie Rae concordou.

– É. E tenho certeza de que Neferet vai se ligar que tem alguma coisa errada comigo. Pior ainda, que tem alguma coisa errada com Aphrodite, Damien e as gêmeas.

– Caraca, que péssimo. Eu realmente queria poder ajudar – de repente ela se iluminou. – Ei! Talvez eu possa ajudar! E se eu entrar escondida no ritual e ficar atrás de Aphrodite? Aposto que, se você se concentrar em mim quando invocar a terra e eu me concentrar na terra ao mesmo tempo, a vela vai acender e tudo vai parecer praticamente normal.

Abri a boca para agradecer, mas não fiz isso, pois seria fácil ela ser pega e aí todo mundo ia ficar sabendo sobre ela. Fechei a boca. Qual seria exatamente o problema se descobrissem Stevie Rae? Não no sentido de a flagrarem tomando parte do ritual escondida, mas simplesmente se *ficassem sabendo dela*. A sensação quente e familiar dentro de mim me dizia que eu devia simplesmente seguir o caminho certo (para variar).

— Algo assim pode dar certo.

— É mesmo? Você quer me esconder? Tá bem, é só dizer onde e quando.

— E se não escondermos você? E se a gente tirasse você do armário para todo mundo ver?

— Zoey, eu adoro Damien e tudo mais, mas realmente não sou *gay*. Tipo, eu tô sem namorado faz um bom tempo, mas fico quente e latejando quando penso em como Drew Partain é gatinho. Você se lembra de que ele estava meio que me dando mole quando morri e fiquei doidona?

— Peraí, primeiro de tudo: sim, eu me lembro de que Drew gostava de você. Segundo, você não está mais morta nem doidona, então ele provavelmente ainda gosta de você. Isto é, se ele souber que você está viva. O que leva ao terceiro ponto: quando falei de você sair do armário, não estava dizendo que você é *gay*. Eu estava falando de você ser você — fiz um gesto disfarçado indicando as tatuagens vermelhas em seu rosto, que ela havia cuidadosamente escondido antes de sair.

Stevie Rae ficou me olhando um tempinho, parecendo realmente chocada. Quando finalmente falou, deu para sentir que estava perplexa.

— Mas eles não podem saber de mim.

– Por que não? – perguntei com toda a calma.

– Porque, se souberem de mim, vão ficar sabendo dos outros.

– E daí?

– Não seria nada bom – ela disse.

– Por quê?

– Zoey. Eu já disse, eles não são novatos normais.

– Stevie Rae, que diferença faz?

Ela me olhou com uma expressão perturbada.

– Você não entende. Eles não são normais, eu não sou normal.

Olhei para ela longamente, considerando o que sabia, que Stevie Rae recebera de volta sua condição humana, e o que eu meio que suspeitava, mas não queria admitir: que, apesar de ela ter conseguido retomar sua humanidade, ainda tinha pontos escuros dentro de si que eu não conseguia entender. Ou eu confiava nela, ou não. E, em se tratando disso, a escolha era realmente fácil.

– Eu sei que você não é exatamente como antes, mas confio em você. Acredito em sua humanidade, e sempre vou acreditar.

Stevie Rae parecia prestes a chorar.

– Tem certeza?

– Só tenho.

Ela respirou fundo.

– Tá, e qual é o seu plano?

– Bem, não pensei direito ainda, mas acho que os *vamps* e novatos deviam saber de você e dos outros, especialmente agora que outro novato morreu. Não sabemos tudo o que queremos sobre vocês, mas temos total certeza de que Neferet deu um jeito de criar vocês, ou pelo menos abriu alguma porta esquisita para vocês terem sido criados, não é?

– Acho que sim. A verdade é que ainda fico preocupada se os novatos não vão ser controlados ou pelo menos influenciados por ela, apesar de eles serem diferentes agora e de ela andar nos deixando mais sozinhos.

– Então? Você não acha que é ruim Neferet ser a única *vamp* adulta que sabe de vocês? Principalmente ela ainda tendo algum tipo de controle sobre vocês? Especialmente agora, que existe mais um potencial novato vermelho se preparando para acordar? – e então me ocorreu mais uma coisa. – Stark tinha um dom especial. Ele jamais atirava com arco e flecha sem acertar o alvo. Tipo nunca mesmo.

– Ela com certeza ia querer usá-lo – Stevie Rae disse. – Antes da minha Transformação, ela com certeza estava usando os outros, ou pelo menos tentando – ela deu de ombros como quem se desculpa. – Sinto muito por não me lembrar do que aconteceu antes da Transformação, e os outros garotos também não se lembram direito. Tenho apenas palpites na maioria das vezes.

– Bem, pelo pouco que vi, está na cara que Neferet não quer boa coisa.

– O que não é surpresa, Z. – ela respondeu.

– Eu sei. Mas então voltamos ao ponto de os outros *vamps* saberem de vocês. Se vocês aparecerem às claras, obviamente Neferet terá mais dificuldade em usá-los para seu plano bizarro de controlar o mundo.

– Ela tem um plano desses?

– Sei lá. Mas é bem a cara dela.

– Verdade – Stevie Rae concordou.

– E então? O que você acha?

Ela custou a responder, e eu fiquei de boca fechada, deixando-a pensar. A questão era séria. Até onde sabíamos, novatos vermelhos como Stevie Rae e os outros nunca existiram. Se Stark não morresse, se acordasse na condição de novato vermelho, Stevie Rae seria a primeira de um novo tipo de vampiros, e ser a primeira de qualquer coisa era sempre uma responsabilidade e tanto. Eu que o diga.

– Acho que você deve estar certa – ela finalmente respondeu, com uma voz pouco mais alta que um sussurro. – Mas tô com medo. E se os *vamps* normais acharem que somos monstros?

– Vocês não são monstros – falei com mais convicção do que realmente sentia. – Não vou deixar nada acontecer com você nem com eles.

– Jura?

– Juro. Além do mais, a hora é esta. Shekinah é mais poderosa do que Neferet, e tem um monte de guerreiros Filhos de Erebus ao redor da escola.

– E em que isso me ajuda?

– Se Neferet surtar, eles podem dar um jeito nela.

– Zoey, eu não quero que você use isso como uma desculpa para atingir Neferet – Stevie Rae disse, parecendo pálida de repente.

Suas palavras me chocaram um pouco.

– Não! – eu disse alto demais, e então continuei em um tom mais baixo. – Eu jamais te usaria assim.

– Não quis dizer que você armou isso de propósito para pegar Neferet. Só estou dizendo que não acho que seja inteligente da sua parte, nem da parte de nenhum de nós, confrontá-la tão abertamente, e acho que não importa muito que os Filhos de Erebus e Shekinah estejam aqui. Tem algo mais em relação a Neferet do que loucura. Sinto isso no fundo de mim. Não consigo me lembrar do que sei, mas sei que ela é perigosa. Muito perigosa mesmo. Algo de essencial mudou nela, e essa mudança não é legal.

– Como eu queria que você se lembrasse do que aconteceu.

Stevie Rae fez uma cara triste.

– Eu também às vezes queria me lembrar. Mas também fico muito, muito feliz por não me lembrar. O que aconteceu comigo não foi nada bom, Zoey.

– Eu sei – falei solenemente.

Nós contamos os brinquedos de gato em silêncio por um tempo, ambas perdidas em pensamentos de morte e escuridão. Eu não conseguia deixar de pensar em como foi terrível quando Stevie Rae morreu em meus braços – e do pesadelo que foi vê-la morta-viva e lutando para não perder totalmente seu último resquício de humanidade. Olhei para ela e vi que estava mordendo o lábio com nervosismo enquanto procurava outros brinquedos emplumados na caixa. Ela parecia com medo e muito nova e, apesar de seus novos poderes e responsabilidades, vulnerável demais.

— Ei — chamei-a baixinho. — Vai dar tudo certo. Eu juro. Nyx tem de estar no meio disso tudo.

— O que significa que a Deusa está do nosso lado?

— Exatamente. Então, amanhã à meia-noite nós vamos fazer um ritual de limpeza no muro leste — não precisei acrescentar que se tratava de um local de poder tanto quanto de um lugar de morte. — Você acha que pode entrar no *campus* e se esconder lá perto até eu chamar a terra ao círculo?

— É... — Stevie Rae estava cautelosa, nitidamente ainda não concordando cem por cento comigo. — Então, se eu for, você acha que devo levar os outros garotos comigo?

— Você decide isso. Se achar que é melhor levá-los, te dou todo apoio.

— Vou ter que pensar nisso. Vou ter que falar com eles.

— Tá, tudo bem. Confio no seu julgamento, se será melhor você vir, e se vai querer vir com os novatos.

Ela sorriu para mim.

— É muito bom mesmo ouvir você dizer isso, Z.

— Tô falando sério, mesmo — então, ao ver que, apesar de estar sorrindo para mim, ela ainda parecia preocupada e sem saber o que fazer, temporariamente mudei de assunto enquanto ela pensava. — Ei, tá a fim de saber mais dos meus novos estresses?

— Claro.

— Quando acabarmos aqui, tenho que voltar às aulas e, como minha programação do trimestre mudou toda, ainda tenho aula de teatro hoje, que será ministrada pelo cada vez mais popular e cada vez mais meu inimigo Erik Night, novo professor da Morada da Noite.

— Essa não — Stevie Rae exclamou.

— É, não estou esperando tirar nota A.

— Mas tem um jeito de ele lhe dar nota A — ela disse, sorrindo maliciosamente.

— Nem vem. Chega de sexo. Acabou. Parei. Já aprendi minha lição. Além do mais, é muito podre da sua parte sugerir que eu troque sexo por uma nota A.

— Não, Z. Eu não disse que Erik iria trocar uma nota A por sexo. Eu estava dizendo que ele ia te dar um A escarlate para você botar na camisa.

— Ahn? — perguntei, sem noção como sempre.

Ela suspirou.

— Como naquele livro, *A Letra Escarlate*. A heroína tinha que usar a letra na camisa porque traiu o marido. Você precisa ler mais, Zoey.

— Ah, tá. E obrigada pela adorável analogia. Me faz sentir tão melhor...

— Não fique brava — ela jogou um brinquedo emplumado para mim. — Eu estava só brincando.

Eu ainda estava de cara amarrada para ela quando seu celular tocou. Stevie Rae olhou para o número e suspirou. Deu uma olhada rápida para a irmã Mary Angela, cuja cabeça estava totalmente voltada para o computador, e então respondeu.

— Oi, Venus, qual é? — sua voz soou propositalmente despreocupada. Houve uma pausa enquanto ela ouvia, e a despreocupação desapareceu. — Não! Eu disse que ia voltar logo, e então arrumaríamos o que comer — outra pausa, mais cara de preocupação, e ela disse, dando-me parcialmente as costas e abaixando a voz: — Não! Eu disse que íamos arrumar algo para comer, e não alguém. Sejam bonzinhos. Estou voltando rapidinho. Tchau.

Stevie Rae se voltou para mim com um sorriso falso plantado no rosto.

— Do que estávamos falando mesmo?

— Stevie Rae, por favor, diga que esses garotos não estão comendo gente.

17

– É claro que eles não estão comendo gente! – Stevie Rae colocou quantidade apropriada de choque em sua voz; tanto que vimos a irmã Mary Angela levantar a cabeça da frente do computador e olhar de cara feia para nós.

Nós acenamos, sorrimos e levantamos brinquedos de gato. Ela nos olhou demoradamente, mas logo seu rosto se suavizou com um sorriso simpático e ela voltou a prestar atenção na tela do computador.

– Stevie Rae, o que realmente está acontecendo com esses garotos? – sussurrei enquanto registrava mais monstruosidades emplumadas.

Ela deu de ombros de modo indiferente.

– Eles só estão com fome. Só isso. Você sabe como são esses garotos, sempre famintos.

– Isso quer dizer que eles vão arrumar jantar aonde?

– Com os entregadores de pizza, em geral – ela disse.

– Eles comem os entregadores? – sussurrei freneticamente.

– Não! A gente liga do celular e dá o endereço de algum edifício perto da entrada para os túneis. Geralmente dizemos que estamos fazendo hora extra para o PAC[7] ou que moramos no edifício onde ficava o Tribune[8] e então esperamos o carro chegar com a pizza – ela hesitou.

---

7   *Personnel Administration Center*. (Centro de Administração de Pessoal.)
8   Antigo jornal de Tulsa, fora de funcionamento.

– E? – perguntei com impaciência.

– E então encontramos o cara da entrega a caminho do edifício, pegamos as pizzas e eu o faço esquecer que nos viu. Daí ele vai cuidar da vida e a gente come as pizzas – ela disse sem parar para respirar.

– Vocês estão roubando pizzas?

– Bem, é, mas é melhor do que comer os entregadores, não é?

– Ahn, é – respondi, revirando os olhos. – E vocês também estão roubando sangue do banco de sangue no centro da cidade?

– Repito, melhor do que comer os entregadores – ela disse.

– Está vendo, essa é outra razão para vocês aparecerem.

– Porque estamos roubando pizzas e sangue? Temos mesmo que contar aos *vamps*? Tipo, eu acho que já temos problemas demais para resolver sem ter de revelar essas coisinhas.

– Não, não por vocês estarem roubando, mas porque não têm dinheiro, não têm como fazer a coisa legalmente – justifiquei, lançando-lhe um olhar severo. – Não têm como cuidar de si mesmos.

– Por isso eu queria que Aphrodite voltasse comigo. Ela tem muito dinheiro e vários cartões sem limite – Stevie Rae murmurou.

– Mas aí você teria que aguentá-la – lembrei minha amiga.

Stevie Rae franziu a testa.

– Eu queria muito poder entrar na mente dela como faço com os entregadores de pizza. Eu daria a ela uma boa dose de "seja boazinha" e todos viveríamos felizes para sempre.

– Stevie Rae, você realmente não pode continuar vivendo naqueles túneis.

– Eu gosto dos túneis – ela respondeu com teimosia.

– Eles são horrorosos, úmidos, podres – reclamei.

– Estão melhores agora do que da última vez que você os viu, e poderiam ficar bem melhor.

Olhei fixo para ela.

– Tá, exagerei um pouquinho – ela disse.

– Que seja. A questão é que você precisa do dinheiro, do poder e da proteção da escola.

Stevie Rae me encarou com firmeza e subitamente pareceu mais velha e mais madura do que nunca.

– O dinheiro, o poder e a proteção da escola não ajudaram a professora Nolan, nem Loren Blake e nem o Stark.

Eu não soube o que dizer. Ela tinha razão, mas meus instintos mais básicos ainda me diziam que as pessoas, principalmente os vampiros, precisavam saber da existência dela e dos novatos vermelhos.

– Tá, eu sei que não é um plano cem por cento, mas sinceramente acho que todo mundo precisa saber de vocês – disse tudo num suspiro.

– Sinceramente, tipo intuição soprada por Nyx?

– É – respondi.

Ela deu um suspiro mais profundo e mais preocupado do que o meu. (Nossa, quem diria que *isso* podia acontecer?)

– Tá bem, então. Estarei lá amanhã. Conto contigo para fazer isso tudo dar certo, Zoey.

– Pode contar – mandei uma prece silenciosa para Nyx: Conto com você como ela conta comigo...

Stevie Rae e eu terminamos de contar aqueles brinquedos de gatos que pareciam não acabar mais. Então, olhei para o relógio e vi que íamos nos atrasar para a escola se não corrêssemos feito loucos. E é claro que Stevie Rae também tinha que voltar para seu grupo de novatos antes que eles fizessem coisa pior do que roubar pizzas. Então, nos despedimos rapidamente e eu repeti que ia me encontrar com ela no dia seguinte para mostrá-la a todo mundo. Ela estava com uma cara pálida, mas me deu um abraço e prometeu que ia. Então, enfiei a cabeça pela porta do escritório da irmã Mary Angela: – Com licença, senhora – não sabia direito como chamar uma freira sendo ultrarrespeitosa, mas precisava ganhar sua atenção já que ela estava definitivamente absorta no que parecia algum tipo de *Messenger* em seu laptop.

O termo *senhora* pareceu funcionar bem, pois ela olhou para mim com um sorriso simpático.

– Já registrou todas as peças, Zoey?

– Sim, e temos de voltar à escola.

A irmã Mary Angela olhou para o relógio e arregalou os olhos com surpresa.

– Meu Deus! Eu não sabia que já era tão tarde. E me esqueci que vocês trocam o dia pela noite.

Fiz que sim com a cabeça.

– Nosso horário deve ser meio estranho para vocês.

– Digamos que vocês são seres noturnos como nossos amados felinos. Vocês sabem que eles também preferem a noite. O que me lembra de perguntar se vocês gostariam que estendêssemos nosso horário de sábado à noite para fazer seu trabalho voluntário.

– Parece ótimo. Vou falar com nossa Sacerdotisa para ter certeza e lhe telefono. Ah, a senhora quer que eu desenvolva a ideia do brechó?

– Quero. Levei o assunto ao Conselho de Diretores da Igreja e, após um rápido debate, eles gostaram da ideia.

Percebi que sua voz endurecera um pouco e que ela aprumou ainda mais a coluna já normalmente empinada.

– Nem todo mundo gosta dos novatos, não é? – perguntei.

Ela fez uma expressão mais terna.

– Não se preocupe com isso, Zoey. Já tive que abrir meu próprio caminho várias vezes, e estou acostumada a abrir o mato com facão.

Senti meus olhos se arregalarem, e não questionei nem por um minuto se aquela freira durona estava falando sério mesmo. Então, parte do que ela disse me fez perguntar: – Quando a senhora diz que levou o assunto ao Conselho de Diretores da Igreja, está se referindo à sua igreja ou às outras?

– Eles não são de nosso convento, que não é exatamente uma igreja, pois nossa única congregação consiste em irmãs beneditinas. O Conselho ao qual me referi é feito de vários líderes de igrejas locais.

– Como o Povo de Fé?

Ela franziu a testa.

– Sim. O Povo de Fé tem ampla representação no Conselho, o que reflete o tamanho de sua congregação.

– Aposto que foram eles as ervas daninhas que a senhora teve de arrancar a facão – murmurei.

– Perdão, Zoey. Não entendi direito – ela perguntou, apertando os olhos na tentativa (fracassada) de esconder um sorriso.

– Ah, nada. Eu estava só pensando alto.

– Um hábito terrível, que pode lhe pôr em apuros se não for controlado – ela disse, dando um largo sorriso.

– E eu não sei? – respondi. – Então a senhora tem certeza de que o brechó vai ser uma boa? Sabe, se for causar confusão, podemos pensar em outro jeito...

A irmã Mary Angela levantou a mão e eu me calei. Ela simplesmente declarou: – Fale com sua Grande Sacerdotisa e veja que dia do mês que vem seria conveniente para sua escola organizar o brechó. Nós nos adaptaremos à sua agenda.

– Ok, ótimo – respondi, sentindo orgulho de mim mesma ao ver como meu projeto de serviço comunitário estava dando certo. – Mas acho melhor chamar Aphrodite e ir embora agora. Nós só fomos dispensadas da primeira parte das aulas do dia e temos de voltar agora.

– Creio que seus amigos já terminaram faz um tempinho, mas eles estiveram bem... – ela fez uma pausa, os olhos brilhando de novo – distraídos.

– Ahn? – fiquei meio chocada. Era legal da parte da irmã Mary Angela não surtar com os novatos e vampiros em geral, mas achar graça daquele clima nojento de pegação de Aphrodite com Darius era liberal demais até para mim mesma. Estava evidente pela expressão da freira que ela estava pensando o mesmo que eu, pois ela riu, me virou pelos ombros e me empurrou de leve para sairmos do escritório e seguirmos em direção ao lugar onde ficavam os gatos.

– Vamos, você vai entender o que eu disse – ela falou.

Totalmente confusa, segui pelo curto corredor até o local onde ficavam os gatos para adoção. Não havia freiras por lá, mas (com certeza) Aphrodite e Darius estavam sentados no canto do "*playground* de gatos", aninhados como namorados de costas para mim. Eles estavam fazendo alguma coisa (eca) com as mãos. Na verdade, parecia que estavam fazendo um monte de coisas com as mãos (duplo eca). Limpei a garganta dramaticamente. Ao invés de se assustarem e assumir uma postura de culpados, Darius olhou para mim e sorriu. Aphrodite (a cachorra) nem se virou para ver quem estava chegando. Caraca, podia ser uma freira ou a mãe de alguém chegando.

– Ahn, eu odeio interromper esta cena tão carinhosa, mas precisamos ir embora – falei sarcasticamente.

Aphrodite deu um grande suspiro e finalmente se virou.

– Tudo bem. Vamos. Mas vou levá-la comigo – foi então que vi o que ela e Darius estavam fazendo com as mãos.

– É um gato! – exclamei.

Aphrodite revirou os olhos.

– Jura? Imagina só... um gato no Street Cats.

– Que gato feio – continuei.

– Não diga isso dela – Aphrodite ficou instantaneamente na defensiva enquanto se levantava com dificuldade com uma gigantesca gata branca nos braços. Darius segurou Aphrodite pelo cotovelo para que não caísse sentada. – Ela não é feia. Ela é peculiar, e tenho certeza de que é muito cara.

– Ela é uma gata de rua – eu a contradisse. – Ela pode ser adotada por qualquer um, assim como os demais gatos daqui.

Aphrodite acariciou a gata distraidamente, e a felina fechou seus olhinhos brilhantes naquela cara de mingau e começou a ronronar, saindo do ritmo de vez em quando, como um motor com defeito, o que devia significar que ela estava cheia de bolas de pelo. Aphrodite ignorou o ronronar defeituoso e deu um sorriso cheio de ternura para a carinha de prato do bicho.

– Está na cara que Malévola é uma gata persa puro-sangue que acabou nesta situação lamentável por ser a única sobrevivente de uma terrível tragédia – Aphrodite torceu seu nariz perfeito e olhou com soberba para as bem-arrumadas gaiolas cheias de gatos de diferentes tamanhos e formatos. – Com certeza não era para ela estar em um lugar tão vulgar.

– Você disse que o nome dela é Malévola? Não é o nome da bruxa má da *Bela Adormecida*?

– Sim, e Malévola é muito mais interessante do que a princesa Aurora, aquela boazinha enjoada. Além do mais, eu gosto do nome. É poderoso.

Hesitante, tentei acariciar o pelo branco daquela gata enorme. Malévola abriu os olhos em formato de fendas e grunhiu ameaçadoramente para mim.

– Malévola vem de malevolência – eu disse, tirando logo a mão de perto da pata dela.

– Sim, e malevolência é uma palavra poderosa – Aphrodite respondeu, jogando beijinhos para a fera.

– Tiraram as garras dela? – perguntei.

– Não – Aphrodite disse, contente. – Ela pode arrancar o olho de alguém com a unha.

– Adorável – respondi.

– Eu acho que ela é tão linda e peculiar quanto sua nova dona – Darius disse. E reparei que, quando ele acariciava Malévola, a gata olhava para ele apertando os olhos, mas não rosnava.

– E eu acho que você é suspeito para falar. Mas deixa pra lá. Vamos. Estou faminta. Não tomei café da manhã e já perdemos a hora do almoço; vamos ter que arrumar algo para comer rápido no caminho de volta para a escola.

– Vou pegar as coisas de Malévola – Darius disse e foi até a sala ao lado para pegar uma sacolinha linda, em cuja lateral se lia "Para seu Filhote" em letras curvilíneas.

– Você já pagou por ela? – perguntei.

– Com certeza – irmã Mary Angela respondeu da porta. Percebi que ela caminhou cuidadosamente ao redor de Aphrodite e Malévola, mantendo distância das patas da gata. – Que maravilha que vocês duas se encontraram.

– Quer dizer que ninguém mais conseguia tocar nesta gata? – perguntei.

– Ninguém mesmo – irmã Mary Angela disse com um enorme sorriso. – Até a encantadora Aphrodite entrar por aquela porta. Irmã Bianca e irmã Fátima disseram que o fato de Malévola aceitar Aphrodite de forma tão imediata foi um verdadeiro milagre.

O sorriso de Aphrodite foi cem por cento autêntico, e ela ganhou um aspecto jovial e ficou mais linda do que já era.

– Ela estava esperando por mim.

– Sim – a freira concordou. – Estava mesmo. Vocês duas combinam bem – então ela olhou para mim e para Darius, incluindo todos em suas palavras. – E acho que o Street Cats e a Morada da Noite também combinam bem. Sinto que temos um futuro maravilhoso pela frente – ela levantou a mão direita sobre nós e disse: – Vão, e que a Virgem os guarde e os acompanhe.

Murmuramos agradecimentos à irmã Mary Angela. Tive uma estranha vontade de dar um abraço nela, mas seu traje – que incluía chapéu e hábito de freira – não parecia muito receptivo a abraços. Então, sorri e acenei mais do que o normal ao sair do prédio.

– Você estava sorrindo e acenando que nem uma boba – Aphrodite disse, enquanto esperava Darius abrir a porta do Lexus e ajudar a ela e à cara de prato de rabo inquieto da Malévola a ocuparem o banco da frente.

– Eu estava sendo educada. Além do mais, gosto dela – respondi, abrindo a porta de trás para entrar. Após afivelar o cinto, olhei para os olhos sinistros de Malévola, que estava espalhada sobre o peito e o ombro de Aphrodite, me encarando. – Ahn, Aphrodite, você não devia levar sua gata em um carregador ou coisa assim?

– Ah, meu Deus! Você é ruim assim mesmo? É claro que não vou levar a gata em uma caixa – Aphrodite acariciou a fera, levantando uma nuvem de pelos brancos como se fosse um chuveiro nojento de gato.

– Nossa, esquece. Eu só estava pensando na segurança dela – menti. Na verdade, estava pensando na minha segurança. Malévola parecia louca para jantar a Zoey. O que me fez lembrar: – Ei, tô morta de fome – disse a Darius quando ele deu partida no carro. – Precisamos parar em algum lugar para eu pegar algo rapidinho para comer.

– Tudo bem. O que a senhorita quer? – ele perguntou.

Conferi as horas no painel do carro. Inacreditavelmente, já passava das onze da noite.

– Bem, tem poucos lugares abertos a esta hora – ouvi Aphrodite murmurar para Malévola algo sobre humanos imbecis que dormiam cedo, mas ignorei. Olhei ao redor, tentando me lembrar de alguma lanchonete decente (quer dizer, Taco Bueno e Arby's *versus* McDonald's e Wendy's) por perto. E então o delicioso e familiar aroma veio diretamente a mim, penetrando pelas janelas entreabertas do Lexus. Minha boca já tinha começado a salivar quando avistei o enorme logotipo amarelo e vermelho na porta ao lado. – Ah, nham! Vamos ao Charlie's Chicken!

– A comida é horrível de tão gordurosa – Aphrodite observou.

– Faz parte. Heath e eu sempre comíamos aqui. A comida preenche os grupos básicos: gordura, purê de batata e refrigerante de cola.

– Você é nojenta – Aphrodite disse.

– Eu vou pagar – retruquei.

– Negócio fechado – ela concordou no ato.

18

Darius se ofereceu para ficar no carro e tomar conta de Malévola enquanto Aphrodite e eu pegávamos algo para comer, o que pensei que extrapolava suas funções.

– Ele é bom demais para você – disse a Aphrodite. Apesar de ser tarde da noite, o Charlie's estava bem cheio de gente, e abrimos caminho entre a manada, finalmente entrando na fila logo atrás de uma obesa de dentes péssimos e um careca que fedia a chulé.

– É claro que ele é bom demais para mim – Aphrodite respondeu.

Pisquei os olhos, surpresa, e disse: – Como é? Acho que não ouvi direito.

Aphrodite resfolegou.

– Você acha que eu não sei que sou terrível para os meus namorados? Por favor... Sou egoísta, mas não burra. Darius provavelmente vai ficar de saco cheio de mim em poucos meses. Vou dar o fora nele antes de ele dar o fora em mim, mas pelo menos a gente se diverte um pouquinho.

– Nunca lhe passou pela cabeça ser legal e parar com essa palhaçada?

Aphrodite me olhou nos olhos.

– Na verdade, tenho pensado em talvez mudar com Darius – ela fez uma pausa e acrescentou: – Ela me escolheu.

– Ela quem?

– Malévola.

— Bom, é mesmo, ela te escolheu. Ela é sua gata. Assim como Nala me escolheu e a gata de Darius o escolheu, sei lá o nome dela...

— Nefertiti — Aphrodite lembrou.

— É, Nefertiti, ela o escolheu. Qual é a grande coisa? Isso acontece o tempo todo. Os gatos escolhem seus novatos, ou às vezes seus *vamps*. Quase todo *vamp* acaba tendo um e...

E de repente entendi por que ser escolhida por uma gata causou tanto impacto em Aphrodite.

— Eu me sinto incluída — ela disse baixinho. — De alguma forma, ainda continuo fazendo parte do contexto — ela fez uma pausa, falando tão baixo que tive que me aproximar para ouvir. — Ainda faço parte dos vampiros de certa forma. Não estou totalmente de fora.

— Você não pode estar de fora — sussurrei. — Você faz parte das Filhas das Trevas. Você faz parte da escola. E, mais importante, você faz parte de Nyx.

— Mas desde que isto aconteceu — ela esfregou a testa com a mão, onde ela não precisava de maquiagem para cobrir a Marca que não havia mais — nunca mais me senti fazendo parte de nada. Mas Malévola mudou isso.

— Ah — falei, bastante surpresa com a sinceridade de Aphrodite.

Então, ela se sacudiu, deu de ombros e, voltando a parecer a Aphrodite que todos conhecíamos e ninguém suportava, disse: — Mas eu não tô nem aí. Minha vida ainda é uó. E depois que acabar de comer essa merda barata e gordurosa aqui com você, provavelmente vou ficar com espinhas até no dente.

— Ei, um pouquinho de gordura é bom para os cabelos e as unhas. Tipo vitamina E — dei um esbarrão no ombro dela. — Até vou fazer o pedido por você.

— Posso pedir alguma coisa *diet*?

— Dá um tempo. Não tem nada *diet* no Charlie's.

— Eles têm refrigerante *diet* — ela respondeu.

Olhei feio para seu corpinho perfeito: — Pra você está em falta.

Como o esquema era realmente de *fast-food*, não demorou muito para nosso pedido chegar, e Aphrodite e eu encontramos uma mesa parcialmente limpa e começamos a engolir o frango frito gorduroso e a batata frita com ketchup. Mas não me entendam mal. Saboreei cada pedaço do frango e das batatas fritas, apesar de estar engolindo tudo com pressa, pois precisávamos voltar à escola, e seria muita grosseria ficar enrolando enquanto Darius cuidava da gata infernal de Aphrodite. Tipo, depois de dois meses da comida maravilhosa e nutritiva do refeitório da Morada da Noite, eu realmente precisava de uma dose de comida repulsivamente gostosa e nada nutritiva. *Nham*. Sério mesmo.

– Então – eu disse enquanto mastigava –, Stevie Rae e eu conversamos.

– É, tive a impressão de ouvir o sotaque dela de onde estava – Aphrodite pegou delicadamente uma coxa de frango e torceu o nariz para mim quando acrescentei sal às batatas fritas já supersalgadas. – Você vai inchar que nem um peixe morto.

– Se eu inchar, vou vestir agasalhos até eliminar tudo pelo suor – sorri e dei uma boa dentada no frango.

Ela estremeceu.

– Como você é nojenta. Não acredito que somos amigas; isso só prova que estou no meio de uma crise pessoal. Enfim... Quais as novidades sobre Stevie Rae e os animais de zoológico?

– Bem, nós não conversamos muito sobre ela ou sobre os outros garotos – respondi, sem querer dizer a Aphrodite que Stevie Rae admitira não ser mais a mesma.

– Então, como você não falou muito dos malucos, aposto que o assunto foi Stark.

– É. Nada bom.

– Bem, não mesmo. O garoto morreu. Ou virou morto-vivo. Seja como for, não é nada bom. O que Stevie Rae disse sobre quanto tempo ele vai levar para voltar? Ou vamos esperar ele começar a feder para concluir que não vai acordar?

— Não fale assim dele!

— Desculpe, esqueci que rolou um clima entre vocês. O que Stevie Rae disse?

— Infelizmente, ela não deu detalhes. Ela não se lembra direito de nada que aconteceu antes da Transformação. O melhor que ela pôde sugerir foi que roubássemos o corpo para ver se ele acorda. E ela disse que, se ele acordar, precisará ser alimentado imediatamente.

— Alimentado? Tipo hambúrguer com fritas, ou alimentado no sentido de abrir uma veia?

— A segunda opção é a correta.

— Ah, eca. Eu sei que você é chegada a uma chupação de sangue, mas isso ainda me enoja.

— Eu também fico com nojo, mas não dá para negar o poder do sangue — admiti, desconfortável.

Ela me deu um olhar longo e contemplativo.

— O livro de Sociologia diz que é tipo sexo. Talvez até melhor.

Dei de ombros.

— Você vai ter que fazer algo melhor do que isso. Eu quero detalhes.

— Tá. É sim. É bem parecido com sexo.

Ela arregalou os olhos.

— E é bom?

— É. Mas acontece que nem sempre é bom — pensei em Heath e concluí que estava na hora de mudar de assunto. — Enfim, tenho que dar um jeito de pegar o corpo talvez-temporariamente-morto de Stark e esconder em algum lugar onde a gente possa, ao menos em tese, observar para ver se ele acorda. Então, a gente o alimenta...

— Ahn... Você quer dizer que você o alimenta, né? Eu digo um grande TÔ FORA se você está achando que vou deixar aquele garoto me morder.

— Sim, eu quis dizer que eu vou alimentá-lo — um fato que me atraía bastante, apesar de que, com certeza, não ia discutir o assunto com Aphrodite. — Não sei como vou fazer para roubar nem esconder o Stark.

– Bem, vai ser difícil carregá-lo, principalmente porque Neferet não vai tirar os olhinhos dele.

– Você pensou certo. Pelo menos foi isso mesmo que Stevie Rae disse – tomei um bom gole do meu refrigerante de cola.

– Parece que você vai ter que arrumar uma câmera de vigiar babás – ela disse.

– Ahn?

– Sabe, uma daquelas câmeras escondidas que mães ricas usam para vigiar seus preciosos bebezinhos enquanto estão no *Country Club* bebendo Martini às onze da manhã.

– Aphrodite, você vem de um mundo muito diferente.

– Obrigada – ela respondeu. – Sério, uma câmera escondida seria a solução. Posso comprar uma no RadioShack. Não é o Jack que é bom com eletrônica?

– É – respondi.

– Ele podia instalar uma câmera no necrotério e deixar o monitor no seu quarto. Cara, eu podia até comprar uma câmera com monitor portátil para você levar para onde quiser.

– É mesmo?

– Fácil.

– Excelente! Eu estava ficando mais bolada do que estava demonstrando com a ideia de colocar Stark no meu armário.

– Ahn... vomitei – e continuamos comendo felizes da vida até que Aphrodite voltou a falar: – Que mais a caipira disse?

– Na verdade, falamos de você – respondi presunçosamente.

– De mim? – Aphrodite apertou os olhos.

– Bem, com sinceridade, só um pouquinho. Falamos basicamente sobre ela assumir a posição da terra durante o ritual de limpeza amanhã.

– Você quer dizer tipo se esconder atrás de mim e tentar fazer parecer que eu estou invocando a terra, mas quem vai estar invocando de verdade é ela?

– Ahn... não. Não exatamente. Estou falando tipo você dar um passo para o lado e deixar Stevie Rae assumir seu antigo lugar no círculo.

– Na frente de todo mundo?

– Isso.

– Você tá brincando, né?

– Tô não.

– E ela topou fazer isso?

– Topou – eu disse com muito mais segurança do que estava realmente sentindo.

Aphrodite ficou comendo em silêncio por um tempo, e então assentiu lentamente: – Tá, tô ligada. Você está contando que Shekinah vá salvar sua pele.

– Nossa pele, na verdade. O que inclui você, eu, Stevie Rae, os novatos vermelhos e Stark, se ele virar morto-vivo. Eu acho que se todo mundo souber deles vai ser mais difícil Neferet usá-los para seus propósitos destrutivos.

– Parece coisa de filme B.

– Pode parecer cafonice, mas não é. Tô falando sério mesmo. É melhor todos nós encararmos isso com seriedade. Neferet é medonha. Ela tentou começar uma guerra com os humanos, e não acho que ela tenha desistido. Além disso – acrescentei com um pé atrás –, estou com um mau pressentimento.

– Merda. Que tipo de mau pressentimento?

– Bem, para ser sincera, venho tentando ignorar, mas estou com um pressentimento ruim em relação a Neferet desde que Nyx apareceu para nós.

– Zoey, fala sério. Você está com mau pressentimento em relação a Neferet faz meses.

Balancei a cabeça.

– Não deste jeito. Agora é diferente. É pior. E Stevie Rae também está sentindo a mesma coisa – hesitei de novo e acrescentei: – E depois desse sei lá o quê pular em cima de mim ontem, tenho sentido medo da noite.

– Da noite?

– Da noite – repeti.

– Zoey, nós somos criaturas da noite. Como é que você pode sentir medo dela?

– Não sei! Só sei que parece que tem algo me observando. O que você acha?

Aphrodite suspirou.

– Sobre o quê?

– Sobre a noite ou Neferet ou sei lá o quê! Só quero saber se você sentiu alguma energia negativa!

– Não sei. Eu não tenho pensado nessas coisas. Tenho estado muito voltada para os meus próprios problemas.

Tive que manter minhas mãos ocupadas com o frango e as batatas fritas para não apertar o pescoço dela.

– Bem, por que você não pensa um pouquinho? Tipo, é um pouquinho importante – abaixei a voz, apesar de todo mundo estar mais interessado na própria comida gordurosa do que em prestar muita atenção em nós. – Você teve aquelas visões sobre eu morrer. Foram duas visões, e pelo menos uma delas incluía Neferet.

– É, e isso pode ter contribuído para o seu "mau pressentimento" – ela abriu aspas com os dedos indicadores para as palavras mau pressentimento. – E o fato de eu dizer que vi sua morte também ajudou.

– Pois eu sinto que a coisa vai além disso. Aconteceram muitas coisas pesadas comigo nos últimos dois meses e até agora não tinha ficado com medo. Falo honestamente, nunca tive aquele medo que dá vontade de chorar. Eu... – a frase morreu quando ouvi uma risada familiar e olhei para a entrada do restaurante. E então senti o ar abandonar meu corpo, como se eu tivesse levado um soco no estômago.

Ele estava carregando uma bandeja com sua combinação preferida (a de número 3, com a maior porção de batatas fritas) e também uma combinação bem levinha. Sabe, uma daquelas que as meninas pedem quando saem com um garoto e não querem parecer que comem demais, e depois voltam para casa e engolem a geladeira toda quando estão sozinhas? A garota não estava levando nada, mas estava com a mão enfiada no bolso da frente dele (bolso! da frente!), fingindo que tentava enfiar umas notas de dinheiro nele. Mas ele é supersensível a cócegas, razão pela qual, apesar de estar estranhamente pálido e com olheiras profundas, ele estava rindo como um debiloide enquanto ela sorria para ele com um sorrisinho de quem está dando mole.

– Que foi? – Aphrodite perguntou. Ao ver que fiquei olhando sem responder, ela se virou na cadeira para ver o que estava me deixando tão boquiaberta. – Ei, não é aquele garoto? Seu antigo namorado humano?

– Heath – eu disse, mal conseguindo pronunciar seu nome. Seria totalmente impossível ele me ouvir. Estávamos do outro lado do salão, e não havia como ele me ouvir, mas no momento em que seu nome saiu dos meus lábios ele levantou a cabeça e seus olhos me encontraram instantaneamente. Vi o sorriso em seu rosto morrer. Seu corpo estremeceu – estremeceu de verdade –, como se a primeira visão que teve de mim tivesse lhe causado uma pontada de dor. A garota parou de brincar com o seu bolso. Ela olhou para onde ele estava olhando, me viu e arregalou os olhos. Heath olhou rapidamente de mim para ela, e eu o vi, ao invés de ouvi-lo, dizer que precisava falar comigo. A garota assentiu solenemente, pegou a bandeja e procurou a mesa mais longe de mim que conseguiu achar. Então, Heath caminhou lentamente em minha direção.

– Oi, Zoey – ele disse com uma voz tão tensa que pareceu um estranho.

– Oi – respondi. Meus lábios congelaram e meu rosto pareceu ficar quente e frio ao mesmo tempo.

– E então, você está bem? Não está machucada nem nada assim? – ele perguntou com uma calma tão intensa que lhe deu uma aparência madura, de muito mais que seus dezoito anos.

– Tô bem – respondi.

Ele soltou o ar, como se estivesse com a respiração presa há dias, tirou os olhos de mim, virando a cabeça de um jeito pesado, e então ficou olhando para o nada, como se não aguentasse me ver. Mas logo se recompôs e olhou para mim outra vez.

– Aconteceu uma coisa ontem à noite... – ele começou, mas interrompeu e olhou para Aphrodite de modo bem expressivo.

– Ah, ahn, Heath, esta é minha, aaahn, minha amiga do, da, ahn, Morada da Noite, Aphrodite – gaguejei, mal conseguindo falar.

Heath tirou os olhos de Aphrodite e se voltou para mim com um olhar questionador. Ao ver que eu não dizia nada, Aphrodite suspirou e usou seu tom sarcástico: – O que Zoey quer dizer é que sim, tudo bem falar de Carimbagem e assuntos do tipo na minha frente – ela fez uma pausa e levantou a sobrancelha olhando para mim. Ao ver que eu não ia falar mesmo, ela disse: – Ele pode falar na minha frente. Não é, Zoey? – eu ainda não conseguia falar, então ela deu de ombros e continuou: – A não ser que você queira falar com ele sozinha. Tudo bem. Vou esperar no carro e...

– Não! Você pode ficar. Heath, você pode falar na frente de Aphrodite – finalmente, consegui superar a dor no fundo da garganta e falar.

Heath balançou a cabeça e desviou seu olhar do meu rapidamente, mas antes pude notar a dor e a decepção em seus olhos castanho-claros.

É, eu queria conversar com ele sozinha.

Mas não podia. Eu não podia ficar sozinha com ele e ferir seus sentimentos. Ainda não. Não logo depois de perder Loren e Erik e Stark. Eu não ia aguentar ouvi-lo dizer que me odeia e que preferia não ter me conhecido. Ele não ia dizer isso tudo na frente de Aphrodite. Eu conhecia Heath. Sim, ele seria capaz de terminar comigo, mas (ao contrário de Erik) não haveria xingamento público nem cenas pesadas. Os pais de Heath o criaram muito bem. Ele era um cavalheiro em qualquer circunstância.

Quando ele voltou a olhar para mim, sua expressão ficou cuidadosamente vazia de novo.

– Tá. Como eu ia dizendo, aconteceu um negócio outra noite dessas. Acho que a Carimbagem entre nós acabou.

Confirmei com a cabeça.

– Então acabou? Pra valer?

– É. Acabou pra valer.

– Como? – ele perguntou.

Respirei fundo e disse: – Acabou quando eu me Carimbei com outro.

Ele estava olhando para mim com a cabeça um pouquinho abaixada e, quando ouviu aquilo, levantou o rosto como se eu tivesse lhe dado um tapa.

– Você está com outro humano?

– Não!

Seu maxilar pulsou, e então ele disse: – É esse novato de quem você falou? O tal de Erik?

– Não – respondi baixinho.

Desta vez ele não desviou o olhar, não tentou esconder a dor no olhar e na voz.

– Tem outro? Outro cara além daquele de quem você tinha falado?

Abri a boca para dizer que teve outro cara, mas que não havia mais, e que tudo não passara mesmo de um engano, mas ele não me deixou falar.

– Você fez aquilo com ele.

Heath não perguntou, mas assenti mesmo assim. Ele já sabia, tinha de saber. Nossa Carimbagem era das fortes e, mesmo que ele não tivesse sentido o que aconteceu entre mim e Loren, teria sentido que algo de muito forte acontecera para romper nossa ligação.

– Como você foi capaz de fazer isso, Zo? Como você foi capaz de fazer isso comigo? Com a gente?

– Eu sinto muito, Heath. Nunca tive intenção de magoar você. Eu só...

– Não! – ele levantou a mão como se fosse barrar minhas palavras. – Não quis me magoar é o caramba. Eu amava você desde o fundamental. Você ficar com outro me dói. Não tem como ser diferente.

– Você está com outra hoje – as palavras frias de Aphrodite cortaram o ar entre nós três.

Heath se voltou para ela com os olhos faiscando.

– Eu deixei uma amiga me convencer a sair de casa pela primeira vez em vários dias. Uma amiga – ele repetiu. Então, se virou para mim, e percebi de novo como estava pálido e com cara de doente. – É a Casey Young. Lembra-se dela? Ela também era sua amiga.

Dei uma olhada para a mesa na qual Casey estava sentada sozinha e parecendo totalmente deslocada. Eu nem havia percebido que era ela quando eles entraram. Agora reconheci seus cabelos castanho-avermelhados grossos, olhos lindos cor de mel e sua pele sardenta – ela era bem bonitinha. Heath tinha razão – ela era minha amiga. Não tipo melhor amiga, como a Kayla, mas a gente se dava bem. Heath sempre a tratara como uma irmãzinha. Ela gostava dele, mas jamais senti um clima de "quero roubar seu namorado" como senti tantas vezes da minha supostamente melhor amiga Kayla. Casey me viu olhando para ela e, parecendo estar com um pé atrás, levantou a mão e acenou sem jeito para mim. Eu respondi com um tchauzinho.

– Sabe o que acontece com um humano quando se quebra a Carimbagem? – as palavras de Heath me fizeram olhar para ele outra vez. Ele não estava mais frio nem triste. Estava falando com uma voz incisiva, como se cada palavra estivesse sendo cortada diretamente de sua alma.

– Causa... causa dor humana – respondi.

– Dor? Dor é pouco. Zoey, primeiro pensei que você tinha morrido. E, quando pensei isso, a vontade que tive foi de morrer também. Achei que uma parte de mim tivesse morrido.

– Heath – sussurrei seu nome, totalmente horrorizada com o que eu havia causado. – Eu estou tão...

Mas ele não tinha terminado.

– Mas eu sabia que você não tinha morrido porque podia sentir que alguma coisa estava acontecendo contigo – ele fez uma careta. – Senti parte do que ele estava fazendo você sentir. Depois, só senti que havia um buraco na minha alma no lugar que você costumava ocupar. Eu ainda sinto como se uma parte de mim estivesse faltando. Uma parte enorme de mim. E dói o tempo todo. Todo dia – ele fechou os olhos de dor e balançou a cabeça. – Você nem me ligou.

– Eu quis ligar – eu disse com um tom infeliz.

– Ah, peraí. Você me mandou uma mensagem de texto hoje de manhã. Muito obrigado – ele disse sarcasticamente.

– Heath, eu queria conversar com você. Eu só não pude. Eu estava... – fiz uma pausa, tentando achar as palavras para explicar o que aconteceu com Loren em poucas frases, em público. Mas não havia como explicar. Não assim. Não aqui. Então disse apenas: – Eu errei. Eu sinto muito.

Ele balançou a cabeça de novo.

– Isso não basta, Zo. Não desta vez. Não neste caso. Você se lembra de quando você disse que eu só te amava e a queria daquele jeito por causa da nossa Carimbagem?

– Lembro – me preparei para ele dizer a verdade, ou seja, que ele nunca me amou de verdade e que nunca me quis, e que ficou feliz por se livrar de mim e daquela Carimbagem estúpida e dolorosa.

– Eu disse que você estava errada. E está. Eu me apaixonei por você na terceira série. Eu te amo desde então. Eu te amo e te quero agora; provavelmente vai ser assim para sempre – os olhos de Heath estavam brilhando por causa das lágrimas não derramadas. – Mas eu não quero te ver mais. Te amar dói demais, Zoey.

Heath caminhou lentamente de volta para Casey. Quando chegou à mesa, ela disse algo baixinho demais para eu conseguir ouvir. Ele assentiu e, sem olhar para mim de novo, Casey deu o braço para ele e ambos saíram, deixando a comida intocada na mesa, e Heath saiu da minha vida.

19

Eu não disse nada quando Aphrodite agarrou meu braço, me fez levantar e me tirou do Charlie's Chicken. Darius olhou para nós e saiu do carro em uma fração de segundo.

– Cadê o perigo? – ele perguntou.

Aphrodite balançou a cabeça.

– Não tem perigo, é só drama de ex-namorados. Vamos cair fora daqui.

Darius soltou um grunhido e voltou para o carro. Aphrodite me fez entrar no banco de trás. Eu não sabia que estava chorando até que ela, toda enrolada com Malévola, que não parava de reclamar, me deu um punhado de lenços de papel.

– Você está toda melecada e sua maquiagem está escorrendo – ela disse.

– Obrigada – murmurei e assoei o nariz.

– Ela está bem? – Darius perguntou, olhando para mim pelo retrovisor.

– Ela vai ficar bem. Essas coisas de ex-namorado já são uma merda quando a história é normal. O que aconteceu com ela lá dentro de normal não tinha nada e, bem, aí a merda é dupla.

– Não fale de mim como se eu não estivesse presente – funguei com o nariz entupido e enxuguei os olhos.

– Então, a senhorita está se sentindo melhor agora? – Darius repetiu, desta vez falando comigo.

– Se ela disser que não, você volta lá e mata aquele garoto idiota? – Aphrodite perguntou.

Surpresa, uma ameaça de risada escapou da minha boca.

– Eu não quero que o matem, e já estou começando a me sentir melhor.

Aphrodite deu de ombros.

– Você é quem sabe, mas eu acho que, aquele garoto, só matando – ela agarrou o braço de Darius e apontou para o pequeno centro comercial do qual estávamos nos aproximando. – Meu bem, você podia dar uma paradinha ali no RadioShack? A droga do meu iPod Touch está com defeito e quero comprar um novo.

– Tudo bem? – Darius me perguntou.

– Sem problema. Eu preciso mesmo de um tempo para me recuperar antes de chegar à escola. Mas, ahn, você poderia ficar no carro comigo?

– É claro, Sacerdotisa – o sorriso gentil de Darius no espelho retrovisor me fez sentir culpada.

– Volto em dois segundos. Segure Malévola para mim – Aphrodite jogou a gata enorme para Darius e praticamente correu para dentro do RadioShack.

Depois de acomodar a fera sibilante de Aphrodite, Darius olhou para mim.

– Eu posso falar com o garoto se a senhorita quiser.

– Não, obrigada – assoei o nariz de novo e enxuguei o rosto. – Ele tem todo direito de estar fulo. Eu fiz besteira.

– Os humanos que se envolvem com vampiros ficam extremamente sensíveis – Darius disse, nitidamente escolhendo as palavras com cuidado. – Ser o parceiro humano de um vampiro, especialmente de uma poderosa Grande Sacerdotisa, é um caminho difícil.

– Eu não sou vampira, e não sou Grande Sacerdotisa – respondi, me sentindo totalmente arrasada. – Sou só uma novata.

Darius hesitou, obviamente tentando escolher as palavras. Foi só quando Aphrodite entrou no carro de novo com seu falso pacote de iPod Touch que ele finalmente falou.

– Zoey, a senhorita devia ter em mente que Grandes Sacerdotisas não se fazem da noite para o dia. Elas começam a se desenvolver mesmo quando ainda são novatas. Seu poder se constrói cedo. Seu poder está sendo construído, Sacerdotisa. A senhorita está muito longe de ser uma novata normal, e sempre estará. Suas ações serão capazes de afetar profundamente os demais.

– Sabe, eu estava só começando a entender esse negócio de ser diferente, e agora me sinto como se estivesse me afogando nisso.

Aphrodite colocou Malévola no colo outra vez e então se voltou para me olhar nos olhos.

– É, ser megaespecial não é tão legal quanto você pensava, hein?

Esperei que ela me desse um daqueles seus sorrisos falsos sarcásticos e dissesse "eu não falei?", mas ela me olhou cheia de compreensão.

– Você está sendo bem legal – eu disse.

– É porque você é má influência para mim – ela respondeu. – Mas tento olhar pelo lado positivo.

– Lado positivo?

– O lado positivo é que quase todo mundo pensa que eu ainda sou uma terrível bruxa do inferno – ela deu um sorriso feliz, acarinhando sua gata.

– Eu te acho espetacular – Darius disse, esticando o braço para Malévola, que começou a ronronar.

– E você tem toda razão – ela se aproximou dele e, esmagando a gata reclamona entre os dois, o beijou ruidosamente na bochecha.

Fiz barulho de quem ia vomitar sobre os lenços de papel, mas sorri quando Aphrodite piscou o olho para mim e me senti um pouquinho melhor. *Pelo menos já acabou*, disse a mim mesma. *Erik me odeia. Stark morreu, e mesmo que volte da morte, vou apenas ajudá-lo a se firmar entre os mortos-vivos. Só isso. Então, depois de um confronto pesado com Heath, com certeza não terei problemas com essa história de fim de namoro por um longo, longo tempo.*

Naturalmente, eu estava atrasada para a aula de teatro. A reviravolta na minha agenda me fez passar para uma turma de teatro mais adiantada, o que na verdade não era problema. Eu estava fazendo Teatro II na South Intermediate High School na época em que fui Marcada e gostava de um drama (no palco, não fora dele). Tá, isso não fazia de mim boa atriz, mas eu tentava. É claro que a troca de horário me jogou em uma sala com outro grupo de garotos. Parei perto de uma porta, tentando decidir onde me sentar, sem a menor intenção de interromper Erik (Professor Night?) no meio de sua palestra sobre peças de Shakespeare.

– Pode se sentar em qualquer lugar, Zoey – Erik falou sem sequer olhar na minha direção, com um tom ligeiro, profissional e até meio entediado. Em outras palavras, ele soou exatamente como um professor. Não, não faço ideia de como ele soube que eu estava à porta.

Entrei na sala correndo e me sentei na primeira cadeira vazia que achei. Infelizmente, a cadeira ficava na frente. Cumprimentei Becca Adams, que estava sentada logo atrás de mim, com um breve aceno de cabeça. Ela fez o mesmo, mas estava nitidamente distraída por sua necessidade de ficar olhando para Erik. Eu não a conhecia muito bem. Era loura e bonita, como era a norma entre os novatos da Morada da Noite (havia cinco louras para cada garoto "normal"), e tinha entrado para as Filhas das Trevas não fazia muito tempo. Acho que me lembro de vê-la andando com algumas das antigas amigas de Aphrodite, mas não tinha nenhuma opinião formada sobre ela. É claro que vê-la babando por Erik não ajudava a achá-la exatamente *encantadora*.

Não! Erik não é mais meu namorado. Eu não posso ficar bolada quando outra garota der em cima dele. Eu tenho que ignorar isso. Talvez até faça questão de ficar amiga dela só para todo mundo ver que já o esqueci. É, eu vou só...

– Oi, Z.!

O louríssimo, lindíssimo e altíssimo Cole Clifton, que estava saindo com Shaunee (o que também significava que ele era muito bravo), me cumprimentou alegremente com um sussurro, interrompendo meu blá-blá-blá interno.

– Oi – respondi, dando-lhe um grande sorriso.

– Ah, sim, excelente. Obrigado por se oferecer, Zoey.

– Ahn? – olhei para Erik, confusa.

Havia um sorriso frio em seu rosto. Seus olhos exibiam um tom de azul gelado.

– Você estava falando, então entendi que estava se oferecendo como voluntária para a leitura de improvisação de Shakespeare comigo.

Engoli em seco.

– Ah. Bem. Eu... – comecei a tentar declinar da leitura de improvisação de Shakespeare (que eu nem sabia exatamente o que era), mas quando seu olhar frio passou a transmitir zombaria, como se estivesse esperando que eu me acovardasse como uma toupeira gigante, mudei de ideia. Erik Night não ia ficar me constrangendo e pressionando o semestre inteiro. Então, limpei a garganta e me aprumei na cadeira. – Sim, eu adoraria.

O rápido clarão de surpresa que fez aqueles lindos olhos azuis se arregalarem me deu um instante de orgulho. Mas esse instante se evaporou quando ele disse: – Ótimo. Então suba aqui e pegue sua cópia da cena.

Ah, droga, droga, droga!

– Tudo bem – Erik continuou, comigo ao lado dele no palco. – Como eu estava falando antes de Zoey chegar atrasada e interromper, a improvisação de Shakespeare é uma ótima maneira de se exercitar a construção do personagem. É incomum, sim, porque Shakespeare não costuma ser objeto de improvisação. Os atores se prendem estritamente às palavras, razão pela qual mudar cenas famosas pode ser interessante – ele apontou para mim um texto bem curto, que segurei com a mão suada de nervoso. – Este é o começo de uma cena entre Othello e Desdêmona...

– Vamos fazer Othello? – perguntei com uma voz estridente e sentindo meu estômago dar voltas. Foi o monólogo de Othello que Erik recitou para mim com seus olhos e sua voz cheios de amor na frente da escola inteira.

– Sim – ele me olhou nos olhos. – Algum problema?

Sim!

– Não – menti. – Só perguntei – ah, meu Deus! Ele ia me fazer improvisar uma das cenas de amor de Othello? Eu não sabia se meu estômago estava dando voltas cada vez maiores porque eu queria ou porque eu não queria fazer aquilo.

– Ótimo. Você conhece a história da peça, certo?

Fiz que sim com a cabeça. É claro que eu conhecia. Othello, o Mouro (também conhecido por ser negro), se casa com Desdêmona (uma moça muito branca). Eles vivem um amor intenso até que Iago, um mau-caráter que tinha inveja de Othello, resolve forjar uma infidelidade por parte de Desdêmona. Othello termina estrangulando Desdêmona. Até a morte.

Ah, droga.

– Ótimo – ele concordou. – A cena que vamos improvisar é a do final da peça. Othello confronta Desdêmona. Vamos começar lendo o texto real. Quando eu perguntar se você rezou, é sua deixa para improvisar. Então, procure se prender à trama, mas com linguajar atual. Entendeu?

Infelizmente eu havia entendido.

– Sim.

– Muito bem. Vamos começar.

Então, do mesmo jeito que assisti tantas vezes antes, Erik Night entrou no personagem e *se transformou* naquela pessoa. Ele se virou para não olhar mais para mim e começou a dizer o texto de Othello. Reparei que ele havia largado o papel com o texto e estava recitando somente com a memória:

Esta é a causa, esta é a causa, minh'alma;
que eu não lhe diga o nome, modestas estrelas,
esta é a causa. Não vou derramar o sangue dela,
nem deixar marcas naquela pele mais branca que a neve...

Eu podia jurar que ele se transformara fisicamente e, apesar dos meus nervos e da sensação de humilhação que senti crescer dentro de mim por imaginar que aquilo ia terminar em uma cena bastante pública e constrangedora, mesmo assim não podia deixar de apreciar seu enorme talento.

Então, ele se voltou para mim, e mal consegui pensar de tanto que meu coração bateu quando ele segurou meus ombros.

... Eu não sei onde se encontra aquele calor de Prometheu
que vossa luz reflete. Quando eu vos tiver colhido a rosa,
não poderei a ela devolver o sopro vital,
ela há de murchar. Vou sentir seu aroma na própria árvore.

Então, para minha completa perplexidade, Erik se abaixou e me beijou na boca. Foi um beijo forte e terno, misturando paixão, raiva e traição, e parecia que ele não queria mais tirar os lábios dos meus. Ele me deixou sem ar. Ele me deixou enjoada. Ele fez minha cabeça girar.
Eu queria taaaaaanto voltar a namorar com ele!
Eu me recompus enquanto ele dizia a fala que terminava com a deixa para eu começar a minha.

O pranto me virá, mas serão lágrimas de crueldade. Esta tristeza é celestial, ela dói onde antes doía o amor. Ela desperta.

– Quem está aí? Othello? – olhei do papel para Erik, piscando meus olhos e tentando parecer que seu beijo me despertara.
– Sim, Desdêmona.

Ah, nossa mãe! Eu não acreditei na minha fala a seguir! Engoli em seco, o que me fez soar arfante.

– Estás a vir para a cama, *my lord*?

– Já rezastes esta noite, Desdêmona?

O rosto lindo de Erik ficou tenso, amedrontador, e eu nem precisei representar para transmitir pavor.

– Sim, *my lord* – li rapidamente as últimas linhas do texto.

– Ótimo. Você vai precisar estar de alma limpa para o que vai lhe acontecer esta noite! – ele improvisou, ainda parecendo o Othello enlouquecido de ciúme.

– O que foi? Eu não faço ideia do que você está falando – não era difícil improvisar isso. Eu me esqueci da aula e dos olhos que nos observavam. Só vi Erik como Othello, e sabia como era o medo e a desolação de Desdêmona ao pensar em perdê-lo.

– Pense bem! – ele disse com o maxilar trincado. – Se você se arrepende de alguma coisa, precisa pedir perdão agora. Nada mais será como antes para você depois do que vai acontecer esta noite.

Ele estava cravando os dedos em meus ombros com tanta força que eu sabia que iam deixar marcas, mas não me acovardei. Fiquei apenas olhando naqueles olhos que eu conhecia tão bem, tentando encontrar neles o Erik que eu esperava que ainda sentisse algo por mim, que me esqueci do texto e o papel caiu de minhas mãos dormentes.

– Mas eu não sei o que você quer que eu diga! – gritei, tentando me lembrar de que eu não era Desdêmona. Ela não tinha sido culpada de nada.

– A verdade! – ele disse com olhos furiosos. – Eu quero que você admita que me traiu!

– Mas eu não traí! – senti lágrimas se formando em meus olhos. – Juro pela minha alma. Eu jamais o traí.

O Othello de Erik ofuscou todo o meu mundo – Heath, Stark, Loren. Éramos só eu e ele, e a necessidade que eu tinha de fazê-lo entender que eu não tive intenção de traí-lo. E que ainda não tinha.

– Então seu coração é uma coisa negra e murcha, porque você me traiu, sim.

Suas mãos começaram a deslizar dos meus ombros para o pescoço, e eu sabia que ele estava sentindo minha pulsação disparada como um pássaro batendo as asas freneticamente.

– Não! As coisas que fiz foram equívocos! Eu parti meu próprio coração, não apenas uma, mas três vezes.

– Então você queria partir o meu coração junto com o seu? – seus dedos se fecharam em meu pescoço, e vi que ele também estava com os olhos molhados de lágrimas.

– Não, *my lord* – respondi, tentando me ater ao drama de Desdêmona. – Eu só quero seu perdão e...

– Perdão! – ele berrou, me interrompendo. – Como posso perdoar? Eu te amava e você me traiu com outro.

Balancei a cabeça.

– Tudo mentira.

– Então admite que você não fez outra coisa a não ser mentir o tempo todo? – seus dedos apertaram mais o meu pescoço.

Engasguei.

– Não! Não foi isso que eu disse. Você está entendendo tudo errado. O que eu tive com ele é que foi mentira. Ele era a mentira. Você tinha razão sobre ele o tempo todo.

– Tarde demais – ele disse com uma voz carregada. – Você entendeu isso tarde demais.

– Não precisa ser tarde demais. Perdoe-me e me dê outra chance. Não deixe que a gente termine assim.

Percebi que o rosto de Erik foi tomado por várias emoções diferentes. Percebi que havia raiva, e até ódio, mas também tristeza e talvez, quem sabe, uma pontinha de esperança aguardando para aparecer no lado quente e luminoso de seus olhos azuis.

Mas, então, a tristeza e a esperança desapareceram subitamente de sua expressão.

– Não! Você agiu como uma prostituta, então agora vai ganhar a recompensa que uma prostituta merece!

Com um olhar extremamente enlouquecido, ele pareceu se agigantar ainda mais sobre mim. Ele se aproximou, tirou uma das mãos do meu pescoço para poder me prender junto ao seu corpo. Sua outra mão era tão grande que quase dava a volta no meu pescoço. Quando ele apertou, nossos corpos se comprimiram um contra o outro e eu senti uma louca onda de desejo por ele. Eu sabia que era errado. Eu sabia que era esquisito, mas não era só por causa do medo ou nervosismo que meu coração estava batendo daquele jeito. Eu olhei nos seus olhos, sentindo o terror de Desdêmona misturado à minha própria paixão, e senti pela dureza de seu corpo que ele estava sentindo as mesmas coisas que eu. Ele era Othello, louco de raiva e ciúme, mas também era Erik, o cara que se apaixonara por mim e ficara tão magoado ao me ver com outro cara.

Seu rosto estava tão perto do meu que dava para sentir sua respiração junto à minha pele. Seu cheiro era familiar, e foi essa familiaridade que me fez decidir. Ao invés de afastá-lo de mim ou continuar com a improvisação e "desmaiar" em seus braços para me fingir de morta, eu o abracei e puxei para mim, diminuindo a distância entre nossos lábios.

Eu o beijei com tudo que havia em mim. Pus toda a minha dor, minha paixão e meu amor por ele naquele beijo, e sua boca se abriu para mim, correspondendo com a mesma paixão, a mesma dor e o mesmo amor.

E então tocou a droga do alarme anunciando o fim da aula.

20

Ai! Minha Deusa! O sinal foi como um alarme de incêndio. Erik se afastou de mim, a turma explodiu em vivas, num coro de *uhús* e *uaus*, e eu teria caído se Erik não tivesse segurado minha mão.

– Curve-se – ele disse baixinho. – Sorria.

Obedeci, e dei um jeito de me curvar e me forçar a sorrir como se meu mundo não tivesse acabado de explodir. Enquanto o pessoal foi saindo da sala, Erik voltou a falar com seu tom professoral.

– Muito bem, não se esqueçam de dar uma olhada em *Julius Caesar*. Amanhã vamos improvisar a partir dessa peça. E vocês fizeram um bom trabalho hoje. Quando o último garoto saiu pela porta, eu disse: – Erik, precisamos conversar.

Ele soltou minha mão como se ela o estivesse queimando.

– É melhor você ir embora, senão vai se atrasar para a próxima aula também – e simplesmente me deu as costas e entrou no escritório da sala de teatro batendo a porta.

Mordi o lábio com força para não me derramar em lágrimas enquanto saía da sala de teatro com o rosto queimando de humilhação. Que diabo havia acabado de acontecer? Bem, pelo menos de uma coisa eu tinha certeza: Erik Night ainda estava interessado em mim. Claro, o interesse podia se concentrar basicamente em querer me enforcar. Mas, mesmo assim... Pelo menos ele não estava indiferente como estava fingindo. Meus lábios estavam doloridos por causa da intensidade dos beijos. Levantei a mão e passei o dedo de leve no lábio inferior.

Comecei a caminhar sem olhar para os novatos que passavam por mim a caminho das aulas, e na verdade nem prestavam atenção em mim, até que o grasnado mal-humorado de um corvo veio dos galhos de uma árvore ao lado da calçada.

Senti um arrepio, entrei em estado de alerta e olhei para a árvore na sombra. Enquanto eu observava, a noite oscilou e se dobrou como se fosse uma vela preta pingando. Tinha algo, alguma coisa que eu não sabia o que era naquela árvore que fez meus joelhos fraquejarem e meu estômago doer.

Desde quando eu me tornara esta vítima, esta menininha apavorada?

– Quem é você? – berrei para a noite. – O que você quer? – aprumei os ombros, já de saco cheio daquele jogo de esconde-esconde. Eu podia estar arrasada por causa de Heath, e confusa em relação a Stark, e provavelmente não podia mais dar jeito no estrago que havia feito com Erik, mas havia uma coisa que eu podia fazer. Eu iria até essas árvores invocar o vento para sacudir o que estivesse me olhando lá, empoleirado, para eu dar um chute no rabo dessa coisa. Eu estava cansada de me sentir estranha, com medo, fora de mim e...

Antes que eu conseguisse pôr o pé fora da calçada, Darius se materializou ao meu lado. Nossa, para um cara grande como ele, Darius se movia de um jeito assustadoramente ágil e silencioso.

– Zoey, a senhorita precisa vir comigo – ele disse.

– O que está acontecendo?

– É Aphrodite.

Meu estômago deu um nó tão forte que pensei que ia vomitar.

– Ela não está morrendo, está?

– Não, mas ela precisa de você. Agora.

Ele não precisou me dizer mais nada. A tensão no seu rosto e a seriedade mortal em sua voz diziam tudo. Ela não estava morrendo, então Aphrodite só podia estar tendo uma visão.

– Tá, tô indo – corri em direção aos dormitórios, tentando acompanhar o passo de Darius. O guerreiro parou por um instante, olhou para mim com um olhar penetrante e tão intenso que quase me encolhi.

– A senhorita confia em mim? – ele perguntou abruptamente.

Eu fiz que sim com a cabeça.

– Então relaxe e confie que está em segurança comigo.

– Tá – eu não fazia ideia do que ele estava falando, mas não reclamei quando ele agarrou meu braço.

– Lembre-se, fique relaxada – ele disse.

Abri a boca para repetir meu "tá" (e talvez revirar os olhos para ele), quando todo o ar foi expelido dos meus pulmões assim que Darius explodiu em uma disparada e, não sei como, me puxou com ele. Foi a coisa mais bizarra que já vivi, o que não era pouco, pois nos últimos meses eu havia tido as experiências mais bizarras que se pode imaginar. Mas agora eu estava me sentindo como se estivesse em uma daquelas esteiras rolantes de aeroporto, só que a "esteira" era a aura de Darius, ou algo assim, e o movimento era tão rápido que o mundo ao nosso redor virou um grande borrão.

Em questão de segundos estávamos em frente ao dormitório das meninas, sem exagero nenhum.

– Caraca! Como você fez isso? – arfando um pouquinho, assim que ele soltou meu braço comecei a puxar freneticamente para trás meus cabelos que estavam cobrindo meu rosto. Foi como se eu tivesse feito uma viagem supersônica em uma Harley Davidson.

– Os Filhos de Erebus são guerreiros poderosos e com muitos dons – ele disse de um modo enigmático.

– Hum. Não brinca – eu ia dizer que os Filhos de Erebus mais pareciam saídos de um filme do *Senhor dos Anéis*, mas não quis ser mal-educada.

– Ela está em seu quarto – Darius disse, meio que me empurrando para subir a escada do dormitório, enquanto passava à minha frente para abrir a porta. – Ela disse para a senhorita entrar imediatamente.

– Bem, você conseguiu mesmo me fazer chegar logo – respondi, virando o pescoço para trás. – Ah, você pode avisar Lenobia por que não estou na aula?

– É claro, Sacerdotisa – ele respondeu. E sumiu de novo. Nossa. Eu corri pelo dormitório, ainda me sentindo meio esgotada. A sala de estar estava vazia, todo mundo (menos Aphrodite e eu) estava na aula, então subi correndo os degraus e fui para o quarto de Aphrodite sem ter de responder um monte de perguntas de garotas curiosas demais. Bati duas vezes na porta antes de abrir.

A única luz do quarto vinha de uma pequena vela. Aphrodite estava sentada na cama, apoiando os cotovelos nos joelhos, que estavam junto ao peito, com o rosto mergulhado nas mãos. Malévola estava enroscada ao lado dela, uma bola fofa e branca. A gata olhou para mim quando entrei no quarto e grunhiu baixinho.

– Oi, você está bem? – perguntei.

O corpo de Aphrodite estremeceu e, com evidente e enorme esforço, ela levantou a cabeça e abriu os olhos.

– Ah, meu Deus! O que aconteceu? – corri até ela, acendendo o abajur da Tiffany que estava na mesinha de cabeceira. Quando Malévola se mexeu e chiou para mim em tom de advertência, eu disse à besta: – Experimente, que eu te jogo pela janela e invoco uma chuva Para: para te molhar até te afogar.

– Tudo bem, Malévola. Zoey é detestável, mas não vai me fazer mal – ela acalmou a gata, exausta.

A gata grunhiu de novo, mas voltou a se embolar toda outra vez. Voltei minha atenção para Aphrodite. Seus olhos estavam completamente injetados. A coisa era tão feia que a parte branca dos olhos estava totalmente vermelha. Não cor-de-rosa e inflamada como se fosse alérgica a pólen e tivesse passado por um campo de flores. Os olhos estavam *vermelhos*. Tipo sangue. Tipo olhos injetados de sangue e pintados de escarlate.

– A coisa é pesada – ela soou apavorante. Sua voz estava trêmula e seu rosto, assustadoramente branco. – Po-pode pegar uma garrafa de água Fiji na geladeira para mim?

Corri até a minigeladeira e peguei uma garrafa de água. Então, fui ao banheiro, peguei uma de suas toalhinhas com fios de ouro (nossa, ela rica demais!) e rapidamente derramei um pouco de água mineral na toalhinha antes de voltar correndo para perto dela.

– Beba um pouco disto, feche os olhos e coloque isto no rosto.

– Eu tô horrorosa, não tô?

– Tá.

Ela bebeu vários goles da garrafa de água Fiji, parecendo estar morrendo de sede, depois colocou a toalhinha molhada sobre os olhos e recostou no monte de travesseiros de grife dando um suspiro exaurido. Malévola olhou para mim com aqueles olhos de gato rachados como fendas, mas eu a ignorei.

– Seus olhos já ficaram assim antes?

– Você quer dizer doendo pra diabo?

Hesitei, mas resolvi dizer logo de uma vez. Aphrodite não era do tipo que evitava espelhos. Ela já tinha visto o bastante.

– Eu tô falando de ficarem vermelhos assim.

Vi que ela levou um susto e tentou pegar a toalhinha, mas sua mão parou no ar e caiu na cama de novo, e ela encolheu os ombros.

– Não foi à toa que Darius surtou e saiu correndo como se estivesse sendo perseguido pelos cães do inferno.

– Tenho certeza de que vai passar. Você devia ficar de olhos fechados um pouco.

Ela suspirou dramaticamente.

– Eu vou ficar muito puta se essas malditas visões começarem a me deixar feia.

– Aphrodite – eu a chamei, tentando não demonstrar que estava prendendo o riso. – Você é bonita demais para ficar feia. Pelo menos foi o que você disse pra gente um zilhão de vezes.

– Você tem razão. Mesmo com os olhos vermelhos, sou mais bonita que todas. Obrigada por me lembrar. Para você ver, essa merda de visão está me deixando tão estressada que cheguei a pensar isso.

– Falando na porcaria da sua visão... Vai me dizer qual foi desta vez?

– Sabe, você não vai derreter nem nada assim se você falar uns palavrõezinhos. Minha Deusa, falar porcaria é uó.

– Dá para continuar o nosso assunto?

– Beleza. Mas não me culpe quando as pessoas disserem que você é uó e irritante. Na minha mesa tem um pedaço de papel com um poema escrito. Tá vendo?

Fui até a caríssima mesa e lá estava uma única folha de papel sobre a madeira brilhante. Eu peguei.

– Estou vendo.

– Ótimo. Você deve ler, e espero que entenda que diabo quer dizer. Eu nunca entendo poesia. É uma merda chata pra cacete – ela enfatizou a palavra merda. Eu a ignorei e me concentrei no poema. Assim que dei uma boa olhada nele, minha pele começou a formigar e a ficar arrepiada como se tivesse recebido um golpe de ar gelado.

– Você escreveu isso?

– É, até parece. Eu nem gostava de Dr. Seuss[9] quando era criança. De jeito nenhum escrevi esse poema.

– Não disse que você o criou. Perguntei se você o escreveu no papel.

– Você está emburrecendo? Sim, Zoey. Eu escrevi o poema que vi na minha horrenda e dolorosa visão. Não, eu não criei o poema. Eu o copiei. Satisfeita?

Olhei para ela, afundada nos travesseiros no meio de sua luxuosa cama com cobertura, com a toalhinha com fios de ouro no rosto e uma mão fazendo carinho na gata, e balancei a cabeça, irritada. Ela era a própria diva-megera.

---

9   Famoso escritor norte-americano de livros infantis. (N.R.)

– Sabe, eu podia te asfixiar com o travesseiro e ninguém daria pela falta. Quando eles te encontrassem, essa gata medonha já teria devorado a prova do meu crime.

– Malévola jamais me comeria. Ela comeria você se tentasse alguma gracinha. Além do mais, Darius daria pela minha falta. Leia logo a droga do poema e me diga o que significa.

– É você a garota das visões. Você é quem devia saber o que significa – voltei a prestar atenção no poema. O que havia naquele poema que me causava uma impressão tão esquisita?

– Isso mesmo, eu tenho a visão. Eu não interpreto. Sou apenas um oráculo muito atraente. Você é uma Grande Sacerdotisa em treinamento, lembra-se? Então, dê um jeito.

– Tudo bem, tá certo. Deixe-me ler em voz alta. Às vezes fica mais fácil entender um poema ao ouvi-lo.

– Que seja. Chegue logo na parte de decifrar a mensagem.

Limpei a garganta e comecei a ler.

Ancestral adormecido, esperando para despertar
Quando o poder da terra sangra em sagrado vermelho
A marca atinge a verdade; a Rainha Tsi Sgili conceberá
Ele será levado de seu leito de morte

Pelas mãos dos mortos ele se liberta
Beleza terrível, visão monstruosa
Eles haverão de ser regidos outra vez
As mulheres hão de se curvar à sua misteriosa força

Doce é a canção de Kalona
Enquanto assassinamos com um calor gelado

Quando terminei, fiz uma pausa, tentando entender o que queria dizer e por que ficara bolada.

– Dá medo, não dá? – Aphrodite perguntou. – Tipo, não é sobre rosas e amores e viveram felizes para sempre.

– Com certeza, não. Tá. Vamos ver. Qual é o poder da terra e quando ele fica vermelho?

– Sei lá.

– Hum – mordi a bochecha, pensando. – Bem, a terra pode parecer que está sangrando quando algum ser morre e o sangue escorre pelo chão. E talvez a parte do poder venha daquele que é morto. Como uma pessoa poderosa.

– Ou um vampiro poderoso. Como da vez em que encontrei o corpo da professora Nolan – o tom inteligente da voz de Aphrodite foi suplantado pela memória. – Desde então, parece que a terra está sangrando.

– É, você tem razão. Deve ter alguma coisa a ver com a Rainha Tsi Sgili morrer ou ser assassinada, pois a rainha é com certeza uma pessoa poderosa.

– Quem diabo é essa Rainha Tsi Sei-lá-o-quê?

– Parece familiar. O nome parece *Cherokee*. Imagino se não é... – minhas palavras foram interrompidas por uma arfada de susto quando de repente entendi por que aquele poema me causou uma sensação estranha.

– O que foi? – Aphrodite sentou-se de novo na cama, tirando a toalhinha do rosto e olhando para mim com os olhos apertados. – Qual o problema?

– É a caligrafia – respondi, sentindo os lábios gelarem. – É a letra da minha avó.

21

— Letra da sua avó? — Aphrodite perguntou. — Tem certeza?
— Positivo.
— Mas isso é impossível. Eu mesma escrevi essa droga minutos atrás.
— Olha, eu fui praticamente teletransportada para cá por Darius de um jeito que seria impossível, mas tenho certeza de que aconteceu.
— É, *nerd*, considerando-se que não existe *Jornada nas Estrelas*.
— Você também pensou em *Jornada nas Estrelas* quando falei de ser teletransportada. Se você entendeu a referência, é tão *nerd* quanto eu — respondi presunçosamente.
— Não sou, não, só estou contaminada pelos seus amigos *nerds*.
— Olha, tenho certeza de que esta é a caligrafia da minha avó. Mas, espere aí. Tenho uma carta dela no meu quarto, vou pegar. Talvez você esteja certa, para variar um pouco — olhei para ela arqueando a sobrancelha e acrescentei: — E talvez sua letra apenas lembre a dela — fui saindo às pressas do quarto, mas pensei duas vezes e parei com o papel na mão, estendendo-o para Aphrodite. — Esta é sua letra normal?
Ela pegou o papel e piscou várias vezes para clarear a vista. Vi uma expressão de choque tomar conta de seu rosto e adivinhei o que ela ia dizer.
— Ora, merda! Esta não é a minha letra meeeeeeeesmo.
— Já volto.

Tentei não pensar demais no que estava acontecendo enquanto corri até meu quarto, abri a porta e fui recebida pelo *miauff* de Nala, reclamando por ser acordada de seu sono de beleza.

Levou um segundo para pegar o último cartão que minha avó me mandara. Estava na minha mesa (uma versão bem mais barata daquela no quarto de Aphrodite). Na frente do cartão havia uma imagem de três freiras mal-encaradas (freiras!). Abaixo da foto estava escrito "a boa notícia é que elas estão rezando por você". E dentro a frase continuava: "a má notícia é que elas são só três". O cartão me fez rir enquanto ainda estava correndo de volta para o quarto de Aphrodite, apesar de me perguntar se a irmã Mary Angela acharia o cartão engraçado ou ofensivo. Eu seria capaz de apostar que ela ia achar engraçado, e fiz uma nota mental para lhe perguntar um dia desses.

Aphrodite já estava de braço estendido quando voltei ao seu quarto.

– Anda, me deixa dar uma olhada nisso – entreguei-lhe o cartão e ela abriu, do lado do papel com o poema, para comparar a caligrafia.

– Caraca, que esquisito! – Aphrodite disse, balançando a cabeça ao constatar a inegável semelhança entre as caligrafias. – Juro que escrevi este poema não faz nem cinco minutos, mas não tem como negar que a letra é da sua avó, não minha – ela olhou para mim. Seu rosto estava megabranco em comparação com a sinistra cor de sangue dos olhos. – É melhor você ligar para ela.

– É, vou ligar. Mas primeiro quero saber de tudo que você se lembra sobre essa visão.

– Você se incomoda se eu tapar os olhos com a toalhinha enquanto a gente conversa?

– Claro que não, me dá a toalhinha que vou umedecer de novo. Por falar nisso, você devia beber mais água. Você, bem, você não parece legal.

– Não me admiro. Eu não me sinto legal – ela engoliu o resto da água Fiji enquanto eu reumedecia a toalhinha. Depois de dobrar e lhe devolver a toalhinha, Aphrodite a colocou nos olhos e se recostou de novo nos travesseiros enquanto acariciava distraidamente a ronronante Malévola.

– Eu queria saber que droga é essa – ela disse.

– Eu acho que sei.

– Não brinca? Você decifrou o poema?

– Não, não foi isso. Eu quis dizer que acho que isso tem a ver com o mau pressentimento que Stevie Rae e eu andamos sentindo em relação a Neferet. Ela está tramando alguma coisa... algo além da perturbação que ela já causa normalmente. Acho que ela se graduou nesse sei lá o quê que está acontecendo desde que mataram Loren.

– Não me surpreenderia você estar com a razão, mas tenho que dizer que Neferet não estava na minha visão.

– Então me explique.

– Bem, foi uma das visões mais curtas e claras que já tive. Era um lindo dia de verão. Eu vi uma mulher que eu não sei quem é sentada no meio de um campo, aliás, não, era mais um pasto ou algo assim. Tinha um pequeno penhasco não muito longe e dava para ouvir barulho de água corrente; tinha um córrego ou riacho por perto. Enfim, a mulher estava sentada em um enorme edredom branco. Lembro de não achar muito inteligente da parte da mulher usar um edredom branco para estender no chão. Ia ficar todo sujo de grama.

– Não ia, não – respondi quase sem mexer os lábios, voltando a sentir frio e torpor. – Era de algodão e fácil de lavar.

– Então você sabe do que estou falando?

– É o edredom da minha avó.

– Então devia ser sua avó quem estava segurando o poema. Eu não vi o rosto dela. Na verdade, não a vi direito. Ela estava sentada de pernas cruzadas e era como se eu estivesse do seu lado, olhando por sobre seu ombro. Só que, depois que vi o poema, todas as outras coisas saíram da visão e fiquei totalmente concentrada nele.

– Por que você copiou o poema?

Ela deu de ombros.

– Não sei direito. Só tive que copiar, é tudo que sei dizer. Escrevi enquanto ainda estava com a visão. Então, a visão acabou, eu olhei para Darius, disse para ele te chamar e desmaiei.

– Só isso?

– O que mais você queria? Eu copiei a droga do poema inteiro.

– Mas suas visões costumam ser avisos de coisas muito ruins que podem acontecer. Cadê o aviso?

– Não teve aviso. Na verdade, não tive nenhum mau pressentimento. Foi só o poema. O campo em que ela estava era muito lindo, bem no meio da natureza mesmo. Como eu disse, era um lindo dia de verão. Tudo parecia perfeito, até acabar a visão e minha cabeça e meus olhos começarem a doer de um jeito infernal.

– Bem, isso me traz uma sensação ruim que tem a ver com nós duas – respondi, pegando meu celular da bolsa. Olhei que horas eram. Quase três da manhã. Droga! Minha avó devia estar dormindo profundamente. Percebi que ia perder todas as aulas do dia, a não ser pela cena megapública com Erik na aula de teatro. Maravilha. Soltei um suspiro pesado. Eu sabia que minha avó ia entender. Tomara que meus professores também entendessem.

Ela atendeu após o primeiro toque.

– Ah, Zoey Passarinha! Que bom que você ligou.

– Vó, desculpe ligar tão tarde. Eu sei que a senhora estava dormindo e odeio acordá-la.

– Não, *u-we-tsi-a-ge-hu-tsa*, eu não estava dormindo. Acordei de um sonho com você faz algumas horas, e estou rezando desde então.

O jeito que ela usava a palavra *Cherokee* para "filha" me fazia sentir amada e protegida, e de repente a coisa que eu mais queria era que sua fazenda de lavandas não ficasse a uma hora e meia de Tulsa. Eu queria poder vê-la naquele momento, ser abraçada por ela e ouvi-la dizer que tudo ia dar certo, como quando eu era criança e ficava com ela depois que minha mãe se casou com o padrastotário e se transformou em uma megera super-religiosa. Mas eu não era mais criança, e vovó não podia mais me proteger de meus problemas com um abraço. Eu estava me tornando Grande Sacerdotisa, e as pessoas dependiam de mim. Nyx me escolhera e eu tinha que aprender a me proteger.

– Meu bem? O que foi? O que aconteceu?

– Tá tudo bem, vó; eu estou bem – eu a tranquilizei logo, pois detestei sentir o tom preocupado de sua voz. – É só que Aphrodite teve outra visão e tem a ver com a senhora.

– Estou correndo perigo de novo?

Não pude deixar de sorrir. Ela havia soado preocupada e aborrecida ao pensar que algo de ruim pudesse estar acontecendo comigo, mas quando o perigo era só com ela, sua voz soou toda forte e pronta para enfrentar o mundo. Eu realmente amava a minha avó!

– Não, acho que não – respondi.

– Nem eu – Aphrodite acrescentou.

– Aphrodite diz que a senhora não corre perigo. Pelo menos não agora.

– Bem, que bom – vovó disse, soando bastante prática.

– Claro que é bom. Mas, vó, o problema é que não estamos entendendo a visão de Aphrodite desta vez. Geralmente ela tem visões com avisos claros. Dessa vez, ela só viu a senhora segurando um papel com um poema escrito e sentiu vontade de copiá-lo – não disse que ela escreveu com a letra de minha avó. Achei que seria tornar megabizarro o que já era bem bizarro. – E ela copiou, mas ele não faz sentido para nós.

– Bem, quem sabe se você ler o poema para mim, talvez eu o reconheça.

– Foi o que pensei. Bem, lá vai – Aphrodite, de olhos vendados, esticou o braço para me entregar o papel com o poema. Eu o peguei e comecei a ler:

Ancestral adormecido, esperando para despertar
Quando o poder da terra sangra em sagrado vermelho

A marca atinge a verdade; a Rainha Tsi Sgili conceberá
Ele será levado de seu leito de morte

Minha avó me interrompeu.

– A pronúncia é "t-si s-gi-li" – ela disse, enfatizando a última palavra. Sua voz pareceu tensa, e ela estava quase sussurrando.

– A senhora está bem, vó?

– Continue lendo, *u-we-tsi-a-ge-hu-tsa* – ela pediu, soando mais normal. Eu continuei a ler, repetindo a última parte com a pronúncia certa:

A marca atinge a verdade; a Rainha Tsi Sgili conceberá
Ele será levado de seu leito de morte

Pelas mãos dos mortos ele se liberta
Beleza terrível, visão monstruosa
Eles haverão de ser regidos outra vez
As mulheres hão de se curvar à sua misteriosa força

Doce é a canção de Kalona
Enquanto assassinamos com um calor gelado.

Minha avó engasgou e falou com voz chorosa: – Que o Grande Espírito nos proteja!

– Vó! O que foi?

– Primeiro Tsi Sgili, e depois Kalona. Isso é ruim, Zoey. Muito, muito ruim.

O medo em sua voz me deixou totalmente apavorada.

– O que são Tsi Sgili e Kalona? Por que é tão ruim assim?

– Ela conhece o poema? – Aphrodite perguntou, sentando-se e tirando a toalhinha do rosto. Reparei que seus olhos estavam começando a parecer mais normais e seu rosto, retomando a cor.

– Vó, a senhora se importa se eu colocar no viva-voz?

– Claro que não, Zoey Passarinha.

Apertei o botão e fui me sentar na cama ao lado de Aphrodite.

– Bem, estamos no viva-voz agora, vó. Só estamos eu e Aphrodite aqui.

– Senhora Redbird, a senhora reconheceu o poema? – Aphrodite perguntou.

– Meu bem, pode me chamar de vó. Não reconheço o poema, pelo menos nunca o li antes. Mas ouvi falar dele, ou pelo menos ouvi falar do mito que foi passado de geração a geração pelo meu povo.

– Por que a senhora ficou bolada com a parte que falava de Tsi Sgili e Kalona? – perguntei.

– São demônios *Cherokees*. Espíritos sem luz, do pior tipo – minha avó hesitou, pude ouvir que ela estava mexendo em alguma coisa. – Zoey, vou acender um defumador antes de continuarmos falando dessas criaturas. Estou usando sálvia e lavanda. Vou ficar abanando a fumaça com uma pena de pomba enquanto falamos. Zoey Passarinha, sugiro que faça o mesmo.

Senti uma surpresa estranha. Há centenas de anos que os *Cherokees* usam defumação em seus rituais, principalmente para limpeza, purificação e proteção. Minha avó costumava fazer defumações e limpezas com frequência, e eu cresci achando que era só uma forma de homenagear o Grande Espírito e manter limpo o próprio espírito. Mas nunca na vida vi minha avó sentir necessidade de fazer uma defumação só para falar de algo ou de alguém.

– Zoey, você tem de fazer isso agora – vovó disse enfaticamente.

22

Como sempre, se minha avó manda, eu obedeço.

– Tá, vou fazer. Tô indo. Eu tenho um bastão de defumação no meu quarto. Vou correndo pegar – olhei para Aphrodite e ela assentiu, indicando a porta com a mão.

– Quais são as ervas do bastão? – vovó perguntou.

– Sálvia branca e lavanda. Aquela que eu guardo na gaveta das camisetas – respondi.

– Ótimo, ótimo. Assim está bom. Esse bastão é pessoal, é seu, mas sua magia ainda não foi liberada. Ótimo.

Fui e voltei correndo para o quarto de Aphrodite.

– Já providenciei um pote – Aphrodite disse, me passando uma tigela cor de lavanda decorada com uvas tridimensionais e uma vinha enroscada ao redor. Era absolutamente linda e parecia cara e antiga. Ela deu de ombros. – É, é cara.

Revirei os olhos para ela.

– Tá, eu estou com uma tigela, vó.

– Você tem uma pluma? Uma pena de algum pássaro tranquilo, como a pomba, ou um pássaro protetor, como um falcão ou uma águia.

– Ahn, não vó. Eu não tenho pluma nenhuma – olhei para Aphrodite com um olhar de interrogação.

– Também não tenho pluma nenhuma – ela respondeu.

— Não importa, podemos fazer assim mesmo. Está pronta, Zoey Passarinha?

Sacudi o bastão de ervas secas até o fogo apagar e a fumaça começar a sair delicadamente. Então, o depositei na tigela roxa e a coloquei entre nós duas.

— Estou pronta. Está defumando perfeitamente.

— Defume ao seu redor. Meninas, vocês duas precisam se concentrar em proteção e em espíritos positivos. Pensem na sua Deusa e no amor que ela sente por vocês.

Fizemos o que minha avó estava dizendo. Ambas estávamos abanando a fumaça gentilmente ao redor com as mãos enquanto inalávamos vagarosamente.

Malévola espirrou, grunhiu e pulou da cama para desaparecer dentro do banheiro de Aphrodite. Não posso dizer que lamentei sua ausência.

— Agora deixem o pote com o bastão perto de vocês enquanto me escutam com atenção – vovó disse. Eu a ouvi respirar fundo três vezes antes de começar. – Primeiro, vocês devem saber que as Tsi Sgili são bruxas *Cherokees*, mas não se deixem enganar pelo termo "bruxa". Elas não seguem o caminho pacífico e bonito da Wicca. Também não são as Sacerdotisas sábias que servem a Nyx, que vocês conhecem e respeitam. Uma Tsi Sgili leva vida de pária, separada da tribo. Elas são totalmente más. Têm prazer em matar, divertem-se com a morte. Elas ganham poderes mágicos através do medo e da dor de suas vítimas. Alimentam-se da morte. Elas podem torturar e matar com a *ane li sgi*.

— Eu não sei o que isso significa, vó.

— Significa que elas são médiuns poderosas, capazes de matar com a mente.

Aphrodite olhou para mim. Nossos olhos se encontraram, e percebi que ela estava pensando a mesma coisa: Neferet é uma médium poderosa.

— Quem é essa rainha da qual fala o poema? – Aphrodite perguntou.

— Eu não conheço nenhuma Rainha Tsi Sgili. Elas são seres solitários e sem hierarquia. Mas não sou autoridade no assunto.

— Então Kalona é uma das Tsi Sgili? – perguntei.

— Não. Kalona é pior. Muito pior. As Tsi Sgili são más e perigosas, mas são humanas, e dá para lidar com elas como se lida com humanos – vovó fez uma pausa e eu a ouvi respirar fundo mais três vezes. Quando vovó começou a falar de novo, abaixou a voz como se estivesse com medo que a escutassem. Ela não soou exatamente com medo, mas cautelosa. Cautelosa e muito, muito séria. – Kalona era o pai dos *Raven Mockers*,[10] e não era humano. Nós o chamamos e a seus rebentos deformados de demônios, mas essa definição não é precisa. Acho que "anjo" seria a melhor maneira de descrever Kalona.

Fiquei arrepiada quando minha avó disse as palavras *Raven Mockers*. Então, entendi o resto do que ela havia dito e pisquei os olhos, surpresa.

— Um anjo? Como na Bíblia?

— Eles não deveriam ser bons? – Aphrodite perguntou.

— Deveriam ser. Lembre-se de que a tradição cristã diz que o próprio Lúcifer era o anjo mais brilhante e mais bonito, mas ele caiu.

— Isso mesmo. Eu havia me esquecido – Aphrodite disse.

— Então esse Kalona era um anjo que caiu e virou vilão?

— De certa forma. Em tempos antigos, os anjos caminhavam na Terra e se davam com os humanos. Muitos povos têm histórias sobre esse tempo. A Bíblia os chamava de Nephilim. Os gregos e os romanos os chamavam de deuses do Olimpo. Mas fosse qual fosse o nome pelo qual eram chamados, todas as histórias convergem em dois pontos. Primeiro, que eles eram belos e poderosos. Segundo, que se davam bem com os humanos.

— Faz sentido – Aphrodite disse. – Se eles eram tão gostosos, é claro que as mulheres iam querer ficar com eles.

---

10 Corvos zombeteiros. (N.R.)

— Bem, eles eram seres excepcionais. O povo *Cherokee* falava de um anjo mais lindo do que todos os outros. Ele tinha asas da cor da noite e podia mudar de forma e se transformar em uma criatura que parecia um corvo enorme. Primeiro, nosso povo o recebia como um Deus. Cantávamos canções e dançávamos para ele. Nossas colheitas eram fartas. Nossas mulheres eram férteis. Mas, gradualmente, tudo mudou. Não sei direito por quê. As histórias são muito antigas. Muitas se perderam no tempo. Meu palpite é que é difícil ter um Deus vivendo em meio ao povo, por mais lindo que ele seja. A canção da qual me lembro ouvir minha avó cantar dizia que Kalona mudou quando começou a se deitar com as virgens da tribo. A história diz que na primeira vez que ele foi para a cama com uma virgem ficou obcecado. Ele tinha que ter as mulheres, ele as procurava constantemente e também as odiava por causa da luxúria e do desejo que elas lhe despertavam.

Aphrodite resfolegou.

— Aposto que ele estava sentindo o desejo, mas elas não. Ninguém quer ficar com um cara galinha, por mais gostoso que seja.

— Você tem razão, Aphrodite. A canção de minha avó dizia que as virgens viravam a cara para ele, e foi então que ele virou monstro. Ele usava seu poder divino para dominar nossos homens enquanto violava nossas mulheres. E enquanto seu ódio pelas mulheres crescia com uma intensidade que assustava, por causa da obsessão que ele desenvolvera. Uma vez ouvi uma velha sábia dizer que, para Kalona, as mulheres *Cherokees* eram água, ar e comida; eram sua própria vida, apesar de ele odiá-las por precisar delas tão desesperadamente — ela fez outra pausa, e imaginei com facilidade a expressão de desgosto no seu rosto, que transpareceu em sua voz enquanto ela continuava a história.

— As mulheres que ele estuprou engravidaram, mas a maioria deu à luz coisas mortas, irreconhecíveis como crianças de qualquer espécie que fosse. Mas de vez em quando uma das crianças sobrevivia, apesar de estar claro que não eram crianças humanas. As histórias diziam que os filhos de Kalona eram corvos com olhos e membros de homem.

– Eeecaaa, corpo de gralha e pernas e olhos de homem? Que nojento – Aphrodite exclamou.

– Eu tenho escutado corvos, muitos corvos. E acho que um deles tentou me atacar. Eu bati nele, e ele arranhou minha mão – eu disse, sentindo meu corpo todo se arrepiar.

– O quê? Quando? – minha avó perguntou.

– Eu os ouvi esta noite. Achei esquisito eles fazerem tanto barulho. E... então, ontem à noite uma coisa que não consegui ver direito bateu asas ao meu redor como um pássaro invisível do mal. Eu bati nele, corri para dentro da escola e invoquei o fogo para afastar o frio que o bicho trazia.

– E deu certo? O fogo espantou o bicho? – vovó perguntou.

– Espantou, mas desde então venho me sentindo observada.

– *Raven Mockers* – a voz de vovó saiu dura como aço. – Você está lidando com os espíritos dos demônios filhos de Kalona.

– Eu também ouvi – Aphrodite disse, voltando a empalidecer. – Na verdade, estive pensando em como eles têm sido irritantes nas últimas noites.

– Desde que mataram a professora Nolan – completei.

– Acho que foi quando comecei a reparar neles também. *Aimeudeus*, vó! Será que eles têm algo a ver com as mortes da professora Nolan e de Loren?

– Não, acho que não. Os *Raven Mockers* perderam sua forma física. Eles só têm espírito, não podem fazer muita coisa contra ninguém, a não ser aos idosos e pessoas à beira da morte. Ele machucou muito sua mão, meu bem?

Olhei automaticamente para minha mão, que não tinha marca nenhuma.

– Até que não. O arranhão desapareceu faz poucos minutos.

Minha avó hesitou um pouco e disse enfim: – Eu nunca ouvi falar de um *Raven Mocker* ser capaz de realmente ferir uma pessoa jovem e cheia de vida. Eles são dados a travessuras maldosas, são espíritos sem luz que têm prazer em irritar os vivos e atormentá-los quando estão à beira da morte. Não acredito que eles possam causar a morte de um vampiro, mas podem ter sido atraídos à Morada da Noite e ganhado força por causa das mortes dos vampiros. Tome cuidado. São criaturas terríveis e sua presença é sempre sinal de mau agouro.

Enquanto minha avó falava, voltei novamente os olhos para o poema. Fiquei relendo várias vezes a frase *"Pelas mãos dos mortos ele se liberta"*.

– O que aconteceu com Kalona? – perguntei abruptamente.

– Acabou sendo destruído por seu desejo irrestrito pelas mulheres. Os guerreiros das tribos tentaram subjugá-lo por anos a fio. Mas simplesmente não conseguiam. Ele era uma criatura de mito e magia, e só podia ser derrotado através de mito e magia.

– E o que aconteceu? – Aphrodite perguntou.

– As Ghiguas convocaram um Conselho Secreto de Sábias de todas as tribos.

– O que são as Ghiguas? – perguntei.

– É o nome que os *Cherokees* dão às Bem-Amadas da tribo. Elas são Sábias de poder, diplomatas, e costumam ser muito próximas ao Grande Espírito. Toda tribo escolhe uma, e ela serve ao Conselho de Mulheres.

– Basicamente, elas são Grandes Sacerdotisas? – perguntei.

– Sim, essa seria uma boa definição. Então, as Ghiguas reuniram as Sábias para um encontro secreto no único lugar onde Kalona não seria capaz de escutá-las: uma caverna no fundo da terra.

– Por que ele não conseguiria ouvi-las de lá? – Aphrodite perguntou.

– Kalona tinha aversão à terra. Ele era uma criatura dos céus, que é o lugar dele.

– Bem, por que o Grande Espírito ou sei lá quem não o fez voltar para o lugar de onde veio? – perguntei.

– Livre-arbítrio – vovó respondeu. – Kalona era livre para escolher seu caminho, assim como você e Aphrodite são livres para escolherem os seus.

– Às vezes esse negócio de livre-arbítrio é um saco – comentei.

Vovó riu, e aquele som familiar me fez relaxar um pouco por dentro.

– Às vezes é mesmo, *u-we-tsi-a-ge-hu-tsa*. Mas nesse caso foi o livre-arbítrio das mulheres Ghighua que salvou nosso povo.

– O que elas fizeram? – Aphrodite quis saber.

– Usaram a magia das mulheres para criar uma virgem tão linda que seria impossível Kalona resistir.

– Criaram uma garota? A senhora quer dizer que eles fizeram algum tipo de remodelação mágica em alguém?

– Não, *u-we-tsi-a-ge-hu-tsa*, quis dizer que elas criaram uma virgem. As Ghiguas mais hábeis no trabalho com barro fizeram o corpo de uma virgem e pintaram seu rosto com uma beleza incomparável. As melhores tecelãs dentre as Ghiguas de todas as tribos teceram longos e negros cabelos para ela, com madeixas caindo em ondas ao redor da cintura esguia. As melhores costureiras dentre as Ghiguas lhe fizeram um vestido branco como a lua cheia, e todas as mulheres o decoraram com conchas, contas e plumas. As Ghiguas de pés mais ligeiros passaram as mãos nas pernas dela e a dotaram de enorme velocidade. E as Ghiguas conhecidas por serem as mais encantadoras cantoras de todas as tribos sussurraram palavras doces e suaves para ela do modo mais agradável que se podia imaginar. Todas as Ghiguas cortaram a palma da mão e usaram seu próprio sangue para pintar no corpo dela símbolos de poder representando os Sete Sagrados: norte, sul, leste, oeste, acima, abaixo e espírito. Então, deram-se as mãos ao redor da linda imagem de barro e, usando seu poder combinado, sopraram vida dentro dela.

– A senhora está brincando, vó? Quer dizer que elas deram vida a uma boneca? – perguntei.

– É o que diz a história – ela respondeu. – Minha jovem, por que é mais difícil acreditar nisso do que em uma garota que sabe invocar os cinco elementos?

– Hum – resmunguei, sentindo um calor subir no meu rosto com a resposta. – Acho que agora a senhora me pegou.

– Claro que ela te pegou. Agora fique quieta e deixe sua avó terminar o resto da história – Aphrodite me repreendeu.

– Desculpe, vó – murmurei.

– Você deve se lembrar de que magia existe, Zoey Passarinha – minha avó disse. – É perigoso se esquecer disso.

– Eu vou me lembrar – garanti a ela, pensando em como seria irônico eu duvidar do poder da magia.

– Então, continuando – vovó disse, atraindo novamente minha atenção para a história. – As Ghiguas sopraram vida e vontade para dentro da mulher que chamaram de A-ya.

– Ei, eu conheço essa palavra. Quer dizer "eu" – exclamei.

– Muito bem, *u-we-tsi-a-ge-hu-tsa*. Elas a chamaram de A-ya porque nela havia um pouco de cada uma. Ela era, para toda mulher Ghigua, "eu".

– Muito legal mesmo – Aphrodite disse.

– As Ghiguas não contaram a ninguém sobre A-ya. Nem para seus maridos, filhas, filhos nem pais. No amanhecer do dia seguinte, a levaram para a entrada de uma caverna perto do córrego onde Kalona sempre se banhava de manhã, murmurando ao seu ouvido pelo caminho o que queriam que ela fizesse.

E lá estava ela, sentada sob um pequeno raio de sol matinal, escovando o cabelo e cantando uma canção virginal, quando Kalona a viu e, exatamente como as mulheres sabiam que seria, ficou instantaneamente obcecado com a ideia de possuí-la. A-ya fez o que tinha de fazer. Ela saiu correndo de Kalona com sua velocidade mágica. Ele a seguiu. Em seu intenso desejo por ela, mal hesitou em entrar na boca da caverna, dentro da qual ela desapareceu, e não viu as Ghiguas que o seguiram nem ouviu seu canto mágico.

Kalona pegou A-ya nas profundezas das entranhas da terra. Ao invés de gritar e lutar contra ele, a mais linda das virgens o recebeu com braços suaves e corpo convidativo.

Mas, no instante em que ele a penetrou, aquele corpo suave e convidativo se transformou no que já tinha sido antes, ou seja, em terra e espírito de mulher. Seus braços e pernas se transformaram no barro que o segurou, e o espírito dela virou a areia movediça que o aprisionou, enquanto o canto das Ghiguas invocou a Mãe Terra pedindo que ela selasse a caverna, prendendo Kalona no abraço eterno de A-ya. E lá ele continua até hoje, fortemente preso ao centro da Terra.

Pisquei os olhos como se estivesse emergindo depois de longo tempo debaixo d'água, e meus olhos se voltaram para o poema que estava na cama, ao lado do pote de lavanda.

– Mas, e o poema?

– Bem, o enterro de Kalona não foi o fim da história. No momento em que sua tumba foi selada, cada um de seus filhos, os terríveis *Raven Mockers*, começou a cantar uma canção com voz humana, na qual prometiam que Kalona um dia ia voltar e descreviam a horrível vingança que ele cometeria contra os seres humanos, principalmente as mulheres. Hoje, não se sabe mais os detalhes da canção dos *Raven Mockers*. Nem minha avó sabia mais do que uns pequenos trechos da canção que lhe foram repassados por sua avó. Pouca gente queria se lembrar da canção. Eles achavam que dava azar ficar remexendo esses horrores, mas mesmo assim parte da canção foi passada de mãe para filha, e posso dizer que ela falava de Tsi Sgili, da terra sangrando e do ressurgimento da terrível beleza de seu pai – vovó hesitou, enquanto Aphrodite e eu olhamos horrorizadas para o poema. Finalmente, ela disse: – Acho que o poema de sua visão é a canção que os corvos cantavam. E acho que é um aviso de que Kalona está para voltar.

23

– É um aviso – Aphrodite disse solenemente. – Todas as minhas visões são avisos de alguma tragédia que pode acontecer. E essa não é diferente.

– Acho que você tem razão – disse a Aphrodite e à minha avó.

– E as visões de Aphrodite não são avisos que podem evitar que o pior aconteça? – vovó perguntou.

Aphrodite pareceu hesitante, por isso respondi por ela, fazendo minha voz soar muito mais segura do que me sentia realmente.

– São, sim. A visão de Aphrodite salvou a senhora, vó.

– E muitas outras pessoas que também teriam morrido na ponte naquele dia – vovó completou.

– Tudo o que tivemos de fazer foi dar um jeito de evitar que o acidente acontecesse do jeito que ela viu, então temos de fazer o mesmo com esse aviso – eu disse.

– Concordo, Zoey. Aphrodite é um instrumento de Nyx, e a Deusa a está avisando de modo claro.

– Ela também deixou claro que quer que a senhora nos ajude – Aphrodite disse. – Foi a senhora quem eu vi lendo o poema – ela hesitou, olhou para mim e eu assenti, compreendendo o que mais ela queria dizer à minha a avó. – Quando copiei o poema, ele saiu com a sua caligrafia – ouvi minha avó arfar de surpresa.

– Tem certeza disso?

— Tenho — eu respondi. — Eu até peguei uma de suas cartas para comparar. É a sua letra com certeza.

— Então, tenho de concordar que Nyx quer que eu participe disso — vovó respondeu.

— Não é surpresa — rebati. — A senhora é a única Ghigua que conhecemos.

— Ah, meu bem! Eu não sou uma Ghigua. Para ser uma, é preciso ser votada pela tribo inteira e, além disso, há várias gerações não existe uma Ghigua oficial.

— Bem, eu voto na senhora — Aphrodite disse.

— E eu também — repeti. — E aposto que Damien e as gêmeas também. Além do mais, nós meio que formamos uma tribo.

Vovó riu.

— Bem, quem sou eu para discutir a vontade da tribo.

— A senhora devia vir para cá — Aphrodite disse de repente.

Olhei para ela, surpresa, e ela balançou a cabeça lentamente, com uma expressão muito séria. Procurei ouvir minha intuição e senti meu coração bater forte, e entendi que Aphrodite estava certa.

— Ah, Aphrodite, obrigada, mas não. Eu realmente não gosto de sair da minha fazenda de lavandas. Vamos falar por telefone ou por mensagem de texto e dar um jeito.

— Vovó, a senhora confia em mim? — perguntei.

— É claro que confio em você, filha — ela respondeu sem hesitação.

— A senhora precisa vir para cá — eu disse simplesmente.

Ouvi o silêncio, e quase deu para ver minha avó pensando.

— Vou arrumar umas coisinhas para ir — ela finalmente concordou.

— Traga umas plumas dessas — Aphrodite disse. — Aposto que vamos ter de continuar fazendo defumações.

— Vou levar, filha — vovó respondeu.

— Venha agora, vó — odiei a ansiedade que estava sentindo.

— Esta noite, Zoey Passarinha? Não posso esperar o amanhecer daqui a pouco?

– Esta noite – como se pontuando meu pedido, Aphrodite e eu ouvimos o som arrepiante do lamento profundo e sinistro de um corvo. Foi tão alto que eu podia jurar que ele estava na aconchegante sala de estar de vovó. – Vó! A senhora está bem?

– Eles são criaturas espirituais, *u-we-tsi-a-ge-hu-tsa*. Só podem me fazer mal de verdade se eu estiver perto de morrer, e posso lhe garantir que estou bem longe disso – ela disse com firmeza.

Lembrei-me do medo gelado que eles emanavam e da marca que ficou na minha mão, e não me senti cem por cento segura do que ela estava dizendo.

– Anda logo, vó. Eu vou me sentir bem melhor quando a senhora estiver aqui – pedi.

– Eu também – Aphrodite reforçou.

– Estarei aí dentro de duas horas. Eu te amo, Zoey Passarinha.

– Também te amo, vó.

Eu estava me preparando para desligar o telefone quando minha avó acrescentou: – E também amo Aphrodite. Já é a segunda vez que você ajuda a salvar minha vida.

– Tchau. Até daqui a pouco – Aphrodite disse.

Desliguei o telefone e fiquei surpresa ao ver os olhos de Aphrodite, agora quase totalmente azul-claros de novo e repletos de lágrimas, e seu rosto estava vermelho. Ela sentiu que eu estava olhando e deu de ombros, enxugando os olhos e parecendo totalmente sem graça.

– Que é? Eu gosto da sua avó. É algum crime?

– Sabe, estou começando a achar que em alguma parte dentro de você se esconde uma Aphrodite legal.

– Bem, não se anime. Assim que eu encontrá-la, vou afogá-la na banheira.

Eu apenas ri.

– Você não acha que devia se mexer? Você tem muito o que fazer.

– Ahn? – perguntei.

Ela suspirou.

– Você tem que reunir a horda de *nerds*, explicar essa história de poema e sei lá o quê e arrumar um lugar para sua avó ficar, o que significa que você provavelmente terá de fazer algum acordo com Shekinah, pois aposto que você não está a fim de ter um papinho com Neferet, e você ainda tem que instalar a câmera escondida para vigiar o corpo de James Stark no necrotério. Boa sorte com tudo isso.

– Droga, você tem razão. Enquanto estou fazendo isso tudo, o que você vai fazer?

– Vou descansar para renovar as forças e me preparar para empregar os poderes assustadoramente brilhantes do meu cérebro para decifrar o poema.

– Então você vai tirar um cochilo?

– Basicamente. Ei, anime-se! Conseguimos passar o dia inteiro longe da escola – ela disse.

– Você conseguiu passar o dia inteiro fora da escola. Eu consegui comparecer logo à aula que meu ex-namorado está dando, bem a tempo de fazer uma cena realmente desconfortável e uma ligeiramente constrangedora cena de improvisação com ele na frente da turma toda.

– Aaah! Eu quero saber tudo!

– Não se anime – eu disse, olhando para trás ao sair pela porta.

Damien e as gêmeas não foram difíceis de achar. Estavam no salão principal do dormitório, devorando sacos de pretzels e batatas chips assadas. (Eca! Era um saco esse negócio de os *vamps* nos fazerem comer comidas saudáveis.) Ficou óbvio que eles estavam falando de mim quando todo mundo calou a boca ao me ver entrar.

– Ah, meu bem. Acabamos de saber o que houve com Erik na aula de teatro – Damien disse, me dando um tapinha de apoio no braço.

– É, mas não estamos sabendo dos detalhes – Shaunee completou.

– Claro que queremos saber detalhes direto da fonte – Erin veio em reforço.

– E você é a fonte – Shaunee terminou.

Eu suspirei.

– Nós fizemos uma improvisação. Ele me beijou. A turma pirou. Todo mundo saiu quando o sinal tocou. Eu fiquei. Ele me ignorou. Ponto final.

– Ah, não. Não me diga que são só esses detalhes que você tem para dizer – Erin disse.

– É, Becca nos contou detalhes mais suculentos. Sabe, gêmea, eu acho que essa garota tem uma queda pelo nosso Erik – Shaunee comentou.

– Fala, gêmea. Devemos arrancar os olhos dela em nome de Z.? – Erin perguntou.

– Faz séculos que não arranco uns olhinhos.

– Você duas são tão banais – Damien disse. – Erik e Zoey romperam, esqueceram-se?

– É? E seu vocabulário é um "pé no saco" – Erin disse.

– Isso aí – Shaunee a apoiou.

– Droga do inferno! Dá para vocês pararem de tagarelar? Tem coisas muito mais importantes acontecendo, coisas que tornam minha patética vida amorosa ainda mais ridícula do que já é. Agora vou pegar um refrigerante de cola e tentar achar alguma batata frita na cozinha. Enquanto isso, vão lá para cima e me encontrem no quarto de Aphrodite. Temos um treco para resolver.

– Treco? – Damien perguntou. – Que tipo de treco?

– O de sempre, do tipo apavorante, questão de vida ou morte, papo de fim de mundo, nada com que já não estejamos acostumados – respondi.

Damien e as gêmeas olharam para mim com caras confusas por uns instantes, e depois os três murmuraram: – Tá, beleza. Estamos dentro.

– Ah, Damien – eu o chamei. – Chame Jack. Ele também faz parte disso.

Damien pareceu surpreso, depois feliz e depois um pouquinho triste.

– Z., tem problema se ele levar Duquesa? Ela não sai de perto dele.

– Tá, ela pode ir. Mas avise que Aphrodite arrumou uma gata que é uma versão peluda e bizarra dela.

– Ah, eeecaaa – as gêmeas disseram.

Balançando a cabeça, fui para dentro da cozinha, determinada a não deixar que nenhum deles me desse outra dor de cabeça.

– *Aimeudeus*, estou tonto! – Jack se abanou, parecendo bastante pálido, e ficou olhando para a cortina pesadamente cerrada. Duquesa, que ocupava boa parte do quarto de Aphrodite e estava bem no meio de todos nós e da gata irritadiça, recostou-se em Jack e choramingou. Jack fora o primeiro a falar após o longo silêncio que se seguiu depois que Aphrodite e eu contamos sobre a visão, sobre o poema e a história de minha avó sobre Tsi Sgili, *Raven Mockers* e Kalona.

– Olha, essa é a história mais sinistra que ouço em séculos – Shaunee falou, praticamente sem fôlego. – Eu juro que é mais sinistra que toda a série *Jogos Mortais* junta.

– *Aimeudeus*, gêmea. Jogos Mortais 4 me deixou mortinha de medo – Erin disse. – Mas você tem razão. Essa história de Kalona é pior ainda. E acho que foi boa ideia trazer sua avó para cá, Z.

– Digo o mesmo, gêmea – Shaunee entrou na conversa.

– Ah, Z.! – Jack lamentou, acariciando as orelhas de Duquesa freneticamente. – Sinto arrepios só de pensar nesses corvos nojentos grasnando para sua doce avó, sentada em sua casinha na fazenda de lavandas lá no meio do mato.

– Legal – Aphrodite interveio. – Como se Zoey ainda não estivesse bastante surtada, vocês resolvem meter o dedo na ferida.

– Ah, nossa mãe! Sinto muito, Zoey! – Jack se arrependeu imediatamente, agarrou Damien com uma das mãos e com a outra continuou a acariciar Duquesa. Ele parecia a ponto de chorar.

Pensei que as gêmeas fossem fazer caras e bocas para Aphrodite como sempre, mas apenas trocaram um olhar e se voltaram para mim.

– Desculpe, Z. – Erin disse.

– É, a bruxa, quer dizer, Aphrodite, tem razão. Nós não devíamos ter surtado por causa de sua avó – Shaunee completou.

– Droga. As gêmeas *nerds* acabaram de dizer que eu tinha razão em alguma coisa? – Aphrodite apertou as costas da mão na testa e fingiu que ia desmaiar.

– Se é para você se sentir melhor – Shaunee disse.

– Fique sabendo que ainda detestamos você – Erin terminou.

– Ahn, dá para fazer o favor de lembrar que Duquesa teve que suportar coisas demais nos últimos dias? – agachei-me na frente da enorme labradora loura e segurei seu rosto com as mãos. Seus olhos estavam calmos e cientes, como se já entendesse mais do que nós viríamos a entender. – Você é uma garota melhor que todas nós, não é?

Duquesa lambeu meu rosto e eu sorri. Ela me lembrava Stark – o Stark vivo, que respirava, o Stark confiante –, e senti uma onda de esperança de que talvez ele pudesse voltar para sua cachorra (e para mim). Apesar de que isso só iria fazer aumentar a complexidade da minha vida, também me fazia sentir que talvez as coisas não fossem tão pavorosas quanto eu achava que fossem. Então, Damien despedaçou minha ilusão.

– Deixe-me ver o poema – típico do Senhor Estudioso, ele foi direto ao ponto, pulando boa parte do drama.

Sentindo-me totalmente aliviada por haver outro cérebro tentando decifrar o poema, levantei-me e entreguei a ele o papel com o texto.

– Primeiro de tudo, chamar isto de poema é realmente impróprio – Damien disse.

– Minha avó disse que é uma canção – observei.

– Também não é bem isso. Pelo menos, não na minha opinião.

Eu tinha enorme respeito pela opinião de Damien, especialmente em qualquer coisa que fosse vagamente acadêmica, então perguntei: – Se não é um poema nem uma canção, então o que é isso?

– É uma profecia – ele respondeu.

– Ora, merda! Ele tem razão – Aphrodite exclamou.

– Infelizmente, tenho de concordar – Shaunee disse.

– O poeta da desgraça se expressando numa porra de linguagem esquisita. É, pode crer que é uma profecia – Erin completou.

– Profecia, tipo o *Senhor dos Anéis* sobre o retorno do rei? – Jack perguntou.

Damien sorriu para ele.

– Sim, tipo assim.

Então todos olharam para mim.

– Acho que é por aí – falei, na falta de coisa melhor.

– Tudo bem. Vamos decifrar – Damien estudou a profecia. – Bem, então... Ela foi escrita em sistema de rimas alternadas abab cdcd ee, quebrando em três estrofes.

– Isso é importante? – perguntei. – Quero dizer, agora que estamos chamando de profecia ao invés de poema, faz diferença esse papo de abab?

– Bem, não estou cem por cento certo, mas, como foi escrito em forma poética, então acho que devemos usar as regras da poesia para decifrar.

– Tá, parece lógico – concordei.

– Estrofes de poesia são, grosso modo, equivalentes aos parágrafos da prosa, cada um contendo um assunto próprio, mesmo que precise do todo para fazer sentido.

– Meu garoto! – Jack disse, sorrindo e abraçando Duquesa.

– Cara, esse garoto é esperto – Shaunee falou.

– Um verdadeiro crânio – Erin concordou.

– Fico com dor de cabeça só de observar – Aphrodite bufou.

– E isso significa que precisamos primeiro analisar as estrofes separadamente – eu disse. – Certo?

– Não custa nada – Damien respondeu.

– Leia em voz alta – Aphrodite pediu. – Foi mais fácil de entender quando Zoey leu em voz alta.

Ele limpou a garganta e leu o primeiro verso com sua excelente voz.

Ancestral adormecido, esperando para despertar
Quando o poder da terra sangra em sagrado vermelho
A marca atinge a verdade; a Rainha Tsi Sgili conceberá
Ele será levado de seu leito de morte

– Bem, é evidente que é Kalona o ancestral a quem se refere o poema – Damien disse.

– E Aphrodite e eu já concluímos que a terra sangrando seria o resultado do assassinato de alguém, como aconteceu com a professora Nolan – fiz uma pausa e engoli em seco. Eu devia ter citado Loren, mas não conseguia dizer seu nome.

– Quando eu a encontrei, havia... havia tanto sangue espalhado pela grama que... realmente parecia que a terra estava sangrando – a voz de Aphrodite tremeu ao relembrar a cena.

– É, com certeza dava para dizer que a terra estava sangrando – concordei. – E se o humano ou *vamp* que tiver sido assassinado for poderoso, ou poderosa, a referência ao poder faz sentido.

– É, encaixa, principalmente depois das duas linhas seguintes. É evidente que essa Rainha Tsi Sgili concebeu tudo – Damien parou e coçou a testa, e então acrescentou: – Sabe, pode ser uma referência capciosa. Tsi Sgili concebe, ou faz acontecer, mas é seu poderoso sangue que faz a terra sangrar e o leva de seu leito.

– Uh, nojento – Shaunee disse.

– E quem é a Rainha das Tsi Sgili? – Erin perguntou.

– Não sabemos com certeza. Vovó não faz ideia. Na verdade, ela não sabe muito sobre as Tsi Sgili, a não ser que são perigosas e se alimentam da morte – respondi.

– Tudo bem, então precisamos manter nossos olhos abertos para uma possível rainha – Damien disse.

— Mesmo sem fazer ideia de quem ela ou ele seja? — Shaunee perguntou.

— Nós fazemos ideia — Erin disse. — A avó de Zoey disse que as Tsi Sgili se alimentam da morte, de modo que tem de ser alguém que ganhe força com a morte de alguém.

— A avó de Zoey também disse que as Tsi Sgili costumam ter algo chamado... ahn... *ane li*... O que era isso, Zoey? — Aphrodite perguntou.

— *Ane li sgi* — eu a corrigi. — Quer dizer que são médiuns poderosas — respirei fundo e me adiantei: — Acho que todos nós conhecemos uma *vamp* que se encaixa na descrição.

— Neferet — Damien sussurrou.

— Tá, nós sabemos que ela não é o que parece — Erin disse.

— Mas será que isso quer dizer que ela é tão má quanto uma Tsi Sgili parece ser? — Shaunee perguntou.

Aphrodite e eu nos entreolhamos. Eu decidi e assenti.

— Ela escolheu um caminho diferente do de Nyx — Aphrodite respondeu.

As gêmeas engasgaram. Jack abraçou Duquesa, e eu podia jurar que ele deu uma choramingada como se fosse um cachorro.

— Tem certeza? — Damien perguntou com uma voz ligeiramente trêmula.

— Tenho. Nós temos certeza — confirmei.

— Então, é provável que seja Neferet a rainha à qual se refere a profecia.

Senti meu estômago revirar à medida que as peças do quebra-cabeça começavam a se encaixar.

— Neferet está diferente desde que Loren e a professora Nolan morreram.

— Ah, Deusa! Está querendo dizer que ela teve algo a ver com aquelas mortes horríveis? — Jack engasgou.

— Não sei se ela estava envolvida com as mortes ou apenas se alimentou delas — respondi. E me lembrei da cena que vi entre Loren e Neferet pouco antes de ele ser assassinado. Eles eram amantes, isso ficou claro. E ele a amava, mas ela o usou para me atingir, usou o próprio amante para me seduzir e me Carimbar. Como ela podia amá-lo de verdade e mandá-lo fazer isso?

E se seu conceito de amor fosse tão distorcido quanto ela própria se tornara? Será que isso queria dizer que ela era capaz de matar aqueles a quem dizia amar?

– Mas todos nós achamos que o Povo de Fé tinha algo a ver com as mortes – Shaunee estava dizendo.

– Talvez fosse isso mesmo que a Rainha Tsi Sgili quisesse que pensássemos – Damien disse, evitando tocar no nome de Neferet, o que achei inteligente.

– Você tem razão. Primeiro esses assassinatos, depois Aphrodite tem duas visões pesadas comigo, uma depois da outra, nas quais me matavam, e Neferet estava com certeza envolvida em pelo menos uma delas, e depois vem outra visão e essa profecia aparece? É coincidência demais. Talvez a coisa tenha sido feita de modo a parecer crime de intolerância religiosa – eu disse, pensando em como aquelas freiras megafofas que eu havia conhecido haviam me dito que passasse a pensar duas vezes antes de acreditar que todos os cristãos eram babacas bitolados e prontos para perseguir quem pensasse diferente.

– Quando na verdade foi um crime de poder – Aphrodite completou. – Porque Neferet quer que Kalona se levante.

– Ahn... Por enquanto vamos chamá-la só de rainha, tá? – pedi rapidamente.

Todo mundo assentiu, e Aphrodite deu de ombros.

– Por mim tudo bem.

– Espera, a profecia pode significar que a morte da rainha torna possível a ascensão de Kalona. Digamos apenas que talvez a gente conheça essa rainha e que, se ela for quem pensamos, não consigo imaginá-la de forma alguma se sacrificando para outro assumir o poder – Damien se lembrou.

– Talvez ela só saiba de uma parte da profecia. Tipo, minha avó disse que ninguém chegou a escrever a canção dos *Raven Mockers*, que ela só era lembrada em pequenos trechos, ou seja, ela se perdeu faz zilhões de anos.

– Essa não – Aphrodite disse.

Todos olhamos para ela.

– O que foi? – perguntei.

– Bom, posso estar errada, mas, e se Kalona já estiver perto de sair de seu túmulo ou sei lá o quê? Ele está lá faz muito tempo. E se a terra que o conteve esse tempo todo estiver perdendo força? Ele é imortal. Talvez ele possa alcançar o cérebro das pessoas de onde está. Nyx pode fazer isso. Ela pode sussurrar coisas para nós. E se ele também puder?

– Sussurrar! Foi o que Nyx disse, que Neferet estava ouvindo os sussurros de outro alguém – estremeci ao imaginar, e meus instintos me disseram que estávamos no caminho certo para desvendar o mistério.

– Faz sentido que as pessoas mais ao alcance dele sejam pessoas abertas à morte e ao mal – Damien disse.

– Como as Tsi Sgili – Erin continuou.

– Especialmente sua rainha – Shaunee completou.

– Ai, droga – finalizei.

24

– Bem, vamos à próxima estrofe – Damien disse. E leu:

Pelas mãos dos mortos ele se liberta
Beleza terrível, visão monstruosa
Eles haverão de ser regidos outra vez
As mulheres hão de se curvar à sua misteriosa força

– Então, é claro, o dístico conclui tudo – Damien terminou de ler:

Doce é a canção de Kalona
Enquanto assassinamos com um calor gelado

– Infelizmente, não é difícil concluir o resto – Erin disse.
Todos olhamos para ela, boquiabertos.
– Tá, reconheço, por falta de alternativa, que cheguei a aprender alguma coisa na aula de poesia no semestre passado. Podem me processar. Enfim, a não ser pela primeira linha, só está dizendo que ele vai começar a estuprar e abusar das mulheres de novo quando estiver livre.
– Mas é na primeira linha que se descreve como ele vai se libertar – Damien disse. – Pelas mãos dos mortos. E, se mantivermos em mente a primeira estrofe, essas mãos vão causar algo tão sanguinolento e pavoroso que vai fazer o chão sangrar.

– É, e na primeira estrofe parece que a pessoa que vai fazer o chão sangrar é a Rainha Tsi Sgili. Se ela for quem nós estamos pensando, a coisa não vai se encaixar aqui. Ela não está morta – observei.

– Não pode ser só simbolismo? Como algo que já está morto pode causar sangramento em algo ou alguém? Simplesmente não faz sentido, o que é mais uma razão pela qual nunca gostei de poesia – Aphrodite protestou. – Além do mais, digamos que esteja tudo misturado em uma só pessoa, e essa Tsi Sgili esteja morta e sangre. Os mortos não sangram. Pelo menos não por muito tempo depois de mortos.

– Oh! Ah, não! – de repente entendi o que a profecia queria dizer, e me sentei na beira da cama com os joelhos tremendo.

– Zoey? O que é isso? – Damien perguntou, me abanando com o papel.

– Se você vomitar na minha cama, eu te mato – Aphrodite disse.

Ignorei Aphrodite e agarrei o braço de Damien.

– É Stevie Rae... ela estava morta e agora virou uma morta-viva. Ela sangra. Ela sangra muito. Além disso, ela tem poderes mediúnicos, além dos grandes poderes ligados à terra. E se for ela a rainha?

– E ela tem tatuagens vermelhas. Que nem a história da gostosona que as Ghiguas fizeram para Kalona – Erin se lembrou.

– Isso é com certeza uma conexão – Shaunee concordou.

– Stevie Rae! *Aimeudeus*! Stevie Rae! – Jack disse, ficando ainda mais pálido do que eu.

– Eu sei, meu bem, eu sei. É muita coisa de uma vez só – Damien disse.

Aphrodite me olhou nos olhos.

– Eu tenho que concordar com a teoria de que deve ser Stevie Rae.

– Mas eu acho que não. Stevie Rae estava mesmo horrenda quando perdeu sua humanidade – Damien disse lentamente, pensando melhor. – Mas ela se Transformou e agora voltou a ser a mesma de antes. Eu não acho que ela possa ser a Rainha Tsi Sgili, porque Stevie Rae com certeza não é má.

Aphrodite me lançou um olhar duro e disse: – Escuta, Stevie Rae não é a mesma de antes.

– Lógico, depois de tudo que ela passou – eu disse rapidamente. Eu não queria, de jeito nenhum, acreditar que Stevie Rae era má. Diferente, sim. Mas má, de jeito nenhum. Então, pensei outra coisa. – Sabe, isso realmente faz mais sentido do que uma daquelas garotas nojentas ser a Tsi Sgili. Tipo, você até disse que eles ainda... – parei, finalmente entendendo que Aphrodite estava fazendo um sinal de "corta!" enquanto Damien e as gêmeas me olhavam boquiabertos.

– Ahn, pois é. Está se lembrando de que nem todos sabem dos outros garotos? – Aphrodite perguntou e revirou os olhos ao ver as caras de perplexidade dos meus amigos. – Bem, ooops. Ei, vou deixar Zoey resolver essa. Pode explicar aos *nerds* quem são os anormais, Z.

Ah, droga. Eu me esqueci que eles não sabiam dos novatos vermelhos.

Resolvi ser firme. Contar a eles toda a verdade, nada além da verdade, e acabar logo com isso. E, se tudo desse errado, eu ia abrir o berreiro.

– Bem. Vocês se lembram de todos aqueles garotos que morreram?

Eles assentiram, meio com caras de bobos.

– Elliot Nojento e Elizabeth Sem Sobrenome e, bem, alguns outros garotos também?

Eles assentiram de novo.

– Eles não morreram. Aconteceu com eles o mesmo que aconteceu com Stevie Rae, só que... diferente. É bem complicado de explicar – hesitei, tentando encontrar os termos certos. – Mas basicamente eles ainda estão vivos, e suas luas crescentes azuis viraram vermelhas e eles moram nos túneis com Stevie Rae.

Por estranho que pareça, foi o doce Jack quem me salvou.

– Quer dizer então que essa é outra coisa que você não podia contar para nós porque não queria que pensássemos acidentalmente no assunto e corrêssemos o risco de Neferet, que na verdade não é do bem, lesse nossas mentes e descobrisse que você já sabe da existência dos vermelhos?

— Jack, vou te dar um beijo — eu disse.

— Ah, hihihi! — Jack riu, esfregando as orelhas de Duquesa. Então, olhei para meus outros amigos. Será que as gêmeas e Damien iam descontar outro monte de mentiras com tanta facilidade? Vi os três trocarem um longo olhar.

Damien falou primeiro: — Neferet está por trás desses garotos mortos-vivos, não é?

Hesitei de novo, querendo poupá-los da verdade o máximo possível.

— Sim — Aphrodite me tomou essa opção. — Neferet está com certeza por trás deles. É por isso que Zoey não queria contar a vocês dos outros garotos. Neferet é perigosa, e Zoey queria proteger vocês do perigo — ela fez uma pausa e olhou para mim. — Mas é tarde demais agora. Eles têm de saber.

— É — respondi lentamente. — Vocês todos têm que saber.

— Ótimo — Damien disse de modo decidido. Ele segurou a mão de Jack que não estava acariciando Duquesa. — Está na hora de sabermos de tudo. Estamos prontos e não estamos com medo.

— Pelo menos não muito — Jack falou.

— É, você sabe como somos loucas por uma boa fofoca — Erin disse.

— E essa é fofoca das boas — Shaunee completou.

— Gêmeas debiloides, vocês não podem contar a ninguém essa fofoca — Aphrodite as repreendeu, nitidamente revoltada.

— Ah, por favor, nós sabemos disso — Shaunee respondeu.

— É, agora não podemos, mas, no futuro, isso vai ser fofoca suculenta — Erin continuou.

— Muito bem — Damien interrompeu. — Diga, Zoey.

Respirei fundo e contei tudo a eles. Contei tudo sobre a primeira vez em que pensei ter visto "fantasmas" daquele nojento do Elliot e da Elizabeth Sem Sobrenome (que tive de matar para valer queimando com fogo para conseguir tirar Heath dos túneis), quando na verdade eles tinham virado mortos-vivos. Contei sobre os túneis e sobre o que aconteceu quando salvei Heath. Contei sobre Stevie Rae, contei *tudo* sobre ela. Eu até contei sobre Stark talvez voltar como morto-vivo.

Ao terminar, me deparei com o longo silêncio de perplexidade dos meus amigos.

– Uau – Jack disse. Ele olhou para Aphrodite. – Então você era a única para quem ela podia contar tudo isso porque por alguma razão os *vamps* não conseguem ler sua mente?

– É – ela respondeu. Vi que Aphrodite se recompôs e fez aquela cara soberba que significava que estava se preparando para eles se voltarem contra ela, dizendo que agora que eles sabiam de tudo, ela não era mais necessária.

– Deve ter sido difícil, principalmente quando a gente estava pegando tão pesado com você – Jack disse.

Aphrodite piscou, surpresa.

– É – Damien falou. – Desculpe pelas coisas que eu disse. Você estava sendo amiga de Zoey, mesmo quando nós não estávamos.

– Eu digo o mesmo – Shaunee disse.

– Infelizmente, também tenho que dizer o mesmo – Erin concordou.

Aphrodite estava com uma cara de total perplexidade. Sorri e dei uma piscadinha discreta para ela. Não falei em voz alta, mas pelo jeito ela ia passar a fazer parte da horda de *nerds*.

– Então, agora que vocês sabem de tudo, temos muito o que fazer – eu disse. Estavam todos prestando atenção em mim. – Como Stevie Rae disse, temos que dar um jeito para que, se Stark acordar, não esteja com Neferet ao lado esperando para fazer dele seu servo.

– Ugh – Shaunee exclamou.

– É muito nojento, porque ele era tão bonito – Erin disse.

– Ele talvez ainda seja – Jack disse. E então se engasgou e cobriu as orelhas de Duquesa. – E, se vocês vão falar dele, acho melhor o chamarmos de J.S. ou soletrar seu nome. Sabe, por respeito a Duquesa.

Olhei nos olhos castanhos de Duquesa. Por um momento, fui aprisionada por aqueles olhos, e podia jurar que enxerguei neles uma perda e uma doçura profunda e sem limite.

— Tá, vamos usar apenas as iniciais — concordei, aliviada em pensar que talvez, se usasse apenas as iniciais de Stark, não ia achar que era dele mesmo que estávamos falando, e assim não ia me lembrar de como nos ligamos um ao outro logo antes de ele morrer.

— Então, ao invés de tentar raptar, ahn, o corpo de J.S. e esconder no armário de Z. ou sei lá onde, eu, é claro, tive uma ideia bem melhor — Aphrodite fez uma pausa para ter certeza de que tinha a atenção de todo mundo. — Arrumei uma câmera escondida para vigiar o corpo de Stark.

— Ah, legal! — Jack disse. — Eu vi uma dessas no *Dr. Phil*[11] outro dia. Deus, foi horrível. Colocaram uma câmera escondida para vigiar uma babá horrenda e, digamos, gorda e mal vestida, que acabou sendo flagrada dando porrada na coitada da criança.

— Então você conhece esse tipo de câmera? — Aphrodite perguntou.

— Conheço — ele respondeu.

— Ótimo. Você precisa entrar escondido no necrotério, instalar a câmera e trazer o monitor remoto para Zoey. Acha que pode fazer isso? — Aphrodite perguntou.

Jack empalideceu.

— No necrotério? Tipo onde eles deixam os corpos mortos?

— Não pense assim — eu disse rapidamente. — J.S. pode estar só dormindo, só que sem respirar.

— Ah — Jack respondeu, parecendo nada convencido.

— Dá para você fazer isso? — perguntei, inacreditavelmente aliviada, pois não entendia nada de eletrônica e não poderia fazer essa parte.

— Sim. Posso. Juro — Jack disse de modo decidido, passando o braço ao redor do pescoço de Duquesa.

---

11 Programa de televisão de um famoso psicológo norte-americano. (N.R.)

– Ótimo, então esse problema está encaminhado – pelo menos até ele acordar, se ele acordar. Mas eu estava torcendo para ter uns dois dias para lidar com todas as ramificações da questão. Na verdade, era duro, para mim, simplesmente pensar em Stark, então mudei logo de assunto. – Precisamos voltar à profecia. Estou realmente preocupada se aquela linha que diz "pelas mãos dos mortos" não está falando de Stevie Rae.

– Eu ainda não acho que Stevie Rae fosse se envolver com essa história de despertar esse anjo caído – Damien disse.

– Mas existem outros vampiros desse tipo diferente, certo? – Jack perguntou.

– Bem, não exatamente *vamps* – expliquei. – Stevie Rae é a única que completou a Transformação. Mas existe uma quantidade razoável de novatos.

– Faz mais sentido que seja um deles – Damien falou.

– É, Stevie Rae não ia se misturar com gente do mal – Erin afirmou.

– Não, de jeito nenhum – Shaunee concordou.

Aphrodite apenas olhou para mim. Ela e eu não dissemos nada.

– Mas Zoey disse que os outros garotos são, bem, asquerosos – Jack lembrou.

– E são – Aphrodite confirmou. – São tipo... – ela fez uma pausa e seus olhos se acenderam – tipo uns trabalhadores braçais. Eeecaaa.

– Aphrodite, não há nada de errado com trabalhadores braçais – eu a repreendi, completamente exasperada.

– Ahn? Eu ouço suas palavras, mas elas não fazem sentido para mim.

Revirei os olhos.

– Tá, a verdade é que os novatos vermelhos podem ser nojentos só no mundo esquisito de Aphrodite. Não vejo nenhum deles desde que Stevie Rae se Transformou, e ela me disse que eles estão sob controle e retomaram sua humanidade, de modo que vou me abster de julgar.

– Bem, sejam eles asquerosos mesmo ou apenas alvo de preconceito de classe por parte da *Gossip Girl* aqui, eu acho que precisamos ficar de olho neles – Damien disse. – Precisamos saber o que eles estão fazendo. Com quem estão falando. O que estão pensando. Se soubermos de tudo isso, também saberemos se esse demônio está tentando entrar em contato com um deles para usá-los para suas intenções nefandas.

– Nef o quê? – Shaunee perguntou.

– Fanda quem? – Erin completou.

– Quer dizer "extremamente perversa" – Jack sussurrou para as gêmeas.

– Bem, então que bom que Stevie Rae e seus novatos vermelhos vêm ao ritual amanhã – anunciei.

Meus amigos ficaram olhando para mim, boquiabertos.

Eu olhei para Aphrodite. Ela suspirou.

– Eu não tenho mais afinidade com a terra – ela admitiu. Então, esfregou a testa com as costas da mão e apagou o falso crescente cor de safira que havia desenhado. – Não sou mais novata. Eu sou humana de novo.

– Bem, ela não é exatamente uma humana normal – acrescentei. – Ela ainda tem visões, como fica evidente pela profecia que acabou de nos transmitir. Ela ainda é muito importante para Nyx – sorri para Aphrodite. – Eu ouvi a Deusa dizer isso.

– Isso é muita doideira! – Jack exclamou.

– Então, assim como Stevie Rae e os novatos vermelhos, Aphrodite é algo que nunca se viu antes – Damien disse ponderadamente.

– Parece que sim – respondi.

– As coisas estão mudando – Damien disse lentamente. – A ordem do mundo está se transformando em algo novo.

Senti um calafrio.

– E isso é bom ou ruim?

– Acho que ainda não dá para sabermos – ele respondeu. – Mas acho que vamos saber muito em breve.

— Dá medo – Jack disse.

Eu olhei para meus amigos. Todos pareciam estar com medo e inseguros, e eu sabia que não podia ser assim. Tínhamos de estar seguros. Tínhamos de nos unir e acreditar uns nos outros.

— Eu não tenho medo – quando comecei a falar era mentira da grossa. Mas, quanto mais repetia, mais começava a acreditar. – As mudanças podem ser bizarras, mas é através delas que nós crescemos. Ei, se não fosse por essa mudança, Stevie Rae estaria morta. Eu me lembro de quando comecei a me sentir sobrecarregada por tudo isso. Além do mais – olhei para cada um deles –, nós temos uns aos outros. E a mudança não é tão ruim quando não se está sozinho.

Seus rostos começaram a demonstrar confiança, o que me fez pensar que um dia, quem sabe, eu me tornasse uma Grande Sacerdotisa razoavelmente aceitável.

— E qual é o plano? – Damien perguntou.

— Bem, você e Jack têm que instalar a câmera no necrotério. Acha que dá para fazerem isso sem serem flagrados? – perguntei.

— Eu acho que a gente dá um jeito de desviar a atenção – Jack disse lentamente, olhando de Duquesa para Malévola, que havia passado toda a "reunião" no banheiro, rosnando ameaçadoramente para a cadela. – Se pudermos contar com a ajuda de Aphrodite.

— Tudo bem. Mas, se minha gata comer essa cachorra, não quero nem saber, mesmo se S-t-a-r-k acordar e ficar com raiva ao ver o focinho de sua labradora todo arrebentado.

— Ahn, tente fazer com que seja apenas uma forma de desviar a atenção, e não um banho de sangue – pedi.

— Combinado – Damien e Jack disseram juntos.

— Vou falar com Shekinah e dizer que minha avó vem me visitar e que preciso que ela fique no quarto de hóspedes – avisei.

— E vamos ficar bem longe de Neferet – Erin disse.

— Digo o mesmo – Shaunee concordou. – E isso deve valer para todos nós, exceto Z. e Aphrodite.

Eu estava abrindo a boca para concordar com ela quando Aphrodite berrou: – Não! – deixando todos nós chocados.

– Como assim, não? Temos que ficar longe de Neferet. Se ela começar a ouvir nossas mentes, ela vai saber que já sabemos sobre Stevie Rae e os outros garotos. E, se ela for realmente a Rainha das Tsi Sgili, vai ser avisada de que sabemos dela, dos *Raven Mockers* e até de Kalona – Damien disse, soando totalmente exasperado.

– Espere aí. Diz por que você acha que não devemos evitar Neferet – pedi a Aphrodite.

– Simples. Se a horda de *nerds* começar a evitá-la, aí é que Neferet vai prestar atenção aos pensamentos deles. Ela vai ler a mente de todos com a máxima atenção. Mas, se Damien, Jack e as gêmeas debiloides agirem normalmente? E se eles não só não a evitassem, mas até a procurassem como quem não quer nada, fizessem perguntas sobre dever de casa e reclamassem da comida saudável da Morada?

– Isso realmente não seria difícil de fazer – Jack disse.

– Exatamente, e enquanto estiverem perto de Neferet, digamos que Jack fique pensando só no estresse de ter de lidar com a tristeza da cachorra o tempo todo. E Damien no dever de casa e nos lindos olhos de Jack. E as gêmeas em dar uma escapada para aproveitar a liquidação de fim de inverno na Saks, que, aliás, é na semana que vem.

– Nada disso! Já começou! – Shaunee corrigiu Aphrodite.

– Eu sabia. Eu sabia que este ano começava mais cedo. Depois daquela droga de nevasca, eles tiveram de aumentar as vendas e a programação normal foi por água abaixo – Erin lamentou.

– Trágico, gêmea, simplesmente trágico – Shaunee disse.

– Viu, se os *nerds* e as debiloides continuarem sendo os cabeças-ocas que Neferet no fundo acha que são, ela nem vai prestar muita atenção neles – Aphrodite disse.

– Você acha mesmo que Neferet nos acha cabeças-ocas? – Damien perguntou.

– Neferet sempre me subestimou. Faz sentido que ela os subestime também – eu falei.

– Se isso for verdade, temos um grande trunfo – Damien afirmou.

– Até ela se dar conta de seu erro – Aphrodite disse.

– Bem, vamos torcer para que isso demore um pouquinho – eu disse. – Bem, vou procurar Shekinah. Daqui por diante, acho que devemos nos unir ao máximo. Eu sei que minha avó disse que os *Raven Mockers* são apenas espíritos, mas tenho quase cem por cento de certeza que um deles me atacou ontem, e doeu. Além do mais, eles me causam uma sensação ruim. Ela também disse que eles podiam fazer mal a idosos à beira da morte. Bem, e se Kalona está ficando mais confiante e eles também? E se eles puderem ferir pessoas nem tão velhas ou nem tão próximas da morte?

– Você está me deixando apavorado – Jack disse.

– Ótimo – respondi. – Se você tiver medo, vai ser mais cuidadoso.

– Eu não quero ir ao necrotério sentindo medo – Jack rebateu.

– Lembre-se de que ele deve estar só dormindo – Damien disse, levando o braço ao ombro de Jack. – Vamos levar Duquesa de volta para o meu quarto e pensar em um plano para agirmos despercebidos – ele olhou para Aphrodite. – Você vem com a gente, não vem?

Ela suspirou.

– Você vai usar minha gata.

Não foi uma pergunta, mas os dois garotos assentiram e sorriram.

– Bem, então eu vou com você. Vamos deixar Malévola aqui até a hora de agir.

– Com certeza – Damien concordou.

Eu olhei para as gêmeas.

– Nem preciso dizer para vocês ficarem sempre juntas, não é?

– Não – Erin respondeu.

– Ei, que tal se juntássemos mais ervas para o bastão de defumação? – Shaunee perguntou.

– Boa ideia. Defumar os quartos de todos nós não seria nada mal – eu disse.

– Isso... – Shaunee concordou.

– ... aí – Erin completou.

– Mas, espere aí – Jack disse. – Vocês também vão nos ajudar a passar despercebidos.

– Você sabe que Beelzebub não é nada bonzinho – Shaunee avisou.

Jack sorriu e assentiu.

– Ele seria perfeito exatamente por isso.

– Pobre Duquesa – Erin disse.

– Ei, o que você vai fazer, Z.? – Jack perguntou.

– Falar com Shekinah e pedir para minha avó ficar aqui – dei uma olhada no relógio. – Na verdade, ela deve estar chegando.

– Bem, todos nós já sabemos o que fazer. Então, vamos nessa – Damien meio que ordenou.

Quando estávamos todos indo em direção à porta, Aphrodite recuou: – Ei, eu encontro vocês lá daqui a pouquinho. Parece que você e eu vamos ficar juntas por enquanto.

Sorri para ela.

– Desta vez você se enrascou feio, não é? – falei. Ela revirou os olhos, tirou um espelho da bolsa e refez a tatuagem falsa com habilidade enquanto eu a acompanhava até a porta, ouvindo seu resmungo: – É... é... é... visões que deixam a droga do meu olho vermelho, amigos toupeiras, mal ancestral... Mal posso esperar para saber o que me aguarda.

25

Enquanto andava pela calçada que ligava o dormitório das meninas ao edifício principal da escola, pensei melhor e concluí que não seria muito inteligente encontrar Shekinah toda tensa e estressada como eu estava. Então, respirei fundo várias vezes para purificar meu interior, me acalmar, organizar meus pensamentos e dizer a mim mesma para relaxar e apreciar a linda noite quente fora de época.

Os lampiões a gás projetavam belas sombras nas árvores secas de inverno, e um vento suave soprava o aroma de canela e de terra das folhas caídas que acarpetavam o chão. Grupos de garotos iam e vinham de um edifício para o outro, a maioria indo para os dormitórios ou para o lado da escola onde ficava o refeitório. Eles conversavam e davam risada juntos. Muitos deles me deram oi e vários me cumprimentaram com respeito. Apesar dos problemas que tinha de encarar, percebi que estava me sentindo mais otimista. Eu não estava sozinha nisto. Meus amigos estavam comigo, e pela primeira vez em muito tempo eles estavam sabendo de tudo. Eu não estava mentindo nem omitindo. Estava dizendo a verdade, e isso me deixava muito, *muito* feliz.

Nala saiu das sombras e veio em minha direção fazendo *miauff* e me dando um olhar de censura. Imediatamente ela pulou nos meus braços e eu tive de segurá-la no susto.

– Ei! Você podia avisar, hein? – eu lhe disse, mas acabei dando um beijinho na mancha branca do seu focinho e lhe esfregando as orelhas. Nós fomos caminhando pela calçada sombria, saindo da parte do *campus* repleta de gente em direção à área mais tranquila, onde ficavam a biblioteca e, depois, as salas dos professores. A noite estava linda mesmo; o céu de Oklahoma estava coalhado de estrelas cintilantes. Nala aninhou a cabeça em meu ombro e estava ronronando, feliz da vida, quando senti seu corpo inteiro ficar tenso.

– Nala? O que foi...?

Então ouvi. Um só grasnado de corvo, que soou tão próximo que eu devia poder enxergá-lo nas sombras da árvore mais próxima. Seu lamento foi seguido por outro, e outro, e mais outro. Aquele mero som era indescritivelmente aterrorizante. Entendi por que eram chamados de corvos zombeteiros: apesar de ser fácil confundi-los com pássaros comuns, ouvindo com atenção era possível perceber em seu canto mundano um eco de morte, medo e loucura. A brisa que estava cálida e cheirosa foi varrida por um vácuo gelado, como se eu tivesse acabado de entrar em um mausoléu. Meu sangue gelou.

Nala sibilou longa e ameaçadoramente, olhando de cima do meu ombro para a escuridão ao redor dos enormes carvalhos antigos que antes eram tão familiares e receptivos. Mas, nesta noite, não. Nesta noite eles abrigavam monstros. Automaticamente comecei a apertar o passo, olhando freneticamente ao redor à procura dos garotos que estavam por perto ainda agorinha. Mas Nala e eu havíamos dobrado uma esquina e estávamos totalmente sozinhas com a noite e tudo que ela encobria em sua mortalha.

O corvos grasnaram de novo. O som me arrepiou os pelos dos braços e da nuca. Nala grunhiu baixinho e chiou outra vez. Asas bateram ao meu redor, tão perto que senti o vento frio vindo delas. Senti o cheiro delas. As asas fediam a carne velha e pus. Um cheiro mortal e enjoativamente doce. Senti o medo virar bílis no fundo da garganta.

A noite foi preenchida por mais grasnadas, e então consegui ver algo mais escuro que a própria escuridão se mexendo nas sombras. Vi algo brilhando de relance, uma silhueta dura e encurvada. Como os bicos deles podiam brilhar sob a suave iluminação a gás se eram apenas espíritos? Como espíritos podiam feder a morte e decadência? E se eles não fossem mais apenas espíritos, o que isso queria dizer?

Parei, sem saber se devia seguir correndo ou voltar. E, enquanto fiquei lá parada, imobilizada pelo pânico e pela indecisão, o negrume que estava na árvore mais próxima estremeceu e se atirou sobre mim. Meu coração disparou dolorosamente e eu cheguei ao limiar do pânico, que estava me entorpecendo e paralisando de medo. Eu só conseguia arfar, aterrorizada, enquanto ele se aproximava. Suas asas horríveis adejavam em minha direção, emanando um ar gelado e podre. Eu vi, vi os olhos de homem no rosto mutante de ave... e os braços... braços de homem com mãos grotescas e retorcidas em forma de garras sujas e ásperas. A criatura abriu seu bico adunco e berrou, pondo para fora a língua bifurcada.

– Não! – eu gritei, recuando e segurando firme minha gata, que não parava de sibilar. – Vai embora! – dei meia-volta e corri.

Então, a coisa me pegou. Senti suas mãos horrivelmente frias nos meus ombros. Eu gritei e soltei Nala, que se encolheu junto aos meus pés, rosnando para a criatura. Suas asas horríveis se abriram sobre mim, prendendo-me onde estava. Eu senti aquele ser se debruçando sobre minhas costas em uma imitação de abraço. Ele levantou a cabeça sobre meu ombro de modo que seu bico se enganchou ao redor do meu pescoço, apoiando-o no ponto do meu pescoço que pulsava freneticamente. Ainda com o bico sobre o ponto pulsante, ele o abriu apenas o suficiente para sua língua vermelha bifurcada lamber meu pescoço, como se estivesse provando meu gosto antes de me devorar.

Fiquei absolutamente congelada de medo. Senti que ele ia me rasgar a garganta. A visão de Aphrodite estava se realizando, só que era um demônio que ia me matar, ao invés de Neferet! *Não! Oh, Deusa, não!* Berrei em minha mente. *Espírito! Mande alguém me ajudar!*

– Zoey? – a voz de Damien me veio de repente em um vento de indagação que me cercou.

– Damien, socorro... – consegui dizer com um sussurro rasgado.

– Salve Zoey! – Damien gritou.

Um violento golpe de ar derrubou a criatura das minhas costas, mas ela ainda conseguiu roçar o bico em minha garganta. Caí de joelhos e levei a mão ao meu pescoço, que latejava, achando que ia sentir meu sangue vital jorrando quente e grosso, mas a única coisa que havia lá era um arranhão que doía pra diabo.

O som de asas batendo atrás de mim me fez levantar e dar meia-volta. Mas desta vez o vento que me roçou a pele não era frio nem fedia a morte. Era familiar e carregado da amizade de Damien.

A consciência de não estar sozinha – de que meus amigos não tinham me abandonado – atravessou como a espada vingadora de uma Deusa o paralisante misto de pânico que me obscureceu os pensamentos, e minha mente paralisada começou a funcionar de novo. Não interessava mais se eram espíritos ou aves monstruosos ou servos dos desejos pervertidos de Neferet. Eu sabia de algo que podia dar um jeito nisso tudo.

Reestruturei-me rapidamente e me virei para o leste. Então, levantei os dois braços sobre a cabeça, fechei os olhos e bloqueei o canto maldito daqueles pássaros deformados.

– Vento! Vente força, vente segurança, vente verdade e mostre a essas criaturas o que acontece quando se ataca uma protegida da Deusa! – virei as mãos em direção àquelas criaturas que haviam dominado a noite. Avistei o que estava mais perto, o mesmo que havia tentado me rasgar a garganta, e ele foi o primeiro da leva. O vento o levantou e o arremessou contra o muro de pedra que cercava o terreno da escola. Ele se dobrou e pareceu se dissolver no chão, desaparecendo completamente.

– Todos eles! – eu gritei, e meu medo adicionou poder e urgência à minha voz. – Sopre todos eles para longe! – fiz o mesmo movimento com as mãos outra vez e senti uma satisfação cruel quando os chamados das criaturas empoleiradas nas árvores se transformaram em guinchos de pânico e sumiram por completo. Quando senti que eles tinham ido embora, soltei os braços trêmulos. – Em nome da minha Deusa, Nyx, eu lhe agradeço, vento. Eu o dispenso agora e peço, por favor, que diga a Damien que estou bem agora.

Mas, antes de o vento partir, ele veio para perto do meu rosto, fez uma carícia breve, e então se encheu de algo mais que a presença de Damien. Dentro da brisa vagarosa eu senti de repente uma distinta ternura que me fez lembrar de Shaunee com seu toque picante e chamuscante, bem como o aroma de uma chuva revivificante que eu sabia que teria sido mandada por Erin. Os três elementos dos meus amigos se reuniram e o vento se tornou uma brisa de cura que deu a volta em meu pescoço como se fosse um cachecol de seda aliviando o ferimento latejante deixado pelo *Raven Mocker*. Quando a dor ao redor do meu pescoço desapareceu completamente, o vento se afastou gentilmente, levando consigo a ternura do fogo e o toque curativo da água, deixando apenas a paz e o silêncio da noite.

Levantei a mão e deixei meus dedos deslizarem pelo pescoço. Nada. Não havia nem um arranhão sequer. Fechei os olhos e mandei uma prece a Nyx, agradecendo por ter meus amigos. Com a ajuda deles, eu tinha vencido uma das visões de morte que Aphrodite teve comigo. Uma a menos...

Peguei Nala e, segurando-a bem junto a mim, fui correndo pela calçada, tentando fazer parar a tremedeira que ainda me sacudia o corpo.

Eu estava me sentindo abalada e ultrassensível e, quando meus instintos me disseram que realmente não devia ser vista no momento, invoquei o espírito enquanto entrava no sossegado edifício da escola e passava por ele envolta em silêncio e sombras. Então, segui despercebida pelos corredores vazios da escola. Foi esquisito, para mim, fazer isso dentro do edifício da escola, me senti desconectada, como se estivesse escondendo não só meu corpo, mas meus pensamentos também, e pouco a pouco, enquanto me dirigia à Sala do Conselho, o medo e o triunfo que chacoalhavam meu interior pararam enfim, e comecei a respirar com mais facilidade.

Apesar de a mão de Neferet não ter tentado literalmente cortar minha garganta, no fundo eu sabia que havia acabado de escapar da morte, ou do seu prenúncio. Se Damien ainda estivesse bravo comigo, acho que eu não teria conseguido enfrentar o terror que senti pelos *Raven Mockers* nem invocar os elementos para minha proteção. E, apesar de Neferet não estar com a faca no meu pescoço, eu não podia deixar de acreditar que ela tinha algo a ver com o que estava acontecendo.

Se eu ainda estava com medo? Caraca, e como!

Mas eu também ainda estava respirando, e mais ou menos inteira. (Tudo bem que no momento eu estava invisível, mas mesmo assim.) Será que eu conseguiria derrotar os *Raven Mockers* de novo? Em sua forma atual de parte espírito, parte corpo, sim – com a ajuda dos meus amigos e dos elementos. Mas será que eu conseguiria derrotá-los se eles estivessem completamente desenvolvidos e plenos de poder?

Estremeci. O mero pensamento me aterrorizava.

Então, fiz o que qualquer garota sensata faria: resolvi pensar nisso depois. Um pedaço de uma citação me veio à mente, *basta a cada dia o seu mal*[12] e, ao mergulhar na adorável Terra da Negação, ocupei minha mente tentando me lembrar onde havia lido isso.

Sem fazer ruído, flutuei pelas escadas acima até chegar à Sala do Conselho, em frente à biblioteca, onde pensei que pudesse encontrar Shekinah. Quando estava no corredor, em frente à Sala do Conselho, ouvi aquela voz alta e tão familiar, e fiquei muito, muito contente por ter seguido minha intuição e ficado invisível.

– Então você também está sentindo a mesma coisa? Como se houvesse algo de errado?

---

12 Evangelho de Mateus, 6:34. (N.T.)

– Sim, Neferet. Admito prontamente que senti algo de errado com a escola, mas você deve se lembrar de que me opus com firmeza contra a compra deste *campus* dos monges de Cascia Hall cinco anos atrás.

– Nós precisávamos de uma Morada da Noite nesta parte do país – Neferet insistiu.

– E foi esse argumento que venceu, de modo que o Conselho resolveu abrir esta Morada da Noite. Não concordei com isso na época e continuo não concordando. As mortes recentes simplesmente provaram que não devíamos estar aqui.

– Os recentes assassinatos provaram que precisamos aumentar nossa presença aqui e no mundo inteiro! – Neferet rebateu. Eu a ouvi respirar fundo, como se estivesse se esforçando muito para manter o controle de si mesma. Quando voltou a falar, sua voz estava bem mais amansada. – Esse mau pressentimento do qual estamos falando não tem nada a ver com ser contra ou a favor da compra da escola. É diferente, mais maléfico, e piorou muito nos últimos meses.

Houve uma longa pausa antes de Shekinah responder.

– Eu sinto, sim, a presença do mal aqui, mas não sei dizer de onde vem. Parece que está escondido, oculto por algo que não conheço direito.

– Acho que posso dar nome a isso – Neferet respondeu.

– Qual é a sua suspeita?

– Eu passei a acreditar que existe um mal oculto, disfarçado em forma de uma jovem, e por isso é tão difícil aparecer – Neferet disse.

– Não estou entendendo o que você quer dizer, Neferet. Você está querendo dizer que uma das novatas está escondendo o mal em si?

– Eu não queria dizer isso, mas é o que venho sentindo – a voz de Neferet estava repleta de tristeza, beirando às lágrimas, como se fosse difícil para ela dizer aquilo.

Eu sabia que aquilo era puro e total fingimento.

– Novamente eu lhe pergunto, qual é a sua suspeita?

– Não é qual, mas quem. Shekinah, irmã, é com tristeza que digo isto, mas o mal profundo que tenho sentido, e que você tem sentido também, começou a crescer e se intensificar depois da chegada de uma aluna a esta Morada da Noite – ela fez uma pausa e, apesar de eu saber o que ela ia dizer, foi um choque ouvi-la falar. – Acho que Zoey Redbird está escondendo um terrível segredo.

– Zoey! Mas ela é a novata com os maiores dons da história. Não só nenhum outro novato jamais teve afinidade com todos os cinco elementos, assim como tantos amigos com afinidades. Cada um de seus amigos mais próximos tem afinidade com algum dos elementos. Como ela pode esconder o mal tendo tantos dons? – Shekinah perguntou.

– Eu não sei! – a voz de Neferet falhou e ouvi que ela estava chorando. – Eu sou a mentora dela. Pode imaginar a dor que sinto só de pensar essas coisas, e ainda mais de dizê-las em voz alta?

– Quais são as provas que você tem? – Shekinah perguntou, e fiquei feliz de perceber que ela não estava se mostrando especialmente convencida pelo que Neferet dizia.

– Um adolescente que era amante dela quase foi morto por espíritos que ela conjurou dias depois que foi Marcada.

Fiquei chocada. Não conseguia acreditar naquilo. Heath e eu fomos amantes? É ruim, hein! Neferet sabia disso. E não fui eu quem conjurou aqueles espíritos ruins, foi Aphrodite. Sim, eles quase devoraram Heath – bem, e Erik também –, mas com a ajuda de Stevie Rae, Damien e as gêmeas eu os impedi.

– Então, pouco mais de um mês depois, mais dois adolescentes humanos que eram, digamos, íntimos dela, foram abduzidos e brutalmente assassinados e tiveram todo o seu sangue drenado. Um terceiro rapaz, outro humano próximo dela, também foi levado. A comunidade ficou em polvorosa, e foi quando Zoey resgatou o garoto.

Ai! Minha! Deusa! Neferet estava distorcendo tudo e mentindo na maior cara de pau! Foram aqueles mortos-vivos nojentos que mataram os dois jogadores de futebol do Union, com os quais, tenho certeza, jamais tive intimidade! Sim, eu salvara Heath (de novo – suspiros...), mas eu o salvei, na verdade, dos servos dela, aqueles nojentos sedentos de sangue (não que tenha nada de errado em gostar de sangue).

— Que mais? — Shekinah perguntou. Fiquei contente ao ouvir que sua voz permanecera calma e ainda não parecia convencida do que Neferet estava dizendo sobre mim.

— Esta é a parte mais difícil de admitir, mas Zoey era especial para Patricia Nolan. Elas passaram bastante tempo juntas antes do assassinato.

Minha cabeça começou a apitar. Claro que eu gostava da professora Nolan, e acho que ela gostava de mim, mas com certeza eu não era especial para ela nem passei muito tempo ao lado dela.

Então, percebi que ela ia me acusar da próxima, mesmo sendo difícil crer no que estava ouvindo.

— E tenho meus motivos para acreditar que Zoey se tornou amante de Loren Blake pouco antes de ele também ser assassinado. Na verdade, tenho certeza de que os dois foram Carimbados — Neferet começou a chorar e soluçar.

— Por que não relatou nada disso ao Conselho? — Shekinah perguntou com severidade.

— O que eu ia dizer? Que achava que a novata mais cheia de dons havia passado para o lado do mal? Como poderia fazer uma acusação tão grave contra uma jovem sem prova nenhuma, apresentando apenas coincidências, suposições e sensações?

Ora, mas era exatamente o que ela estava fazendo no momento!

— Mas, Neferet, se uma novata se envolve com um professor, a Grande Sacerdotisa tem o dever de dar fim a isso e avisar ao Conselho.

— Eu sei! — ouvi que Neferet ainda estava chorando. — Eu errei. Eu devia ter dito algo. Quem sabe, se eu tivesse dito, teria impedido a morte dele.

Houve uma longa pausa, e então Shekinah disse: — Você e Loren eram amantes, não eram?

— Sim! — Neferet soluçou.

– Você entende que seu relacionamento com Loren pode comprometer seu julgamento sobre Zoey?

– Entendo – ela respondeu, tendo a cara de pau de procurar se recompor. – Mais uma razão pela qual hesitei em contar o que estava sentindo.

– Você tentou ler a mente dela? – Shekinah perguntou.

Estremeci enquanto esperava a resposta de Neferet.

– Tentei. Mas não consegui.

– E dos amigos dela? Os outros novatos com afinidades especiais?

Droga! Droga! Droga!

– Eu vasculhei as mentes deles com frequência. Não encontrei nada demais. Ainda.

Ouvi Shekinah suspirar.

– Que bom que vou ficar aqui pelo resto do semestre. Eu também vou observar e escutar tudo ao redor de Zoey e dos outros novatos. Existe uma boa chance de Zoey apenas parecer que está relacionada a esses incidentes por ser uma jovem de grandes poderes. Ela pode não estar causando os eventos, e sim ter sido colocada aqui por Nyx para ajudar a combater o próprio mal.

– Sinceramente, espero que sim – Neferet disse.

Como era mentirosa!

– Mas vamos observá-la. De perto – Shekinah disse.

– Cuidado com os favores que ela pede – Neferet disse.

Ahn? Favores? Eu nunca havia pedido favor nenhum a Neferet! Mas, e então, quase dei um pulo ao entender o que Neferet estava fazendo. Estava envenenando Shekinah antes de eu pedir para hospedar minha avó no *campus*. Cachorra!

E o susto deu lugar ao puro pavor. Como Neferet sabia que minha avó estava vindo?

De repente, uma enorme confusão vinda de fora atraiu a atenção de Shekinah. Eu as estava ouvindo do corredor, e não foi difícil me deslocar até uma das janelas acortinadas. Como era noite, as cortinas estavam abertas e eu dei uma olhada no terreno da frente da escola. O que vi me fez apertar a boca com a mão para não cair na risada.

Duquesa estava latindo feito doida e correndo atrás da bolinha branca, ou seja, Malévola, que não parava de resmungar e chiar. Aphrodite estava correndo atrás da cadela, gritando "Venha! Pare! Obedeça, porcaria!" Damien vinha logo atrás, balançando os braços e berrando "Duquesa! Venha!" E de repente, Beelzebub, o enorme e arrogante gato das gêmeas entrou na corrida, só que ele estava atrás de Duquesa.

– *Aimeudeus*! Beelzebub! Meu bem! – Shaunee apareceu no meu campo de visão, berrando com a máxima potência de seus saudáveis pulmões.

– Beelzebub! Duquesa! Parem! – Erin choramingou, correndo logo atrás de sua gêmea.

Darius, de repente, apareceu no corredor e eu fui para trás da cortina, pois não tinha certeza se minha invisibilidade funcionaria com ele. Aparentemente, ele não reparou em mim nem em mais nada, pois entrou correndo na Sala de Reuniões. Espiei por trás da cortina e o ouvi dizer a Neferet que estavam precisando dela na escola, pois estava havendo uma "altercação". Então, Neferet saiu da sala e desceu o corredor, seguindo Darius em direção ao som da confusão de latidos, miados e gritaria.

Dei-me conta, então, de que não tinha visto Jack.

Foi uma maneira e tanto de desviar a atenção de todos!

26

Ouvi meus instintos outra vez e, ao invés de dispensar o espírito de invisibilidade ali mesmo, em frente à Sala de Reuniões, desci o corredor rapidamente, refazendo o caminho até chegar ao pé da escada. Então, retirei a cobertura, agradeci ao espírito e comecei a subir a escada, já completamente visível e dizendo a mim mesma *"Fique calma... seja normal... Neferet é uma mentirosa e Shekinah é muito, muito sábia..."*. Em frente à Sala do Conselho, fiz uma pausa e bati duas vezes na porta.

– Pode entrar, Zoey! – Shekinah respondeu lá de dentro.

Tentei não ficar pensando se ela sabia que eu tinha estado lá fora antes. Coloquei um sorriso no rosto e entrei. Levei o punho cerrado ao coração e me curvei respeitosamente.

– *Merry meet*, Shekinah.

– *Merry meet*, Zoey Redbird – ela me cumprimentou. Não percebi nenhuma estranheza em sua voz. – E então, como foi sua visita às senhoras do Street Cats?

– A senhora sabia que o Street Cats é dirigido por freiras beneditinas? – respondi sorrindo para ela.

Ela sorriu para mim.

– Não sabia, mas já imaginava que fosse dirigido por mulheres. As mulheres têm uma ligação longa e estável com os gatos. E as boas irmãs foram receptivas ao seu oferecimento de trabalho voluntário?

– Com certeza. Elas foram bem legais. Ah, e Aphrodite adotou um gato, apesar de que seria mais correto dizer que Malévola adotou Aphrodite.

– Malévola? Que nome diferente.

– É, mas combina com ela. Esse barulho todo lá fora – apontei com a cabeça em direção ao corredor que dava para a entrada da escola. Ambas ouvimos latidos de cachorra, uivos de gato e gritos dos garotos. – A senhora vai ver depois que foi Malévola quem começou tudo.

– Quer dizer, então, que as freiras têm mais um motivo para lhe agradecer. Pelo serviço voluntário e por ajudá-las a se livrar de um felino muito difícil?

– Sim, era exatamente o que eu estava dizendo. Ah, e a irmã Mary Angela me pediu para lhe perguntar que data seria melhor para fazer o brechó. Ela disse que adaptaria sua agenda à nossa. Além disso, elas vão ficar abertas até mais tarde todo sábado para podermos ajudar uma vez por semana.

– Que maravilha. Vou falar com Neferet sobre a melhor data para a escola – Shekinah fez uma pausa por um momento e disse: – Zoey, Neferet é sua mentora, não é?

Ouvi um alarme disparar dentro da minha cabeça, mas me forcei a relaxar. Eu ia responder Shekinah com sinceridade máxima a tudo que ela me perguntasse. Eu não havia feito nada de errado!

– Sim. Neferet é minha mentora.

– E você se sente próxima de Neferet?

– No começo, sim. Éramos bem próximas quando cheguei aqui. Na verdade, faz anos que minha mãe e eu não somos mais próximas, e eu meio que senti como se Neferet fosse a mãe que eu queria ter – respondi com sinceridade.

– Mas isso mudou? – ela perguntou delicadamente.

– Mudou.

– Por quê?

Hesitei, escolhendo as palavras com bastante cautela. Eu queria contar a Shekinah o máximo de verdade que tivesse coragem, e por um instante considerei a hipótese de lhe contar tudo – toda a verdade sobre Stevie Rae, a profecia e o que temíamos que estivesse acontecendo, mas minha intuição me disse para não revelar tudo agora. Shekinah ia saber da verdade amanhã. Até então, eu não queria que Neferet tivesse a menor ideia do que estava para acontecer, ou seja, que ela seria confrontada com o que estava fazendo e com aquilo em que estava se transformando.

– Não sei direito – eu disse.

– Qual seu palpite?

– Bem, acho que ela mudou ultimamente e não sei direito por quê. Isso deve ter a ver com algo que aconteceu entre nós. Prefiro não falar sobre isso, se a senhora não se importar.

– É claro que não. Entendo sua necessidade de resguardar sua privacidade. Mas, Zoey, saiba que estou aqui se precisar falar comigo. Apesar de fazer muito tempo, lembro-me muito bem de como era ser uma novata poderosa e me sentir tão sobrecarregada de responsabilidades que o peso às vezes parecia insuportável.

– É – eu disse, de repente precisando conter as lágrimas. – É exatamente o que sinto às vezes.

Seu olhar cândido era acolhedor e reconfortante.

– Depois melhora. Eu garanto.

– Eu realmente espero que sim – respondi. – Ah, e falando em tornar as coisas melhores, minha avó gostaria de vir me fazer uma visitinha. Nós somos realmente muito próximas. Eu queria ter passado parte das férias de inverno com ela, mas, bem, a senhora sabe que as férias foram interrompidas. Então, vovó disse que gostaria de vir aqui ficar um pouquinho comigo. A senhora acha que teria problema se ela ficasse na escola?

Shekinah me estudou cuidadosamente.

– Há quartos de hóspedes no edifício dos professores, mas creio que no momento estão todos ocupados devido à minha presença e dos Filhos de Erebus.

– Será que ela podia ficar no meu quarto? Minha companheira de quarto, Stevie Rae, morreu mês passado e não apareceu ninguém para ocupar seu lugar, de modo que tenho uma cama vaga e tudo.

– Acho que não há mal nenhum nisso. Se sua avó não tiver problema em ficar no meio de tantas novatas.

– Vovó gosta de jovens. Além do mais, ela conhece um monte de amigos meus e todos gostam dela – respondi com um sorriso no rosto.

– Então vou avisar aos Filhos de Erebus, bem como a Neferet, que dei permissão para sua avó ficar em seu quarto. Zoey, você sabe que pedir favores especiais nem sempre é sábio, mesmo quando se tem habilidades especiais.

Olhei bem nos olhos Shekinah.

– Este é o primeiro favor que peço desde que cheguei à Morada da Noite – e então pensei por um instante e me corrigi. – Não, espere. É o segundo. O primeiro favor que pedi foi para ficar com algumas coisas de minha companheira de quarto depois que ela morreu.

Shekinah assentiu lentamente, e eu torci para ela acreditar em mim. Eu quis gritar: *pergunte aos outros professores! Eles sabem que não pedi nenhum tratamento especial!* Mas não podia dizer nada que levasse Shekinah a achar que eu havia escutado a conversa com Neferet.

– Bem, ótimo. Então você já está indo pelo caminho certo. Os dons concedidos pela Deusa não representam privilégios, e sim responsabilidade.

– Eu sei disso – respondi com firmeza.

– Acho que talvez saiba – ela disse. – Agora, tenho certeza de que você tem dever de casa para fazer e um ritual para conduzir amanhã, de modo que vou lhe dar boa-noite na esperança de que você seja abençoada – ela me saudou.

– Abençoada seja – eu a saudei formalmente de novo, curvei-me e saí do recinto.

As coisas não foram nada mal. Claro que Neferet estava mentindo descaradamente sobre mim, e estava na cara que ela era uma cachorra do mal, mas eu já sabia disso. Shekinah não era burra, e Neferet não ia fazê-la de boba (*como fez com Loren,* minha mente sussurrou). Vovó estava a caminho da escola e ia ficar comigo enquanto eu decidia como lidar com essa história de profecia. Meus amigos finalmente sabiam de tudo e eu não precisava ficar arrumando desculpas, excluindo-os, e eles me defendiam, apesar de eu ficar totalmente bolada só de pensar nos *Raven Mockers*. Mas eu conseguia lidar com eles tendo meus amigos ao lado. E amanhã todo mundo ia ficar sabendo de Stevie Rae e dos novatos vermelhos, e Neferet ia perder o poder do segredo. Então, talvez Stark não estivesse morto de verdade e voltasse como ele mesmo. As coisas realmente pareciam estar melhorando! Eu estava abrindo a porta da frente do edifício e sorrindo que nem uma boboca quando topei violentamente com Erik.

– Ah, desculpe, eu não vi... – ele começou a falar automaticamente, me segurando para me ajudar, até que viu quem era. – Ah – ele repetiu, desta vez com uma voz bem menos legal. – É você.

Tirei meu braço de sua mão e recuei, afastando o cabelo do rosto. Fitar seus frios olhos azuis era como mergulhar de cabeça em água muito gelada, e fazia pouquíssimo tempo que ele mesmo jogara um balde de água fria na minha cara.

– Escute, eu tenho que lhe dizer uma coisa – fiquei na frente dele, bloqueando sua passagem para dentro do edifício.

– Então diga.

– Você gostou de me beijar hoje. E gostou muito.

Ele deu um sorriso irônico e muito bem ensaiado.

– É, e daí? Eu nunca disse que não gostava de beijar você. O problema é que muitos caras gostavam de beijar você.

Senti meu rosto esquentar.

– Não ouse falar comigo assim.

– Por que não? É verdade. Você estava beijando seu namorado humano. Estava me beijando. E estava beijando Blake. Até onde sei, isso é um monte de caras.

– Desde quando você virou um canalha? Você sabia de Heath. Eu nunca tentei escondê-lo de você. Você sabia que era difícil para mim ser Carimbada com ele e gostar de você ao mesmo tempo.

– Tá, mas e Blake? Explique, então.

– Loren foi um erro! – berrei, finalmente extrapolando a linha do autocontrole. Eu estava cansada de ser julgada por Erik por causa de um assunto pelo qual eu já me autopenitenciara demais. – Você tinha razão. Ele estava me usando. Só que não foi pelo sexo. Essa foi só a maneira que ele arrumou para me fazer acreditar que me amava. Você viu a cena entre mim e Neferet. Você sabe que tem mais coisas acontecendo do que as pessoas sabem. Neferet mandou Loren, que era amante dela, para me seduzir, para me fazer acreditar que ele me amava porque eu era especial – fiz uma pausa e, com raiva, enxuguei as lágrimas que deram um jeito de cair dos meus olhos. – Mas ele na verdade estava atrás de mim para que meus amigos brigassem comigo e eu acabasse tão perturbada que meus poderes já não valessem muita coisa. E teria dado certo se Aphrodite não tivesse ficado do meu lado. E você nem parou, por um segundo que fosse, para me dar chance de explicar.

Erik passou a mão em seus cabelos grossos e negros.

– Eu o vi fazendo amor com você.

– Você sabe o que você viu, Erik? Você o viu me usando. Você me viu cometendo o maior erro da minha vida. Pelo menos até agora. Foi isso que você viu.

– Você me magoou – ele disse baixinho, cheio de raiva e canalhice na voz.

– Eu sei, e sinto muito. Mas acho que não devia haver nada de muito forte entre nós desde o começo se agora não somos capazes de perdoar um ao outro.

– Você acha que precisa me perdoar?

Ele estava começando a parecer um canalha de novo. E eu já estava de saco cheio daquilo. Apertei os olhos e rebati: – Acho! Eu preciso te perdoar. Você disse que gostava de mim, mas me chamou de vagabunda. Você me fez passar vergonha na frente dos meus amigos. Você me fez passar vergonha na frente de uma turma inteira. E fez tudo isso depois de ver só uma parte da história, Erik! Então, realmente, você também não está ileso de culpa nisso tudo!

Erik piscou os olhos, surpreso com minha explosão.

– Eu não sabia que estava vendo só uma parte da história.

– Talvez da próxima vez seja melhor você pensar antes de jogar a porcaria toda no ventilador.

– Então agora você me odeia? – ele perguntou.

– Não. Eu não te odeio. Eu sinto sua falta.

Nós olhamos um para o outro sem saber o que fazer.

– Eu também sinto sua falta – ele finalmente se entregou.

Meu coração se descompassou ligeiramente.

– Talvez a gente possa conversar de novo – eu disse. – Quero dizer, sem berrar.

Ele ficou olhando para mim por um longo, longo tempo. Eu tentei ler seus olhos, mas eles só espelhavam minha própria confusão.

Meu celular tocou e eu o tirei do bolso. Era minha avó.

– Ah, desculpe. É a minha avó – eu disse a Erik e abri o celular. – Oi, vó, a senhora chegou? – assenti enquanto ela dizia que havia acabado de entrar no estacionamento. – Tá, eu encontro a senhora aí daqui a uns minutinhos. Mal posso esperar para te ver! Tchau!

– Sua avó está aqui? – Erik perguntou.

– É – eu ainda estava sorrindo. – Ela veio ficar comigo por um tempinho. Sabe, teve essa história das férias sendo interrompidas e tudo mais...

– Ah, é. Faz sentido. Bem, então te vejo por aí.

– Ahn... Quer caminhar comigo até o estacionamento? Vovó disse que ia fazer malas, o que significa que ela deve ter trazido uma mala gigantesca, ou dez pequenas, e não seria nada mal ter um *vamp* adulto para ajudar a carregá-las, já que sou apenas uma pequena novata.

Prendi a respiração, pensando que havia estragado tudo com ele (de novo) e passado dos limites. E ele realmente voltou a olhar de modo desconfiado.

Foi exatamente então que um *vamp*, com uniforme dos Filhos de Erebus, saiu pela porta atrás de mim.

– Com licença – Erik o interpelou. – Esta é Zoey Redbird. Uma convidada dela acabou de chegar. Você poderia ajudá-la a carregar suas malas?

O guerreiro me saudou com respeito: – Eu sou Stephan, e será um prazer ajudá-la, jovem Sacerdotisa.

Eu me forcei a sorrir e a agradecer. Então, olhei para Erik: – Então, te vejo depois? – perguntei.

– É claro. Você é minha aluna – ele me cumprimentou e entrou no edifício.

O estacionamento ficava pouco depois da lateral do edifício principal. Então, felizmente, não tive de aguentar o desconfortável silêncio ao lado do guerreiro por muito tempo. Vovó acenou para mim do meio do estacionamento abarrotado. Acenei também, e Stephan e eu fomos até ela.

– Uau, tem um monte de *vamps* aqui – eu disse, olhando para todos os carros desconhecidos.

– Muitos Filhos de Erebus foram chamados a esta Morada da Noite – Stephan respondeu.

Assenti ponderadamente, e senti seus olhos sobre mim.

– Sacerdotisa, a senhorita não precisa temer por sua segurança – ele disse, com tranquila autoridade.

Sorri para ele e pensei *"se você soubesse"*, mas não disse nada.

– Zoey! Ah, meu bem! Aí está você – vovó me envolveu em seus braços e eu a abracei com força, sentindo o cheiro familiar de lavanda e de lar.

– Vovó, estou tão feliz de vê-la aqui!

– Eu também, meu bem. Eu também – ela me apertou forte.

Stephan se curvou respeitosamente para minha avó antes de pegar seu monte de malas.

– Vovó, a senhora pretende passar um ano aqui? – perguntei, rindo ao olhar para trás e ver a quantidade de malas.

– Ora, meu bem, a gente precisa estar sempre preparada para as contingências.

Vovó Redbird me deu o braço e fomos caminhando pela calçada que levava ao dormitório das meninas, com Stephan atrás de nós.

Logo ela abaixou a cabeça perto da minha e sussurrou: – A escola está completamente cercada.

Senti um arrepio de medo.

– Pelo quê?

– Corvos – aquela palavra parece que tinha deixado um gosto ruim em sua boca. – Estão por toda parte ao redor do terreno, mas nenhum deles está aqui dentro.

– Isso porque eu os expulsei – eu disse.

– Expulsou? – ela sussurrou. – Muito bem, Zoey Passarinha!

– Eles me dão medo, vó – sussurrei também. – Acho que eles estão recompondo seus corpos.

– Eu sei meu bem. Eu sei.

Trêmulas, corremos para meu quarto agarradas uma à outra. A noite parecia nos observar.

27

Não foi surpresa encontrar todo mundo entulhado no meu quarto.

– Vó Redbird! – Damien gritou e foi para os braços dela. Então houve um grande alvoroço, com ele apresentando Jack a minha avó, as gêmeas dizendo oi e, finalmente, Aphrodite, parecendo sem graça, mas contente, recebendo um abraço muito carinhoso da minha avó. Durante a confusão toda, Damien e as gêmeas me enquadraram.

– Z., você está bem? – Damien perguntou, falando baixo.

– É, estávamos preocupados – Shaunee disse.

– Tá rolando muita coisa sinistra – Erin completou.

– Tô bem – dei uma olhada furtiva e vi Jack tagarelando com minha avó sobre como ele gostava de lavanda. – Estou bem porque vocês me ajudaram.

– Estamos aqui quando você precisar, Z. Você não está nessa sozinha – Damien disse.

– Digo o mesmo – as gêmeas falaram juntas.

– Zoey? Isto é um cachorro? – Vovó acabara de reparar naquela massa de pelos louros esticada ao pé da cama quando ela se mexeu, espantando todos os gatos no quarto, que chiaram ao mesmo tempo.

– É, vó. É uma cachorra. E é uma longa história.

– De quem ela é? – vovó perguntou, esfregando a cabeça de Duquesa timidamente.

– Bem, é mais ou menos minha. Pelo menos temporariamente – Jack respondeu.

– Talvez seja a hora de explicar à sua avó sobre Stevie Rae e todo mundo – Aphrodite disse.

– Stevie Rae? Ah, meu bem. Você ainda está sofrendo pela perda dela?

– Não exatamente, vó – respondi lentamente. – Tem muita coisa mesmo para explicar.

– Então, comece logo. Algo me diz que não estamos podendo nos dar ao luxo de perder tempo – vovó me alertou.

– Primeiro a senhora deve saber que nunca lhe disse nada disso antes porque Neferet está envolvida, e no mau sentido. E ela é uma médium daquelas. Ela é capaz de vasculhar seus pensamentos e ficar sabendo de qualquer coisa que eu lhe disser, e isso não é bom – expliquei.

Minha avó pensou no que eu disse enquanto puxava a cadeira da minha escrivaninha e se acomodava.

– Jack, meu bem – ela disse. – Eu adoraria tomar um copo de água gelada. Será que você podia pegar para mim?

– Tenho água Fiji na geladeira do meu quarto – Aphrodite disse.

– Seria maravilhoso – vovó agradeceu.

– Vá lá pegar para ela. Mas não toque em mais nada – Aphrodite disse.

– Nem no seu...

– Não.

Jack fez biquinho, mas foi pegar a água para vovó.

– Quer dizer então que todos vocês já estão sabendo do que Zoey está se preparando para me contar? – vovó perguntou ao grupo todo quando Jack voltou.

Todos assentiram de olhos arregalados como filhotes de passarinho.

– E como vocês estão impedindo que Neferet vasculhe seus cérebros?

– Bem, no momento é só teoria, mas achamos que a gente deve ficar pensando em coisas superficiais, bobas, coisas de adolescente – Damien disse.

– Como liquidações de sapatos e sei lá o quê – Erin explicou.

– É, o "sei lá o quê" se refere a caras bonitos ou o estresse do dever de casa – Shaunee acrescentou.

– E assim ela não vai pensar em vasculhar com mais atenção – concluí. – Mas Neferet nos subestima. E não acho que ela vá cometer o mesmo erro com a senhora, vó. Ela já sabe que a senhora segue o caminho dos *Cherokees*, que a senhora tem contato com o espírito da terra. Ela pode querer vasculhar sua mente, não importa o que esteja na superfície dela.

– Então, vou ter de limpar minha mente e praticar meditação, como faço desde garota – vovó deu um sorriso confiante. – Ela não pode invadir minha mente, ao menos não se eu a bloquear antes disso.

– E se ela for a Rainha das Tsi Sgili?

O sorriso de vovó se desfez.

– Você acha mesmo possível, *u-we-tsi-a-ge-hu-tsa*?

– Achamos que ela pode ser, sim – respondi.

– Então, estamos todos correndo um perigo dos mais graves. Você precisa me contar tudo.

Então, contei tudo, com a ajuda de Aphrodite, Damien, das gêmeas e de Jack. Pusemos minha avó a par de tudo, apesar de eu ter de admitir que pulei a parte de Stevie Rae não ser mais exatamente a mesma. Aphrodite me fuzilou com os olhos por causa disso, mas não disse nada.

Depois de ouvir tudo, o rosto marcado pelo tempo de minha avó foi ficando cada vez mais desgostoso. Eu também contei a todos, em detalhes, sobre o último ataque dos *Raven Mockers*. E finalmente concluí, explicando-lhe que a morte de Stark podia não ser para valer, e que Stevie Rae, Aphrodite e eu havíamos resolvido que, por mais mórbido e perturbador que parecesse, precisávamos ficar de olho no, bem, no cadáver dele.

– E então Jack ficou de instalar uma câmera no necrotério – eu disse. – Você conseguiu, Jack? Percebi sua tática para distrair a atenção de todo mundo – dei um sorriso para Duquesa e esfreguei suas orelhas. Ela latiu baixinho e lambeu meu rosto. Malévola e Beelzebub, que estavam aninhados juntos perto da porta (parece que gatos antipáticos se atraem mutuamente – quem sabe?), levantaram a cabeça e sibilaram em uníssono. Nala, que estava dormindo em cima do meu travesseiro, mal abriu os olhos.

– Ah é, quase me esqueci de falar no meio de tudo isso! – Jack levantou de um pulo e pegou sua bolsa masculina, ou *satchel*, como ele gostava de chamar, do chão, perto da porta. Ele tirou uma minitela de tevê superesquisita. Mexeu em um botão e outro e com um sorriso vitorioso me entregou o aparelho: – *Voilà*! Agora você vai poder ver o cara que esperamos que esteja adormecido.

Todo mundo se pendurou sobre meu ombro para espiar. Eu me preparei psicologicamente e apertei o botão. De fato, a telinha mostrava uma imagem em branco e preto de uma pequena sala com um troço que parecia um forno ao fundo, um monte de prateleiras de metal alinhadas em todas as paredes visíveis e uma só mesa, também de metal (do tamanho de um corpo), sobre a qual havia uma silhueta humana coberta por um lençol.

– Eca – as gêmeas disseram.

– Nada agradável – Aphrodite confirmou.

– Talvez seja melhor desligar enquanto a c-a-d-e-l-a estiver aqui – Jack disse.

Prontamente, apertei o botão de desligar, pois não estava gostando desse negócio de ficar observando os mortos.

– Esse é o corpo do garoto? – vovó perguntou, ainda pálida.

Jack assentiu.

– É. Eu tive de olhar debaixo das cobertas para ter certeza.

Seus olhos ficaram tristes, e ele começou a acariciar Duquesa de um jeito um pouquinho frenético. A enorme labradora deitou a cabeça em seu colo e suspirou, o que pareceu acalmar Jack, pois ele suspirou e abraçou a cadela antes de dizer: – Eu só, sabe, fingi que ele estava dormindo.

– Ele parecia morto? – tive de perguntar.

Jack assentiu de novo, e apertou os lábios, sem dizer nada.

– Você está fazendo a coisa certa – vovó proclamou com firmeza. – O poder de Neferet tem tudo a ver com o segredo. Ela é considerada uma poderosa Sacerdotisa de Nyx, a força do bem. Ela vem se escondendo atrás de uma fachada já faz um bom tempo, e assim ganhou liberdade para cometer atos que, se você tiver razão quanto à extensão deles, são verdadeiras atrocidades.

– Então a senhora concorda que revelar Stevie Rae e os novatos vermelhos amanhã é o que devemos fazer? – perguntei.

– Acho. Se o segredo é aliado do mal, então vamos romper esse segredo.

– Isso aí! – eu disse.

– Isso aí! – todos ecoaram.

De repente, Jack bocejou.

– Oopsss! Desculpe. Não estou entediado nem nada – ele se desculpou.

– É claro que não, mas já está quase amanhecendo. Vocês tiveram um dia exaustivo – vovó disse. – Quem sabe não seja melhor todos dormirmos um pouco? Ademais, não é contra as regras os meninos ficarem no dormitório das meninas?

– Uh-oh! Nós nos esquecemos totalmente disso, droga. Até parece que eu preciso arrumar problemas com a secretaria agora, depois de tudo! – Jack disse. Então, parecendo decepcionado, acrescentou: – Desculpe, vó. Falei droga sem querer.

Vovó sorriu para ele e bateu de leve em sua bochecha.

– Não tem problema, meu bem. Agora, todos para a cama.

Não foi surpresa o fato de todos respondermos instantaneamente à figura maternal de minha avó. Jack e Damien saíram, levando Duquesa junto.

– Ei – eu os chamei antes de chegarem à porta. – Duquesa não se encrencou por estar no meio da situação criada para desviar a atenção dos *vamps*, não é?

Damien balançou a cabeça.

– Não. Pusemos a culpa em Malévola, e ela estava tão insana que ninguém sequer olhou para Duquesa.

– Minha gata não é insana – Aphrodite protestou. – Ela só é ótima atriz.

As gêmeas saíram em seguida, abraçando minha avó e pegando Beelzebub, que estava adormecido.

– A gente se vê no café da manhã – elas se despediram.

Assim, ficamos só minha avó e eu com Aphrodite, Malévola e Nala, que estava totalmente adormecida.

– Bem, acho que eu também tenho que ir – Aphrodite disse. – Amanhã vai ser um dia e tanto.

– Acho que você devia dormir aqui esta noite – eu disse.

Aphrodite levantou a sobrancelha perfeita e loura e deu um olhar de desprezo para o par de camas idênticas.

Eu revirei os olhos.

– Você é tão mimada. Pode dormir na minha cama. Eu durmo no saco de dormir.

– Aphrodite já ficou no seu quarto antes desta noite? – vovó perguntou.

Aphrodite resfolegou.

– É ruim, hein. Vó, se a senhora vir meu quarto vai entender por que prefiro ficar lá.

– Além disso, Aphrodite tem fama de bruxa antipática. Ela não dorme no quarto de ninguém – eu só não disse que ela dormia com alguns caras, isso seria um pouquinho de informação demais para minha avó.

– Obrigada – Aphrodite disse.

– Se ela ficar em seu quarto, especialmente agora que imagino que Shekinah já tenha contado a Neferet que estou aqui, não ia parecer um comportamento meio esquisito da parte dela?

– Sim – admiti com cautela.

– Seria mais do que esquisito, seria totalmente bizarro – Aphrodite completou.

– Então, você deve voltar para o seu quarto, para não darmos a Neferet mais razão do que ela já tem para ficar vasculhando nossos pensamentos – vovó disse. – Mas não vai dormir sem proteção – vovó levantou-se, demonstrando certa tensão, e foi pegar algo em sua pilha de bagagens. Ela começou a procurar em sua maleta de viagem, que gostava de chamar de "maleta de pernoite".

Primeiro ela pegou um colar de bons sonhos, um círculo envolto por cordas de couro cor de lavanda entrelaçadas na parte interna e formando uma teia no meio da qual havia uma suave turquesa da cor estonteante de um céu de verão. As plumas penduradas em três fileiras laterais e na base, onde havia uma pena de pomba, tinha um tom cinza perolado. Vovó deu o colar de bons sonhos a Aphrodite.

– É lindo! – ela disse. – Mesmo. Eu simplesmente adorei.

– Que bom que você gostou, filha. Conheço muita gente que acha que colares de bons sonhos apenas filtram os sonhos ruins, ou nem isso. Já fiz vários destes ultimamente e, enquanto trançava a turquesa protetora no meio de cada um, pensei na necessidade de filtrar mais do que pesadelos para afastá-los de nossas vidas. Pendure-o em sua janela. Que seu espírito proteja sua alma adormecida dos perigos.

– Obrigada, vó – Aphrodite disse com sinceridade.

– E mais uma coisa – vovó voltou-se para sua bolsa novamente, procurando um pouquinho e tirando de denro dela uma vela pilar de cor branco-creme. – Acenda esta vela em sua mesinha de cabeceira ao dormir. Projetei nela palavras de proteção na última lua cheia e dei um banho de raios de luar a noite inteira.

– Anda um pouquinho obcecada com proteção ultimamente, vó? – perguntei sorrindo. Depois de dezessete anos, eu estava acostumada ao jeito esquisito de minha avó saber de coisas que não devia saber, como se estão chegando convidados, ou um tornado está se formando (muito antes da invenção do Doppler), ou, neste caso, quando precisamos de proteção.

— É sempre bom ter cautela, *u-we-tsi-a-ge-hu-tsa* — ela segurou o rosto de Aphrodite com as mãos e a beijou de leve na testa. — Durma bem, filhinha, e tenha sonhos felizes.

Observei Aphrodite piscar os olhos com força e vi que ela estava lutando para não chorar.

— Boa noite — ela respondeu, acenou para mim e saiu logo do quarto.

Vovó não disse nada por um tempinho, apenas ficou olhando ponderadamente para a porta fechada. Finalmente ela voltou a falar: — Não acredito que essa garota tenha recebido a ternura do amor materno.

— A senhora tem razão mais uma vez, vó — respondi. — Ela costumava ser péssima, ninguém a aguentava, eu principalmente, mas acho que a maior parte disso era teatro dela. Não que ela seja perfeita. Ela é supermimada e superficial, e às vezes sabe ser detestável, mas ela é... — fiz uma pausa, tentando arrumar palavras para descrever Aphrodite.

— Ela é sua amiga — vovó completou para mim.

— Sabe, a senhora é bizarra, parece que é até perfeita — eu disse.

Vovó deu um sorriso travesso.

— Eu sei. É de família. Agora, me ajude com nosso colar de bons sonhos e a acender nossa vela da lua, e depois você vai precisar dormir um pouco.

— A senhora não vai dormir? Eu a acordei no meio da noite e a senhora disse que já estava acordada há horas.

— Ah, vou dormir um pouco, mas tenho meus planos. Não costumo vir muito à cidade e, enquanto minha família de vampiros dorme, vou fazer umas comprinhas e me presentear com um maravilhoso almoço no Chalkboard.

— Nham! Eu não vou lá desde aquela vez em que fomos juntas.

— Bem, dorminhoca, eu lhe digo depois se a comida continua boa como lembramos, e então quem sabe não voltamos lá num dia de chuva daqueles?

– Então a senhora vai comer lá só para ver se a comida não degringolou? – puxei uma cadeira para a janela e procurei um lugar para pendurar o colar de bons sonhos que minha avó me deu.

– Exatamente. Meu bem, o que quer fazer com a câmera escondida? – vovó levantou uma das pequenas telas. Apesar de desligada, ela segurou com cuidado, como se fosse uma bomba.

– Aphrodite me disse que tem uma função de áudio. Está vendo o botão de som? – respondi num suspiro.

– Sim, creio que sim – vovó apertou um botão e apareceu uma luz verde.

– Tá, bem, por que não deixamos o áudio sem o vídeo? Vou colocar ao lado da cama. Assim poderei ouvir se houver algum movimento.

– Bem melhor do que observar os mortos a noite toda – vovó disse com uma cara fechada enquanto levava a telinha para a mesinha de cabeceira. Depois ela olhou para mim. – Meu bem, por que não abre a cortina por um segundo e pendura o colar de bons sonhos perto da janela? Estamos nos protegendo do perigo que vem de fora, não de dentro.

– Ah, tá.

Abri as grossas cortinas com as duas mãos. Ao se abrirem, senti um medo primitivo ao olhar diretamente para a cara repugnante de um pássaro preto gigante com olhos de um terrível brilho vermelho, no formato dos olhos de um homem. A criatura estava pendurada do lado de fora da minha janela, com braços e pernas humanos. Seu bico se abriu ameaçadoramente, mostrando a língua vermelha bifurcada. Aquela coisa soltou um *"crooo-ak"* baixinho que soou como zombaria e ameaça ao mesmo tempo.

Não consegui me mexer. Fiquei paralisada com aqueles olhos vermelhos, humanos, na cara de um pássaro terrível, uma criatura que só existia por causa de antigos estupros e maldades. Senti pontos frios nos ombros, onde uma dessas criaturas se agarrara a mim mais cedo. Lembrei-me do toque de sua língua nojenta e da dor lancinante que seu bico me causou ao tentar rasgar meu pescoço.

Quando Nala começou a chiar e a grunhir, vovó correu para o meu lado. Eu vi seu reflexo no vidro preto da janela.

– Chame o vento para mim, Zoey! – ela ordenou.

– Vento! Venha para mim, minha avó precisa de você – pedi, ainda aprisionada pelo olhar monstruoso do *Raven Mocker*.

Senti um vento se agitando logo abaixo e ao meu lado, onde estava minha avó.

– *U-no-le!* – vovó gritou. – Leve este meu aviso à fera – vi minha avó levantar as mãos e soprar o que tinha nelas diretamente para a criatura agachada no outro lado da janela. – *Ahiya'a A-s-gi-na!* – ela gritou.

O vento, conjurado por mim, mas comandado por minha avó, a Ghigua, conduziu o pó azul brilhante que ela soprou das palmas das mãos e o fez passar pelas fendas mínimas entre a moldura da janela e o vidro. O vento envolveu o *Raven Mocker* com o pó, em um turbilhão de pó cintilante. A besta arregalou seus olhos tão humanos e então, à medida que o vento ia açoitando, pressionando o pó no seu corpo, um grito terrível escapou do seu bico aberto, e ele bateu asas e desapareceu.

– Dispense o vento, *u-we-tsi-a-ge-hu-tsa* – vovó pediu, segurando firme a minha mão.

– O-obrigada, vento. Eu o dispenso agora – eu disse, abalada.

– Obrigada, *u-no-le* – vovó murmurou, e depois se virou para mim. – O colar de bons sonhos... não se esqueça de pendurar.

Com as mãos trêmulas, pendurei na vara da cortina e fui correndo fechá-la. Então, vovó me ajudou a sair da cadeira. Peguei Nala no colo e nós três nos abraçamos, tremendo sem parar.

– Já foi... agora já acabou... – vovó ficou murmurando. Eu não havia me dado conta de que estávamos ambas chorando até vovó me dar um último apertão, e só então resolvi procurar a caixa de lenços de papel. Afundei na cama, fazendo carinho em Nala.

– Obrigada – agradeci a minha vó, enxugando o rosto e assoando o nariz. – Devo chamar os outros? – perguntei.

– Se você chamar, eles vão ficar com muito medo?

– Apavorados – respondi.

– Então, acho que seria melhor se você chamasse o vento novamente. Pode mandar uma boa rajada de vento aos dormitórios para que qualquer coisa de ruim que esteja do lado de fora seja soprada para longe?

– Sim, mas acho que primeiro preciso parar de tremer.

Vovó sorriu e afastou as mechas de cabelos que estavam caídas sobre meu rosto.

– Você agiu bem, *u-we-tsi-a-ge-hu-tsa*.

– Eu surtei, e fiquei dura de medo, como da última vez!

– Não, você encarou o olhar de um demônio sem piscar, e conseguiu conjurar o vento e mandá-lo me obedecer – ela disse.

– Só porque a senhora mandou.

– Mas da próxima vez não vai ser porque eu mandei. Da próxima vez você vai estar mais confiante e fará tudo sozinha.

– Que pó azul foi aquele que a senhora soprou no desgraçado?

– Pó de turquesa. Vou lhe dar um pouco. É uma pedra de proteção muito poderosa.

– A senhora teria para dar ao resto do pessoal também?

– Não, mas vou colocar na minha lista de compras. Posso comprar umas turquesas e um pilão com vaso para triturá-las. Ficar triturando as pedras vai me dar o que fazer enquanto você dorme.

– O que foi aquilo que a senhora disse? – perguntei.

– *Ahiya'a A-s-gi-na* quer dizer "sai, demônio".

– E *u-no-le* é vento?

– Sim, meu bem.

– Vovó, ele tinha forma física ou era só um espírito?

– Acho que um pouco de ambos. Mas estava muito próximo de sua forma física.

– O que significa que Kalona deve estar ganhando força – eu disse.

– Acho que sim.

– Dá medo, vó.

Vovó me pegou nos braços e fez carinho em minha cabeça como costumava fazer quando eu era pequenininha.

– Não tenha medo, *u-we-tsi-a-ge-hu-tsa*. O pai dos demônios vai ver que as mulheres de hoje em dia não são tão fáceis de subjugar.

– Mandou bem, vó.

Ela sorriu.

– Sim, filha, nós mandamos bem mesmo.

28

Sob o olhar de aprovação de vovó, invoquei o vento outra vez e o fiz bater ao redor do *campus* inteiro, procurando me concentrar especialmente nos dormitórios. Ficamos à espreita, em silêncio, na expectativa de ouvir os demônios berrando, mas só ouvimos o suave assovio do vento. Então, exausta, vesti meu pijama e finalmente fui dormir. Vovó acendeu uma vela protetora de sete dias para nós e eu me aninhei com Nala, apreciando o som de vovó escovando seus longos cabelos cor de prata enquanto fazia seus rituais de antes de dormir.

Eu estava caindo no sono quando sua voz suave me alcançou.

– *U-we-tsi-a-ge-hu-tsa*, quero que você me prometa uma coisa.

– Tá, vó – respondi, sonolenta.

– Não importa o que aconteça, quero que você me prometa não se esquecer de que Kalona não pode subir. Nada nem ninguém é mais importante do que isso.

Um tiquinho de preocupação me fez acordar.

– Como assim?

– Exatamente o que eu disse. Não deixe nada desviá-la de seu propósito.

– Parece que a senhora está querendo dizer que não vai estar por perto para me orientar – eu disse, sentindo um princípio de pânico se formando em meu peito.

Vovó veio se sentar na beira da minha cama.

– Eu pretendo estar por perto por um longo tempo, meu bem, você sabe disso. Mas, mesmo assim, quero que prometa. Pense que assim estará ajudando a uma velha também.

Fiz cara feia para ela.

– Você não é velha.

– Prometa – ela insistiu.

– Prometo. Agora prometa que não vai deixar nada lhe acontecer – pedi.

– Farei o meu melhor, prometo – ela disse com um sorriso. – Vire a cabeça, vou lhe fazer cafuné até você dormir. Vou lhe dar bons sonhos.

Dei um suspiro, virei de lado e caí no sono, sentindo o toque gostoso de minha avó e ouvindo um acalanto baixinho típico do povo *Cherokee*.

Primeiro, eu pensei que aquelas vozes abafadas estavam vindo da câmera escondida e, sem sequer estar acordada de verdade, sentei-me e peguei a pequena tela. Respirei fundo e me preparei, então cliquei no botão do vídeo e dei um grande suspiro de alívio ao ver a única mesa do mesmo jeito de antes, com seu mesmo ocupante coberto. Desliguei o vídeo e dei uma olhada na cama de minha vó, agora vazia, mas muito benfeita. Sorri, olhando ao redor do quarto com olhos embaçados de cansaço. Na verdade, vovó chegou a dar uma arrumadinha nas coisas antes de sair para fazer compras e almoçar. Eu olhei para Nala, que piscou para mim com olhos sonolentos.

– Desculpe. Deve ter sido minha imaginação hiperativa me fazendo ouvir coisas – a vela de sete dias ainda estava queimando, apesar de estar sem dúvida menor do que quando caí no sono. Dei uma olhada no relógio e sorri novamente. Eram apenas duas horas da tarde. Ainda faltava muito tempo para a hora de acordar. Deitei-me de novo e coloquei meu edredom ao redor do pescoço.

Vozes abafadas, desta vez acompanhadas por várias batidas suaves na minha porta, sem dúvida não eram imaginação minha. Nala grunhiu um *miauff* sonolento, e eu tive de concordar com ela.

– Se forem as gêmeas querendo dar uma escapada até a liquidação de sapatos, vou apertar os pescoços delas – eu disse para minha gata, que pareceu aprovar a ideia com satisfação. Então, limpei a garganta para melhorar a voz de sono e gritei: – Oi! Entra.

Quando a porta se abriu, fiquei surpresa ao ver Shekinah com Aphrodite e Neferet. E Aphrodite estava chorando. Levantei-me de um pulo, afastando meus cabelos desgrenhados do rosto.

– Qual é o problema?

As três entraram no meu quarto. Aphrodite caminhou em minha direção e se sentou ao meu lado na cama. Olhei para ela e Shekinah, e finalmente para Neferet. Não consegui ver mais nada além de tristeza nos olhos delas, mas continuei olhando para Neferet na intenção de enxergar além de sua fachada, desejando que todos conseguissem enxergar também.

– Qual é o problema? – repeti.

– Filha – Shekinah começou a falar com uma voz triste e gentil. – É sua avó.

– Vovó! Cadê ela? – senti um aperto no estômago ao ver que ninguém dizia nada. Agarrei a mão de Aphrodite. – Diga!

– Ela sofreu um acidente de carro. Sério. Ela perdeu a direção quando estava descendo a Main Street por causa de um... de um enorme pássaro preto que entrou pela janela do carro. Ela acabou jogando o carro para fora da estrada e batendo em um poste de luz – lágrimas desciam pelo rosto de Aphrodite, mas sua voz estava firme. – Ela está no CTI do Hospital St. John's.

Não consegui dizer nada por um instante. Fiquei só olhando para a cama vazia de minha avó e o travesseirinho de lavanda que ela deixou lá. Vovó sempre se cercava com o aroma de lavanda.

– Ela estava indo almoçar no Chalkboard. Ela me disse ontem à noite pouco antes de... – não completei a frase, lembrando-me de como vovó estava me dizendo que ia almoçar no Chalkboard logo antes de eu abrir a cortina e me deparar com aquele horrível *Raven Mocker*. Ele estava nos ouvindo e sabia exatamente onde minha avó estava indo hoje. Então ele estava lá para tirá-la da estrada e causar o acidente.

– Antes do quê? – para o observador desinformado, a voz de Neferet indicava preocupação de amiga e de mentora. Mas ao fitar seus olhos cor de esmeralda, vi a frieza calculista de uma inimiga.

– Pouco antes de nos deitarmos – eu estava tentando com todas as forças não demonstrar o nojo que Neferet me dava e como eu sabia que ela era, na verdade, má e pervertida. – Por isso eu sabia que ela estava indo para lá. Ela me disse o que ia fazer hoje enquanto eu estivesse dormindo – desviei o olhar de Neferet para falar com Shekinah. – Preciso vê-la.

– Claro que sim, filha – Shekinah disse. – Darius está esperando com um carro.

– Posso ir com ela? – Aphrodite perguntou.

– Você já perdeu todas as aulas ontem, e eu não...

– Por favor – interrompi Neferet, apelando diretamente a Shekinah. – Eu não quero ficar sozinha.

– Você não concorda que a família é mais importante do que o estudo? – Shekinah perguntou a Neferet.

Neferet hesitou por um breve instante.

– Sim, é claro que concordo. Eu estava só preocupada com a possibilidade de Aphrodite ficar para trás.

– Eu levo meu dever de casa para o hospital. Não vou ficar para trás – Aphrodite deu um largo sorriso para Neferet, um sorriso tão falso quanto os peitos de Pamela Anderson.

– Então, está decidido. Aphrodite vai acompanhar Zoey ao hospital e Darius vai tomar conta delas. Fique o tempo que achar necessário, Zoey. E não deixe de me avisar se houver algo que a escola possa fazer por sua avó – Shekinah disse gentilmente.

– Obrigada.

Nem olhei para Neferet quando as duas saíram do quarto.

– Vagabunda! – Aphrodite disse, olhando com ódio para a porta fechada. – Até parece que ela está preocupada se vou ficar para trás nos estudos! Ela simplesmente odeia o fato de nós duas sermos amigas.

Peraí... peraí. Eu tenho que pensar. Eu tenho que ver minha avó, mas tenho que pensar e deixar tudo encaminhado por aqui primeiro. Não posso me esquecer do que prometi à minha avó.

Enxuguei as lágrimas do rosto com as costas da mão e fui correndo pegar uma calça jeans e um suéter do armário.

– Neferet odeia nossa amizade porque não consegue ler nossas mentes. Mas ela pode ler as mentes de Damien, Jack e das gêmeas, e garanto que vai bisbilhotar os pensamentos deles hoje.

– Temos que avisá-los – Aphrodite disse.

Fiz que sim com a cabeça.

– Temos, sim. Esta câmera escondida não alcança o Hospital St. John's, não é?

– Provavelmente não. Acho que aguenta apenas umas centenas de metros.

– Então, enquanto me visto, leve-a para o quarto das gêmeas. Conte a elas o que aconteceu e diga para avisar a Damien e Jack sobre Neferet – respirei fundo e acrescentei: – Ontem à noite tinha um *Raven Mocker* pendurado na minha janela.

– Ai, minha Deusa!

– Foi horrível – estremeci. – Vovó soprou pó de turquesa nele e eu invoquei o vento para ajudá-la a mandar a criatura embora, mas não sei por quanto tempo ele ficou nos ouvindo.

– Foi o que você começou a dizer. O *Raven Mocker* sabia que sua avó estava indo para o Chalkboard.

– Foi ele quem causou o acidente – confirmei.

– Ele ou Neferet – ela disse.

– Ou os dois juntos – fui até minha mesinha de cabeceira e peguei o monitor da câmera. – Leve isto para as gêmeas. Espere – fiz Aphrodite parar antes que saísse do quarto. Peguei a maleta azul de pernoite de vovó e procurei algo no compartimento de zíper que ela havia deixado aberto. Dentro dele havia uma bolsinha escondida. Eu a abri por via das dúvidas e então, satisfeita, entreguei-a Aphrodite. – Aqui tem mais pó de turquesa. Diga para as gêmeas dividirem o pó com Damien e Jack. Diga que é uma poderosa proteção, mas que não temos muito.

– Saquei – ela respondeu.

– Ande logo. Vou estar pronta para ir quando você voltar.

– Zoey, ela vai ficar bem. Eles disseram que ela está no CTI, mas estava com cinto de segurança e está viva.

– Ela tem que estar – eu disse a Aphrodite enquanto lágrimas brotavam em meus olhos de novo. – Não sei o que eu faria se ela não estivesse bem.

O curto caminho até o Hospital St. John's foi silencioso. É claro que o dia estava insuportavelmente ensolarado. Então, apesar de estarmos todos com óculos de sol e de o carro Lexus ter vidros bem escuros, estava desconfortável para nós. (Bem, nós no caso éramos Darius e eu, Aphrodite parecia estar tendo dificuldade em se controlar para não enfiar a cabeça pela janela e curtir o sol.) Darius nos deixou na entrada da emergência do hospital e disse que ia estacionar o carro e nos encontrar no CTI.

Apesar de nunca ter passado muito tempo dentro de um hospital, o cheiro pareceu uma memória inata e nada positiva. Eu realmente odiava o clima antisséptico para disfarçar a doença. Aphrodite e eu paramos no balcão de informações, e uma senhora simpática com um jaleco cor de salmão nos indicou onde ficava o CTI.

Bem, o CTI era *bem* assustador. Nós hesitamos, sem saber direito se podíamos mesmo passar pela porta giratória onde estava escrito "tratamento intensivo" com letras vermelhas. Então, lembrei-me de que minha avó estava lá dentro e marchei de modo decidido pelas portas intimidadoras que davam na Terra do Pavor.

– Não olhe – Aphrodite sussurrou quando comecei a tropeçar porque meus olhos foram automaticamente atraídos às paredes de vidro dos quartos dos pacientes. Sério mesmo. As paredes dos quartos não eram paredes. Eram vitrines, para que todo mundo pudesse dar uma olhada nos velhos à beira da morte usando urinol e tal. – Continue andando até a sala das enfermeiras. Elas vão lhe falar da sua avó.

– Como sabe tudo isso? – sussurrei.

– Meu pai teve overdose duas vezes e veio parar aqui.

Chocada, olhei para ela.

– É mesmo?

Ela deu de ombros.

– Você também não tomaria pílulas demais se fosse casada com minha mãe?

Quase respondi que sim, mas achei melhor não falar. Além do mais, já havíamos chegado à sala das enfermeiras.

– Em que posso lhe ajudar? – perguntou uma loura corpulenta como um muro.

– Vim ver minha avó, Sylvia Redbird.

– E quem é você?

– Zoey Redbird – respondi.

A enfermeira conferiu um gráfico e sorriu para mim.

– Você está registrada aqui como a parenta mais próxima. Só um momento. O doutor está com ela agora. Se você aguardar na sala de espera no fim do corredor, vou avisar para ele ir vê-la.

– Eu não posso vê-la?

– É claro que pode, mas o médico precisa terminar primeiro de examiná-la.

– Tá. Vou ficar esperando – depois de dar uns poucos passos, parei. – Ela não vai ficar sozinha, vai?

– Não. É por isso que todos os quartos têm vitrines no lugar de paredes. Nenhum dos pacientes em tratamento intensivo fica sozinho.

Bem, olhar pelo vidro não seria suficiente no caso da minha avó.

– Peça ao doutor para não deixar de vir falar logo comigo, ok?
– É claro.

Aphrodite e eu fomos para a sala de espera, que era quase tão estéril e pavorosa como o resto do CTI.

– Não gosto disso – não consegui me sentar, então fiquei andando de um lado para o outro na frente de um pavoroso sofá azul de flores.

– Ela precisa de mais proteção do que enfermeiras olhando pela vitrine de vez em quando – Aphrodite disse.

– Antes mesmo do que aconteceu recentemente, os *Raven Mockers* eram capazes de ferrar com gente velha à beira da morte. Vovó está velha, e agora ela... ela... – minhas palavras saíram pesadas e não consegui dizer a assustadora verdade.

– Ela está ferida – Aphrodite disse com firmeza. – Só isso. Ela está ferida. Mas você tem razão. Ela está vulnerável no momento.

– Você acha que eles vão me deixar chamar um xamã para ela?

– Você conhece algum?

– Bem, mais ou menos. Tem um coroa, o John Whitehorse, que é amigo de vovó faz muito tempo. Ela me disse que ele é Veterano. Seu número deve estar no celular de vovó. Tenho certeza de que ele conhece um xamã.

– Não custa nada tentar trazer um para cá – Aphrodite disse.

– Como ela está? – Darius perguntou ao entrar na sala de espera.

– Ainda não sabemos. Estamos esperando o médico. Estávamos pensando em pedir a um amigo de vovó para trazer um xamã para harmonizá-la.

– Não seria mais fácil pedir a Neferet para vir? Ela é nossa Grande Sacerdotisa e também curadora.

– Não! – Aphrodite e eu quase gritamos ao mesmo tempo.

Darius franziu a testa, mas a chegada do médico nos poupou de dar maiores explicações ao guerreiro.

– Zoey Redbird?

Virei-me para o homem alto e magro e estendi a mão.

– Eu sou a Zoey.

Ele apertou minha mão solenemente. Seu aperto era firme e suas mãos eram fortes e macias.

– Sou o doutor Ruffing. Estou cuidando de sua avó.

– Como ela está? – fiquei surpresa de soar tão normal, porque estava sentindo a garganta bloqueada de medo.

– Vamos nos sentar aqui – ele disse.

– Prefiro ficar de pé – respondi e tentei lhe dar um sorriso de desculpas. – Estou nervosa demais para me sentar – o sorriso dele era confiante, e fiquei contente de ver tanta bondade em seu rosto.

– Muito bem. Sua avó sofreu um sério acidente. Ela teve várias batidas na cabeça e quebrou o braço direito em três lugares. O cinto de segurança lhe machucou o peito e os *airbags* queimaram seu rosto ao se abrir, mas ambos lhe salvaram a vida.

– Ela vai ficar boa? – eu estava tendo dificuldade de falar mais alto do que um sussurro.

– Ela tem boas chances, mas saberemos mais depois de vinte e quatro horas – doutor Ruffing respondeu.

– Ela está acordada?

– Não. Eu a coloquei em coma induzido.

– Em coma! – senti meu corpo balançar. De repente, fiquei corada e quente, pequenos pontos luminosos surgiram nos cantos dos meus olhos. Então, Darius me segurou pelo cotovelo e me levou para uma cadeira.

– Procure respirar lentamente. Concentre-se em inalar – doutor Ruffing se agachou na minha frente e segurou meu punho com os dedos largos para tirar meu pulso.

– Desculpe, desculpe. Estou bem – eu disse, enxugando o suor da testa. – É só que a palavra coma soa tão terrível.

– Na verdade, não é tão ruim assim. Induzi o coma para dar ao seu cérebro a chance de se curar – ele me explicou. – Tomara que assim possamos controlar o inchaço.

– E se o inchaço não for controlado?

Ele deu um tapinha no meu joelho antes de se levantar.

– Vamos dar um passo por vez e resolver um problema de cada vez.

– Posso vê-la?

– Pode, mas ela precisa ficar quieta – então, ele me mostrou o caminho do quarto.

– Aphrodite pode vir comigo?

– No momento, só um de cada vez – ele respondeu.

– Tudo bem – Aphrodite disse. – Vamos ficar aqui esperando por você. Lembre-se, não tenha medo. Não importa o que aconteça, ela ainda é sua avó.

Eu assenti, mordendo a bochecha para não chorar.

Segui o doutor Ruffing ao quarto de vidro, que não ficava tão longe da sala das enfermeiras. Nós fizemos uma pausa em frente à porta. O médico olhou para mim.

– Ela está ligada a um monte de máquinas e tubos. Eles parecem piores do que na verdade são.

– Ela está respirando sozinha?

– Sim, e seu coração está batendo firme e forte. Está pronta?

Eu assenti, e ele abriu a porta para mim. Ao entrar no quarto, ouvi claramente o som assustador de asas batendo.

– O senhor ouviu isso? – sussurrei para o médico.

– O quê?

Olhei para seus olhos completamente inocentes e tive certeza de que ele não ouvira o som dos *Raven Mockers* batendo asas.

– Nada, desculpe.

Ele tocou meu ombro.

– Sei que é duro de encarar, mas sua avó é saudável e firme. Ela tem grandes chances.

Caminhei lentamente até o lado da cama dela. Vovó pareceu tão pequena e frágil que não consegui conter as lágrimas que começaram a escorrer dos meus olhos por todo o rosto. Seu rosto estava terrivelmente machucado e queimado. Seu lábio estava rachado, e já havia pontos ali e em outra parte do queixo. A maior parte da cabeça estava coberta por ataduras. O braço direito estava completamente engessado com aqueles pedaços de metal bizarros saindo do gesso.

– Alguma pergunta que eu possa responder? – doutor Ruffing perguntou baixinho.

– Sim – eu disse sem hesitar e sem tirar os olhos do rosto de minha avó. – Minha avó é *Cherokee*, e eu sei que ela se sentiria melhor se eu chamasse um xamã – tirei os olhos do rosto machucado de minha avó e olhei para o médico. – Não quero faltar com o respeito ao senhor nem desrespeitar a medicina. É uma questão espiritual.

– Bem, eu acho que sim, mas só quando ela sair do tratamento intensivo.

Tive que me controlar para não gritar *"é justamente enquanto ela está no tratamento intensivo que mais precisa do xamã"*.

Doutor Ruffing continuou a falar baixinho, mas soou bastante sincero.

– Você precisa entender que este é um hospital católico, de modo que só permitimos...

– Católico? – interrompi, sentindo uma onda de alívio. – Então, o senhor permitiria que uma freira ficasse com minha avó.

– Bem, sim, é claro. Freiras e padres costumam visitar nossos pacientes.

– Excelente. Eu conheço uma freira perfeita – respondi com um sorriso.

– Ótimo. Bem, alguma outra pergunta que eu possa lhe responder?

– Sim, pode me arrumar uma lista telefônica?

29

Não sei quantas horas se passaram. Sob protesto, mandei Darius e Aphrodite de volta para a escola. Mas Aphrodite sabia que eu precisava que ela se certificasse de que estava tudo bem enquanto estivesse me preocupando com minha avó, e apenas depois de fazê-la se lembrar disso consegui finalmente fazer com que fosse embora. E prometi a Darius que não deixaria o hospital sem chamá-lo para me dar carona, apesar de a escola ficar a menos de dois quilômetros e ser megafácil para mim caminhar de volta.

O tempo passava estranhamente no CTI. Não havia janelas externas e, a não ser pelas batidas e cliques de ficção científica do maquinário do hospital, os quartos eram escuros e quietos. Imaginei que fosse um tipo de sala de espera da morte, o que me deixava completamente apavorada. Mas não podia deixar minha avó. Eu não ia deixá-la, a não ser que alguém preparado para combater os demônios ficasse em meu lugar. Então me sentei e esperei, continuando a observar seu corpo adormecido enquanto ela lutava para se curar.

Eu estava lá, sentada, só segurando sua mão e cantando baixinho as palavras dos acalantos *Cherokees* que ela gostava de cantar para eu dormir, quando a irmã Mary Angela finalmente entrou no quarto com passos rápidos.

Ela olhou para mim, olhou para minha avó e então me abriu seus braços. Eu me atirei nos braços dela, sufocando meus soluços contra o tecido liso de seu hábito.

– Shh, fique calma agora. Tudo vai dar certo, filha. Ela agora está nas mãos de Nossa Senhora – ela murmurou, dando tapinhas leves nas minhas costas.

Quando finalmente consegui falar, levantei os olhos para ela e nunca fiquei tão feliz na vida só por ver uma pessoa.

– Obrigada por vir, irmã.

– Eu me senti honrada por você me chamar, e sinto muito por ter demorado tanto a chegar. Tive de apagar vários incêndios antes de poder sair da abadia – ela disse. Ainda com o braço em meu ombro, fomos para o lado da cama de minha avó.

– Tudo bem. Estou feliz que a senhora está aqui agora. Irmã Mary Angela, esta é minha avó, Sylvia Redbird – eu disse com uma vozinha apertada. – Ela sempre foi minha mãe e meu pai. Eu a amo demais.

– Ela deve ser uma mulher muito especial para ter a devoção de uma neta como você.

Olhei rapidamente para a irmã Mary Angela.

– O hospital não sabe que eu sou novata.

– Não devia fazer diferença quem você é – ela respondeu com firmeza. – Se você ou sua família precisar de socorro ou cuidados, eles devem providenciar.

– Nem sempre funciona assim – eu disse.

Seus olhos sábios me estudaram.

– Infelizmente, tenho de concordar com você.

– Então a senhora vai me ajudar sem dizer a eles quem sou?

– Vou – ela confirmou.

– Ótimo, porque vovó e eu precisamos de sua ajuda.

– O que eu posso fazer?

Olhei para vovó. Ela parecia estar descansando tão pacificamente quanto estava desde que me sentara ao seu lado. Não ouvi mais asas batendo nem senti premonição negativa nenhuma. Mesmo assim, eu relutava em deixá-la sozinha, nem que fosse por poucos minutos.

– Zoey?

Olhei nos olhos sábios e gentis daquela freira incrível e contei a ela a verdade.

– Eu preciso conversar com a senhora e não quero fazer isso aqui, onde podem nos interromper ou escutar, mas estou com medo de deixar minha avó sozinha e desprotegida.

Ela olhou para mim com toda calma, sem se deixar perturbar pela minha estranheza. Então, enfiou a mão nos bolsos da frente de seu volumoso hábito preto e tirou uma pequena, mas lindamente detalhada, estátua da Virgem Maria.

– Será que sua mente ficaria mais aliviada se eu deixasse Nossa Senhora aqui com sua avó enquanto conversamos?

Fiz que sim com a cabeça.

– Acho que sim, irmã – respondi, sem tentar analisar por que me sentia tão tranquila por causa de um ícone da mãe do Cristianismo que a freira trouxera com ela. Eu estava apenas agradecida por meus instintos me dizerem que eu podia acreditar naquela freira e na "magia" que ela carregava consigo.

A irmã Mary Angela colocou a estatuazinha de Maria na mesinha de cabeceira de vovó. Então, abaixou a cabeça e entrelaçou as mãos. Vi seus lábios se mexendo, mas suas palavras saíram tão baixinhas que não as ouvi. A freira fez o sinal da cruz, beijou os dedos e tocou a estátua de leve, e depois saímos do quarto de vovó.

– Ainda é dia lá fora? – perguntei.

Ela olhou para mim com surpresa.

– Faz horas que a luz do dia acabou, Zoey. Passa das dez da noite.

Esfreguei o rosto. Estava totalmente exausta.

– Você se importa se nós caminharmos lá fora só um pouquinho? Tenho que lhe contar muitas coisas pesadas, e vai ser mais fácil se eu sentir o ar da noite ao meu redor.

– Está uma noite deliciosa e fresca. Será um prazer caminhar com você.

Saímos da confusão do hospital, e finalmente nos encontramos no lado oeste, de frente para a rua Utica e para a linda fonte que caía como uma cascata em frente ao hospital.

– Quer caminhar até a fonte? – perguntei.

– Vá na frente, Zoey – irmã Mary Angela disse com um sorriso.

Nós não conversamos enquanto caminhávamos. Olhei para tudo ao nosso redor, procurando silhuetas de pássaros deformados, escutando com atenção para ver se identificava aquele som de zombaria que era transmitido pelo barulho de corvos. Mas não havia nada. A única coisa que senti na noite ao nosso redor é que ela nos esperava. E não sei se isso era bom ou mau sinal.

Havia um banco perto da fonte. Ficava de frente para uma estátua branca de Maria cercada por carneiros e meninos pastores que decoravam o canto ao sul do hospital. Também havia uma linda estátua de Maria muito colorida, usando sua famosa manta azul, bem na porta da emergência do hospital. Estranho como nunca percebera antes quantas estátuas de Maria havia por lá.

Ficamos sentadas no banco por um tempinho, apenas descansando no silêncio gelado da noite, quando respirei fundo e me virei para olhar para o rosto da irmã Mary Angela.

– Irmã, a senhora acredita em demônios? – resolvi ir direto na jugular. Não havia razão para rodeios. Além do mais, eu realmente não tinha tempo nem paciência para isso.

Ela levantou as sobrancelhas grisalhas.

– Demônios? Bem, acredito sim. Demônios e a Igreja Católica têm uma longa e turbulenta história.

Então, ela olhou para mim com firmeza, esperando como se fosse minha vez. Esta era uma das coisas que eu mais gostava na irmã Mary Angela. Ela não era um daqueles adultos que se sentiam no dever de terminar a frase para você. E também não era um daqueles adultos que não conseguiam ficar quietos e esperar alguém mais jovem ajustar os pensamentos.

— Já viu algum pessoalmente?

— De verdade, não. Cheguei perto disso, mas no final todos eles eram pessoas muito doentes ou então muito desonestas.

— E anjos?

— Se eu acredito neles ou se eu conheço algum?

— As duas coisas – respondi.

— Sim e não, nessa ordem. Apesar de eu preferir encontrar um anjo a um demônio, se puder escolher.

— Não tenha tanta certeza.

— Zoey?

— A palavra Nephilim lhe soa familiar?

— Sim, fala-se muito deles no Velho Testamento. Alguns teólogos supõem que Golias era um nephilium, ou filho de um.

— E Golias não era um cara legal, certo?

— De acordo com o Velho Testamento, não.

— Certo. Bem... Eu preciso lhe contar a história de outro Nephilim. Ele também não era um cara legal. É uma história que vem do povo da minha avó.

— Povo da sua avó?

— Ela é *Cherokee*.

— Ah, então continue, Zoey. Adoro fábulas indígenas.

— Bem, prepare-se. Essa história não é nada leve.

Então, comecei uma versão abreviada do que minha avó havia me dito sobre Kalona, as Tsi Sgili e os *Raven Mocker*s.

Terminei a história com a prisão de Kalona e a canção perdida dos *Raven Mocker*s que profetizava o retorno de seu pai. A irmã Mary Angela não disse nada por vários minutos. Quando ela falou, foi sinistro ver como repetiu minha primeira reação à história.

— As mulheres deram vida a uma bonequinha de barro?

Eu sorri.

— Foi o que eu disse à vovó quando ela me contou a história.

— E o que ela respondeu?

Notei pela expressão serena em seu rosto que ela esperava que eu risse e dissesse que minha avó havia explicado que era um conto de fadas ou talvez uma alegoria religiosa. Mas eu disse a verdade.

– Vovó me lembrou de que magia é uma coisa real. E que seus ancestrais, que são meus ancestrais também, não eram mais ou menos críveis do que uma garota que sabe invocar e comandar os cinco elementos.

– Está querendo dizer que este é seu dom e a razão pela qual você é importante o suficiente para ter um guerreiro acompanhando-a até o Street Cats? – a irmã Mary Angela perguntou.

Vi nos seus olhos que ela não queria me chamar de mentirosa e romper nossa amizade recém-formada, mas não tinha acreditado em mim. Então, eu me levantei e me afastei um pouquinho do banco para sair de baixo da luz abrasiva do lampião. Fechei os olhos e respirei profundamente o ar frio da noite. Não tive de pensar muito para achar o leste. Ele me veio naturalmente. Olhei para o hospital do outro lado da rua e diretamente a leste de onde eu estava. Abri meus olhos e, sorrindo, disse:
– Vento, você tem sempre respondido ao meu chamado nos últimos dias. Eu reverencio sua lealdade e peço que me responda mais uma vez. Venha a mim, vento!

Praticamente não havia brisa noturna, mas, no momento em que invoquei meu primeiro elemento, uma brisa doce e brincalhona começou a soprar ao meu redor. A irmã Mary Angela estava perto o bastante para sentir o vento me obedecendo. Ela teve até que segurar seu chapéu para não sair voando. Fiz uma careta ao ver seu olhar perplexo. Então, virei à direita, de frente para o sul.

– Fogo, a noite está fria e, como sempre, precisamos de sua ternura protetora. Venha para mim, fogo!

A brisa fria de repente ficou cálida, quente até. Ouvi o crepitar de uma fogueira me cercando, e foi como se a irmã Mary Angela e eu estivéssemos nos preparando para assar linguiças em uma agradável noite de verão.

– Meu Deus! – eu a ouvi arfar.

Sorri e virei à direita de novo.

– Água, precisamos que você nos limpe e alivie o calor que o fogo traz. Venha para mim, água!

Foi com grande alívio que senti o calor instantaneamente dar lugar ao aroma e ao toque de uma chuva de primavera. Minha pele não ficou molhada, mas devia ter ficado. Foi como se tivessem me soltado no meio de um temporal no qual me lavei, me refresquei e me renovei.

Irmã Mary Angela levantou o rosto para o céu e abriu a boca como se achasse que fosse pegar um pingo de chuva.

Eu continuei à minha direita: – Terra, eu sempre me sinto próxima de você. Você nutre e protege. Venha para mim, terra!

A chuva de primavera se transformou em um campo de feno recém-aparado no verão. A brisa molhada de chuva fria agora estava carregada de alfafa, de sol e dos sons alegres de crianças brincando.

Olhei para a freira. Ela ainda estava sentada no banco, mas tirara o chapéu, e seus cabelos grisalhos curtos voaram sobre seu rosto enquanto ela ria e respirava fundo a brisa de verão, parecendo voltar a ser uma criança linda.

Ela sentiu meu olhar sobre si e me olhou nos olhos quando levantei os braços sobre a cabeça: – É o espírito que nos une e nos faz únicos. Venha para mim, espírito!

Como sempre, a sensação docemente familiar de minha alma se elevando me pegou e me preencheu quando o espírito respondeu ao meu chamado.

– Oh! – irmã Mary Angela arfou, mas não soou surtada nem com raiva, apenas perplexa. Observei quando ela abaixou a cabeça e apertou junto ao coração o rosário de contas que usava no pescoço.

– Obrigada, espírito, terra, água, fogo e vento. Podem ir agora com meus agradecimentos. Vocês são o máximo! – gritei, abrindo bem os braços enquanto os elementos giravam, brincalhões, ao meu redor, para então se dissiparem noite adentro.

Lentamente, caminhei de volta para o banco e me sentei ao lado da irmã Mary Angela, que estava endireitando o cabelo e recolocando seu chapéu. Finalmente, ela olhou para mim.

– Faz tempo que eu suspeitava disso.

Não foi o que eu esperava ouvi-la dizer.

– A senhora suspeitava que eu pudesse controlar os elementos?

Ela riu.

– Não, filha. Há muito tempo eu suspeitava que o mundo está repleto de poderes ocultos.

– Sem ofensa, mas é esquisito uma freira dizer isso.

– É mesmo? Eu não acho que seja esquisito se você pensar que sou casada com o que é, em essência, um espírito – ela hesitou e continuou: – E eu já senti as vibrações desses poderes...

– Elementos – eu a interrompi. – Eles são os cinco elementos.

– Erro meu. Eu já senti várias vezes antes em nosso convento as vibrações desses elementos. Diz a lenda que o convento foi construído em um antigo local de poder. Sabe, Zoey Redbird, Sacerdotisa em treinamento, o que você me mostrou esta noite representa mais uma confirmação do que um choque.

– Huh, bem, é bom ouvir isso.

– Então, você estava explicando como as Ghiguas criaram uma virgem de barro que aprisionou o anjo caído e que os *Raven Mockers* cantaram uma canção sobre seu retorno e então viraram espírito. E o que aconteceu depois?

Eu sorri ao ouvir o tom prático de sua voz antes de minha expressão ficar séria de novo.

– Ao que parece, nada demais aconteceu por muitos anos, tipo uns mil ou coisa assim. Então, poucos dias atrás, comecei a ouvir o que pensei fossem gralhas grasnando de um modo detestável à noite.

– Você acha que não são gralhas?

– Eu sei que não são. Primeiro de tudo, gralhar não é o que eles faziam de verdade; era mais como um grasnado de corvo.

Ela assentiu.

– Gralhas gralham. Corvos grasnam.

Eu fiz que sim com a cabeça.

– Foi o que aprendi recentemente. Segundo, não só dois deles me atacaram, como vi um ontem à noite. Ele estava me ouvindo na minha janela quando vovó estava dizendo para onde ia hoje enquanto eu estivesse dormindo. Foi quando ela estava dirigindo que sofreu esse "acidente" esquisito e quase fatal – abri aspas para a palavra acidente. – Testemunhas disseram que a causa foi um pássaro preto enorme que voou para dentro do carro dela.

– Mãe de Deus! Por que os *Raven Mockers* estavam atrás de sua avó?

– Acho que eles estavam atrás dela para me atingir e impedir que ela nos ajudasse mais do que já ajudou.

– Ajudasse a você e a quem mais com o quê?

– Ajudar a mim e a meus amigos novatos. A maioria deles tem alguma afinidade com os elementos, e uma das minhas amigas tem visões que alertam sobre coisas ruins que vão acontecer, normalmente visões de morte e destruição, sabe, essas visões típicas.

– Seria ela Aphrodite, aquela linda jovem que felizmente adotou Malévola ontem?

Eu sorri.

– Sim, essa é a menina das visões. E não, nenhum de nós está morrendo de entusiasmo com a adoção de Malévola – irmã Mary Angela riu e eu prossegui: – Enfim, Aphrodite viu o que achamos que seja a profecia dos *Raven Mockers* em sua última visão e escreveu tudo.

A irmã Mary Angela ficou pálida.

– E a profecia prevê o retorno de Kalona?

– Sim, o que parece estar acontecendo agora.

– Ah, Virgem Santíssima! – ela respirou fundo e se benzeu.

– É por isso que precisamos de sua ajuda – eu disse.

– Como posso impedir que a profecia venha a se concretizar? Eu sei de umas coisinhas sobre os Nephilim, mas nada específico sobre as lendas *Cherokees*.

– Não, eu acho que já sacamos a maior parte da situação, e esta noite vamos pôr em prática umas coisas que vão prejudicar seriamente a possibilidade de essa profecia se concretizar. Eu preciso de sua ajuda é em relação à minha avó. Sabe, os *Raven Mockers* estavam certos. Ao se meter com ela, eles se meteram comigo. Eu não vou deixá-la sozinha para ser atormentada por eles. O pessoal do hospital não me deixou chamar um xamã porque eles não gostam dessa coisa de paganismo. Então, preciso de alguém que seja espiritualmente poderosa e que acredite em mim.

– Então é aí que eu entro – ela disse.

– Sim. A senhora me ajuda? Pode ficar com vovó e protegê-la dos *Raven Mockers* enquanto eu tento reverter a profecia por mais uns mil anos ou coisa assim?

– Eu adoraria – ela se levantou e começou a atravessar de modo decidido a faixa de pedestres. Ela olhou para mim. – O que foi? Pensou que teria de conjurar o vento de novo para me soprar lá para dentro de novo?

Eu ri e atravessei a rua com ela. Desta vez, quando ela fez uma pausa em frente à estátua de Maria na entrada, baixando a cabeça e sussurrando uma rápida prece, não esperei com impaciência. Desta vez dei uma longa olhada para a estátua da Virgem, reparando pela primeira vez na gentileza de seu rosto e na sabedoria em seus olhos. E quando a irmã Mary Angela dobrou os joelhos, eu sussurrei: – Fogo, eu preciso de você – quando senti o calor me cercando, abarquei-o em minha mão e então dei um leve toque em uma das velas votivas que estavam apagadas aos pés da estátua. Ela se acendeu instantaneamente em chamas felizes, bem como meia dúzia de outras. – Obrigada, fogo. Pode ir brincar agora – agradeci.

A irmã Mary Angela não disse nada, apenas pegou uma das velas votivas acesas e olhou para mim com expectativa. Ao ver que eu não dizia nada, ela perguntou: – Você tem uma moeda de vinte e cinco centavos?

– Acho que tenho – enfiei a mão no bolso da minha calça jeans e peguei os trocados que recebera da máquina de refrigerante naquele dia mesmo. Eu tinha duas moedas de vinte e cinco, duas de dez e uma de cinco centavos na mão. Sem entender direito o que ela queria que eu fizesse com aquelas moedas, eu as entreguei a ela.

A irmã apenas sorriu e disse: – Ótimo, coloque-as no lugar desta vela e vamos subir.

Eu fiz o que ela me disse e então voltamos ao quarto de minha avó enquanto a irmã protegia com a mão a chama tremeluzente da vela votiva.

Não fomos recebidas pelo som de asas batendo ao entrar no quarto de vovó. E não vi nenhuma sombra escura com o canto do olho. A irmã Mary Angela foi até a estátua de Maria, na frente da qual colocou a vela votiva; então, se sentou na cadeira em que eu estivera e tirou seu rosário do pescoço. Sem olhar para mim, ela disse: – Não é melhor você ir logo, filha? Você já tem sua própria batalha contra o mal para travar.

– É, tenho mesmo – corri para o lado da cama de minha avó. Ela não se mexeu, mas eu tentei acreditar que ela estava um pouquinho mais corada e respirando um pouquinho melhor. Eu a beijei na testa e sussurrei: – Eu te amo, vó. Volto logo. Enquanto isso, a irmã Mary Angela vai ficar com a senhora. Ela não vai deixar os *Raven Mockers* a levarem.

Então me virei para a freira, que parecia de outro mundo, tão serena sentada na cadeira do hospital, manuseando seu rosário à luz vacilante da vela votiva que projetava sombras que dançavam sobre ela e sua Deusa. Eu estava abrindo a boca para lhe agradecer quando ela falou primeiro: – Você não precisa me agradecer, filha. Esse é meu trabalho.

– Ficar tomando conta de pessoas doentes é seu trabalho?

– Ajudar o bem a subjugar o mal é o meu trabalho.

– Fico feliz que a senhora seja boa nisso – respondi.

– Eu também.

Abaixei-me e beijei sua bochecha macia, e ela sorriu. Mas eu tinha de dizer mais uma coisa antes de ir embora: – Irmã, se eu não conseguir... Se meus amigos e eu não conseguirmos deter Kalona e ele ressurgir, as coisas vão ficar muito ruins para o pessoal daqui, especialmente para as mulheres. A senhora vai precisar ir para debaixo da terra. Conhece algum lugar tipo um porão, uma adega ou até mesmo uma caverna para onde possa fugir rapidamente e ficar por um tempo?

Ela assentiu: – Debaixo do nosso convento tem uma adega enorme usada para várias coisas. Inclusive esconder bebidas ilegais na década de vinte, de acordo com as histórias antigas.

– Bem, é para lá que a senhora deve ir. Leve as outras freiras. Aliás, leve todos os gatos também. Apenas vá para debaixo da terra. Kalona odeia a terra e ele não vai segui-la até lá.

– Eu entendo, mas creio que você vai vencer.

– Espero que a senhora esteja certa, mas me prometa que vai para debaixo da terra se eu não vencer, e que vai levar minha avó com a senhora – olhei nos seus olhos, esperando que ela me lembrasse de que seria difícil tirar uma idosa do tratamento intensivo, e que enfiá-la em um porão ou convento não seria exatamente fácil.

Ao invés disso, ela apenas sorriu serenamente.

– Você tem minha palavra.

Olhei para ela com surpresa.

– Você acha que é a única que sabe usar a magia? – ela levantou as sobrancelhas grisalhas. – As pessoas raramente questionam as ações de uma freira.

– Ahn. Ora, que ótimo. Bem, então estou com seu número de celular. Deixe o aparelho por perto. Vou lhe telefonar assim que puder.

– Não se preocupe com sua avó nem comigo. Velhas como nós sabem cuidar de si próprias muito bem.

Beijei sua bochecha de novo.

– Irmã, a senhora é como minha avó. Nenhuma das duas vai envelhecer nunca.

30

Eu não queria esperar por Darius quando podia praticamente percorrer a pé a curta distância até a escola no tempo que ele levaria para chegar ao carro, dar a partida e dirigir até o hospital, mas não consegui me forçar a fazer isso. A noite passou de amiga a inimiga enganadora e assustadora. Enquanto esperava por ele, liguei para o número de Stevie Rae.

Mas ela não respondeu. O telefone sequer chamou, caiu direto na caixa postal. E novamente fiquei pensando que tipo de mensagem devia deixar. *Oi, Stevie Rae, tem uma grande profecia e um mal ancestral sobre o qual quero lhe falar antes de você caminhar no meio desta noite, mas acho que consigo te achar mais tarde.* Por alguma razão, achei que não seria muito inteligente fazer isso. Então, enquanto esperava por Darius, me arrependi por não ter ligado para Stevie Rae antes, mas o acidente da minha avó havia me consumido.

E era exatamente isso que os *Raven Mocker*s pretendiam.

O Lexus preto de Darius estacionou no meio-fio perto da entrada da emergência, e ele saiu para abrir a porta para mim.

– Como está sua avó?

– Não teve muita mudança real, e o médico disse que isso é bom. A irmã Mary Angela está com ela esta noite para que eu possa conduzir o ritual de limpeza.

Darius assentiu e deu a volta com o carro para seguirmos a curta distância de volta à escola.

– A irmã Mary Angela é uma poderosa Sacerdotisa. Ela teria dado uma excelente vampira.

– Eu vou dizer a ela que você disse isso – sorri. – Aconteceu alguma coisa hoje na escola que eu deva saber?

– Andaram falando sobre protelar o ritual quando correu a notícia do acidente de sua avó.

– Ah, não! Não devíamos fazer isso – respondi rapidamente. – É importante demais para adiar.

Ele me deu um olhar curioso, mas apenas falou: – Foi o que Neferet disse. Ela convenceu Shekinah a continuar com a programação original da noite.

– Ah, é? – pensei em voz alta, imaginando por que era tão importante para Neferet que eu fizesse o ritual esta noite. Talvez ela estivesse sentindo que Aphrodite perdera sua afinidade com a terra e estivesse torcendo para que ela passasse a maior vergonha, constrangendo a si mesma e a mim. Bem, Neferet ia ter uma grande surpresa se era isso o que ela estava esperando.

– Mas a senhorita está bem em cima da hora – Darius me lembrou, dando uma olhada no relógio digital do painel. – Mal terá tempo de trocar de roupa e chegar ao muro leste.

– Tudo bem. Eu me saio bem sob pressão – menti.

– Bem, creio que Aphrodite e o resto do grupo já prepararam tudo para você.

Eu assenti e sorri para ele.

– Aphrodite, hein?

Ele sorriu para mim.

– Sim, Aphrodite.

Estacionamos na calçada e Darius saiu para abrir minha porta.

– Obrigada, cavalheiro – brinquei. – Te vejo no ritual.

– Eu jamais perderia esse ritual, por nada no mundo – ele respondeu.

– *Aimeudeus!* Sua avó está bem? Fiquei tão passado quando soube! – Jack entrou como se fosse um tornado *gay* no meu quarto, praticamente me asfixiando com um abraço exuberante. Duquesa veio para cima de mim com ele, balançando o rabo e arfando, dando boas-vindas caninas.

– É, estamos realmente surtados por causa de sua avó – Damien disse, vindo logo atrás de Jack e Duquesa e me abraçando ao chegar sua vez. – Eu acendi a vela de lavanda para ela, ficou queimando o dia inteiro.

– Vovó ia gostar disso – respondi.

– Então, o que disseram? Ela vai ficar bem? – Erin perguntou.

– É, Aphrodite não contou merda nenhuma pra gente – Shaunee reclamou.

– Eu disse a vocês tudo que sabia – Aphrodite retrucou, entrando em meu quarto depois de todo mundo. – E o que eu sabia era que só saberemos com certeza de qualquer coisa depois de mais ou menos um dia.

– Ainda é tudo que sabemos – confirmei. – Mas parece que a boa notícia é que ela não está piorando.

– Foram mesmo os *Raven Mockers* que causaram o acidente? – Jack perguntou.

– Tenho certeza que sim – respondi. – Tinha um no quarto dela quando cheguei.

– Tem certeza de que não tem problema você deixá-la sozinha? Quer dizer, eles não podem fazer mal a ela? – Jack perguntou.

– Tenho certeza de que podem, mas ela não está sozinha. Lembram-se da freira que Aphrodite e eu dissemos que dirige o Street Cats? Ela está lá e não vai deixar ninguém fazer mal à minha avó.

– Freiras me deixam bolada – Erin disse.

– Elas me dão medo, com certeza. Passei cinco anos do fundamental em uma escola católica, e te juro que aquelas mulheres são mááááááás – Shaunee disse.

— A irmã Mary Angela com certeza vai saber segurar a situação — Aphrodite nos assegurou.

— E vai saber segurar a situação se algum *Raven Mocker* tentar se meter com minha avó — confirmei.

— Então a freira sabe dos *Raven Mockers*? — Damien perguntou.

— Ela sabe de tudo, da profecia e tudo mais. Eu tive de contar para ela entender por que era tão importante não deixar vovó sozinha — fiz uma pausa e decidi reconhecer tudo. — Além disso, confio nela. Eu sinto uma enorme força do bem sempre que estou com ela. Na verdade, ela me lembra muito minha avó.

— Além do mais, ela pensa que Nyx é apenas outra versão da Virgem Maria, o que significa que não acha que somos seres do mal que vão direto para o inferno — Aphrodite acrescentou.

— Interessante — Damien disse. — Gostaria de conhecê-la assim que essa loucura de Kalona estiver resolvida.

— Ah, falando em loucura. Vocês ficaram de olho na câmera? — perguntei.

Jack assentiu e deu uma batidinha em sua mochila tipo *satchel*.

— É, fiquei de olho o tempo todo e, bem, está tudo morto por lá — ele deu uma risada e bateu com a mão na boca. — Desculpe! Eu não tive intenção de soar desrespeitoso com o talvez m-o-r-t-o — ele soletrou.

— Meu bem, tudo bem — Damien levou o braço ao ombro dele. — Senso de humor ajuda neste tipo de situação. E você fica muito lindinho rindo assim.

— Bom, antes de eu ficar enjoada e acabar vomitando em meu lindo vestido novo, podemos revisar o plano básico do ritual e seguir em frente? Não vai ser bom nos atrasarmos esta noite — Aphrodite nos alertou.

— É, você tem razão. Devemos seguir em frente. Mas vocês estão todos muito bonitos — observei, sorrindo para eles. — Nós somos um grupo muito lindo.

Todos sorriram e fizeram reverências, curvando-se e dando pequenos giros. Foi ideia das gêmeas que nós todos usássemos roupas novas nesse ritual de limpeza. Elas disseram que, para simbolizar o Ano Novo e a novidade de uma escola limpinha, todos nós precisávamos de coisas novas. Achei que era novidade demais, mas estava muito ocupada para ligar para isso.

Enquanto fiquei ao lado da cama de minha avó, as gêmeas foram às compras. (Não perguntei como fizeram para matar aula – sobre algumas coisas é melhor não saber os detalhes.) Estávamos todos de preto, mas cada traje era diferente do outro. O vestido de Aphrodite era curtíssimo de veludo preto e com gola gota. Ficou de arrasar com suas botas pretas de salto *stiletto*. Tive um palpite de que ela ia se sair com seu bordão: *Não importa o que aconteça, se o visual estiver bom, tudo fica melhor*. Damien e Jack estavam usando roupas pretas de garoto. Eu não entendia droga nenhuma de roupas de garotos, mas eles estavam muito lindos. As gêmeas estavam usando saias pretas curtas e batas de seda preta, mas eu não sabia se estavam lindas ou parecendo grávidas. É claro que jamais diria isso a elas. Eu estava usando um vestido novo que Erin escolhera para mim. Era preto, mas tinha pequenas contas de vidro vermelho ao redor da gola, ao longo das mangas e também penduradas na barra da saia, logo acima dos joelhos. Combinou perfeitamente comigo, e percebi que, quando levantasse os braços para invocar os elementos, o luar cintilaria como sangue nas contas de vidro. Em outras palavras, ia ficar megalegal.

É claro que estávamos usando nossos pingentes de luas triplas das Filhas e Filhos das Trevas. O meu era enfeitado com pedras vermelhas, que reluziam como meu vestido.

Sorri para meus amigos, sentindo-me orgulhosa e confiante. Vovó estava em excelentes mãos com a irmã Mary Angela. Meus amigos estavam ao meu lado – desta vez sem segredos entre nós. O ritual ia ser bom e Stevie Rae e os novatos vermelhos iam ser expostos, o que significava que Neferet não ia mais conseguir continuar se encobrindo, admitisse ela ou não sua parte na existência deles. Erik meio que havia começado a falar comigo de novo. E, falando em caras, eu estava até esperançosa em relação à possibilidade de Stark não estar morto. Desta vez, Shekinah ia testemunhar com seu poder de *vamp* um garoto voltando da morte. E eu não ia me preocupar com a possibilidade de estar interessada em dois caras ao mesmo tempo (de novo). Ou, pelo menos no momento, não ia me preocupar com isso.

Basicamente, eu estava me sentindo bem e estávamos prontos para enfrentar qualquer mal ancestral estúpido que tentasse se meter com a gente.

– Bem, então o ritual vai ser como sempre. Eu entro quando Jack tocar uma música.

Jack assentiu entusiasticamente.

– Estou pronto! As melhores partes da trilha sonora de *Memórias de uma Gueixa* misturadas com algo mais formarão a trilha sonora para você entrar. Mas vou esperar para surpreendê-la com esse algo mais.

Fiz cara feia para ele. Até parece que eu ainda precisava de alguma surpresa esta noite.

– Não se preocupe – Damien disse. – Você vai gostar.

Suspirei. Era tarde demais para mudar alguma coisa mesmo.

– Então, vou traçar o círculo com as invocações dos elementos. Aphrodite, preste atenção para ficar parada bem em frente àquele enorme carvalho perto do muro leste.

– Já cuidei disso, Z. – Erin respondeu.

– É, preparamos as velas e a mesa do ritual enquanto Jack e Damien estavam cuidando do áudio. Colocamos a vela da terra perto da árvore.

– Ahn, vocês não viram Stevie Rae, viram?

– Não – as gêmeas, Damien e Jack disseram.

Suspirei de novo. Era melhor ela aparecer.

– Não se preocupe com isso. Ela virá – Damien disse.

Aphrodite e eu trocamos um rápido olhar.

– Espero que sim – respondi. – Ou não sei que diabo vamos fazer quando a vela da terra voar de suas mãos na hora que eu tentar invocar o elemento.

– Aphrodite pode abaixar a vela enquanto você acende fazendo uma dança da terra – Jack sugeriu, tentando ajudar.

Aphrodite revirou os olhos, mas eu disse: – Vamos considerar isso um Plano B, espero que não seja necessário. Quando Stevie Rae aparecer e todos os elementos forem invocados e o círculo estiver traçado, vou fazer algum tipo de anúncio geral sobre os novatos vermelhos e sobre como sua aparência pode ajudar a revelar os segredos desta escola.

– Excelente observação a se fazer – Damien disse.

– Obrigada – agradeci. – E espero que muitas explicações sejam dadas depois do ritual, por isso serei bem breve.

– E então observaremos a queda de Neferet – Aphrodite disse.

– E se ela for a Rainha Tsi Sgili, como achamos que pode ser, estará ocupada demais tentando sair do alcance da fúria de Shekinah para poder concretizar a profecia de Kalona – acrescentei. E se o pior acontecesse e a Rainha Tsi Sgili fosse Stevie Rae ou uma de suas garotas, eu confiava em Shekinah e Nyx para resolver isso também. Depois de pensar, voltei a falar em voz alta: – Mas, Damien, fique de olho bem aberto caso apareça algum daqueles *Raven Mockers*. Se você achar que viu ou ouviu algum deles, jogue-o para longe com o vento.

– Pode deixar – Damien se prontificou.

– E então, estamos prontos? – perguntei aos meus amigos.

– Sim! – eles gritaram.

Então, saímos correndo do dormitório e, com confiança em nossos corações, fomos direto rumo a nossos últimos momentos de inocência.

31

Parecia que a escola inteira já estava lá, esperando por nós. Como as gêmeas haviam deixado as compridas velas pilares em seus lugares, o palco já estava pronto, de modo que novatos e vampiros fizeram um grande círculo ao redor da área determinada, com o grande carvalho servindo de ponto focal e líder do círculo a ser traçado em breve.

Fiquei feliz em ver todos os Filhos de Erebus. Os guerreiros haviam se posicionado ao longo do círculo externo e também no topo do enorme muro de pedra e tijolo que cercava a escola. Eu sabia que isto ia ser um "pé no saco" para Stevie Rae e os novatos vermelhos conseguirem entrar no terreno da escola, mas com os *Raven Mocker*s, Kalona ou sei lá quem que andava matando vampiros por aí, eles me davam segurança.

Jack e eu ficamos de fora, enquanto Damien, as gêmeas e Aphrodite assumiam seus lugares de frente para o interior do círculo, com as velas coloridas nas mãos representando seus respectivos elementos. Ficando nas pontas dos pés, eu conseguia ver a farta mesa de Nyx que às vezes colocávamos no meio do círculo. Acho que esta noite tinha frutas secas e picles, como seria adequado em pleno inverno, além da taça de vinho ritual e tudo o mais. Eu também pensei ter visto alguém parado ao lado da mesa, mas tinha gente demais na frente e não deu para ter certeza.

– *Merry meet*! – Shekinah me cumprimentou.

– *Merry meet* – sorri, saudando-a.

– Como está sua avó?

– Está indo – eu disse.

– Eu pensei em cancelar o ritual ou pelo menos adiá-lo, mas Neferet fez questão de seguir a programação. Parece que ela acha que seria importante para você.

Controlei minha expressão para parecer interessada no que ela estava dizendo, mas neutra.

– Bem, acho que o ritual é importante e eu não ia querer que fosse cancelado por minha causa – respondi. Olhei ao redor. Esquisito Neferet não estar lá para me espetar pessoalmente. Eu tinha certeza de que a única razão pela qual ela estava fazendo de tudo para eu seguir com a programação da noite era por saber que estava sentida e desconcentrada pelo acidente de vovó.

– Cadê Neferet? – perguntei.

Shekinah olhou para trás e franziu a testa ao dar uma rápida olhada naquele monte de gente.

– Ela estava bem atrás de mim. Esquisito não estar mais aqui...

– Ela provavelmente já deve estar fazendo parte do círculo – torci para que meu rosto não delatasse o sinal de alarme que começou a soar na minha cabeça. Olhei para Jack, que estava lidando com o equipamento de áudio. – Bem, acho que é melhor começar.

– Ah, ia quase me esquecendo de lhe dizer. Na verdade, eu esperava que Neferet lhe dissesse – Shekinah fez uma pausa e olhou ao redor, procurando Neferet de novo. – Não importa, eu posso lhe dizer sem problema nenhum. Neferet disse que você nunca fez um ritual de limpeza deste porte antes, e que talvez não saiba como, pois é uma novata muito jovem, e durante um ritual deste tipo é preciso misturar o sangue de um vampiro com o vinho sacrificial que você vai oferecer aos elementos.

– O quê? – eu não podia ter ouvido direito.

– Sim, é bem simples na verdade. Erik Night se ofereceu não só para chamá-la ao círculo, substituindo nosso pobre Loren Blake, mas também para desempenhar o papel tradicional de Consorte da sacerdotisa e lhe oferecer seu sangue em sacrifício. Ouvi falar que ele é excelente ator, e se sairá muito bem esta noite. Apenas siga o que ele fizer.

– Era essa a surpresa da qual eu estava falando! – Jack disse, aparecendo ao lado de Shekinah. – Bem, a parte de Erik chamá-la ao círculo, quero dizer. A parte do sangue eu... sei lá – disse o garoto que ainda era um novato jovem demais para não ser profundamente afetado pelo sangue como, digamos, eu *era*. – Não é legal Erik se oferecer para o papel?

– Ah, é, legal – foi tudo que consegui dizer.

– Vou ocupar meu lugar agora – Shekinah disse. – Abençoada seja.

Murmurei um "abençoada seja" pelas costas dela e me virei para Jack.

– Jack – sussurrei violentamente. – Erik ocupar o lugar de Loren esta noite *não* é o que eu chamaria de boa surpresa!

Jack franziu a testa.

– Damien e eu achamos que seria. Demonstra que vocês dois talvez pudessem conversar melhor.

– Não na frente da escola inteira!

– Ah. Hum. Eu não pensei na coisa por esse ponto de vista – os lábios de Jack começaram a tremer. – Desculpe. Se eu soubesse que você ia ficar brava, lhe teria dito logo de uma vez.

Esfreguei a testa com a mão, afastando o cabelo do rosto. A última coisa de que eu precisava agora era Jack caindo no choro. Não, a última coisa de que eu precisava agora era ter de encarar o gostoso do Erik e seu sangue delicioso na frente da escola inteira! *OK, OK, respire com calma... você já passou por situações mais constrangedoras do que essa.*

– Zoey? – Jack fungou com o nariz entupido.

– Jack, tudo bem. Mesmo. Eu só fiquei, bem, surpresa. E surpresas são assim mesmo. Vou ficar bem agora.

– T-tá. Tem certeza? Está pronta?

– Sim e sim – respondi antes de poder sair gritando na direção oposta. – Comece com a música para mim.

– Arrasa, Z.! – ele disse e correu de volta para o equipamento de áudio para começar a tocar a música.

Fechei os olhos e comecei a respirar fundo para ajudar a clarear minha mente e me preparar para invocar os elementos e traçar o círculo – e, por causa da surpresa de Erik, me esqueci totalmente de dizer a Jack para conferir a câmera escondida.

Como sempre, eu estava uma pilha de nervos, até chegar ao círculo e ser preenchida pela música. Esta noite a trilha sonora de *Memórias de uma Gueixa* soou bela e assombrosa. Levantei os braços e deixei meu corpo fluir em movimentos graciosos ao som da orquestra. Então, a voz de Erik se juntou à música e à noite, criando magia.

Sob as estrelas cintilantes,
Sob a lua fulgente,
Quando a noite curou as cicatrizes
Do meio-dia ardente...

As palavras do poema me pegaram, levando-me em uma onda formada pela voz de Erik. Joguei a cabeça para trás e deixei meus cabelos caírem ao redor de mim enquanto adentrava o círculo lentamente, contorcendo-me e entrelaçando as palavras com a música, a dança e a magia.

... E assim lhes digo,
Se o ódio tomar seu coração,
Quando a candente contenda do dia se extinguir
Mande o ódio partir...

Segui com movimentos precisos ao redor do círculo, amando a perfeição do poema que Erik estava recitando. Pareceu totalmente adequado, e então entendi que antes, quando Loren me chamou para entrar no círculo, ele usou a oportunidade para me seduzir e deslumbrar. Ele não pensou no que o ritual significaria para mim nem para o resto dos novatos, e nem mesmo para Nyx. Os motivos de Loren sempre foram egoístas. Eu estava enxergando isso com tamanha facilidade agora, que até me perguntei como ele fora capaz de me fazer de boba daquele jeito. Erik era o contrário dele, assim como a lua era o contrário do sol. O poema que escolheu tinha a ver com perdão e cura, e apesar de me agradar pensar que estaria me mandando um recado através do poema, eu sabia que a primeira coisa na qual ele havia pensado ao escolher o poema tinha sido o que era melhor para a escola e para o pessoal que estava tentando se recuperar das mortes de dois professores.

O dia desalentador,
Quando errado, ou como,
É coisa finada,
É finda agora.
Esqueça, perdoe, as cicatrizes,
E o sono logo o alcançará
Sob as estrelas cintilantes,
A lua fulgente.

O poema terminou quando me juntei a Erik no meio do círculo em frente à mesa de Nyx. Eu olhei para ele. Ele era alto e estava lindo de morrer, todo de preto, combinando com os cabelos negros e intensificando o azul de seus olhos.

– Olá, Sacerdotisa – ele disse baixinho.

– Olá, Consorte – respondi.

Ele me cumprimentou de modo formal, curvando-se profundamente com o pulso direito fechado sobre o coração; depois se virou em direção à mesa. Quando se voltou para mim, estava segurando a taça de prata ornamentada de Nyx em uma das mãos e um punhal cerimonial na outra. Tá, ao dizer "cerimonial", não estou querendo dizer que era de brinquedo. O punhal era afiado, bem afiado, mas também era belo e tinha entalhados símbolos e palavras sagradas para Nyx.

– Você vai precisar disto – ele disse, entregando-me o punhal.

Eu peguei o punhal, perturbada pelo brilho do luar na lâmina e sem a menor ideia do que fazer em seguida. Felizmente, a música ainda estava tocando e a horda de gente assistindo se balançava de leve ao som da melodia hipnótica da *Gueixa*. Em outras palavras, eles estavam nos observando, mas com uma ansiedade tranquila e, se continuássemos falando baixo, eles não nos ouviriam. Dei uma olhada em Damien e ele balançou as sobrancelhas e piscou o olho. Eu virei a cara rápido.

– Zoey? Você está bem? – Erik sussurrou. – Você sabe que isso não vai me doer quase nada.

– Não?

– Você nunca fez isto antes, fez?

Balancei a cabeça ligeiramente.

Ele me tocou o rosto por um breve segundo.

– Eu sempre me esqueço de como isto tudo é novidade para você. Tudo bem, é fácil. Eu vou estender minha mão direita com a palma para cima sobre a taça – ele levantou a taça, que já havia passado para a mão esquerda, e senti o cheiro do vinho que quase transbordava da taça. – Você levanta a adaga sobre a cabeça, saúda as quatro direções com ela, e então faz um talho na palma da minha mão.

– Um talho! – quase engasguei.

Ele sorriu.

– Corte, talho, não interessa. Apenas passe a lâmina na parte carnuda debaixo do polegar. A lâmina é mega-afiada, o que vai facilitar a coisa toda. Eu vou virar a mão, e enquanto você me agradece em nome de Nyx pelo sacrifício, um pouco do meu sangue vai cair no vinho. Depois de um tempinho eu vou fechar o punho, e então você pega a taça e vai até Damien para começar a traçar o círculo. Esta noite você tem de dar a cada representante dos elementos um gole do vinho, limpando ritualisticamente os elementos antes de começar a limpar a escola inteira. Entendeu?

– Entendi – respondi, trêmula.

– Então, é melhor começar logo. Não se preocupe. Você vai se sair bem – ele disse.

Eu assenti e levantei a adaga sobre a cabeça.

– Vento! Fogo! Água! Terra! Eu vos saúdo! – eu disse, levando a lâmina do leste ao sul, ao oeste e ao norte, enquanto invocava o nome de cada elemento. Meu nervosismo começou a desaparecer quando senti o poder dos elementos crescendo ao meu redor, ávidos em responder ao meu chamado. Ainda sentindo o eco de minha saudação, baixei a adaga. Apertei a ponta dela na base do polegar de Erik, que ele segurava firme para mim, e então, com um movimento rápido, passei a lâmina afiada exatamente onde ele me dissera para cortar.

O aroma de seu sangue me atingiu imediatamente, quente, misterioso e indescritivelmente delicioso. Petrificada, observei as gotas de sangue brotando como rubis, e então Erik virou a mão para que elas caíssem no vinho. Olhei bem dentro de seus olhos azuis claros.

– Em nome de Nyx, eu lhe agradeço pelo sacrifício desta noite e por seu amor e lealdade. Você é abençoado por Nyx e amado por sua Sacerdotisa – então, me agachei e gentilmente beijei a palma de sua mão que sangrava.

Ao olhar novamente em seus olhos, percebi que emanavam um brilho incomum, e vi ternura em seu rosto, achei sua expressão insinuante, mas não sabia se ele estava representando o papel de Consorte de Nyx ou se estava realmente sentindo as emoções que me demonstrava. Ele cerrou o punho e me cumprimentou de novo, dizendo:

– Agora e sempre serei leal a Nyx e à sua Grande Sacerdotisa.

Eu não tinha mais tempo para ficar pensando se ele estava falando de mim ou se apenas cumpria seu papel. Eu tinha um trabalho a ser feito. Então, peguei minha taça com vinho batizado com sangue e fui até Damien, parando na sua frente. Ele levantou sua vela amarela e sorriu para mim.

— Ó Vento que me é tão querido e familiar quanto o espírito da vida. Esta noite preciso de vossa força para limpar de nós o hálito podre da morte e do medo. Eu vos peço que venha para mim, vento!

Este ritual era um pouquinho diferente, e era evidente que Damien estava mais prevenido que eu, pois já me esperava com um acendedor para tocar sua vela. No momento em que ela se acendeu fomos cercados por um minitornado cujo vento era lindamente bem controlado. Sorrimos um para o outro e, então, levantei a taça para ele beber dela.

Segui pelo círculo no sentido horário em direção a Shaunee, que já estava segurando a vela vermelha e sorrindo apaixonadamente.

— Fogo que aquece e limpa. Esta noite precisamos de seu poder limpador para queimar a escuridão de nossos corações. Venha a mim, fogo! — como sempre, ninguém precisou tocar a vela de Shaunee com o acendedor para que o pavio ardesse por si mesmo em gloriosa chama enquanto éramos tomados pela ternura e luz do fogo norteador. Levantei a taça para Shaunee, e ela bebeu.

Do fogo passei para a água, representada por Erin com a vela azul nas mãos.

— Água, nós vos procuramos sedentos e de vós emergimos lavados. Esta noite eu vos peço que nos lave de qualquer impureza remanescente que insiste em se agarrar a nós. Venha a mim, água! — Erin acendeu sua vela, e posso jurar que ouvi o som de ondas batendo na praia e senti o frescor das gotas em minha pele. Levantei a taça para Erin e, depois de beber, ela sussurrou: — Boa sorte, Z.

Assenti e segui de modo decidido até Aphrodite, que estava pálida e tensa com a vela verde na mão, ciente de que estaria arrasada se tentássemos invocar a terra.

— Cadê ela? — sussurrei, mal mexendo os lábios.

Aphrodite deu de ombros rápida e nervosamente.

Fechei os olhos e rezei. *Deusa, conto com a senhora para fazer isto dar certo. Ou, pelo menos, se eu fizer papel de boba, espero que a senhora me mostre como sair da situação. De novo.*

Quando abri os olhos, estava decidida. Nada mudaria de verdade se Stevie Rae não aparecesse. Eu contaria tudo a todos mesmo assim. Alguns acreditariam em mim sem provas, outros não. Eu pagaria pra ver. Eu sabia que estava dizendo a verdade, e meus amigos também.

Então, ao invés de começar minha invocação da terra, pisquei para Aphrodite e sussurrei: – Bem, lá vamos nós – e me virei de frente para o círculo e todos os presentes, que assistiam com olhares questionadores. – Agora preciso invocar a terra. Todos nós sabemos disto. Mas tem um problema. Vocês todos viram que Nyx presenteou Aphrodite com uma afinidade pela terra. E ela realmente fez isso. Mas, no final das contas, o dom era apenas temporário, pois Aphrodite estava apenas guardando o elemento em segurança para aquela que realmente representava a terra, Stevie Rae.

Assim que disse aquele nome houve uma agitação no grande carvalho e nos ramos que se estendiam por sobre nossas cabeças, obscurecidos pela noite, e então Stevie Rae pulou graciosamente de um dos galhos acima de nós.

– Caraca, Z., você demorou a chegar na minha vez – ela disse, e então caminhou em direção a Aphrodite e pegou a vela verde da sua mão.

– Obrigada por esquentar o lugar para mim.

– Que bom que você conseguiu vir – Aphrodite disse, e deu um passo para o lado para Stevie Rae assumir seu lugar.

Stevie Rae ocupou a posição da terra, deu meia-volta e, balançando a cabeça para afastar os cachos louros do rosto, sorriu para todos, enquanto o intrincado padrão de vinhas e pássaros e flores que formavam sua tatuagem escarlate chamejava com tanta luminosidade quanto seu sorriso.

– Tá, *agora* você pode invocar a terra.

32

E então, como era de se esperar, o bicho pegou. Os Filhos de Erebus gritaram e vieram em direção ao nosso círculo. Vampiros murmuravam, chocados, e eu podia jurar ter ouvido uma garota berrar.

– Essa não – ouvi Stevie Rae murmurar. – É melhor resolver isso, Z.

Virei-me para olhar Stevie Rae de frente. Não havia tempo para delicadezas, então eu disse: – Terra, venha para mim! – por um segundo, senti vontade de surtar, eu não tinha acendedor, nem Stevie Rae, mas Aphrodite, tranquila como sempre, se debruçou em nossa direção e acendeu a vela com o acendedor que ainda estava em sua mão. Os aromas e sons do prado de verão nos cercaram de imediato. – Tome, beba – levantei a taça e Stevie Rae tomou um bom gole. Franzi a testa um pouquinho olhando para ela.

– Que foi? – ela sussurrou. – Erik tem gosto bom.

Revirei os olhos e voltei para o meio do círculo, onde Erik estava olhando, boquiaberto, para Stevie Rae. Levantei o braço sobre a cabeça.

– Espírito! Venha para mim – eu disse sem preâmbulos. Enquanto minha alma despertava dentro de mim, peguei o acendedor cerimonial da mesa de Nyx e acendi a vela roxa do espírito que lá aguardava. Então também bebi um bom gole do vinho "batizado" com sangue.

E que onda eu senti! Stevie Rae tinha razão, Erik tinha gosto bom, mas disso eu já sabia. Repleta de regozijo por causa do vinho, do sangue e do espírito, afastei-me com passos largos. Eu não podia estar mais orgulhosa dos meus amigos. Eles se seguraram em seus lugares no círculo com firmeza, mantendo as velas levantadas e controlando seus elementos para que nosso círculo continuasse seguro e inviolável. Comecei a andar devagar pela circunferência incandescente que eu acabara de traçar, levantei a voz e comecei a gritar mais alto que o pandemônio que nos cercava.

– Morada da Noite, ouça-me! – todo mundo fez silêncio ao ouvir a manifestação do poder da Deusa em minha voz. De tão chocada, quase fiz silêncio também. Mas, ao invés disso, limpei a garganta e comecei a falar de novo, desta vez sem ter de gritar como uma Deusa para me sobrepor à horda ruidosa: – Stevie Rae não morreu. Ela passou por outro tipo de Transformação. Foi difícil para ela, e quase custou sua condição humana, mas ela conseguiu sair dessa e se transformou em um novo tipo de vampiro – continuei caminhando lentamente ao redor do interior do círculo, tentando olhar no máximo de olhos que podia enquanto explicava. – Mas Nyx jamais a abandonou. Como vocês podem ver, ela ainda tem afinidade com a terra, um dom concedido, e a ela devolvido por Nyx.

– Eu não entendo. Esta menina é uma novata que morreu e renasceu? – Shekinah se aproximou, parando perto de Stevie Rae, olhando-a fixamente.

Antes que eu pudesse responder, Stevie Rae falou: – Sim, senhora. Eu morri. Mas voltei, e quando voltei vi que eu não era mais eu mesma. Eu havia me perdido, ou pelo menos perdi a maior parte de quem eu era, mas Zoey, Damien, Shaunee, Erin, e principalmente Aphrodite, me ajudaram a me reencontrar, e quando isso aconteceu, a Transformação que aconteceu comigo me fez virar um tipo diferente de vampira – ela apontou para sua linda tatuagem vermelha.

Aphrodite se aproximou também, e entrou pelo fio de prata que mantinha unido nosso círculo. Eu achei que ela fosse ser ejetada ou chutada para fora, ou algo terrível assim, mas o fio simplesmente cedeu, permitindo que ela se aproximasse de mim. Quando Aphrodite chegou perto de mim, vi que seu corpo estava contornado pelo mesmo fio de prata que mantinha fechado nosso círculo.

– Quando Stevie Rae se Transformou, eu também me Transformei – Aphrodite levantou a mão e, com um gesto rápido, apagou o crescente azul da testa. Ouvi vários "ah!" e "oh" enquanto ela continuava: – Nyx me Transformou em humana, mas em um tipo diferente de humana, assim como Stevie Rae se Transformou em um novo tipo de vampiro. Sou uma humana abençoada por Nyx. Eu ainda tenho o dom das visões que Nyx me deu quando era novata. A Deusa não me deu as costas – Aphrodite levantou a cabeça orgulhosamente e encarou a Morada da Noite como se desafiando qualquer um a dizer alguma coisa.

– Então, nós temos um novo tipo de vampiros e um novo tipo de humanos – eu disse. Olhei para Stevie Rae e ela sorriu, concordando. – E também temos um novo tipo de novato – assim que terminei de falar, o carvalho pareceu chover novatos. Fiz uma nota mental para depois perguntar a Stevie Rae como havia conseguido esconder todos aqueles garotos lá em cima, porque eu contei, por baixo, uns doze. Reconheci Venus, que eu sabia tinha sido colega de quarto de Aphrodite, e me perguntei brevemente se as duas voltariam a bater boca. Também vi aquele horroroso do Elliot, de quem pelo jeito não ia mesmo começar a gostar. Eles estavam todos lá, dentro do círculo, aglomerando-se em volta de Stevie Rae e parecendo bastante nervosos, com seus luminosos crescentes vermelhos plenamente visíveis em suas testas.

Ouvi alguns dos garotos do lado de fora do círculo chorando e chamando pelos novatos vermelhos que estavam reconhecendo como seus colegas de quarto e amigos mortos, e fiquei com pena deles. Eu sabia o que era achar que seu amigo estava morto e de repente ver a pessoa andando, falando e respirando de novo.

– Eles não morreram – eu disse com firmeza. – Eles são um novo tipo de novato, um novo tipo de gente. Mas são gente *nossa*, e está na hora de arrumarmos um lugar para eles junto conosco, e entender por que Nyx os trouxe para nós.

– Mentiras! – a palavra veio na forma de um grito tão alto que quase o senti nas orelhas. Os presentes começaram a murmurar no exterior da parte sul do círculo e abriram caminho para Neferet entrar. Ela parecia uma deusa vingativa, e até eu fiquei perplexa com sua beleza primitiva. Seus ombros brancos perfeitos ficavam de fora do lindo vestido preto de seda que delineava seu corpo gracioso. Seus cabelos grossos castanho-avermelhados estavam soltos, caindo em ondas na altura da cintura elegante. Seus olhos verdes faiscavam, seus lábios tinham o tom vermelho profundo de sangue fresco. – Você está nos pedindo para aceitar uma perversão da natureza como se fosse algo feito pela Deusa? – ela perguntou com sua voz profunda e belamente colocada. – Essas criaturas estão mortas. E assim deveriam ficar.

A raiva acumulada dentro de mim rompeu o magnetismo: – Você devia saber dessas *criaturas,* como as chama – empinei os ombros e a encarei. Eu podia não ter a voz tão bem treinada quanto a dela, nem sua incrível beleza, mas tinha a verdade, e tinha minha Deusa. – Você tentou usá-los. Você tentou deformá-los. Foi você quem os manteve presos até Nyx curá-los e libertá-los através de nós.

Ela arregalou os olhos em perfeita expressão de surpresa: – Você me culpa por estas monstruosidades?

– Ei, eu e meus amigos não somos monstruosidades! – a voz de Stevie Rae veio por trás de mim.

– Silêncio, animal! – Neferet ordenou. – Agora já chega! – ela se voltou para a multidão presente, encarando-os. – Esta noite descobri mais uma criatura trazida de volta do mundo dos mortos por Zoey e seu pessoal – ela se abaixou, pegou algo a seus pés e jogou no círculo. Eu reconheci a mochila *"satchel"* de Jack, que se abriu ao bater no chão, jogando para fora o monitor da câmera e a própria câmera (que devia estar bem escondida no necrotério). Os olhos de Neferet perscrutaram a multidão presente até encontrá-lo; e então ela chamou: – Jack! Você nega que Zoey lhe fez plantar isto no necrotério, onde vocês esconderam o corpo do recém-falecido James Stark para que ela pudesse ver quando ele ressuscitaria por obra de seu feitiço maligno?

– Não. Sim. Não foi bem assim – Jack grunhiu. Duquesa, que estava recostada em suas pernas, choramingou de um jeito que deu dó.

– Deixe-o em paz! – Damien gritou de seu lugar no círculo.

Neferet se voltou contra ele: – Quer dizer que você continua cego por ela? Continua a segui-la, ao invés de Nyx?

Antes que ele pudesse responder, Aphrodite falou do meu lado: – Ei, Neferet. Cadê sua insígnia da Deusa?

Neferet olhou de Damien para Aphrodite apertando os olhos de raiva. Mas, agora, todo mundo estava olhando para Neferet e reparando no que Aphrodite dissera, ou seja, que não havia emblema de Nyx no peito do belo vestido negro de Neferet. Então, de repente percebi outra coisa. Ela estava usando um pingente que nunca tinha visto antes. Pisquei os olhos, sem saber se estava enxergando direito, e então concluí que estava vendo direito, sim. Da corrente de ouro em seu pescoço pendiam asas – grandes asas negras de corvo talhadas em ônix.

– O que é isso em seu pescoço? – perguntei.

Neferet levou automaticamente a mão às asas negras penduradas entre seus seios.

– São as asas de Erebus, Consorte de Nyx.

– Hummm, desculpe, mas não são não – Damien disse. – As asas de Erebus são feitas de ouro. Nunca são negras. Você mesma me ensinou isso na aula de Sociologia Vamp.

– Cansei deste falatório sem sentido – Neferet rebateu. – Está na hora de acabar com essa farsa.

– Sabe, acho ótima ideia – repliquei.

Eu estava começando a procurar Shekinah com os olhos em meio ao povo quando Neferet abriu caminho, chamando com o dedo uma figura sombria que pareceu se materializar ao lado dela.

– Venha para mim e mostre o que foi que eles criaram esta noite.

O uivo agoniado de Duquesa e o choramingo triste que soltou ficarão gravados para sempre em minha memória, bem como minha primeira visão do novo Stark. Ele se movimentava como um fantasma. Sua pele estava sinistramente pálida e seus olhos tinham o tom vermelho de sangue velho. O quarto crescente em sua testa também estava vermelho, como os dos novatos em meu círculo, mas era diferente. A coisa na qual Stark se transformara parou ao lado de Neferet com um olhar furioso que brilhava de loucura. Ao olhar para ele, senti vontade de vomitar.

– Stark! – chamei seu nome com voz alta e firme, mas que acabou saindo da minha boca como um sussurro definhado.

Mas assim mesmo ele virou o rosto na minha direção. Eu vi a cor de sangue em seus olhos clarear um pouco, e então, por um breve momento, pensei ter avistado o garoto que conheci.

– Zzzzoey... – ele disse meu nome de um jeito que era quase um chiado, mas que me deu um instante de esperança.

Dei um passo trôpego em direção a ele: – Sim, Stark, sou eu – eu disse, esforçando-me para não chorar.

– Eu disssssse que voltava pra você – ele murmurou.

Sorri entre lágrimas, que me encheram os olhos enquanto me aproximava cada vez mais dele, parado do lado de fora do nosso círculo. Abri a boca para lhe dizer que tudo ia dar certo, que a gente ia dar um jeito de dar certo, mas, de repente, Aphrodite veio para o meu lado. Ela agarrou meu pulso, afastando-me da borda do círculo.

– Não vá até ele – ela sussurrou. – Neferet está lhe armando uma cilada.

Eu quis refutá-la, especialmente quando ouvi a voz de Shekinah do outro lado do círculo.

– O que fizeram com essa criança é um horror. Zoey, eu devo insistir para que encerre o ritual desta noite. Vamos levar os novatos para dentro e entrar em contato com o Conselho de Nyx para que venham julgar estes eventos.

Senti que os novatos vermelhos se inquietaram atrás de mim, desviando minha atenção de Stark. Eu me virei e me deparei com o olhar de interrogação de Stevie Rae.

– Tudo bem. É Shekinah. Ela vai saber a diferença entre mentira e verdade.

– Eu sei a diferença entre mentira e verdade, e trago em mim julgamento melhor do que qualquer Conselho distante – ouvi Neferet falar e me virei para olhar para ela novamente.

– Você foi descoberta! – berrei para ela. – Eu não fiz isso com Stark nem com os outros novatos vermelhos. Foi você, e agora vai ter de encarar o que fez.

O sorriso de Neferet pareceu mais um escárnio: – Mas esta criatura está chamando seu nome.

– Zzzzzoey – Stark me chamou de novo.

Eu olhei para ele, tentando enxergar o cara que havia conhecido debaixo daquele rosto assombrado.

– Stark, sinto muito pelo que lhe aconteceu.

– Zoey Redbird! – a voz de Shekinah foi um açoite. – Feche o círculo já. Estes eventos serão analisados por aqueles em cujo julgamento podemos confiar. E eu ficarei com este pobre novato sob meus cuidados.

Por alguma razão, a ordem de Shekinah fez Neferet começar a rir.

– Isto não está me cheirando bem – Aphrodite disse, me puxando de volta para o meio do círculo.

– Pra mim também não – Stevie Rae disse de sua posição ao norte do círculo.

– Não feche o círculo – Aphrodite disse.

Então, no meio de tudo, a voz de Neferet adentrou o círculo e me sussurrou: *"Não feche o círculo e você parecerá culpada. Feche-o e ficará vulnerável. O que você escolhe?"*

Olhei nos olhos de Neferet de dentro do meu círculo: – Eu escolho o poder do meu círculo e da verdade – declarei.

Ela deu um sorriso vitorioso e se voltou para Stark: – Mire no verdadeiro alvo, aquele que fará a terra sangrar. Agora! – Neferet ordenou.

Ele fez uma pausa, parecendo lutar contra si mesmo. – Faça o que estou mandando e lhe concederei o desejo de seu coração – ela sussurrou as palavras só para Stark ouvir, mas eu as li em seus lábios de rubi. O efeito nele foi instantâneo. Os olhos de Stark se inflamaram, vermelhos, e com a destreza de uma cobra dando o bote, ele levantou o arco que eu nem havia reparado que trazia, mirou a flecha e atirou. A flecha cortou o ar em uma linha mortal e atingiu Stevie Rae bem no meio do peito, com tanta força, que dela só ficou visível a ponta emplumada.

Stevie Rae engasgou e caiu no chão, dobrando-se sobre o próprio corpo. Eu gritei e corri até ela. Ouvi Aphrodite gritar com Damien e com as gêmeas para que não quebrassem o círculo, e eu agradeci em silêncio pelo seu sangue frio. Alcancei Stevie Rae e caí no chão ao seu lado. Ela estava com a cabeça abaixada, e sua respiração vinha em pequenas arfadas dolorosas.

– Stevie Rae! Ah, Deusa, não! Stevie Rae!

Ela levantou a cabeça e olhou para mim fazendo uma careta. O sangue jorrava de seu peito; era mais sangue do que jamais pensei que uma pessoa fosse capaz de derramar. Estava ensopando o chão ao redor dela, cheio de protuberâncias por causa das raízes do grande carvalho. O sangue me deixou muito impressionada. Não por causa de seu cheiro doce e inebriante, mas porque entendi o que estava vendo. Parecia que a terra estava sangrando na base do grande carvalho.

Olhei para Neferet por sobre o ombro, ela estava sorrindo triunfantemente bem perto do meu círculo. Stark havia caído de joelhos ao lado dela e me olhava com olhos agora não mais vermelhos, mas repletos de horror.

– Neferet, é você a monstruosidade, não Stevie Rae! – gritei.

Meu nome não é mais Neferet. Desta noite em diante, me chame de Rainha Tsi Sgili. As palavras foram ditas em minha mente como se ela estivesse ao meu lado, sussurrando-a em minhas orelhas.

– Não! – eu gritei. E então a noite explodiu.

33

O chão sob meus pés, ensopado com o sangue de Stevie Rae, começou a estremecer, ondulando como se a terra não fosse mais sólida e tivesse de repente se transformado em água. Em meio aos gritos de pânico, ouvi novamente a voz de Aphrodite, calma, como se estivesse apenas gritando para Damien e as gêmeas qualquer coisa sobre a última moda.

– Venham para perto de nós, mas não quebrem o círculo!

– Zoey – Stevie Rae engasgou meu nome. Ela olhou para mim com olhos cheios de dor. – Ouça Aphrodite. Não quebre o círculo. De jeito nenhum!

– Mas você está...

– Não! Não estou morrendo. Eu juro. Ele só derramou meu sangue, não tirou minha vida. Não quebre o círculo – concordei e me levantei. Erik e Venus eram as pessoas mais próximas de mim.

– Fiquem ao lado de Stevie Rae. Levantem-na. Ajudem-na a segurar a vela e, aconteça o que acontecer, não deixem a vela apagar nem o círculo se abrir.

Venus me pareceu abalada, mas acatou meu pedido e foi até Stevie Rae. Erik, pálido de susto, ficou só olhando para mim.

– Faça sua escolha agora – intimei. – Ou você está conosco ou está com Neferet e o resto deles.

Erik não hesitou: – Eu já escolhi ao me oferecer para ser seu Consorte esta noite. Estou com você – e então, ele correu para ajudar Venus a levantar Stevie Rae.

Tropeçando no chão sacolejante, cambaleei até a mesa de Nyx e peguei minha vela púrpura do espírito pouco antes de ela cair e se apagar. Agarrando-a bem perto de mim, dirigi minha atenção para Damien e as gêmeas. Eles estavam seguindo as instruções tranquilas de Aphrodite e, no meio do caos e dos gritos do lado de fora do nosso círculo, caminhavam lentamente juntos, apertando a circunferência do fio de prata em direção a Stevie Rae, até que todos nós, Damien, as gêmeas, Aphrodite, Erik, os novatos vermelhos e eu fechamos o círculo ao redor de Stevie Rae.

– Comecem a afastá-la da árvore – Aphrodite disse. – Todos nós juntos, sem quebrar o círculo. Precisamos ir para o alçapão na parede. Agora.

Olhei para Aphrodite, ela meneou a cabeça solenemente.

– Eu sei o que vai acontecer em seguida, e a coisa vai ser feia.

– Então, vamos sair daqui – concordei.

Começamos a seguir em grupo, dando pequenos passos na terra sacolejante, tendo que tomar o máximo de cuidado com Stevie Rae, com as velas e o círculo, que parecia tão importante manter intacto. Era de se esperar que novatos e vampiros tentassem nos impedir. Era de se esperar pelo menos que Shekinah nos dissesse alguma coisa, mas a mim pareceu como se existíssemos em uma estranha bolhinha de serenidade em meio a um mundo subitamente banhado em sangue, pânico e caos. Nós continuamos a nos afastar da árvore, seguindo o muro, avançando lenta e cuidadosamente. Percebi que a grama sob nossos pés era mais macia e estava totalmente seca, sem vestígio do sangue de Stevie Rae, quando a terrível risada de Neferet flutuou pelo solo em direção a mim.

O carvalho, fazendo um som horrível de algo se rasgando, partiu-se ao meio. Eu estava andando de costas, ajudando a escorar Stevie Rae, de modo que vi bem enquanto ele se rachava. Do meio do carvalho destruído de repente se ergueu a criatura. Primeiro, vi enormes asas negras que abarcavam algo por completo. Então, ele saiu do carvalho, esticando o corpo imenso e abrindo as asas cor de noite.

– Ah, Deusa! – o lamento saiu de mim assim que vi Kalona pela primeira vez. Ele era a coisa mais linda que jamais vira. Sua pele era macia e completamente impecável, com um tom dourado que sugeria um beijo amoroso dos raios solares. Seu cabelo era negro, como suas asas, e batia, solto e grosso, nos ombros, dando-lhe o visual de um antigo guerreiro. Seu rosto... Como posso descrever seu lindo rosto? Era como uma escultura que ganhara vida, fazendo o mais lindo mortal, tanto humano quanto vampiro, parecer uma tentativa patética e fracassada de imitar sua glória. Seus olhos eram cor de âmbar, tão perfeitos que chegavam a ser dourados. Surpreendi-me desejando me perder naqueles olhos. Aqueles olhos me chamavam... Ele me chamava...

Parei, e juro que teria sido capaz de quebrar o círculo ali mesmo para correr de novo e cair aos seus pés se ele não tivesse levantado seus belos braços e chamado com uma voz profunda, rica e cheia de poder:
– Levantem-se comigo, meus filhos!

Os *Raven Mocker*s saíram de um buraco no chão e tomaram conta do céu. E foi o medo, que tomou conta de mim ao ver aqueles corpos disformes e terrivelmente familiares, que quebrou o encanto da beleza de Kalona sobre mim. Eles grunhiam e davam voltas ao redor do pai, que ria e levantava os braços tão alto que suas asas chegavam a alcançá-lo.

– Temos que ir embora daqui! – Aphrodite chiou.

– Sim, agora! Rápido – eu disse, caindo em mim mesma outra vez. O chão já não estava mais tremendo, e assim pudemos apertar o passo. Eu ainda estava andando de costas, por isso observei com fascínio e horror enquanto Neferet se aproximou do anjo recém-libertado. Ela parou na frente dele e fez uma reverência grave e graciosa.

Ele inclinou a cabeça regiamente, os olhos já cintilando de desejo ao fitá-la: – Minha Rainha – ele disse.

– Meu Consorte – ela respondeu. E, então, se voltou para encarar a multidão que parara de correr de um lado para outro em pânico e agora observava Kalona com fascinação. – Este é Erebus, que finalmente chegou à terra! – Neferet proclamou. – Curvem-se ao Consorte de Nyx, nosso novo Senhor na terra.

Muitas pessoas, especialmente os novatos, instantaneamente caíram de joelhos. Procurei por Stark, mas não o vi. Vi Shekinah começar a se aproximar, abrindo caminho em meio aos novatos, com o rosto sábio resguardado, a expressão congelada com o cenho profundamente franzido. Enquanto ela caminhava, muitos dos Filhos de Erebus a seguiam, parecendo alertas, mas eu não sabia se estavam questionando Kalona, como Shekinah obviamente estava, ou se pensando em protegê-lo da Suprema Sacerdotisa. Antes que Shekinah conseguisse abrir caminho em meio à multidão e confrontar o anjo desperto, Neferet levantou a mão e acenou levemente. Foi um gesto tão discreto e insignificante que eu nem teria visto se não estivesse prestando atenção.

Shekinah arregalou os olhos, engasgou, agarrou o pescoço e caiu no chão. Os Filhos de Erebus correram para perto do corpo dela.

Foi quando peguei o celular do bolso e teclei o número da irmã Mary Angela.

– Zoey? – ela atendeu no primeiro toque.

– Saia. Saia agora – pedi.

– Entendi – sua voz soou totalmente calma.

– Leve vovó! A senhora precisa levar vovó junto!

– É claro que sim. Cuide de si e de sua gente. Eu vou cuidar dela.

– Eu ligo assim que puder.

Enquanto fechava o celular, levantei os olhos e vi que Neferet estava prestando atenção em nós.

– Estamos aqui! – Aphrodite gritou. – Abra a droga da porta agora!

– Já está aberta – disse uma voz conhecida. Eu olhei para trás, no muro, e vi Darius parado ao lado do alçapão rachado, que apareceu como que por mágica no muro de pedras e tijolos. E foi com uma estranha onda de alívio que vi Jack ao lado do guerreiro, com os olhos quase pulando das órbitas, mas juntinho de Duquesa.

– Se você está conosco, terá de estar contra eles – eu disse a Darius, apontando com o queixo a Morada da Noite e os Filhos de Erebus que preenchiam o terreno da escola e não estavam mexendo um dedo sequer contra Kalona.

– Já fiz minha escolha – disse o guerreiro.

– Podemos, por favor, ir embora daqui? Ela está olhando para nós! – Jack disse.

– Zoey! Você precisa conseguir mais tempo – Aphrodite disse. – Use os elementos, todos eles. Faça um escudo para nós.

Entendi, fechei os olhos, e me concentrei. Vagamente, no fundo de minha mente, sabia que Aphrodite estava dando ordens aos novatos vermelhos para que ficassem próximos, dentro de nosso círculo, apesar de ele estar amassado e ter perdido a forma circular quando passamos pelo alçapão. Mas eu estava lá apenas em parte. O resto de mim comandava o vento, o fogo, a água, a terra e o espírito para que nos cobrissem, nos protegessem, nos apagasse da vista de Neferet. Mas, enquanto eles corriam para me obedecer, senti um esgotamento como nunca sentira antes. É claro que nunca havia tentado comandar todos os cinco elementos de uma só vez para fazer um trabalho de tanto poder para mim; era como se minha mente e minha vontade estivessem tentando correr uma maratona.

Rangi os dentes e segurei as pontas. Os elementos pululavam acima de nós e nos cercavam. Ouvi o vento e senti o cheiro salgado do oceano soprado por uma brisa segura que fez rodopiar uma névoa grossa ao nosso redor. Então, um trovão surgiu de repente no céu noturno, fazendo um *crack*, e um fragmento de relâmpago caiu inflamado sobre uma árvore poucos metros na nossa frente, que pareceu se expandir enquanto a terra a aumentava. Então, abri os olhos enquanto um dos novatos vermelhos me guiava de costas para passar pelo alçapão com nosso pequeno grupo completamente protegido pela fúria dos elementos. Em meio àquele caos ouvi o maravilhoso som de um *"miauff!"* e, ao olhar pelo alçapão, vi Nala sentada no chão do lado de fora da escola, na frente de um monte de gatos, inclusive a horrível e totalmente desgrenhada Malévola, que estava perto de Beelzebub, o antipático gato das gêmeas.

Dei uma última olhada em Neferet, que olhava para os lados ferozmente. Estava na cara que ela não podia acreditar que havíamos dado um jeito de escapar. Então, o alçapão se fechou, selando-nos do lado de fora da Morada da Noite.

— Muito bem, vamos refazer o círculo. Mantenham controle. Gêmeas! Vocês estão próximas demais. Estão entortando o círculo. Gatos! Parem de chiar para Duquesa. Não temos tempo para isso — Aphrodite estava dando ordens como se fosse um sargento.

— Os túneis — a voz fraca de Stevie Rae pareceu cortar a noite.

Eu olhei para ela. Ela não conseguia ficar em pé. Erik a levantara em seus braços e a estava segurando como a um bebê, tomando cuidado para não tocar na flecha que saía pelas suas costas. Seu rosto estava branco como giz, a não ser pelas tatuagens vermelhas.

— Temos que ir para os túneis. Lá estaremos a salvo — Stevie Rae disse.

— Stevie Rae tem razão. Ele não vai nos seguir até lá, nem Neferet, agora não mais — Aphrodite confirmou.

— Que túneis? — Darius perguntou.

— Eles ficam debaixo da cidade, nos velhos esconderijos da época da Lei Seca. A entrada fica em um depósito abandonado — expliquei.

— O depósito abandonado. Fica a quase cinco quilômetros daqui, bem no coração da cidade — Darius se lembrou. — Como vamos...? — ele não terminou a frase ao ouvir os gritos terríveis que vinham de toda parte do lado de fora da Morada da Noite. Bolas luminosas de fogo brotavam no céu como tenebrosas flores de morte.

– O que está acontecendo? – Jack perguntou, aproximando-se de Damien.

– São os *Raven Mockers*. Eles estão recuperando seus corpos, e com fome. Estão se alimentando de humanos – Aphrodite disse.

– Eles sabem usar o fogo? – Shaunee perguntou, parecendo muito "p" da vida.

– Podem – Aphrodite respondeu.

– O cacete que podem! – Shaunee começou a levantar o braço e eu senti o ar esquentar e se agitar ao nosso redor.

– Não! – Aphrodite gritou. – Você não pode chamar atenção para nós. Não esta noite. Se você fizer isso, estamos ferrados.

– Você viu isso? – perguntei.

– Isso e muito mais. Quem não for para debaixo da terra vai virar presa deles – Aphrodite respondeu.

– Então, precisamos fugir para os túneis de Stevie Rae – eu disse.

– Como? – disse uma das novatas vermelhas que não reconheci. Sua voz era jovem e transparecia muito medo. Eu me preparei, já exausta pela manipulação dos cinco elementos. Não queria que eles soubessem como aquilo tudo estava me esgotando. Eles tinham que acreditar que eu estava firme, forte e no controle. Respirei fundo: – Não se preocupe. Eu sei como podemos ir sem sermos vistos. Já fiz isso antes – sorri timidamente para Stevie Rae. – *Nós* já fizemos isso antes – meu olhar se voltou para Aphrodite: – Não fizemos?

Stevie Rae conseguiu balançar a cabeça debilmente.

– Com certeza que sim – Aphrodite respondeu.

– Então, qual é o plano? – Damien perguntou.

– Sim, vamos nessa – Erin disse.

– Digo o mesmo. Não aguento mais ficar me apertando com todo mundo – Shaunee murmurou, evidentemente ainda furiosa por não poder combater fogo com fogo.

– O plano é o seguinte: nós nos transformamos em névoa e sombras, em noite e escuridão. Nós não existimos. Ninguém nos vê.

Nós somos a noite. e a noite somos nós – à medida que explicava, senti aquele tremor familiar em meu corpo e vi os novatos vermelhos arfando. Então eu soube, quando eles olharam para mim, que não estavam vendo nada além de névoa coberta por escuridão, impregnada de sombras. Pensei em como era esquisito que me misturar com a noite parecia mais fácil agora que estava exausta... Era como se eu pudesse desaparecer e finalmente dormir...

– Zoey! – a voz de Erik me acordou do perigoso transe.

– Tudo bem! Tô bem – respondi logo. – Agora vocês façam isso. Concentrem-se. Não tem diferença de quando vocês costumavam escapar da Morada da Noite para encontrar namorados ou para matar os rituais do *campus*, só que vocês vão precisar se concentrar ainda mais. Vocês vão conseguir. Vocês são névoa e sombra. Ninguém consegue vê-los. Ninguém consegue ouvi-los. Só a noite está aqui, e vocês são parte da noite.

Observei meu grupinho cintilar e começar a se dissolver. Não foi perfeito, Duquesa continuou a mesma labradora loura e corpulenta – ao contrário de nossos gatos, ela não conseguia se misturar com a noite –, mas Jack, de quem ela não se afastava, era pouco mais do que uma sombra.

– Agora vamos. Fiquem juntos. De mãos dadas. Não deixem nada atrapalhar sua concentração. Darius, vá na frente – ordenei.

Seguimos pelo que se transformou em uma cidade de pesadelo real. Mais tarde fiquei pensando em como conseguimos fazer isso e, enquanto pensava, me veio a resposta. Nós conseguimos por causa da mão de Nyx, que intercedeu para nos orientar. Nós seguimos debaixo da sua sombra. Cobertos por seu poder, nós nos tornamos a noite, apesar de o resto da noite ter se tornado uma loucura.

Os *Raven Mocker*s estavam por toda parte. Pouco depois da meia-noite de Ano Novo as criaturas começaram a atacar os humanos bêbados, que comemoravam a data e saíam aos montes dos clubes, restaurantes e das velhas mansões ao ouvir os barulhos de explosão e rachadura oriundos do fogo inumano das criaturas e, pensando que a cidade explodia em fogos de artifício, corriam para assistir ao show. Pensei, com um horror estranhamente distanciado, como muitos deles foram olhar para o céu e a última coisa que viram foi o vermelho tenebroso dos olhos humanos naquelas caras monstruosas.

Antes de chegarmos à metade do caminho, perto de Cincinnati e da Rua 13, comecei a ouvir sirenes de polícia e de bombeiros, além de tiros, o que me fez sorrir com tristeza. Esta era Oklahoma, e nós, os Okies, adorávamos nossas armas. Sim, nós exercíamos o direito garantido pela Segunda Emenda com orgulho e vigor. Eu queria saber se as armas modernas fariam alguma diferença para criaturas nascidas da magia e do mito, mas soube que não teria de esperar muito para saber. Logo descobriríamos.

Quando estávamos a um quarteirão do depósito abandonado de Tulsa, começou a cair uma chuvinha fria e melancólica que nos congelou os ossos, mas que serviu para esconder nosso grupinho ainda mais de olhos curiosos, fossem de humanos ou de bestas.

Nós corremos para debaixo do depósito abandonado, entrando com facilidade ao empurrar uma grade de metal que parecia (enganosamente) muito bem trancada. Assim que fomos engolidos pela escuridão do subsolo, o grupo inteiro suspirou aliviado.

– Bem, agora podemos fechar o círculo.

– Obrigada espírito, eu vos dispenso agora – comecei, e me virei para Stevie Rae, que ainda estava nos braços de Erik: – Eu vos agradeço terra, e vos dispenso agora – Erin estava à minha esquerda, sorri no escuro para ela: – Água, vossa ação esta noite foi perfeita. Eu vos dispenso agora – virando novamente à esquerda, vi Shaunee: – Fogo, obrigada, eu vos dispenso agora – então, fechei o círculo com o elemento de abertura: – Vento, eu vos agradeço como sempre. Está dispensado – e com um pequeno estouro e uma chiada, desapareceu o fio de prata que nos mantivera unidos e nos salvara.

Rangi os dentes por causa da exaustão que ameaçava me dominar, e acho que teria caído se Darius não me segurasse o braço para eu firmar meus joelhos hesitantes.

– Vamos descer. Ainda não estamos completamente seguros – Aphrodite nos alertou.

Seguimos todos para os fundos do subsolo até a entrada do escoamento, onde eu sabia que se escondia um vasto sistema de túneis. Entrar novamente naqueles túneis foi uma experiência tão surreal quanto se tornara a própria noite. A última vez que estivera ali fora no meio de uma nevasca. Eu estava lutando para salvar Heath de Stevie Rae e de um monte de novatos que agora eu estava lutando para salvar.

Heath!

– Zoey, vamos – Erik disse quando hesitei. Ele havia passado Stevie Rae para Darius, de modo que nós dois éramos os últimos do grupo que ainda não estavam no subsolo.

– Primeiro eu tenho que fazer duas ligações. Lá embaixo o celular não pega.

– Então anda logo – ele disse. – Vou dizer a eles que você já está vindo.

– Obrigada – dei um sorriso exausto. – Vou rapidinho.

Ele meneou a cabeça em um gesto tenso, desceu a escada de aço e desapareceu túneis adentro.

Fiquei surpresa quando Heath atendeu no primeiro toque: – O que você quer, Zoey?

– Escute, Heath, eu tenho que ser rápida. Algo terrível foi solto na Morada da Noite. A coisa vai ser feia, bem feia. Eu não sei quanto tempo vai durar, pois não sei como fazer a coisa parar. Mas o único jeito de você se salvar é indo para debaixo da terra. O troço não gosta de descer ao subsolo. Você entendeu?

– Sim – ele disse.

– Você acredita em mim?

Ele nem hesitou: – Sim.

Eu suspirei, aliviada: – Leve sua família e todo mundo de quem você gosta para debaixo da terra. Na casa de seu avô não tem um enorme porão antigo?

– Tem, podemos ir para lá.

– Ótimo, eu vou te ligar de novo quando puder.

– Zoey, você também vai ficar protegida?

– Vou – respondi, sentindo um aperto no coração.

– Onde?

– Naqueles túneis velhos debaixo do depósito – respondi.

– Mas é perigoso!

– Não, não é mais perigoso. Não se preocupe. Trate de se proteger também. Tá?

– Tá – ele disse.

Desliguei antes que acabasse dizendo algo de que nós dois acabássemos nos arrependendo.

Então, disquei o segundo número. Minha mãe não atendeu. Depois de tocar cinco vezes, caiu na caixa postal. Com sua voz excessivamente pomposa, ela disse: – Esta, é a residência dos Heffer, nós amamos e tememos ao Senhor, e lhe desejamos um dia abençoado. Deixe sua mensagem. Amém!

Revirei os olhos e, ao ouvir o sinal, falei: – Mãe, você vai achar que Satanás chegou à terra, e desta vez é quase isso mesmo. Essa coisa é má, e o único jeito de se proteger é indo para debaixo da terra, como em um porão ou caverna. Por isso vá para o porão da igreja e fique lá. Tá? Eu te amo mãe, e já cuidei para vovó ficar em segurança também. Ela está com a... – o tempo acabou e a mensagem foi cortada. Suspirei e torci para que ela, pela primeira vez em muito tempo, me desse ouvidos. Então, segui os demais para dentro dos túneis.

Meu grupo estava esperando por mim perto da entrada. Eu vi luzes começando a piscar mais adentro do túnel que se abria, escuro e intimidante à nossa frente.

– Mandei os novatos vermelhos abrirem caminho com as luzes e tudo mais – Aphrodite disse, e então olhou para Stevie Rae: – O "tudo mais" quer dizer correr para pegar uns cobertores e roupas secas.

– Ótimo. Que bom – esforcei-me para não ceder ao cansaço. Os garotos já haviam começado a acender alguns lampiões a óleo, do tipo antigo que podia ser carregado na mão, e os penduravam em ganchos abaixo da altura dos olhos, e assim foi fácil ver a expressão nos rostos dos meus amigos quando olharam para mim. A expressão era a mesma em todos os rostos, até no de Aphrodite. Eles estavam com medo.

Por favor, Nyx, fiz uma prece fervorosa em silêncio, *me dê força e me ajude a dizer isso da maneira correta, pois nosso começo vai determinar como viveremos aqui. Por favor, não me deixe fazer besteira.*

Não tive resposta em palavras, mas senti uma onda de ternura, amor e confiança que fez meu coração ameaçar disparar, e me enchi de força: – É, a coisa tá feia – comecei. – Não tem como negar. Somos jovens. Estamos sozinhos. Estamos feridos. Neferet e Kalona são poderosos e, até onde sabemos, todos os outros novatos e vampiros estão do lado deles. Mas nós temos uma coisa que eles nunca terão. Nós temos o amor, a verdade e confiança uns nos outros. Também temos Nyx. Ela Marcou cada um de nós e, de um jeito bem especial, nos escolheu também. Nunca houve antes um grupo como nós. Somos algo completamente novo – fiz uma pausa, tentando olhar nos olhos de todos e dar um sorriso confiante. Darius falou em minha pausa.

– Sacerdotisa, este mal é diferente de tudo que já senti antes. Nunca ouvi falar de algo assim. É uma força indomada e repleta de ódio. Quando ele saiu da terra, me pareceu o mal renascendo.

– Mas você reconheceu o mal, Darius. Mas um monte de guerreiros não. Eu observei as reações deles. Nenhum deles pegou suas armas e caiu fora de lá, como você fez.

– Quem sabe um guerreiro mais corajoso tivesse ficado – ele disse.

– Bobagem! – Aphrodite respondeu. – Um guerreiro mais estúpido teria ficado. Você está aqui conosco, e agora tem chance de lutar contra ele. O que sabemos é que, das duas uma: ou os outros guerreiros foram massacrados por aqueles pássaros desgraçados, ou então estão sob algum tipo de feitiço, como os demais novatos.

– É – disse Jack. – Estamos aqui porque tem algo de diferente em nós.

– Algo de especial – Damien disse.

– Especial pra cacete – Shaunee reforçou.

– Tô nessa contigo, gêmea – Erin confirmou.

– Somos tão especiais que quando procurarem no dicionário o termo *miniônibus escolar*, vão ver uma fotografia do nosso grupo – Stevie Rae disse, soando fraca, mas sem dúvida viva.

– Tudo bem. E agora, o que faremos? – Erik perguntou.

Eles todos olharam para mim. E eu olhei para eles.

– Bem, ahn, vamos fazer um plano – respondi.

– Um plano? – Erik perguntou de novo. – Só isso?

– Não. Vamos fazer um plano e então dar um jeito de recuperar nossa escola. Juntos – enfiei a mão no meio deles como se fosse uma toupeira jogando softball. – Vocês estão comigo?

Aphrodite revirou os olhos, mas sua mão foi a primeira a cobrir a minha: – Tô, sim.

– Eu também – Damien respondeu.

– E eu também – Jack repetiu.

– Digo o mesmo – as gêmeas ecoaram juntas.

– Eu também – Stevie Rae confirmou.

– Eu não perderia isso por nada no mundo – Erik disse, colocando a mão no topo de todas as mãos, sorrindo e olhando bem nos meus olhos.

– Tudo bem, então – eu disse. – Vamos acabar com eles! – e enquanto todos gritavam em seguida, como boas toupeiras, senti um formigamento brotar nas pontas dos meus dedos e cobrir as palmas das minhas mãos, e ao tirá-las do monte de mãos que se formara, percebi que novas tatuagens rebuscadas apareceram nas palmas, como se eu fosse uma velha e exótica sacerdotisa Marcada a hena pela Deusa de um jeito especial. Então, apesar de toda a loucura, cansaço e caos que viraram a minha vida de cabeça para baixo, senti-me em paz e repleta da doce certeza de estar seguindo o caminho que a Deusa queria que eu seguisse.

Não que fosse um caminho suave e sem buracos. Mas, mesmo assim, era o meu caminho e, como eu, era destinado a ser único.

Descubra o que acontecerá em

Caçada

o próximo livro da fascinante série
The House of Night

1

O sonho começou com um ruflar de asas. Pensando agora, me dou conta de que devia ter entendido que era um mau presságio, ainda mais com os *Raven Mockers* soltos e tudo mais, mas em meu sonho era só um barulho de fundo, tipo um ventilador rodando ou a tevê ligada no canal de compras.

Nesse sonho, eu estava no meio de um lindo prado. Era noite, mas havia uma enorme lua cheia, pairando logo acima das árvores que emolduravam o prado, irradiando uma luz azul-prateada forte o suficiente para projetar sombra e fazer tudo se refletir na água, impressão fortalecida pela delicada brisa que soprava a grama macia em minhas pernas nuas, enlaçando-as e batendo como se fossem ondas quebrando docemente na praia. O mesmo vento levantava meus grossos cabelos dos ombros descobertos, como se fosse um corte de seda me roçando a pele.

Pernas nuas? Ombros descobertos?

Olhei para baixo e deixei escapar um grunhido de surpresa. Eu estava usando um minivestido de camurça megacurto. A parte de cima tinha um corte grande em "V" na frente e nas costas, deixando os ombros descobertos e muita pele exposta. O vestido em si era incrível. Era branco, decorado com franjas, plumas e conchas, e parecia brilhar ao luar. Era coberto por desenhos intrincados e impossíveis de tão lindos.

Minha imaginação era boa pra caramba!

O vestido me fez lembrar uma coisa, mas ignorei. Não queria pensar demais, eu estava sonhando! Ao invés de ficar refletindo sobre momentos *déjà vu*, dancei graciosamente pelo prado, imaginando se Zac Efron, ou mesmo Johnny Depp, não iriam aparecer de repente e me dar um mole obsceno.

Dei uma olhada ao redor enquanto girava e oscilava com o vento, e achei ter visto as sombras tremulando e se mexendo de um jeito esquisito dentro das enormes árvores. Parei e tentei apertar os olhos para enxergar melhor o que estava acontecendo na escuridão. Como era típico de mim e de meus sonhos estranhos, eu havia criado garrafas de refrigerante de cola penduradas nos galhos como se fossem frutas bizarras esperando para serem apanhadas por mim.

Foi quando ele apareceu.

Na beira do prado, logo dentro das sombras das árvores, uma forma se materializou. Eu vi seu corpo porque o luar alcançou os traços suaves e nus da sua pele.

Nus?

Parei. Será que minha imaginação havia pirado? Eu não era de sair pelos prados com um cara pelado, nem que ele fosse um Johnny Depp loucamente sedutor.

– *Hesita, meu amor?*

Ao ouvir o som da sua voz senti um arrepio pelo corpo, e uma risada terrível de escárnio veio em um sussurro por entre as folhas das árvores.

– Quem é você? – fiquei contente por minha voz do sonho não entregar o medo que estava sentindo.

Sua risada foi profunda e bela como sua voz, e tão assustadora quanto. Ela ecoou nos ramos das árvores, que a tudo assistiam, até se tornar quase visível no ar ao redor de mim.

– *Vai fingir que não me conhece?*

Senti sua voz me roçando o corpo e fazendo arrepiar os pelos do meu braço.

– Sim, eu te conheço. Eu te inventei. Este é o *meu* sonho. Você é uma mistura de Zac e Johnny – hesitei e fiquei olhando para ele. Falei do modo mais normal do mundo, apesar de o meu coração estar batendo disparado, pois era mais do que claro que aquele cara não era a mistura dos dois atores. – Bem, talvez você seja o Super-homem ou o Príncipe Encantado – eu disse, tentando qualquer coisa que não fosse a verdade.

– *Eu não sou fruto de sua imaginação. Você me conhece. Sua alma me conhece.*

Eu não havia mexido os pés, mas meu corpo estava sendo lentamente atraído para ele, como se sua voz estivesse me puxando. Cheguei até ele e olhei para cima, e para cima...

Era Kalona. Eu sabia que era ele desde que havia começado a falar. Eu simplesmente não queria admitir a mim mesma. Como eu podia sonhar com ele?

Pesadelo. Isto só podia ser pesadelo, não era sonho.

Ele estava nu, mas seu corpo não era totalmente sólido. Sua silhueta ondulava e se movia ao ritmo da brisa carinhosa. Atrás dele, nas sombras verde-escuras das árvores, vi as silhuetas fantasmagóricas de seus filhos, os *Raven Mockers*, pousados nos galhos das árvores com suas mãos e pés de homem, e eles me olhavam com olhos de homem, apesar de suas caras mutantes de pássaros.

– *Continua alegando não me conhecer?*

Ele tinha olhos escuros como um céu sem estrelas. Seus olhos pareciam o que ele tinha de mais substancial. Isso sem falar de sua voz fluida. *Apesar de ser um pesadelo, ainda é meu. Eu posso simplesmente acordar! Eu quero acordar! Eu quero acordar!*

Mas não acordei. Não consegui. Eu não estava no controle da situação. Kalona estava. Ele construíra aquele sonho, aquele pesadelo com aquele prado sombrio, e de alguma forma me fez chegar a ele e fechou a porta da realidade.

– O que você quer? – eu disse as palavras bem rápido para ele não perceber o tremor em minha voz.

– *Eu sei o que eu quero, meu amor. Eu quero você.*

– Eu *não* sou seu amor.

– *Claro que é* – desta vez ele se mexeu, chegando tão perto de mim que senti o frio que emanava de seu corpo imaterial. – *Minha A-ya.*

A-ya foi como as Sábias *Cherokees* chamaram a boneca que haviam criado para aprisioná-lo séculos antes. Senti o pânico me atingir.

– Eu não sou A-ya!

– *Você comanda os elementos* – a voz dele era como uma carícia, terrível e maravilhosa, irresistível e aterrorizante.

– Dons que me foram concedidos por minha Deusa – respondi.

– *Você já comandou os elementos antes. Você foi feita deles. Foi feita sob encomenda para me amar* – suas enormes asas pretas adejaram e se levantaram. Ele as esticou levemente e com elas me envolveu em um abraço espectral e frio como gelo.

– Não! Você deve estar me confundindo com outra. Eu não sou A-ya.

– *Engano seu, meu amor. Eu a sinto dentro de você.*

Suas asas me apertaram o corpo, trazendo-me mais para perto dele. Apesar de sua forma física ser parcialmente imaterial, eu o senti. Suas asas eram macias. Frias como o inverno mais gelado, em contraste com meu eu do sonho, que emanava calor. O contorno de seu corpo era uma névoa gélida. Ela me queimou a pele, emitindo correntes elétricas que me aqueceram com um desejo que eu não queria sentir, mas ao qual não conseguia resistir.

Sua risada era sedutora. Eu quis me afogar nela. Eu me debrucei, fechando os olhos e arfando alto ao sentir o calafrio de seu espírito me roçando os seios, emitindo pontadas agudas que eram dolorosas, mas ao mesmo tempo deliciosamente eróticas, atingindo partes do meu corpo de um jeito que me tirava o autocontrole.

– *Você gosta da dor. Ela lhe dá prazer* – suas asas ficaram mais insistentes e seu corpo, mais duro e frio, e mais apaixonadamente doloroso quanto mais me apertava contra si. – *Renda-se a mim* – sua voz, que já era linda, foi ficando inimaginavelmente sedutora à medida que ele se excitava. – *Eu passei séculos em seus braços. Desta vez, nossa união será controlada por mim, e você vai regozijar com o prazer que posso lhe dar. Abandone as correntes de sua Deusa distante e venha para mim. Seja meu amor, de verdade, em corpo e alma, e eu lhe darei o mundo!*

O sentido de suas palavras atravessou a névoa de dor e prazer como um raio de sol evaporando o orvalho. Recuperei minha força de vontade e saí do abraço de suas asas. Ramos de fumaça negra e gelada serpentearam ao redor do meu corpo, me apertando... tocando... acariciando...

Eu me sacudi como uma gata irritada e molhada de chuva, e os filetes de fumaça deslizaram pelo meu corpo, afastando-se.

– Não! Eu não sou seu amor. Eu não sou A-ya. E nunca vou abandonar Nyx!

Quando eu disse o nome de Nyx, o pesadelo se desfez.

Sentei-me na cama, tremendo e arfando. Stevie Rae estava dormindo profundamente ao meu lado, mas Nala estava bem acordada, grunhindo baixinho. Estava com as costas arqueadas, o corpo todo eriçado e os olhos apertados como lâminas fitando o ar acima de mim.

– Ah, que inferno! – dei um grito agudo e pulei fora da cama, virando e olhando para cima na expectativa de ver Kalona pairando sobre nós como algum morcego gigante.

Nada. Não havia nada.

Agarrei Nala e me sentei na cama. Fiquei alisando-a sem parar com as mãos trêmulas.

– Foi só um sonho ruim... foi só um sonho ruim... foi só um sonho ruim – eu disse a ela, mas sabia que era mentira.

Kalona era real e tinha dado um jeito de me alcançar em sonho.

SAIBA MAIS, DÊ SUA OPINIÃO:

Conheça - www.novoseculo.com.br
Leia - www.novoseculo.com.br/blog

Curta - /NovoSeculoEditora

Siga - @NovoSeculo

Assista - /EditoraNovoSeculo

novo século®